本书系河南省社会科学规划"揭榜挂帅"项目研究成果

项目编号：2022XWH196

陈天然传

李廷贤 著

华夏出版社
HUAXIA PUBLISHING HOUSE

陈天然和牛翎夫妇相亲相爱

风雨同舟

烟霞癖　1983年

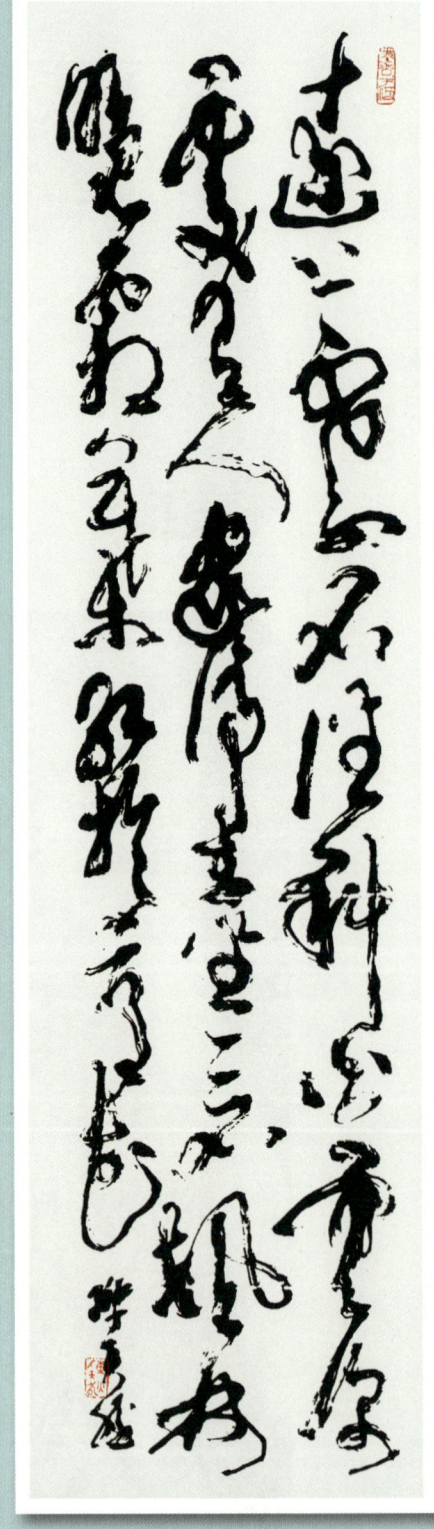

1987年
唐·杜牧诗《山行》

半壁烟云　1987年

1991年　海风

自作诗《巩义赞》 1992 年

半壁图书 两袖清风 2005 年

月是故乡明

套耙　1956年

1957年
牛　群

出发 1957年

山地冬播 1958年

北望黄河 1961年

1961年
风雨行

云雾苍山　1961年

1961年　家山初雪

1977 年

人勤春早

1962 年
喜 悦

志在农村的两个高小毕业生

1962 年

1975 年

回郭镇北罗村耐火厂铁工车间

2013 年
游目骋怀

2013 年
登山入高冥

杳然天界高　2016 年

2017 年
旷野穹谷

目录

序	大自然的银夏金秋	001
一	引　子	001
二	一路远行	007
三	村塾先生	011
四	归去来兮	016
五	革　命	021
六	《新洛阳报》做嫁衣	026
七	南下干部团	033
八	兵临武汉	038
九	江城之歌	044
十	弱冠男子汉	049
十一	广东英德剿匪	054
十二	青山秀林中的枪声	059
十三	从化土改	063
十四	连环画《双喜翻身》	069
十五	处处留心皆学问	075
十六	洪水中的黄梅	079
十七	知冷知热结发妻	084
十八	文盲发妻的艺术洞见	092
十九	《山地冬播》名满世界	097
二十	水墨挚友	104

二十一	版画系教研组长	111
二十二	桃李满天下	117
二十三	喜出望外的省亲	122
二十四	欢天喜地《回娘家》	125
二十五	嵩山写生	129
二十六	版画《宏图》	132
二十七	窑洞宅院农家乐	135
二十八	逍遥中研习书帖	143
二十九	落户黑石关	150
三　十	涉足康百万	155
三十一	龙门煤矿翰墨客	159
三十二	诗画太行山	163
三十三	升仙太子碑	168
三十四	游走淮源桐柏山	175
三十五	"湖北老乡"于黑丁	181
三十六	相会人民大会堂	186
三十七	从"陈桥兵变"处西上	191
三十八	荟萃镜泊湖	197
三十九	泰山看日出	203
四　十	出访日本	209
四十一	画神莅临郑州	214
四十二	画龙点睛"亚细亚"	219

四十三	霸王城、贞节坊、三苏坟	223
四十四	央视聚焦柏沟岭	230
四十五	吃水不忘挖井人	236
四十六	天然山庄	244
四十七	书画典藏	251
四十八	瞻仰宋陵	258
四十九	杜甫故园行	265
五　十	书画诗印全才	273
五十一	生命的红灯	282
五十二	星辰陨落	290
五十三	烙在心灵的音容笑貌	300
跋	欣喜与祝贺	309
后　记		314
陈天然生平大事记		318

序　大自然的银夏金秋

陈涌泉*

郁达夫在鲁迅逝世纪念会上说："一个没有英雄的民族是可悲的民族，而一个拥有英雄而不知道爱戴他、拥护他的民族则是无可救药的。"同理，一个没有艺术大家的时代是乏味的时代，宛如春天失去了花朵，暗夜缺少了星辰；拥有艺术大家而不知道珍惜敬重、研究记录，则是愚钝麻木的。陈天然正是这样的艺术大家，李廷贤就是这样的研究记录者。

陈天然是公认的艺术大师。他诗、书、画、印（石刻木刻）俱佳，而且在每一个领域都达到了一般人难以企及的高度。作为晚辈，在生活和工作中，我和陈天然老师并没有多少交集，因为我到河南省文联工作时，他早已离休，而且远离郑州回到了故乡生活。但我与陈天然的"相识"可以追溯到大学期间，我参加过一次学校举办的讲课大赛，获得的奖品是厚厚的一部《唐诗鉴赏辞典》，套封上印着一幅遒劲浑厚、苍劲有力、粗犷豪放、大气磅礴、个性鲜明的书法作品，我一下子记住了书法家的大名：陈天然。后来我毕业分配到郑州，乃至出差到河南各地，行走在大街上，不经意间，都会有先生题写的匾额映入眼帘，从名噪一时的"亚细亚""天然"商场名，到工矿企业单位标牌，行走在中原大地，宛如置身先生书法的海洋。随后又了解到，先生不但是书法大家，还是著名版画家、国画家、诗人，早年以版画驰名中外，木刻《牛群》《套耙》和《山地冬播》等相继参加全国美术展、版画展，出展亚欧各国，并被中外博物馆收藏。即便离休后，先生的影响力依然不减，作为"中原画风""中原书风"的开拓者、河南省书画院首任院长，先生已矗立为一座丰碑，即便隐居"古堡"天然山庄，"江湖"上依然在竞相

---

* 陈涌泉：中国戏剧家协会分党组书记、驻会副主席，国家一级编剧。

传说先生的成就。

但，我对先生的了解毕竟只是碎片化的。幸好，著名作家李廷贤先生拿来了他刚刚完成的《陈天然传》，嘱托我为之作序，让我能够先睹为快，并把我带进陈天然的人生和艺术世界，使我对他不仅心向往之，更是高山仰止。

陈天然出生于河南巩义市河洛镇柏沟岭。那是伊洛河与黄河的交汇之地，也是中华文明最早闪烁出曙光的地方。奔腾不息的伊洛河，滋养了河洛人超乎寻常的智慧，而雄浑壮阔的黄河，则铸就了河洛人坚忍顽强的性格。陈天然从柏沟岭出发，追寻着时代的光明，跟随着时代的步伐，一步一步地走出了故乡的绕沟连壑，走向全国，走向世界，走向未来。他19岁离开家乡外出谋生求学，一生孜孜以求，可以说，他走过的每一步路都与国家和民族的命运紧紧相连。陈天然一生经历极其丰富，他种过地、教过书、办过报、扛过枪、剿过匪、下过乡……洛阳办报、英德剿匪、黄梅抗洪、江陵"四清"、武汉任教……都是他生命中最激动人心的壮丽篇章，并对他的艺术和人生产生了巨大影响。陈天然在武汉工作17年后调回河南工作，从此，他的足迹遍布黄河两岸的中原大地，他曾到太行写生，到伏牛蹲点，到桐柏采风……战争年代，他是一名革命文艺战士，也是一名红色艺术家，跟着党走、为民服务，是他唯一的精神皈依；和平时期，他是一位时代的记录者，也是一位执著的探索者，描摹大地、讴歌人民，是他不变的人生追求。陈天然是一个真正与人民心心相印，与时代同频共振的艺术家。从他的身上，我们看到了一个文艺工作者的使命担当，看到了一个文艺工作者与民族命运的休戚相关，他生命的长歌正是中华民族从觉醒到屹立于世界民族之林的不朽回响。

树高千丈，其根必固；水流万里，其源必清。陈天然一生行走大半个世界，但他最不能忘记的是他的出生地——坐落于黄土高原上的柏沟岭，即便是退休之后，他还依然回到故乡生活。陈天然贴近大地，扎根乡土，师法自然，从生活中悟出艺术的真谛。不论是远在武汉工作，还是后来调回河南，他都曾无数次回到故乡，去寻找艺术创作的元素，在黄土高原的沟壑里，在低矮的窑洞中，在发妻的纺车旁，他创作出一幅幅轰动全国的作品。如大年初二他看到小两口骑自行车带着孩子走亲戚，就创作了版画《回娘家》；他目睹了劳动人民的艰辛，就蹲在摊满红薯干的坑院里，创作了《切红薯干》；望着家乡秋天丰收的景象，他就瞄着族弟家的门楼，创作了《收获》……其实，陈天然木刻创作高峰期的作品，如《套耙》《牛群》《休息》《家肥出门》《赶船》《琅琅书声》《抗旱保种》《书店》等，

无一不是以家乡的生活为内容，散发着浓郁的乡土气息。陈天然的绘画如此，书法亦如此。陈天然的枯藤体书法，完全源于他从小生活的环境。他家四周都是柿树，落叶之后露出黑枯的树杆，繁简穿插，勾肩搭背，古朴遒劲，给他提供了无限的艺术想象空间。正如他在《痴情乡土》中所说："我逐渐发觉柿树颇有颜体书法的威严气概，连那枝条的径挺迂回，顿挫转折之势，也酷似颜书浑厚挺拔、开阔雄伟的神态。"故乡不仅给陈天然馈赠了取之不尽的创作素材，还启发了他无限丰富的艺术灵感，正如他在《柏沟岭》一诗中写的那样："袖里乾坤大，江山助思考。静悟得真趣，更觉故园好。"枯藤陈体字，笔墨肥厚，恣意浪漫，间架结构如寒冬裸体柿树，点撇斜捺似淋漓墨雨，龙跳天门，虎卧凤阙，引数年书风，开一带门派，占着书界独一无二的驰骋空间。

世界唯一不变的是"变"，艺术唯一不变的是"新"。作为一位跨世纪的艺术大师，陈天然一生都在致力于艺术的求变创新。他调任湖北艺术学院之前，先后在多家报刊和文化事业单位工作，主要以版画为主。当他调到高校之后，深知自己技艺的"欠缺"，于是就进行疯狂的"补课"。但是，陈天然的"补课"没有循规蹈矩，没有简单地照着别人走过的老路子去走，而是结合自己的实际情况另辟蹊径。比如他在学画人物画时，就有知名人士明确告诉他，必须进行"石膏像和人体写生"，而且最少要坚持四年，别无其他捷径。言外之意就是，陈天然如果不照他说的方法去做，结果将会一事无成。但陈天然不这样认为，特别是他看了《人民日报》上蔡若虹的文章《关于改进美术院校素描教学问题》后，更加坚信中国古老的传统——临摹写生相结合的方法，才是真正通往艺术高峰的必由之路。最后，他毅然放弃了别人常走的"石膏像和人体写生"的路子，下决心走临摹之路，用速写的方法直接临摹油画和雕塑，尤其是去临摹世界艺术大师的经典之作。这在学院派看来，完全是特立独行，甚至是旁门左道。但陈天然却不以为然，他坚决要打破那些所谓的"金科玉律"，坚信世界上没有绝对的真理，所谓真理，只不过是人类不断丰富完善的内容而已。陈天然特别推崇艺术大师黄宾虹"师古人不如师造化"的论断，他认为，一个艺术家既要"师今人"，又要"师古人"，更要"师造化"。为了说明三者的关系，他还以化蛹成蝶的故事做比喻，他说："师今人就是做'虫'的阶段，师古人就是变'蛹'的阶段，师造化就是成'蝶'的阶段，也就是'化了''飞了'！"这意味着他对艺术的理解进入了一个新的阶段，上升到一个新的高度。陈天然正是凭着求变创新的精神，最终在人类创造的

辉煌的艺术王国里，为自己赢得了应有的位置。

先生不仅是德高望重的著名艺术家，更是一位的优秀领导者和伯乐。"一年树谷，十年树木，百年树人。"为推动河南书画艺术的发展，1986年3月，陈天然在花甲之年，亲手创办了河南书画院，并出任首任院长。建院伊始，陈天然便以当年湖北艺术学院选拔教研组长的气势，跑马圈地打凤捞龙，钻窟窿打洞网罗人才，把全省最优秀的书画家或"潜力股"，打叉掐尖地招来。

他通过自己的慧眼，发现并培养了一大批优秀人才，让一大批卓有建树的青年书画家脱颖而出，为河南书画艺术集聚、储备了源源不断的智慧和力量。其中最有代表性，也最为人津津乐道的，是当时陈天然对张海的发现和调动。全国书协主席张海，原本在河南安阳文化馆工作，陈天然力排众议，把张海调到了河南省书协。陈天然分步骤，先把张海借调到河南省书画院，当时就有人明知故问："借调是什么意思？"陈天然掷地有声地回答："借调就是为了将来能正式调入。"更让人佩服的是，陈天然并没有以伯乐自居，他和张海君子之交淡如水，逢年过节不请客、不送礼，工作中不结派，表现出一个党员干部的廉洁自律和高尚情操，弘扬了一种正气，传递出一种能量，成为河南文艺界的佳话美谈。

陈天然是一位学者型的艺术家，他不仅有丰富的人生阅历和艺术实践，更有扎实的理论功底和文化积淀。这一切都源于他良好的启蒙教育和后天不断的艺术磨砺。陈天然对当代艺术大师无不精心研读，事实上，他是站在时代巨人的肩膀上，不断地推动艺术向前发展。

中国现代版画的先驱古元、杨可扬等艺术大师，不仅是陈天然一直仰慕学习的前辈，最后还都成了他志同道合的至交。陈天然非常崇拜画坛巨擘黄宾虹，早在武汉工作时，就钻研过黄宾虹的专著《虹庐画谈》《古画微》《画学编》《金石书画编》《画法要旨》等，后来又认真拜读了王鲁湘的专著《冰上鸿飞——黄宾虹艺术论》，并深得其中的要旨。

同时，陈天然还系统地学习并很好地继承了民族文化遗产，如荆浩《笔法记》中提出的"气、韵、思、景、笔、墨"绘景"六要"，南朝宋宗炳提出的"竖画三寸，当千仞之高；横墨数尺，体百里之远"，刘永济《词论》中提出的"情不真则物不能依而变，情不深则物不能引之起"等经典艺术理论，他都能很好地运用于自己的艺术创作之中。难能可贵的是，陈天然学习古人而又不拘泥于古人，这一点在他书画艺术中尤为明显。正如他在《我与书法》一文中所说："割一爱则不

能，求万全而难能……面对如此浩瀚的碑帖，必须大胆取舍。"他在《陈天然国画》跋文中也曾写道："书法，是国画用线出神入化的众妙之门。书法不济，怯于落笔，画多拘谨之态。"正是因为他打通了多个艺术门类的界限，并将之融会贯通，最终成就了他独树一帜的艺术风格。

陈天然不仅是河南人的骄傲，也是中华民族的骄傲。当他的作品被永久地悬挂在联合国总部里，他的《山地冬播》被英国出版的巨型版画集《世界版画200年》作为封面采用……他的名字已经属于整个人类。陈天然的作品之所以产生世界性的影响，就在于他以博大的人文情怀关注着他生活的土地，关心着这块土地上的人的命运，并带着巨大的同情给予他们无与伦比的礼赞。正如日本作家池田大作在为日文版《陈天然书画集》作序时写道："力量从大地源源涌出，希望向天空无限扩展，而人生存的智慧光芒灿烂——陈天然先生的作品中，有包容天、地、人的胸怀，何其壮阔。……他的作品中含蕴着凝视人的温暖目光，勃勃跳动着大地所编织的丰富诗情。诚如唐岑参的诗句'始知丹青笔，能夺造化功'，先生的作品的确把我们引向壮丽的浪漫世界。"池田大作热情地称他的艺术为"人的艺术"，它"把人连接得更加紧密无间，宛如滔滔黄河，将未来的时代浇灌成'人的世纪''生命的世纪'"。

李廷贤先生是一位才华横溢的作家，早年曾以《老同学部落》《商痛》等长篇小说驰誉文坛。《陈天然传》文采飞扬，写景状物生动传神，叙事引人入胜，历史典故信手拈来，充分发挥了语言艺术可以无限想象的优势。如写陈天然的家乡："环顾河洛地域的花朝月夕，风吹漫山词，雨天遍地诗。月下春新米，夜闻伊洛摇橹声；山上摘秋果，日见长河千帆渡。河洛大地上，诗经汉赋，唐诗宋词，星移斗换，沉香数千年。"这充满诗情画意的文字，就像陈天然的水墨画一样耐人寻味。如描写国民党军官："个个军装笔挺，人人将星闪耀，扯旗放炮，自诩为猫不闻腥官不贪财，实际上，这些宣誓为党国效忠的虾将蟹兵，是蒋介石的一帮雁过拔毛鸡腿上刮油、满肚子狼心狗肺的家伙。"既通俗又生动，运用夸张的艺术手法揭露了反动军官与人民为敌的丑恶嘴脸。

书中的一些场景极具历史感，引起我许多美好的遐想，仿佛让我回到了那个田园诗般的童年。如写陈天然的故乡："幸福和满足，都是一种美妙的感觉。待在繁华的城市里，陈天然难忘故乡。柏沟岭宛如一轴轴画卷，那种城市永远无感的大自然的画面感，镂心刻骨。秋日西沉，漫山遍野的细碎金光，火球般的柿子沉

甸甸地坠在落叶的柿树枝杈上……叠翠流金，层林尽染。黑夜，高原山区万籁俱寂，茫茫如夜海。划根火柴，数里之外的对面山坡上，就能看到'照萤映雪'。隔山灯火，沟壑藏妙。十里之远的陇海线上的火车，不时隐约传来汽笛的鸣叫，柏沟岭的土岭梁峁都进入睡眠。

"五十年代的夜色比现在合拢得早，山间小路上天不黑就开始模糊了。傍晚时分，各家饭后刷锅，锅铲戗锅的摩擦声，在整个山沟里回响。货郎担子游乡晚归，惹恼村子里的看家狗，它们执行命令似的狂吠。午夜，邻家小孬梦游，光肚子从家跑出来，越过村北两道陡坎，被爹娘拉回家时磕碰得鼻青脸肿……这时候的陈天然，他清楚地回忆起，自己往往正坐在窑洞的被窝里，享受沉寂，消费静谧。他遵照老人的嘱托，借着昏暗的煤油灯光，不是背诵《诗三百》，就是默读《千字文》。"

这种幽静是种诱惑，曾几何时，我们都生活在那个杨柳依依、鸡鸣犬吠的宁静世界，可在这个喧嚣的时代，那梦一般的生活场景只能停留在无奈的想象里。

全书的风格质朴自然，但字里行间却饱含着一种让人沉醉的情感，一个个人物形象都跃然纸上，哪怕是一群最普通的农民，也会让读者流连忘返。如陈天然被下放到新郑小李庄时，那里的村民知道他是个大书画家，就异口同声地对他说："老陈，不指望你干啥，依你的意儿，想干干点儿，不想干拉倒。村里工作，你想指导指导一下，不想指导，就搬个小凳子坐枣林里看书。反正该给你派饭派饭，饿不着你。等枣红了，你想够哪一枝儿上的吃，就够哪一枝儿上的吃；花生长饱了，你想抠哪一棵吃，就抠哪一棵吃……"多么朴实无华的语言，但它是发自人民内心的，字字句句都浸透了人民对艺术家由衷的爱戴与敬仰！

《陈天然传》既是对一个艺术大家艺术人生的忠实记录，也传递着从艺做人的真谛，对如何搞好文艺创作、做好文联工作有着深刻启示意义。我相信，《陈天然传》将因陈天然的人格和艺术而不朽，陈天然的英名也将因《陈天然传》的细腻和厚重而流传！

是为序。

一 引 子

2018年秋末冬初，笔者和牛翎女士约好在郑州见个面，想聊聊陈天然先生的字画。牛翎女士，是书画巨擘陈天然先生的夫人，老先生的续弦。有爱不怕晚，两位老人相濡以沫20年，直到她送老先生驾鹤西去。牛翎女士从百里之外的巩义来，住在郑州市第二人民医院观检身体。她给我带来几包礼物，除了一包关于陈天然先生的文字资料，还有一兜沉重的红薯和胡萝卜。一见面，她先说红薯萝卜都是自己种的，并解开兜子叫我看。

那一刻我猜想，她是否怕我嫌她一百多里地带些红薯萝卜，怪得不偿失的，所以她又补充几句礼淡意重的话，除了强调自家种的，还再叫我看看成色，光鲜水灵，块头均衡。红薯裹着一层水红的嫩皮，根部透出嫣红的红心。胡萝卜周身光溜溜的，个个水灵肥实，圆润透亮，水果般赏心悦目。

牛翎女士不怎么了解我，不知道我生长在农村，辈辈种地。红薯萝卜，是吃进我肠胃中的乡愁，是我人生成长绕不开的美食佳肴。牛翎女士的一兜土产品，蓦地撩起我一番关于农村农民以及农家子弟的联想，并由此联想起孕育陈天然先生的巩义大地，巩义的青山秀水，巩义的文化积淀和文化现象。巩义，钟灵毓秀，人才辈出。

当今巩义，书画巨擘陈天然，更是——漫将一砚彩墨雨，绘织神州山河梦。他的生花妙笔，成就了他集书法、国画、版画和诗人之大成的红色书画大家。从而，中原名城巩义，也因为孕育出艺术大家陈天然，而驰名千里中原，名扬泱泱华夏。

早年我对巩义（以前叫巩县）的印象，由于自身的寡陋孤闻，竟然是满脑子的山洞以及隧道、兵工厂。有几次乘火车经过巩义，只见冒着黑烟的火车钻进山洞，又扭曲着身子呼哧呼哧地钻出来。满目的山峦沟壑，一派火烧火燎的景象。

近些年来，我再数度涉足巩义，特别是这次拜谒天然山庄，和牛翎女士相识和倾谈，一路所见所闻，不得不重新审视巩义。揣度它的历史地位和文化体位，有了一种全新的了解和探究兴趣，还有点赞抒情的萌动。网络冲浪，搜索巩义，释疑"十万个为什么"。展开文海艺网，发现在河洛的艺林中，频现鄂豫翰墨良师会、益友团。银钩铁画，妙笔风雷，前来联络、拜访中原书画大家的荆楚丹青妙手，摩肩接踵，源源不断。

艺术没有省界，当年，文艺青年陈天然供职湖北，常在龟蛇二山或黄鹤楼登高望远，眺望历史文化名城武汉，历史的天空月明星亮。诗书砚海，楼台烟雨，不是伯牙抚琴子期辨音，就是李白送孟浩然之广陵，不是北伐大军集结号吹起，便是伟大领袖畅游长江……央视新闻："2018年9月30日，'从长江走来——湖北优秀美术作品展'在中国美术馆开幕。展览选择了用100多位艺术家的国、油、版、雕、水彩领域100余件作品来呈现湖北美术的近100年。在现代与当代美术史册中，湖北美术是令人瞩目的一章，因为它富于历史性地印证着20世纪中国社会变革的风云际会，又在当代艺术发展中敏感地把握了社会轨迹。"

新闻通稿在提及参展的版画《山地冬播》时如是说——"陈天然的《山地冬播》，木版套色40cm×46cm。《山地冬播》，也可以看做是湖北版画在现实主义道路上走出的重要一步。湖北现代版画的起步，晚于沿海城市，但起步伊始，即与中华民族存亡之重大事变相连，有着悲壮的色彩。湖北战时版画与延安地区以及长江下游新四军版画相类似，作者均来自革命队伍，创作题材取自革命斗争与生产劳动。这是战时版画的全局性特征。新中国成立，湖北版画开始新篇章，一批南下的版画家先后抵鄂，代表人物陈天然。

"1960年，陈天然由于其卓越的版画成就，调任湖北艺术学院版画教研组组长，组建版画专业并招生。这是湖北现代美术教育史上第一个版画专业，学制五年。首届学生有查世铭、戴槐江、张京德、陈元武、关荫沛、贾国中、冯世顺、李国英等。这批新生力量得到系统的美术教育，在读时即频频发表作品，这些出自院校的版画家，逐渐成长为湖北版画创作及版画教育领域里的中坚。"

……

"从长江走来——湖北优秀美术作品展"于2018年国庆节在首都北京亮相。举一省之力，动员起全国媒体，承载着全国美术界的重托和厚望，展示荆楚文化的璀璨夺目。万分遗憾的是，这时的陈天然老先生，这位世纪老人刚刚作古，叶落归根。

　　文化大省湖北，长江汉水的波峰浪谷，汹涌澎湃过多少英雄豪杰。泰山不拒细壤，江河不择细流，山明水秀之地，传统文化之乡，荆楚人更是怀念偃武修文时期的陈年事典。"送人玫瑰，手留余香"，陈天然，是湖北艺坛的"火枪手"，人走茶不凉，吹灯不拔蜡。当湖北文化大戏在首都放射演出时，弹幕慷慨激昂地弹出：书画大家陈天然！湖北的河南人，鄂豫串珠成链。

　　"股市"没有鄂豫通，我们多次提及的版画《套耙》，因在武汉创作，首先是湖北书画界的荣耀，接下来，又先后被中国美术家协会、中央对外文委多次选送出国美术展览。好在河南人宽宏大量，没有像计较诸葛亮的躬耕之地一样，去和湖北兄弟掂惦套呀耙呀。"一损俱损，一荣俱荣"，"一人参军，全家光荣"。

　　忆往昔，峥嵘岁月，看今朝，江山如画。陈天然的故乡巩义，高铁穿过河洛文化的摇篮，迸出几朵青白的火花，给人留下深邃的遐想。巩义，旧时光里的流年华章，和现实中的国家相册重新排版，经济文化比翼双飞。春到巩义，潮涌伊洛，生存和发展活力，也像他们山地的红薯萝卜一样，沃土肥苗，生机盎然。

　　巩义，北国江南，湿漉漉俊俏俏的。巩义北靠黄河，南依嵩山，头枕洛阳，脚蹬郑州，文化汁水丰沛，志士明星相映生辉。大唐杜审言、杜甫祖孙，诗家先尊的地位难以撼动；文化繁荣昌隆的大宋王朝，就选中了巩义的风水宝地，作为奉安其"七帝八陵"的皇堂……今天连篇累牍的影视作品，很多都是截取这些历史段落为文化背景的。

　　陈天然先生的祖宅，就坐落在今天巩义市河洛镇柏沟岭。左邻，是诗圣杜甫家；右舍，是金代文状元卢亚宅；远几步，住着清代武状元牛凤山。一方水土养一方人，良禽择木而栖。巩义这地方，就是文脉旺盛。当年，曹植、潘岳、岑参、刘禹锡、欧阳修和王安石一代墨客骚人，就像赶集一样频繁地游历观光巩义，或讲学卖萌，或著书立说。

　　当然，巩义也并非纯粹是文人的乐园，天下大乱时，袁世凯就把中国四大兵工企业之一的兵工厂建在这里。无数风流才子曾经舞文弄墨的所在，竟然枪炮林立战车轰鸣。可见，巩义历来聚人气增财气人文荟萃，兵器库洛口仓等，都不是历史的偶然。

　　柏沟岭所在的河洛镇，原来不叫河洛镇，叫沙鱼沟，也算土得掉渣了。20世纪90年代，经河南省政府批准，改名为河洛镇。一个古老乡镇的易名，是画龙点

睛的一笔。本就是中原大地的人才硅谷，如今更是透着巩义人的经济惊诧和文化远眺。

巩义人知道，长江和黄浦江的交汇，诞生了上海；汉江和长江的交汇，诞生了武汉；而洛河和黄河交汇，虽然没有诞生大都市，但却碰撞滋润出中华民族的主流文化——河洛文化。洛水和黄河，流淌着两河故事，涌动着漫山的水韵。洛河的负图龙马，朝着从砥柱山下来的黄河神嘶鸣；美丽飘渺的洛神，聆听了雄壮豪迈的黄河船夫曲……河洛文化，滋养润泽的巩义大地，在壮观灵动的黄洛交汇之后，奔流到海不复回。

河洛镇，耀眼的历史明珠，传统的文化之乡，夏雨冬雪春华秋实，四时八节景色鲜明。书画大家陈天然，犹如一幅庄严肃穆的版画，就像素艳典雅的柿花和火红的柿子点缀漫山丛林一样，镶嵌在层峦叠翠的柏沟岭。色彩通透明亮，光影生动自然，恒久释放着艺术灵感和智慧光芒。

伴随他生命的夕阳晚霞，还有如影随形的老伴牛翎。素尺结缘摩锦绣，红尘慧眼识丹青。在陈天然先生感情的空窗期，他和牛翎女士，哈喽一声相识，20年不分离，相濡以沫，情深缘重。20年，时间是一种尺度，两个相互深爱的人，相敬如宾，夫唱妇随，没有战争，没有敌人，没有吃穿用度纠葛，没有相互翻兜，更没有政见分歧。像老队员踢足球，两人老当益壮，攻得上去，撤得回来，攻守平衡。20年，半路牵手，赤朱丹彤，午后恋，也无非如此，不服"你来踢"。而且，更难能可贵的是，耳濡目染，潜移默化，牛翎像爱上天然先生一样，也爱上了书画艺术，成了老先生攀登艺术高峰的强力支撑。点击老两口互爱和谐的倒回键，20年欢声笑语，相敬如宾，牛翎的善良和勤快，是天然老先生幸福安康晚年的背书和倒影。

2018年元月，先生享完他92岁高寿，和夫人牛翎告别，驾鹤西去。天然老先生给牛翎留下来的，除了字画作品，还有悠悠岁月。牛翎见证，老先生的耄耋之年，生命不息，追求不止。他携夫人牛翎，在生养自己的土地上，设计建造了"天然山庄"，把一生的艺术追求，记录在诗歌里，凝固在建筑里。红石堆砌的山庄，气势磅礴，高耸巍峨，在绵延的群山绿野中，一抹殷红，犹如一团红云，映衬在山乡柏沟岭的土地上。

老骥伏枥、壮心不已的天然老先生，本来和夫人牛翎说好，还有不少事要共同筹划实施，可他说走就走了。已过古稀之年的夫人牛翎，形单影只，茕茕孑立，

偌大一座山庄，老太一人压寨。风雨彩虹，铿锵玫瑰，情景犹如童话故事。白发苍苍的牛翎老太，享受寂寞，但山庄并非世外桃源逍遥港湾。痴心的守候，别样的坚贞，画面是空旷寂寥，默然无语的。不过，诗情画意的寥廓里，那连绵的山峦，是天然先生的身影；那飘然的晨雾，是老妇人昨天的温柔，两位老人仍在温存对话。天然山庄，是丹青学子的酒馆。陈老先生的书作画卷是年份美酒，谁喝谁醉，谁醉谁长才情。

好在牛翎老太有坚如磐石的文化铺垫，有源远流长的精神支撑，她一如既往地守候着山庄里陈天然先生的书画展览，迎送着络绎不绝的参观人群，应酬着老先生的业界弟子或媒体才俊。老先生走了，但他壮阔人生的画廊里，熙熙攘攘还有好多人，小众打卡热流不减。人走了，茶还热气袅袅。

我们和牛翎女士以往并不认识，并且，我们大都是书画门外汉，既不入行，也不会鉴赏。只是在一次郑州文友活动中，阴差阳错地驱车到了天然山庄，见到了热情健谈的牛翎女士，我们加了个微信。午饭还在山庄吃了捞面条，一个个吃得吧唧吧唧山响，家常得像楼下的阿牛小吃店。

我们一帮人，热热闹闹地倾谈了人生和文学，还为许多艺术家发泄了不少感慨。谈到黄宾虹、黄胄，还谈及徐悲鸿、廖静文等，从徐悲鸿靠"一匹马"、四幅"仕女图"考入震旦大学，联想到陈老先生最初和黄胄在《河南民报》的合作。牛翎女士还介绍了陈老先生的贫苦出身，他遭遇的天灾人祸，他风雨兼程的个人奋斗，以及陈老先生在中国书画界的尊崇地位和国际影响。

拜谒天然山庄，和牛翎女士认识，是我们的意外收获。我们知道，一个有文学梦的人，任何时候都不会拒绝丰富自身阅历。更使我们吃惊的是，牛翎女士爱读书，当然也爱文学。她早年读过红色经典《红岩》《苦菜花》，"文革"时读浩然的《艳阳天》《金光大道》，再后来读莫言、贾平凹等众多中外知名作家的作品。

接下来，牛翎女士又转给我几册陈天然先生的画册、诗稿，还有其他作家、书画家有关评介老先生的专著。这次接触和资料的获得，最终使我横下一条心，写传记！班门弄斧也好，不自量力也罢，成功是从幻想开始的。不下手，啥也弄不成。

翻阅文字资料，看到当年陈天然供职的《华中工人报》（之后更名为《中南工人报》）社长江牧岳，点拨教育年轻的美术编辑陈天然说："前些时，我学习毛主席的《关心群众生活，注意工作方法》，就联想到咱报社员工，大家的政治素养参

差不齐。我也想到了你这个随大军南下的河南才子,怎样帮你继续充实提高,怎样让你达到才学名符其实。金鳞岂能池中游,遇到风雨必化龙,有点雄心大志才行啊。

"话说明白点,我们党,是无产阶级的先锋组织,但从另一层意义上讲,又是穷人的党,百姓的党,从群众中来,到群众中去,是为人民服务的。凝聚万众心,淬炼民族魂。我们党,不会鼓励纵容投机者升官发财,名利双收。所以,我们的党,也不是赈灾党、救济党。当然,抗灾救灾体恤民情,是我们必须要做到的。"

在人们看来,陈天然之所以能够从革命工作者,成长为红色艺术家,经历了多少腥风血雨,又沐浴了多少党的阳光雨露啊。于是,我们也就萌生一种责任和担当,《陈天然传》在志忐中挥鞭上马。前几章内容,先发给牛翎女士和朋友圈的微友看,得到了鼓励。可是往后的章节,出于各种原因,就不那么容易发出去了,总在提示有"敏感词",再加上眼拙手笨,玩不转电脑,就指不定哪一章能和大家"见面"了。

一年多过去了,《陈天然传》完稿了,就要出版了。《陈天然传》写的就是陈天然——一个世纪老人,从他在巩义柏沟岭出生,到他92岁魂归故里,近百年的春夏秋冬人生百味,基本上浓缩在近40万的文字里。让我们追随着主人公的足迹,打开他的七彩画卷,景仰他饱经沧桑而又波澜壮阔的一生吧。

二　一路远行

《三字经》里说,"昔孟母,择邻处",人们都知道孟母三迁的故事:孟子的父亲早逝,孟子自小和母亲相依为命。他们家离墓地较近,耳濡目染,孟子学了不少祭拜礼仪事宜,于是就和孩子们玩起了办理丧事的游戏。孟母认为,这地儿不适合孩子居住,于是就将家搬到集市旁。然而,孟子很快又学到了不少做买卖和杀猪宰羊的技能。孟母想,这地儿还是不中,又把家搬迁到学宫边。孟子学习模仿能力强,很快学会了朝廷上鞠躬叩首上下进退的礼节。孟母认定,这地儿才是孩子成长的好地方。之后,孟子健康成长,学会六艺,终成大儒。

诞生书画大师陈天然的河南巩县柏沟岭,依偎在苍翠的山峦中,仰卧在潋滟粼粼的伊洛河畔。少年陈天然,常常骑在门前的柿树上,心事重重地穿越历史。伊洛河涌流奔泻,滋润抚慰着河洛人的聪颖智慧。波涛汹涌的黄河雄浑壮阔,传承着河洛人坚韧豪放的性格基因。

俯视河洛汇流处,炎黄会盟筑坛沉壁,河出图洛出书,伏羲画出八卦图,汤王焚身求雨,曹植牧马巧遇洛神,瓦岗军广筑洛口城,隋炀帝画舫百舸下扬州……河洛大地藏龙卧虎,人文景观星罗棋布,史诗般铺展。环顾河洛地域的花朝月夕,风吹漫山词,雨下遍地诗。月下春新米,夜闻伊洛摇橹声;山上摘秋果,日见长河千帆渡……历史的身影,就像夜色风中的银幕一样,影影绰绰,但清晰地再现着那曾经的真实。看山望水,峥嵘初露,在如此文化氛围熏陶下的陈天然,智慧的翅膀怎能不震动?一个从小就具有司马光砸缸智慧的人,怎能一洞两人三餐四季,鱼不跳水不动,墨守成规逆来顺受呢?

外面的世界,首先召唤走好多有思想的年轻人。羽翼渐丰的陈天然,在命运的摇篮里振翅欲飞。他斜靠在门前大柿树粗壮的躯干上,翻阅着表舅爷送他的国粹画典《芥子园》,心记手画鹿角蟹爪一般的树枝。读过私塾家道中落的陈天然,

吃够了柏沟岭的油盐酱醋，开始勾画自己光辉灿烂的画林映像。

某天他正陶醉在《芥子园》，忽见北方天空乌云滚滚，泰山压顶般倾轧过来。那不是旱天的雷雨，那是遮天蔽日的蝗虫，铺天盖地的蚂蚱世界。蝗灾，一点也不亚于地震洪水。陈天然看到，蝗虫像收割机一样，瞬间吃光地里的庄稼，吃光树叶，之后叠压在光秃秃的树枝上，相互残杀吞噬。地上一层蚂蚱头蚂蚱腿，其惨况堪比人类战争。

荒年饥月里，逃荒要饭的人们，靠挖草根啃树皮果腹。曾经的小康之家陈家，也变得一贫如洗。饿得瘦骨嶙峋的陈天然，被奶奶从窑洞里呼唤出来，拿着奶奶、母亲出嫁时娘家陪送的首饰，还有窑洞里存放的农具出去变卖，换钱养命。即便是这种缺吃少穿的日子，也没有泯灭陈天然外出闯荡的欲望。

家里揭不开锅，他仍从牙缝里挤出几个子儿，跑到站街旧货摊，买了《六通书》《郑板桥书法》和《篆刻字典》。那时的巩县站街，是陈天然心灵深处的七彩虹。陈老先生经常回忆这段经历，他最初的心愿，是等家里日子好过点之后，在巩县老城的站街摆个小摊，为人刻章写字，赚钱贴补家用。这就是少年陈天然的袖珍雄心。正在追梦，雷霆万钧的人生狂飙，把他卷向了站街之外的万水千山。

1945年秋的一天，陈天然爬上大柿树，一边看黄河看邙山头，一边背诵陈子昂的《登幽州台歌》："前不见古人后不见来者，念天地之悠悠，独怆然而涕下。"观景背诗，挡不住饥寒交迫。发妻乔娥理解心疼丈夫，眼含热泪说："过日子比树叶都稠，人口多家里穷，你还是出去吧！家里事儿由我打理。你找个事儿干干，能挣几个更好，不能挣，人家管吃也中，先吃饱肚子再说，总会给家里省点儿吧。"爱妻的肺腑之言，正中天然下怀。出外谋生，变为陈天然紧锣密鼓的筹划。

这年陈天然19岁，出远门，闯世界，去开封，胜败在此一举了。穷家难舍，故土难离，陈天然高兴激动，但心中打鼓。巩县的站街，是他人生阶梯的第一蹬，是他光顾世界的第一道门槛。

咨询陈老先生当初是怎样去的开封？乘汽车？坐火车？电话一问，牛翎女士大吃一惊："汽车火车？！那都是别人坐的，他哪儿有钱呀！步行！一个人，扛个小包袱，两天一夜，披星戴月。那可不是小资走在乡间的小路上，蓝天夕阳，牧童歌声……"

天哪！亏得打了这个电话，不然，就失之毫厘谬之千里了。从巩县到开封，300里左右。眼下坐高铁，需要个把钟头吧。可70多年前呢？青年陈天然，即便

步履矫健，马不停蹄，也得两天一夜。加上拐弯方便求人问路躲车绕人，他实际走的路，恐怕得有300多里。

漫长的汴洛古道上，车马猎猎，行人多得像熬菜。桔色的秋阳下，陈天然身着黑蓝粗布夹袄夹裤，脚穿尖口粗布鞋，脚下生风，大步流星。肩背的小包袱里，裹着他的撅肚小棉袄，装着妻子塞进去的几个菜馍，赶考似的匆匆赶路。饿了啃几口冷馍，渴了寻点凉水喝喝。

省城开封，对跋涉者而言是遥远的。尽管前景难料，但陈天然的梦想还是丰富多彩的。树挪死人挪活嘛，穷人家的孩子早当家。况且，自己已经成家，为何不能立业呢？富贵本无种，男儿当自强。出门学点本领，挣点小钱，咸鱼翻身，把力气和能耐，早日变成孩子的罗汉帽虎头鞋，变成养家糊口的大白蒸馍小米粥。好男儿志在四方，不能窝在柏沟岭混一辈子。既然上路了，就按下快速键，绝不能掉链子。

古道上尽管车马喧嚣，人声吵闹，但陈天然动中心怀不乱，思考着"物竞天择适者生存"的处世哲理，还不忘默诵白居易的《潜别离》和旧邻杜甫的《新婚别》。"不得哭，潜别离；不得语，暗相思；两心之外无人知。""仰视百鸟飞，大小必双翔。人事多错迕，与君永相望。"

走过开封护城堤的时候，已是上灯时辰。陈天然又赶了七八里的夜路，到了开封大梁门。几经周折，投宿在一家小胡同的人家。算是遇见好人了，东家老赵本不开店，看到大小伙子陈天然老实敦厚，就留他住了下来。还把剩饭热了热，把陈天然带的菜馍泡到热面条汤里混热吃。吃过饭，他就在大门过道下的小床上，头枕一团米糠，做起丰衣足食的梦。

天亮之后，陈天然一骨碌爬起来，没向主家打招呼，就一阵瞎摸，溜达到马道街附近，啃了个菜馍，买了碗白开水喝了，继续沿大街转悠。他弯腰捡到一张《河南民报》，发现上面有条招聘启事，报社需要一名工作人员。陈天然又在鼓楼旁边要到一张表格，但他几乎什么内容都没填，只是想起自己的一点"特长"——把装在口袋里的篆刻纸样，用表格裹，就交给了人家。

好运非常眷顾陈天然，他竟然被录用了。报到之后才知道，报社这次招聘名额只有一人。然而，改变陈天然一生命运的，就是那张表格。到报社干什么呢？配合美术编辑雕刻木版画。给谁打下手呢？中国驰名画家黄胄。不过，那时的黄胄仅是《河南民报》的一名美术编辑。而《河南民报》，则是一张民国旧报。开

封，只是孵化他的温床。后来大红大紫的黄胄，画驴一绝，那已经是他成为新中国画坛奇葩的时候了。

我们都知道，支撑当代中国画廊的巨擘们，并非像学校出操的人那么多。齐白石的虾，淡墨相生，活灵活现；徐悲鸿的马，奋蹄扬鬃，驰骋中外；接下来该是黄胄的驴了吧？简练传神，惟妙惟肖——这么说吧，苏东坡夸奖被誉为宋画第一人的李公麟鞍马画得好，"龙眠胸中有千驷，不唯画肉兼画骨"，您把苏公诗句中的"马"字换成"驴"字，这就是黄胄的"驴"了。一"张"驴，换一条街的驴肉锅。

初出茅庐的陈天然，人生中有幸和黄胄共平台千锤百炼，同深潭脱胎换骨，之后鲤鱼跳龙门。设想那动人的画面——黄胄前边彩墨泼洒，一幅幅壮美的画图出手，陈天然趁热打铁相跟上。前走后撵，马鸣刀快，星夜排版，早晨见报，真乃是相得益彰珠联璧合。

陈天然和黄胄首次合作的作品，是发表在《河南民报》上的《码头上》。那年，黄胄20岁，陈天然19岁。八九点钟的太阳，青春恣肆，恃才傲物。陈天然说："我虽然在《河南民报》只干了几个月，但在这里开阔了眼界，是我悟入版画领域的萌芽之地。"

走在版画艺术道路上的陈天然，另一面，挺挣扎挺窘迫的。报社只管吃饭不发薪水，寒冬腊月里，陈天然还依然是撅肚棉袄和夹裤御寒。当然，报社也不管住宿，鼻涕流嘴里——各吃各的。陈天然初进开封投宿的东家老赵，是个老实善良的东北人。好人在哪儿都好，陈天然在一筹莫展时，老赵腾出一间狭窄的杂具房，给了陈天然做"成龙阁"。

两人缘分的确不浅，当陈天然离开报社另寻出路的时候，老赵慷慨，不但拒收陈天然的住房租金，两人还结为故交。漂泊在外的陈天然，好像第一次发现温暖与感动；东北人老赵，成为陈天然心目中一生的丰碑，两人亲密了一个甲子年。陈天然滴水之恩涌泉相报，对老赵接济不断。2000年代初，曾一次给老赵汇寄现金1000元，两个有情人的故事，颂扬了非同一般的动人民谣。

三　村塾先生

　　沉默寡言，不是没有思路；不会瞪眼，也不是没有血性。陈天然眉头一拧，一跺脚，吐出一口气，炒了《河南民报》的鱿鱼。当然，炒鱿鱼吃鱿鱼，双方不是有啥不能化解的矛盾。很简单，报社太吝啬，陈天然一个熟练工的技能，给黄胄打下手，只有学徒的待遇。只管吃，不管住，也不发工资，这不是小工吗？那年冬天，刺骨的寒冷把开封的黄河都冻实了，冰上可以行车走人。可在报社加夜班的陈天然，还缩在他的撅肚小棉袄里，双腿晃荡着一条单薄的夹裤御寒。要知道，成年的陈天然，不但要糊口，还得养家啊，并不是说不叫他管他就不管了。算了，不能吊死在一棵树上，走人。1946年春节刚过，经表哥牵线搭桥，他到了开封东隅一个叫祝梁寨的农村小学，拿起教鞭，成为一名村塾先生。

　　1946年，是决定中国命运走向的一年。河南时局动荡，民生已濒绝境，中原那几年的大饥荒令世界震惊。内战的火药味，已经在黄河两岸弥漫。祝梁寨距开封四十来里地，东边离兰考不远。村子内外，游走着逃荒要饭的饥民。即便在如此背景下，有远见的乡绅富人，仍旧会东挪西凑筹资办学，为子弟们创造受教育的机会。在这种环境中打发日子的教书匠，还能好到哪里去呢。陈天然薪酬不高，基本能吃饱肚子。每月先给点生活费。工资余额待放暑假放寒假了再补发，老师们常常是背袋粮食回家。这还算是好的，有时校方说话不算数，遇到天灾人祸准会尅扣。

　　陈天然一直没忘，那年的5月26日，也是农历四月二十六，是个星期天。端午节要到了，独在异乡为异客，每逢佳节倍思亲。陈天然独自坐在床上反刍琐碎的日子，不觉潸然泪下。他并非政治素人，稍知官场的油路油门在哪儿。知道列宾，也知道列宁，喜欢毛遂，更尊崇毛泽东。他知道，今天，重庆临时国民政府要还都南京，南京城里张灯结彩，旌旗招展，一派节日景象；他也很快看到，从

这天起，老蒋隔山隔水，遥控指挥其嫡系部队，挑衅摩擦中原解放军。祝梁寨南边的大道上，不断有国民党的队伍，荷枪实弹向开封集结，大中原，山雨欲来风满楼。

祖国的命运决定个人前途，能在柿树上登高望远的陈天然，明白一个爱憎分明的人脱离不开政治。他在床上辗转反侧，几乎折腾了一夜，难以入睡。是的，昨天下午学校放学早，晚饭吃得还中。他在学校公厕旁的灶火里，自己烧锅做饭，馏了两个杂面馍，烧了一碗稀甜汤，就了一碟新蒜薹。肚子里吃了些东西，感觉挺得劲。温饱思动，给自己教室后边种的两畦菜浇浇水，围着学校转了一圈儿，攥起土坷垃，撵走零散跑进校园的猪，就靠住一棵洋槐树发呆。

但时间不长，又有猪闯进来了。这些猪这么好动啊，照护不好，它就把菜畦里的蒜苗拱了。其实，猪是不吃蒜苗的，纯搞破坏。他想，俺柏沟岭的猪就老实得多，除了主人敲猪食槽时跑着跳着去吃食儿，平常没事就躺在窝里一动不动，天塌下来都不睁睁眼，老鼠趴身上也没感觉，最多哼哼两声，告诉主人它在这儿很乖。没事不找事儿，抗干扰能力特强。这儿的猪咋这样？兔子做派，卧不稳，乱串门。

初夏，正是百鸟的恋爱季节。晚霞映照中，一对回归的斑鸠入巢，咕噜咕噜在对话；麻雀，在鱼贯钻入屋檐下的小窝时，晃着小脑袋看了几眼陈天然。"蝉噪林逾静，鸟鸣山更幽……"这是谁的诗句？王籍，文人不得志，作诗来宣泄……夜幕合围，校园一片沉寂，孤家寡人陈天然，没有电灯照明，也不能点灯熬油，上床等东方日出吧。

凭窗看到满天星辰，听着夏夜的布谷鸟，在远处不知疲倦地歌唱。阵阵西南风，把校园内的小叶杨吹得沙沙响。他做寒舍带办公的这间房，原来是两栋简易教室间的屋山过道，去年秋后才挤盖成一间小屋，给陈老师用了，师生们就得绕路走了。夜里，露着大窟窿小眼睛的门窗扇，不时有村里家猫用尖利的爪子抓挠，并伴有细腻甜润的奶叫声；还有老鼠，在报纸糊成的顶棚上乱扑腾，唧唧叫着，像是一齐对陈天然打招呼一样。

白天，陈天然读了一本关于古城开封的书，他嫌汉景帝刘启太过分，怎么自己名"启"就天下讳启，把县名"启封"更改为"开封"？但陈天然想得更多的，是汉景帝所建的华丽园囿，方圆三百楼台相连，怎么就成为漫卷诗书才子佳人的园林奇观？经济繁荣富甲天下的泱泱大国，难道没有名家写生遗存或心手相传的大画作？描绘东京梦华的大腕张择端，上承汉唐，下启明清，为什么就不动墨横锦摇笔散珠地为园林留个记录？嗨！俱往矣，自己为什么不能从寂寞走向绽放，千淘万漉吹沙见金，创作一幅梁园长卷，挑战《清明上河图》？

蓦地，他想起从开封"沧浪亭""兰花溪"走出来的国民党军官，个个军装笔挺，人人将星闪耀，扯旗放炮，自诩为猫不闻腥官不贪财，实际上，这些宣誓为党国效忠的虾将蟹兵，是蒋介石的一帮雁过拔毛鸡腿上刮油、满肚子狼心狗肺的家伙。忽又想起那次遇见的一支中原解放军，灰衣绑腿，长枪布鞋，叫人可怜同情又向往。有时，他像个思想者，尤其对待时事风云，叫他无动于衷，挺难的。

当附近的陇海铁道线上，一列火车隆隆驶过，他会不由自主地猜测老蒋运的什么兵。当一架军机从头顶呼啸掠过，他会担心老蒋派空军到解放区撂炸弹。只是沉默寡言的陈天然不善表达，性格内敛，除了授课，闲话几乎一句听不到。但祝梁寨学校的老校长，仿佛看到这个年轻人坚硬中的柔和，拙朴中的灵性，他评价说，陈老师水深流缓，贵人语迟，将来必成大器。

可能要下雨了，白天日头晒了一天，夜里才这么燥热。陈天然叹道，哎！夏雨不下干燥，下了泛潮，生活的鸡肋四时都有啊。他吹灭那盏灯苗黄豆大小的油灯，又往下褪褪肥大的裤头，把薄被蹬到脚头，听着不时响起的火车轰鸣声，开始放飞自己的海阔天空。日子艰辛，但他身处泥沼，总是遥看四野花开。世界广阔，视角独特。寂寞夏夜，仍想起读过的四书五经，还有《百家姓》《千字文》，以及《水浒传》《三国演义》等经典。致敬先贤，问道古今，他还想到版画之乡朱仙镇，不远，抽空要去了解一下它的前世今生，也想到了他的老师、伙计黄胄，此时此刻，老黄他是在寺后街吃煎包呢，还是在报社挑灯夜战？……翰墨青丹千丝万缕，一直搅缠到鸡叫，陈天然才涩涩地合上眼睛，迷迷糊糊进入梦乡。

睡梦中，陈天然被一阵细碎的敲门声唤醒。睁眼一看，是老私塾先生、校长庞老师晨巡学校。晨光中的庞老师，微笑着朝陈天然摆着手，轻言细语说："陈老师，皇帝的新衣打着补丁啊，日照三竿了，今天不锻炼了吗？"说完微笑着走开。陈天然吃了一惊，发现自己身子上除了一件小裤衩，赤裸裸的。他拉过被子盖在身上，但却盖不住他的局促不安。在校长面前，他一向都衣帽整齐。校长好为人师，有句话长挂嘴上：女不露皮，男不露脐，穿衣就是遮丑的。一个老师夜里睡觉，怎能不关门不闭户？平日里去找校长说事儿，他也是正襟危坐，唯恐失了礼节。老师尊敬校长，跟小学生尊敬老师一样。再说也是穷人家的孩子规矩少，光

身睡觉,闻鸡起舞,挑灯夜读等,都是陈老先生的独癖。

我们了解到,老先生不少习性都是怪癖,有些特酷毙特拉风。他睡觉,能穿个裤头还是不错咧……但要是写到书里头,不太那个,算了吧。

艰难时世,挣扎蜕变中的陈天然,继续在人群里兜圈子。从大报社来到乡村小学,原始芯片没有升级,本领还挂不上挡,命运在冷嘲热讽着他。他只能耐心等待机遇的节点,忙碌地设计优化线路的熔接。但他告诫自己:入林不动草,入水不动波,滔滔不绝,不如缄口不言,师傅领进门,修行在个人,何时修成正果苦尽甜来?千里之行,始于足下,他把每次困苦,都作为自己的出发点。

裸睡是裸睡,穿上衣服该干啥还得干啥。早饭喝了两碗红薯小米粥,又正襟危坐一阵子。今天,南京老蒋的还都仪式看不到听不着,国共交战的长枪短炮距祝梁寨尚远,他庄严地做出决定:到黄河岸边写生去。他身背破旧的画架、小凳,装起一把炭笔炭条等,大踏步向黄河进发。明净的阳光下,滚滚麦浪之中,陈天然走在夏野里。流离失所的流民,看着这位个子不高、清癯瘦弱的男青年,皮肤黝黑,眼神坚毅,长发汗湿,读不懂他的抱负和去向。

翻过黄河大堤,是一望无垠的滩涂麦田。黄河的南岸和北岸,由于历史的诸多因素,似乎形成了迥然不同的两种气象。河水总是紧贴北岸急行军,浪涛翻滚,冲刷着一座座石头坝。陈天然知道,斜对面就是赵匡胤兵变之地陈桥。大宋江山的开创,经济文化的繁荣,也就是从他黄袍加身开始的。黄河南岸,大堤以内,广袤的河滩平坦舒缓。湛蓝的天空下,耀眼的阳光纯净透彻,苍茫无际的绿野,一派盎然的青葱。麦田绿浪起伏,麦穗都饱盈盈的,丰收在望。可也说不定,要是哪天上游来了洪水,大水漫灌滩地,庄稼泡了汤,麦子就绝收了。河滩里的收成是看天吃饭的。

一条隐隐约约的河滩小路,引导着陈天然缓步向前。他垂手撩着沉甸甸的麦穗,脚踩绿油油的荠荠菜面条棵,还有开不败的簇簇苜蓿花。伊洛水意,邙山画情,乘着大河激流波浪,顺风顺水赴我约会。触物生情,徘徊怀古,澎湃的激情油然而生。他想,脚下的土地,是八朝古都开封的京畿地带。五代宋金,这里留下许许多多震古烁今的学问家、书画家的足迹。说不定,三苏父子就来这儿踏过青,欧王在这儿吟诗著散文,徽宗赵佶在这儿写过生,练过个性化瘦金体……一块热土,艺术家云集,是文学艺术上乘作品的源泉之地。大河穿明珠,长天共一色,诗人伊洛河里撒一把山花,飘飘悠悠就到了开封的府楼华堂;皇帝下一道事

关西域的圣旨,巩县驿站很快就会见到绝尘快马。东京文化的底蕴厚土,接壤着巩县文化的错节深根。

中午,陈天然站立在黄河南岸,凝视北岸,见大堤蜿蜒东行,眼前浩瀚的水面茫茫苍苍。下行的帆船顺水疾行,上行的帆船风鼓白帆。一艘大船正艰难西行,河水翻卷着层层浪花,哗哗刷过船体。一群赤身裸体的拉纤船夫,高喊着含混不清的船歌,脚踏岸边松软的黄土,一步步弯腰向前跋涉。陈天然在岸边的一堆草丛上安营扎寨,立起画架,戴上草帽,开始勾画黄河景色。描绘了一张又一张,直到夕阳西下,他把自己最满意的一张,又夹在画架上欣赏——黄水龙腾虎跃,花草璀璨生辉,点帆竞发风云千樯。近岸的小岛上,光身的渔夫高擎锃亮的鱼叉;远方,映衬出北岸灰褐的堤坝上惺忪慵懒的杨柳。画作遂题名"陈桥驿畔黄河谣"。

四 归去来兮

———

在祝梁寨小学,陈天然从寒春熬到暑假,几乎没得到薪酬,不完全是校方责任。解放前,兵连祸结,老百姓生灵涂炭,办教育举步维艰,缺钱请老师挺正常。长长一个学期,陈天然所得到的报酬,只够他邮购一部《版画入门》。愿景的翅膀,飞不过现实的矮墙。半年里,他没添新衣服,内衣一层油腻,帽子褪得都没颜色了,一双布鞋入夏就穿了帮。他能够给巩县柏沟岭那个家的,只有一封封报平安的书信,没有寄过钱。

闪人,成了他唯一的选择。他走出祝梁寨小学大门的时候,也许是因为放暑假了,没有人送别。客气的校长,头天晚上把能说的话都说完了,要陈天然经常写信联系,学校该补他的工钱一定会补的。没办法,陈天然背着他来时背的小包袱,头顶烈日上路回巩县老家。

乡间土路上,一个少气无力的年轻人,汗流浃背,气喘吁吁,朝着开封行进。近午出发,半下午,他才跟跟跄跄来到开封行宫前街《河南民报》报社。他想见见老朋友黄胄,希望他能指点迷津或帮自己找个营生。

黄胄热情,带着陈天然在附近冲了个澡,换了身单衣,之后,俩人在鼓楼街一间饺子馆吃饭。黄胄要了酒菜,陈天然不会喝酒,但他在高兴激动之下,眼泪簌簌地勉强喝了两杯。喝着说着,挺晚才结束。那天黄胄值夜班,陈天然就在他的床上凑合睡了一夜。早饭也是黄胄从街上买的馍菜汤,端回来和陈天然一块吃的。

二人久别重逢,絮絮叨叨说个没完。可黄胄就是不提为陈天然另谋生路的事儿,陈天然也不好意思问。他是个想法简单、不叫别人为难的人,随即想到,客走主家安,还是离开的好。

倒是黄胄,面对老友陈天然憋不住说了好多话,他推心置腹地说:"《河南民报》政治锋芒太钝,相对安稳些。但一份日发行量3000份上下的报纸,还能有多

大出息？即便这样，还得藏头去尾、拐弯抹角报道社会新闻。"

陈天然问："你信上说，报社的隶属关系不是要变吗？"黄胄说："是啊，行政就要直管了。但生存也不纯粹在于谁管。《河南民报》《河南官报》《河声日报》等几家报馆，也都有政界背景啊。狼会咬那只喂自己的手，这是政治天性，他们经常有人被问讯被调查。新闻'把关'，历朝历代都一样。'锦衣卫'可不是光吃干饭的，国民党就是这德行。咱俩都属于性格直爽的人，时不时就口吐真言，暴露政治倾向，引起周遭关注在所难免。告诉你天然，我已经被列入黑名单了，逃离是早晚的事儿。你走吧，回巩县找点事儿干，但别冷落版画。生存下去，发展起来，我们需要有个目标垫着自己，不走仕途。当官，几年就被百姓忘掉了，而一个艺术家，能彪炳千秋，具有深刻的社会意义。《河南民报》《河声日报》气数已尽，这儿不是咱的生存土壤。我们一直在等待命运之神惠顾，一直在排队，但往往快到跟前了，神有事，走了。"黄胄苦笑，紧握了一下陈天然的双手。

黄胄不是贵胄，他无法改变陈天然的生存状态，何况他也在为别人做嫁衣，只得无奈送友离汴。他把还有热气儿的一包火烧从布包里掏出来，塞给陈天然，两人分手。此时此刻，倒有些英雄相惜的味道。黄胄走出两步远，又回过头来，把他上衣袋卡着的一支钢笔揪掉，送给陈天然，说："这是社长赠我的抗日战利品，给你，做个纪念吧。"

陈天然直奔火车站，打算回家。巩县水涌山叠，哪个山沟沟里不能养活人？出门人恋家呀。先奔火车站，但他不是去买票，他囊中羞涩，没钱。他从火车站顺大街一直往东疾行，到了开封火车站东闸口，从那儿溜进货场。货场的股道上，停满了几列东来西往的货车，列检工人忙着敲打检查车轴隐患。陈天然在开封没有白呆，曾经的半年时间里，他把开封的"七角八巷"都摸熟了。扒货车回巩县，是他早就酝酿过的慧心巧思，既方便又省钱。

他好不容易扒上一节空车皮，上衣的纽扣都挂掉两个，肚脐上方擦出一道血痕。但他并不觉得狼狈，开始的成功、省钱、方便、实惠，使他一直很亢奋，只要到郑州就好说了。从郑州徒步回巩县，不就一百多里地吗？他暗自庆幸，运气不错，扒上了火车。往前看，火车头已经连接了列车，正在呼哧呼哧冒白烟。列车整装待发，陈天然的回家之路，风生水起。

汽笛一声长鸣，这列长长的混装货车缓缓驶出开封。列车一路西上，卷起呼呼的大风。陈天然所乘的车皮内，滚荡起浓浓的煤尘。他睁不开眼睛，双手紧紧

抓住车厢的门立柱，一刻都不敢放松。

要是列车一路狂奔直达郑州还好，不是的，列车跑跑停停，磨磨蹭蹭，还会临时停车。列车绕了个大弯，过了中牟县城不久，在一片树林和沙岗旁边又临时停车，一停就是半天。陈天然不敢下车，想尿了就在车皮里解决。他强力揉揉眼睛，闪开一条缝，只见蓝天烈日，没有一丝云彩。酷热炙烤着他，有汗水顺眼角淌下来，他伸手抹了一把，黏糊糊的，煤粒足有小米么大。包袱里的旧报纸，已被飞尘和汗水撕烂；再摸摸腰间，像是一层黏泥粘在身上。不要紧，他鼓励自己，到了郑州西郊，跳到贾鲁河里洗个澡，啥都有了，天无绝人之路。

又是个夕阳西下的时刻，列车不知在郑州的啥地方停下，火车头撂下几十个车皮，砰砰砰放单机开走了。陈天然小心翼翼地从车皮上跳下来，沿铁路走着问着，好不容易才摸到西郊的贾鲁河。天色已晚，走过石拱桥，来到一个叫小京水的村庄附近。陈天然钻进河边一个树丛茂密的沙土岗，脱了衣服，一跃身子蹦进河里，无牵无挂地洗了个澡。

他把洗过的单衣挂在树枝上，解开随身携带的小包袱，把黄胃送他的四个火烧吃了一个，剩下的没舍得再吃，明天和今天一样长，得匀开吃。吃完了一个火烧，蹲在岸边，手捧河水喝了几口。拿出一年四季陪伴他的撅肚小棉袄，往身下一铺，躺了下来。凝视着一钩西沉的新月，地上一片细碎恍惚的阴影。他用树枝拍打着嗡嗡作响的蚊子，玩味艰深神秘的贾鲁河历史，憧憬自己美好虚幻的未来。虽然困顿，但激动和胆怯，使他难以入睡。

郑州西郊，是一眼望不到边的丘陵地带，地锦草缠绵，狗牙根错节，丰茂的灌木丛，簇拥着连绵不断的土岗矮岭。小村散户星星点点，充满了生机和诡秘。

陈天然爱翻书，怀揣很多文史知识，经常臧否历史人物。他知道，贾鲁河从南至北蜿蜒穿过郑州西郊，这条河已经流淌了两千多年。困苦中的陈天然，无比热爱大自然，他的心中总是花朝月夕。他总在寻幽访古，风趣看世界；身无分文，还总奢望观沧海、走四方，匠心独运，写生大山明川，吸收消化丹青妙手翰墨高人的模山范水。身心溢满先做徐霞客，再做徐悲鸿的文旅气概。

陈天然知道，一条贾鲁河，半部郑州史。贾鲁河上，原有一座小桥叫京水小木桥，不过，小木桥已被历史的潮水冲向远方，代之而起的是吴佩孚修建的石拱桥。小木桥和石拱桥，都是郑州通往巩县和洛阳的咽喉。小桥太普通了，但桥上不知走过多少风云人物，文人雅士，不知引领过多少次风尚潮流。

遥想当年，历史的天空下，金戈铁马闻征鼓，只争朝夕启新程。郑桓公、刘邦、项羽、闯王李自成、慈禧、光绪、冯玉祥等等，这些鲜活的生命，都携风带雨从这小桥上穿过。桥小见证过大事，从这里走过的人，或身负历史辎重，或撒欢尥蹶子，有的创造了历史，有的葬送了江山。蝴蝶效应，诱发了天下一场场大事变的龙卷风。所以，这里同样也浸着血腥，天下哪家英雄不杀人？

陈天然到开封谋生，来回都从这里过，踏着石拱桥往东或往西。上次从巩县徒步去开封，不就是经过这座桥，从西往东步行穿过郑州，直奔省城开封的吗？有那么一会儿，他伫立在桥上想象着，当年吴佩孚、冯玉祥踏上桥面时是啥样情景？但他随即感觉到桥面上的自己，人低影短微不足道，过去就过去了，毫无声息。唉！人，想走过去一阵风，脚踏下去桥晃荡，只有增加个人的政治海拔和才学吨位。

陈天然想到，时光再往前赶赶，这儿只是一条鸿沟，没有小桥，但这儿同样是刘邦项羽的战争棋盘格。"坑灰未冷山东乱，刘项原来不读书。"刘邦甚至叫嚣："老子是马上得天下，读什么《诗》《书》？"不读书的刘、项二人，都是野战军司令员，他们在这一带兵戎相见杀声四起。两只蝴蝶振翅，战争风云席卷华夏，物换星移，结果改了朝换了代。

京水小木桥，陈天然晓得，这儿曾是千年的通衢要道。大宋皇家的御林军，多次护送驾崩皇帝和王公大臣的棺椁灵柩，送葬至巩县的皇陵；佩戴刀枪剑戟的武士，扬鞭策马踏过小桥古驿道，冲锋陷阵建功立业；历朝的文人墨客，状元秀才，为京水小桥馈赠了一串串光耀千秋的文珠墨玑。诗经、汉赋、唐诗宋词……"黄尘腾万丈，驿马如流星"，在山丘相夹的驿道中，留下他们深深的足迹；在历史的丰碑上，镌刻下他们辉煌的名字。

四面楚歌，十里埋伏，沐猴而冠……知道说的是谁吧？属下韩生劝项羽："关中以山川河流为屏障，土地肥沃，可以在此建都称霸。"项羽说："富贵之后不回故乡，那不就是身着锦衣华服在黑夜里走路？锦衣夜行，叫谁艳羡荣华富贵呀！"韩生向人感叹："都说楚人像戴帽的猴子，徒有其表，果真如此！"项羽听其言怒不可遏，支起一口锅，把韩生烹杀了。然后，便带着屠城和火烧阿房宫的得意，载着掠夺的大量金银财宝，以及车拉人扛的战争和人事故事，当然，少不了那个倾国倾城、拨动天下人心弦的虞美人，于公元前207年的隆冬时节，率领大队人马从古驿道小京水涉河东去，击鞭锤镫，华丽回师彭城。当然，手拿把攥的传奇，

也都慷慨地显露在小京水了。这里珍藏着太多的中华民族文化遗产"藏书楼"的孤本册页。

中原古都郑州,哪儿的历史积淀既丰厚又生动?陈天然说:小京水。最浪漫、最诗意、最落拓不羁和最具想象力的地方在哪儿?文人学士必然道:小京水。

陈天然一向认为,小京水,古驿道,小木桥,石拱桥,是古郑州的咽喉锁钥和城邦缩影。其文史和旅游开发价值,不亚于商城遗址。他曾经说过,应该在知名度很高的小京水,建一座仿真小木桥,并连接一座仿真石拱桥,旁边再建一座具有针对意义的小型历史博物馆。那么,其强大的历史冲击波,再借着西流湖浩瀚水面的衬托,必然是"小小的投资,大大的收获"。

陈天然先生晚年,青春回忆,促使他几度到贾鲁河畔的小京水,寻觅他人生的白皮书,追梦火红的青春,揣摩小京水的历史文化价值。小京水,浓缩了一部大历史。然而,如今一片汪洋都不见,京水河没有了,石拱桥不在了。落寞而平静的西流湖,一汪绿水,把那刻骨铭心的意象,化为历史的过往。老先生在感慨嗟叹之后,一丝不苟地抄走了小京水纪念亭的一副楹联——千里石桥卧听京水奔东海,万古高岗俯看官道通豫陕。随后他书写成条幅,装裱好,珍藏起来,作为永久的感念。遗憾的是,这幅饱含天然追梦色彩的书法作品,不知流落到何人之手。

类似陈老先生这种字画不知所终的现象,确实不少,甚至连陈老先生自己都说不清楚去处。他说:"算了,名人字画遗失的太多了,我算什么。刘海粟画的《松梅图》,徐志摩题了字,邵洵美珍藏,不珍贵吗?竟然丢了。后来,画作惊现于一个小打小闹的拍卖会,而且价格不菲,找谁说理去?"

五 革 命

陈天然归心似箭，身披晨曦从小京水出发，一脚脚快步，一团团尘土。在妻子生火做午饭的时候，他推门进了院子。没有喜出望外，也没有欢声笑语，陈天然凝望着妻子，抚摸了几下身上的小包袱，下意识地摊开双手，眼睛一酸，眼泪掉了下来。

就像士兵开小差回来，就像乞讨者空手而归，那一刻，陈天然怨天尤人，满腔怨愤不知如何稀释。末了，惆怅忧伤全部化为自责和愧疚，长叹一声，他揽过妻子，只说了一句话："没有挣住钱。"妻子看着他，怜悯地微笑说："挣钱不挣钱，落个大肚圆，没挣住钱就没挣住钱呗，人囫囫囵囵地回来比啥都强。不挨打长不大，经一事长一智呗。"

漂泊的游子归来，故乡照旧舒敞广阔的胸襟。陈天然一下子远离了背井离乡的辛酸，没有了单人世界的焦虑和窘迫，尽情享受柏沟岭的宁静与平和；拥着儿子，和妻子分享天伦之乐。家庭的柔情蜜意，抚慰着他刚刚结束的颠沛流离之心。

不过，陈天然知道锅是铁打的，知道柴米油盐是钱买的，是鸡蛋兑换的。犁地需要牛驴，耩麦需要木耧，挖地需要铁锨，孩子的抚养需要钱财支撑……靠几亩薄地，挣脱不了贫困，包不住家里开销。

作为男子汉，他为自己不能为妻儿挡风遮雨而汗颜，不能为陈家顶天立地而羞赧。尽管院里院外窑洞上下，还有一片柿树，岁岁枯荣，年年结果，但柿子换不了几个钱。自己吃苦受累心甘情愿，有的是力气，但靠种地的确种不出个啥名堂，不能叫一家人终年打饥荒啊。只是他不善表达，总有些闷声想发大财的味道。

这时，正在附近创办洛口小学的表哥曹富源，听说表弟在开封祝梁寨教书不挣钱回来了，又通过关系，介绍陈天然到商丘的刘口小学教书。这个刘口，也不比洛口好到哪里去。刘口，原是老黄河的一个渡口，明清时期的水旱码头，距商

丘市30里，豫鲁交界四县接壤，山高皇帝远。清末黄河改道，这儿的黄河没有了，刘口顿现闭塞荒凉景象。总之，这里留不住陈天然，他勉强待了一个学期，假期再闪人。

不管咋说，陈天然教书，省吃俭用，牙齿上刮下来，也积攒了几个小钱。藏在枕头下，缝到褥子里，始终不舍得拿出来花。不过，他爱书如命，倾其所有，购买了亚里士多德的《诗学》，和《黄宾虹画集》《黄宾虹书信墨迹》等美学美术类书籍。兴趣是最好的导师，他一向认为，不吃饭则饥，不读书则愚，学习和书画，是他的痴心爱好。

在商丘刘口，他还得到杨可扬给他邮寄的《抗战八年木刻选集》。这部木刻集，是抗战时期中国的文艺武器，是用鲜血和汗水凝成的一盏版画明灯。那时，抗日战争如火如荼，在文艺领袖鲁迅先生的推动、传播和扶持下，中国文艺战线掀起了一场新兴木刻运动。到后来，新兴版画成为抗战的冲锋号、大刀曲，是宣传大众打垮敌人的檄文和布告。版画艺术家，不但在文化战线冒着敌人的炮火前进，还有许多文化英雄，成为党的政治中坚，写下一身可歌可泣的战斗故事。

有一部长篇小说，读者常常为其中的故事结构和人物结局而纠结。故事梗概是，抗战中，两个血气方刚的农村青年，要出外寻找生活出路。是投奔山南的红军游击队呢，还是加入山北"国军"的正规部队？意见不能统一，就决定一人奔山南，一人投山北。竖起招兵旗，自有吃粮人，先吃碗饱饭再说。结果，两人都走错了路，要到山南的到了山北，而要到山北的到了山南。你想呗，一面是共产党，一面是国民党，历史演绎中，俩人的角色互换成一方起义，一方收编，这就决定了两人的不同活法和异样的人生结局，名誉、信任、豪爽、怯懦，纠缠混搅成思想感情的一锅粥。

差之毫厘谬以千里，无意间走向错误的一方，自然后悔不已，撞大运撞到正确的一方，不免扬眉吐气。抚今追昔唏嘘不已，脚下之路往往身不由己，出发的时候往往是倒霉蛋一个，哪个能气贯长虹所向披靡？英雄都是刀劈出来子弹打出来的。走一条路，有时的确不能靠主观愿望所决定。觉悟、眼光什么的，没有用。经历一件小事儿，你就大彻大悟茅塞顿开了？不会。顿悟，在于潜移默化，是日积月累的经验教训决定的，多数时候是靠高人指点，或是撞大运。

解放前夕，几度人生的十字路口，陈天然也曾做过民国文盲村长的跟班，去县城站街开过会，为村长写过材料，情况上通下达过。在村里的青年中，陈天然是出类拔萃的佼佼者。甚至,还有人给一家地主举荐过陈天然做账房先生。这些,和他的抱负挂不上钩,但作为养家糊口的机会或技能发挥,也无可厚非。人往高处走,水向洼处流,谁知道解放前的乡绅风光无限,解放后就臭不可闻呢。

陈天然翻着《抗战八年木刻选集》,心中浮想联翩。这部《选集》,可不是"纯粹"的艺术,它饱含着鲜明的政治元素,影响一大批文艺青年走上了革命道路。其主编是现代作家、教育家、社会活动家叶圣陶。读吴泰昌关于当年这个《选集》销售盛况时,他是这么记录的:"饱经沧桑的上海进步文艺界,集会于拉斐大戏院,隆重纪念鲁迅先生逝世十周年。会前,在戏院门口,有一群男女青年,在高声叫卖开明书店刚刚出厂的《抗战八年木刻选集》……"就是说,陈天然在咀嚼这些社会景象的时候,实际上,他在人生选择上已在酝酿振翅。

一部画集的销售,营造出如此隆重的场面,对于陈天然来说,的确是一种引导和召唤。这时,他刚刚读过一篇针对《抗战八年木刻选集》的评述文章,激起了内心深刻的思想涟漪,文章的大意是——

新兴木刻在抗战时期获得空前发展,抗战,关系到民族生死存亡。中国艺术家经历了一场心灵的震荡,既饱受了内忧外患的煎熬,也释放出巨大的生命与艺术激情,写下了中国现代美术史上特殊而辉煌的篇章,为民族留下了宝贵的精神财富……历史上没有哪个画种能像新兴的版画那样,从一开始就是作为一种武器存在,其锐利的锋芒与时代紧紧结合在了一起。全民抗战,木刻呐喊,年轻的版画家们及其作品所表现出的卓绝的先锋性、革命性与强大的战斗力,使他们不仅在国土沦丧的咆哮岁月中为新兴版画成就了辉煌,还用作品警醒国人,为民族独立做出了贡献,留下了不屈不挠的精神史诗。

由此看来,当初有理想追求又徘徊迷茫的陈天然,发现指路明灯,走向革命,也是经历了教化和感悟的。在投入到革命阵营前,他还有一段短暂而荣光的经历。开窍的陈天然,拿起笔来,与上海的中华全国木刻协会联系,并参加该会的木刻函授班。有历史意义的是,他竟然收到版画大家李桦、杨可扬和郑野夫热情洋溢的来信,大师们鼓励、指导他向版画艺术的纵深进取。

艺术家是时代的产物,时代是艺术家的摇篮。李桦、杨可扬、郑野夫……在新兴版画运动中,他们都是鲁迅先生非常赏识的版画家。在这样几个版画大师的悉心指导下,陈天然深夜孤灯学木刻,艺术造诣突飞猛进,创作出多幅锐气十足的革命版画,多发表在开封和郑州的报刊上。其中《累》《希望》等作品,在河南

省图书馆的旧报纸上,还能搜到。从此,陈天然和版画,结下了不解之缘。

在受教的过程中,陈天然还逐渐了解到——李桦,1935年任中华全国木刻界抗敌协会理事。抗战胜利后到上海主持中华全国木刻协会工作,当选为理事长。1950年代以后,任中央美院教授、教研室主任、中国美术家协会顾问、中国版画家协会主席。1988年获日本国日中艺术交流中心颁发的中国新兴版画运动金奖。

杨可扬,潇洒俊逸,器宇轩昂,艺术生命长盛不衰。早期加入中华全国木刻界抗敌协会,长期从事进步木刻活动。1946年秋,到上海参与抗战八年木刻展。1949年后,专事美术编辑出版工作,任上海美术出版社副总编辑、编审。其作品具有鲜明个性和独特艺术风格,陈天然在导师的作品里,感受到了蓬勃生机和浩然正气。

时间不长的书信交往后,陈天然又收到杨可扬帮忙寄给自己的木刻选集《北方木刻》,这是《抗战八年木刻选集》的姊妹篇、后续篇,文艺性革命性依然不可小觑。至此,他受到四面八方的艺术陶冶,得到那么多无声的革命召唤,终于由一个四面碰壁的热情后生,进步成为一名革命青年,并由此向往起陕北延安安居乐业的民主风气,尤其对延安的古元老师等一大批版画家的战斗性作品,一见倾心,向往不已。

有一天,他在站街陪同文盲村长开完会,看到人们正在传阅一张套红的《新洛阳报》号外,便赶忙凑上去看:洛阳解放了!他马上投书《新洛阳报》,并附上自己的版画创作,咨询到延安的路径——他要拜访《抗战八年木刻选集》和《北方木刻》的版画家、鲁艺的古元先生,学习木刻。

《新洛阳报》报社回复陈天然,要他快速赶往洛阳面谈。年轻气盛的陈天然,热血沸腾,按捺不住激动的心情,带着自己在开封报刊上发表的版画《累》,还有和黄胄合作的《码头上》等多幅作品,赶往洛阳。

起了个大早,赶了个晚集,尽管他健步如飞,以梁山英雄的步伐赶路,还是用了整整一天时间,在傍晚时分,才赶到《新洛阳报》报社,见到了社长江思源。两人客套不多,开门见山直奔主题。从延安走出来的江思源,和陈天然苦寻的延安"鲁艺"古元先生,是铁杆朋友。在眼前的书架上,就码着古元三十多幅版画原作。

陈天然眼馋地盯着书架,巴不得对高山仰止的古元一睹为快。江思源抬头望

着陈天然，不紧不慢地卖了个关子，说："古元作品，大家大作啊！想欣赏吗？"陈天然鞠躬似的点点头，小声说："嗯。"江思源说："好，不过，你得答应我个条件。"陈天然问："啥条件？您说社长！"江思源说："你只要留在《新洛阳报》，古元的这些原作，我都交给你保管。"

这一幕，陈天然不管啥时候回忆起来，都感慨不已。"想想看，我原来只是在书上或者画册上，看到古元先生方寸大小的印刷品，眼前一下子看到这么多这么大的原作，实在让人惊诧和兴奋。"接着，江思源亲切地拍拍陈天然的肩膀，深情地说："我们应从长计议，你耐心等待一下，要拜见古元，机会多得是。"陈天然犹豫一会儿，毕竟经不住天大的"诱惑"，点头答应留下来，做了《新洛阳报》的美术编辑，参加了革命工作，从此走上了革命道路。人生，就像崭新的火车踏上轨道，任重道远，风雨兼程。

毫无疑问，《新洛阳报》是我党舆论阵地上的战斗喉舌，江思源是经过战争淬火的党的革命家、思想家和理论家。联想到影响陈天然人生纵深的黄胄——他也先后担任过我党我军一个部门的领导职务，在陈天然的锻炼成长中，除了他的和风细雨，还有众人拾柴火焰高的推动。之后，社长江思源还饱含深情地告诉陈天然："延安的'鲁艺'战时搬迁，你暂不能去。目前，北方大城市中，只有洛阳和石家庄解放了，其余地方，基本都是八路军和国民党军的'插花'地带，敌人封锁，无法通行。不如待时局稳定后，组织上安排你专门去学习。"

纵观天然老先生的一生，这部《抗战八年木刻选集》对于他人生的转折，提纯家国情怀意识，拨正人生航向，起到了醍醐灌顶、振聋发聩的作用。正像人们常说的，机会专等有准备的人。当然，机会常常是一个人、一件小事，或者别人一句话。也是时势造英雄，陈天然抓住机会，在迎接新中国的曙光中，参加了革命工作。

六 《新洛阳报》做嫁衣

一张创刊号《新洛阳报》，珍藏在北京档案馆里。创刊词简洁明快，铿锵有力："全心全意为各界人民服务，致力于新洛阳的民主建设。凡人民所需者，莫不全力而为。"革命舆论，是人民幸福生活的监督屏障，一种崭新的、革命的、以民为天的安定祥和气氛扑面而来。这是解放区蓝莹莹的天，是解放区新闻队伍的宣誓和行动。

《新洛阳报》美术编辑陈天然，靠他的两把刷子，刷出了四月牡丹般的静好时光。在如此舒畅惬意的环境中工作学习，心中似春雨花开。这是一次命运大转机，已被贫穷和漂泊催熟的陈天然，踌躇满志时，恰好遇到贵人江思源。英雄有了用武之地，他勤快的双手，一面雕刀刻版画养活自己，一面从报社给他的生活补助中（那时是供给制，没有工资），挤出来仨核桃俩枣的补贴家用。

他不时待在洛阳老城水席馆细嚼慢咽，咀嚼品味新生活；不时在温暖的灯光下，往杜甫笔下"家书抵万金"的那块乡土写家信……衣食无忧意气风发，禁不住心潮起伏。一个刚刚从红薯地柿树林跑出来的穷孩子，能够享受这般幸福光景，两重天，悲喜剧。巩义人在洛阳，真是人生韶华中的葡萄美酒夜光杯。风和日丽，英华绽放，人生的剧本，原来可以这般生动美妙啊！

在一封报平安的家书中，他激动地写道："我吃得好睡得香，身体好，浑身有用不完的劲儿。白天，我刻版制画，夜晚，我拜研学习古元的版画作品。前一段时间，我还有几幅独立完成的版画，发表在郑州和开封的报刊上……"

不过，有阳光就有阴影。初到洛阳，陈天然就目睹了一场枪声和鲜血的凶杀，我们革命舆论的短枪和号手，倒在敌特乌黑的枪口下，这是陈天然亲历的第一次血与火的洗礼。

党一再教育提醒年轻的革命战士们，新洛阳美丽平静的山川沟壑里，深藏着

土匪；川流不息的都市人流中，特务环伺。土匪和敌特的枪口，主要是对着共产党的"公家人"。明枪易躲，暗箭难防，所以，凡《新洛阳报》的工作人员，基本上人手一杆枪。一帮耍笔杆子的人，随时要准备应付枪林弹雨，充满了危急紧张的气氛。

新中国的文化才俊们直面陌生的敌人，英勇有余，谨慎不足。大热天里，一位光着膀子的青年编辑，腰里别着手枪到孟津采访。刚下车，迎面走过来一个国民党特务。那家伙一眼看出青年编辑是"公家人"，二话不说，拔出手枪就射击。子弹从青年编辑的耳畔呼啸飞过，他跑步躲到墙角，背靠墙壁，拔出手枪，砰砰砰！没几下，枪膛里的子弹就打光了。青年编辑枪法欠火候，给了敌人反击的机会。特务也举起枪，很专业地向青年编辑瞄了瞄准儿，"砰"的一声枪响，青年编辑为党的新闻事业，奉献出了战斗的青春。

关于这件事，在世事沧桑数十年后，陈天然还刻骨铭心。他说，枪林弹雨的年代，遇到情况不能一下子把子弹打光。他甚至哲学地看待这个事儿，影响到他的为人处世。道理很简单：人顺风顺水的时候，福不能享完，势不可用尽，留点空间给别人，也留点余地给自己。

1948年底郑州解放，1949年初，陈天然奉调到开封的河南省中原总工会，后迁郑州，主要和一个叫曹章的同志一起，编辑刊物《中原工人》，陈天然兼任美术编辑。《中原工人》杂志最初由曹章和陈天然两人负责编辑发行，后又增加了其他人。杂志由曹章负责并做编辑，陈天然做美编。

曹章不简单，既是老革命青年，又是老革命报人。他是南京人，洛阳解放时，从解放区调到《新洛阳报》。曹章回忆革命历史的文章《从黄河之滨来到长江之畔》中，有关创办《中原工人》刊物的情节，是这样说的："我去找画家陈天然同志，天然一到，工作就活跃起来了。他建议：现在人少，办报有困难，先办刊物，以后增加了人员，再考虑办报纸的问题……这时，我们已随中原总工会筹备处从开封迁到郑州。

"《中原工人》创刊号的封面设计，陈天然建议用木刻毛主席肖像构成主要画面，但郑州买不到可用的木板。于是陈天然拉着我到郑州的大马路去转，跑遍了马路两边所有木材行，终于在一家行里成堆的杂木中找到一段可用作木刻的、质地坚硬的木材。天然说：'可以，就是它。'难题解决了，《中原工人》创刊号封面上毛主席肖像就是天然用这段木材刻制的。按当时的审美要求，效果还是令人满

意的。对此,天然很高兴,我也很高兴!数十年后,我依然对那时条件简陋、生活艰苦的情况下同志间友爱相处、亲密无间的情景难以忘怀。"

在郑州,一帮八斗之才,蜷窝在一起做文章,分散住在大同路一带的民房里。大同路早年可是郑州的华尔街,阔过的,在商圈里可是摆过谱、晃过膀子的。在短短几个月的时光里,来这里寻找陈天然的亲朋好友真不少,但可不都是"看望"他的。醉翁之意不在酒,不少可都是为几两碎银,要逛郑州商业街绕过来的,要买绸缎布料买铁丝洋钉的。

陈天然住的是一间小二楼,隔壁是原日本驻郑州领事馆。入夜,陈天然总是到领事馆对面的抗敌书店挑书阅读,或者欣赏名家字画真迹。有时,他也到西边稍远点的一家商店门口,聆听留声机播放的洋戏片。

他得争分夺秒,解放初期的郑州用电十分紧张,即便是商业街大同路,也是天擦黑后供一会儿电,就满眼一团黑。往往不等回到宿舍,原来有电灯光的地方,就成了煤油灯的海洋。报社杂志社的拣字排版工作,也只能点上蜡烛或煤油灯,郑州条件远不如洛阳、开封。

那是个周末的傍晚,蹭听洋戏片之后,他如约到郑州火车站接老友黄胄。陈天然对黄胄说:"老兄,你说过,天上龙肉,地下驴肉,但郑州没有,咱就喝羊肉汤吧?"黄胄说:"嗨!吃饭馆住旅馆——么事不管,客随主便。"在火车站对面一间小馆子里,两人沉醉在马灯光晕里,吃火烧喝羊肉汤。陈天然知道黄胄爱喝酒,就先要了几个小菜。陈天然不喝酒,以水代酒陪着黄胄喝。黄胄酒量也就是二三两,但他见了老朋友高兴,自斟自酌,把一壶酒喝光了,少说也有四两。

吃饱喝得劲,黄胄打了个饱嗝,说吃得太饱,不能回去睡觉,咱一块转转郑州吧。陈天然说中啊,两人轧着郑州的马路,说着开封的人情世故。走一马路,上陇海路,到处是黑黢黢的,偶尔才有一盏带玻璃罩的马灯,吸引着一群孩子凑热闹。在南关大街路口,黄胄摸黑往南走,陈天然伸手拽住他,说,别往南走,过陇海铁路就是郊区了,我们去跳坑呀!

不往南就往东,在影影绰绰的夜色中,两人从陇海路拐入硝滩。走着说着,沿北顺城街过了金水河,又往西走,一直走到长春路(现在的二七路)。

正是阳春三月,夜风轻抚,郑州暖融融的。热火烧下肚,滚烫的羊肉汤冲过,夜色笼罩的马路两腿丈量过,两人满头大汗气喘吁吁。黄胄脱去外罩,挎着个背包,一幅精神抖擞的样子。陈天然半穿着他的黑蓝外挂,但他还是数次要替黄胄

挎背包，黄胄都拒绝了。黄胄说，郑州羊肉汤味儿正，喝着滋润，山羊肉，不膻，香味浓，死面火烧外焦里筋，有层次，跟开封寺后街的火烧差不多。陈天然问，比你谝的西安泡馍咋样？黄胄滑了一句，俩驴槽上争吃——都是好草料。一阵哈哈大笑，在长春路上回荡。

陈天然说，累了吧你？回去吧。黄胄说，郑州不中啊，还没有俺河北蠡县热闹咧。陈天然说，可不是吗！（宋）人孙山的诗歌《郑州》，描绘古老稀松的郑州云——南北更无三座寺，东西只有一条街。四时八节无筵席，半夜三更有界牌。眼下的郑州照样不中，远不胜开封，吃饭更差，开封毕竟是省会。黄胄话锋一转说，不过从政治角度看，开封比郑州藏污纳垢多。你知道，眼下，旧官僚阶级，躲难的豪门大户，都栖身在开封屋檐下，消费着都市的繁华。我们是共产党的知识分子，可不能和他们一般见识。郑州和开封，有千丝万缕的联系，革命的知识分子，不能享受安乐，搁置进取。

陈天然说，你是知识分子，我最多是知道分子。我小学毕业，初中上了不到一年，算啥知识分子？！黄胄说，不不，按照党的信任范畴，小学毕业也算知识分子……哎！咱说远了，咱再转转呗！消消食儿。陈天然说，梁哥（黄胄本姓梁），咱俩不知不觉把郑州转一圈儿了。东城边就是城东路，再往东就是农村民房；北城边就是这条沿河的金水路了。刚才，咱不是隐约看到北边庄稼地和炊火了？西边南边就是京汉铁路和陇海铁路，郑州就这么大。当年吴佩孚冯玉祥街里一晃，老百姓都认出他们。骑车从市府街出发，随便往四个方向走，十来分钟就可以出城。郑州的确没有开封大，李自成的刀枪剑戟攻不下开封，解放军的长枪短炮里应外合，二度围打，才拿下开封。

当时的黄胄，已经不在开封《河南民报》了。他在西北解放军的一个部队任了个什么职务，千里迢迢出差需在郑州转车，打听到陈天然的下落，买好火车票就发了个电报，想见个面叙叙旧。两人夜间散步，见识了郑州的狭小和寂寥。意犹未尽，第二天两人又做伴去了开封，又几经周折，到了他们心慕已久的版画之乡朱仙镇。

朱仙镇逢双日有庙会，人山人海车水马龙。但他俩不是来看热闹的，黄胄还在《河南民报》时，就听说庙会有个出名的牲口市，驴马牛羊买卖兴隆，他的兴奋点是驴。不知道从哪天起，他宠爱起驴来。看驴画驴研究驴，成了他的最爱。在中国书画圈子里，有了自己的"驴市"，驴画备受推崇。黄胄连放大招，驴买卖

热得发烫。直至后来，他一张画驴的作品，拿一车河间驴肉都换不到。

朱仙镇庙会的驴市热闹异常，一大片柳树林里，横七竖八的粗麻缆绳上，拴满了大小不等的草驴、叫驴。亢奋不已、互不服气的驴叫声此起彼伏，对歌大赛一般。忽见一头中等个头的叫驴，挣脱了缰绳，甩掉了笼头，发出大笑一样的叫声，隔着几道绳索，朝这边的驴群扑过来。那家伙剑拔弩张，豪横疯狂，啥都不管不顾，直接向一头草驴发难。

黄胄眼神犀利，抢镜头的功夫十分了得。他左手托着硬纸夹，右手紧握粗铅笔，现场写生，噌噌噌，用胡乱涂鸦的神速，勾勒出叫驴栩栩如生的状态——驴身似弯船，驴嘴满口白牙，几根弯棍似的驴腿，两枚树叶驴耳，驴眼放电，驴尾高高甩起。

写生草稿完成，黄胄若有所思，打量着这头叫驴，问旁边的人：公驴怎会如此发飙？一个帮闲的老行户推推老花镜，瞧瞧黄胄的背包和硬纸夹，认真地说："客官您有所不知，脚下这片土地，历史上就凛然豪气。英雄见面，好汉碰头，梁山弟兄在这儿行侠仗义，岳家军在此安营扎寨，包青天在这儿铡死狗头贪官。如今英雄气清风气天地灵气不散，只要沾这儿的一点地气，驴会模仿马的嘶鸣，老母猪都能跳三尺高；人更不用说了，男人打仗刀枪不入，八十老太太也会路见不平抻出扫荡腿，包公杨家将经常显灵……"

黄胄抿嘴笑笑，透出几分质疑，老行户继续说："你不信咋的？！还有更奇特的哪！这儿拴着的驴，特别是那些年轻气盛好牙口的，个个火眼金睛，能认出哪位是宰驴的屠户。它们会看准机会，贴近宰驴匠，扑腾踢出一蹄子，不把你踢个筋断骨头折，也得踢个头蒙眼花狗啃泥。你打听一下，一匝（周边）的驴肉锅，谁还敢来这儿买驴屠宰！"

黄胄笑了，说这驴都成精了！接下相问，那个浪子燕青、李师师他们没光顾过这儿？朱仙镇的驴真能，会认出敌人，自拆"炸弹"，稀罕！黄胄问："它们会坐花轿认宋词识瘦金体唱梆子戏吗？"行户愣了一下，说："当然会了，啥都会。推小车，甩响鞭，踩高跷，吹喇叭，杯酒释兵权，不过，那是跑旱船，历史的再现。敲锣打鼓，逗乐文化呗。"黄胄感慨："举火烧天，气吞山河。英雄文化，从历史的纵深走来；京畿地带，宋文化绵延悠长啊。虽只是浮光掠影，但毕竟根深蒂固啊。"

他合上硬纸本，抬头看看日头，转身去找陈天然。陈天然刚好从一家版画店

里出来,一边展看门画,一边往驴市上走。在几乎干涸的贾鲁河边,两人碰见。黄胄问陈天然买的啥,把人高兴得合不拢嘴。陈天然说,张继中风格的木刻年画,门神秦琼敬德。

不能说黄胄逛驴市,就是独爱驴。也不能说陈天然沉浸在年画店,就是光爱门神不爱驴。我们欣赏陈老先生出版的画卷,发现他和驴照样也有不解之缘。他的版画《收工》《套耙》《出发》《乘云涉水忙冬耕》等,他笔下的"陈氏驴",个个神气活现,婀娜多姿。黄土,是驴最靓丽的底色。黄陈二位,一个河北,一个河南,驴艺应归一门。驴味相投,驴缘不浅。两人"驴"意识相互渗透,驴"艺"相互切磋,驴脾气不相上下。你中有我,我中有你,人驴和谐相处,人驴命运共存。驴劲,是命运对两位画友的慷慨馈赠。在书画界,历来这一流那一派的,真正的"驴友",是黄胄和陈天然。

反正不能瞧不起驴,不能疏远驴圈子。北京有位退休的赵先生,人家就学画驴、卖"驴",还拜画家黄胄为师,笔下的各色驴等高视阔步。人老了不怕,追求异常高雅。穿越画林,老树发华,逮住驴不放,人生换了个崭新的镜头,整出了个新境界。尽管也招致不少非议,不过,鹰有时飞得比鸡低,但鸡永远不会飞得比鹰高。驴,使他依然高雅,驴,在继续提高他的艺术品位。

赵老先生以驴画佐证,驴的开发价值,早多少年前含金量就不低了,但还是要怪我们目不识驴。我们嫌驴长得不好看,叫声也难听,懒得雕琢提升它们,一竿子打翻一群驴。没几个像黄胄先生那样,慧眼识驴,驴毛都变成金毛了。黄胄先生的一条驴腿,恐怕兑换一车阿胶都不拉倒。

陈天然和黄胄,和驴撞了个满怀之后,从朱仙镇回到开封,再次于开封火车站分手。一个往东到上海,一个往西回郑州。黄胄拥抱着陈天然,动情地说:"多保重!"陈天然说:"多保重,我如有机会到西安去看你,咱游大雁塔,游终南山,咱在开封看河南梆子,到西安听陕西秦腔。"

往郑州的火车时刻在前,黄胄送陈天然至检票口,相互握手告别。黄胄感慨:"桃花潭水深千尺——"陈天然深情应和道:"不及汪伦送我情。"

陈天然回到郑州时,已是深夜,月明星稀。大同路,黑灯瞎火,静悄悄的。虽是深夜,陈天然却不想归宿睡觉,他夹着一卷朱仙镇版画,身心还保留着白天和黄胄相处时的昂扬情绪,靠在一根电线杆上思前虑后。强烈的求知欲和拓展欲,如一团火在他胸中燃烧。木人石心,锲而不舍,他决心把昨天的梦,变成明天的

现实!

陈天然想,自己今年23岁,历史上有多少人,23岁已经功成名就。23岁的唐伯虎,处在父母妻子妹妹先后病逝的痛苦中,依然勤学不辍积极应考;23岁的赵孟頫,书画一绝,蹲着都比别人高,令后起之秀难望其项背……黄胄不到23岁的时候,已经担当大用。榜样的影响是不可低估的,一切尽在潜移默化中,从量变到质变。为什么自己的艺术触角,会在触碰山川人物的同时,又带着强力惯性,去关注观察奔跑或静态的动物世界呢?近段时间,在他艺术的圈栏里,驴马牛羊纷纷来蹭热度。

七 南下干部团

5月,又是一道命令。《中原工人》创刊号出版后,正当准备第二期稿件时,中原总工会宣传部部长杨新月通知说:"刊物不出了,到武汉去办报纸。"

战争年月,打一枪换一个地方,陈天然适应了穿插换位。他们放下《中原工人》杂志,深情地看了一眼正在制作的第二期封面,几分悲壮地说:别了,《中原工人》,我们奔袭武汉了!他背起行囊,别起刚发的小手枪,紧跟四野大部队南下。千里急行军,跃进大别山,马蹄声碎,喇叭声咽。急行军,文人组成的干部团,随着从郑、汴、洛出发的二野、四野大军,铁流滚滚,山呼海啸,兵锋直捣国民党顽敌的心脏,去武汉打扫战场和建设新生的人民革命政权。

人民战争如汪洋大海,南下,是解放战争"三大战役"的胜利尾声。势如破竹,摧枯拉朽,那场面的宏伟,那气势的磅礴,亘古未有。陈天然的心情,光灿绚丽,那是相当澎湃。人民解放军里,兄长为弟弟上前线加油,妻子鼓励丈夫阵前多杀敌人,将士齐奋勇,百姓来犒劳。小车推,毛驴驮,南瓜蔬菜小米绿豆,都是支援子弟兵的。古往今来,人心向背,天下百姓一边倒,空前绝后,蒋家王朝哪有不灭之理?

只是笔杆子追着枪杆子行军,有点龟兔赛跑的景象。笔杆子并不是跑龙套,舞台上跑龙套的角色,摇旗呐喊狐假虎威,我们眼前的干部团是殿后,望大军项背紧追急赶,也是主角,不是A角也是B角。您看看,干部团里不乏大学教授学问家,但身在"混成旅",多少有些憋屈,秀才跟着兵,掉队说不清,太难为文人秀才了。

要说吧,笔杆子也没啥可叫屈的。在千军万马南下的队伍里,有一台风尘滚滚的破旧美吉普,从东北沈阳出发,跋山涉水向武汉冲刺。吉普车太旧,经常打不着火。每到这时,车上人都下来推,直到车发动了为止。汽油烧完了,车上人

又齐出动，钻窟窿打洞去找油，一路上逢凶化吉千辛万苦。

这是哪路英雄？是张平化夫妇和刘惠农夫妇。两对夫妻档有何贵干？君不知，他们都是接收武汉的大员。两个男人，分别是稍后的武汉首任市委书记和之后的武汉市市长。张平化还继任了中共湖南省委书记、中央宣传部部长。刘惠农从武汉解放后第一任市长开始，后任市委书记，总揽江城近20年，成为资深望重的老武汉老湖北。刘惠农的夫人张林苏，是西安事变学生旅中的巾帼豪杰，曾舌战张学良。

陈天然感到荣幸的是，他和这些与新中国一起脉动的云龙风虎，竟然在大革命的浪潮中摩肩接踵，聆听他们的报告或指示。南下途中双脚磨出血泡的陈天然，事后多少年，仍在以这些非凡经历抚慰、鼓励自己：赴任途中的武汉市委书记和市长，尚且如此简陋简约，何况我一介殿军布衣呢？

不仅如此，崇尚世事洞明皆学问的陈天然，之后还利用他在《华中工人报》做美术编辑的机会，记录并书写练习了刘惠农驱车翻过鸡公山时的诗作《鸡公山远眺》：

    武胜关上鸡公山，群峰逶迤叠层峦。
    历代兵家战略地，中原逐鹿锁平川。

从土岭深壑柏沟岭走出来的陈天然，哪里见过这般豪壮的场面啊！千军万马急行军，歌声此起彼伏，口号响彻云天。"打过长江去！活捉蒋介石！拿下大武汉！解放全中国！"最大的遗憾是，武汉解放了，南京解放了，可是没能活捉老蒋。革命胜利了，当人抬人，把人撂到空中庆贺之后，大家不免唏嘘感叹，怎么没活捉老蒋呢？干部团的秀才们说："喝茅台不就菜，美中不足啊！"

行军总结大会上，陈天然心里憋着一团热情的火，但他默不作声。此时此刻，他在回味干部团在大部队带动下的急行军，跟跟跄跄，跌跌撞撞。不时有骑着高头大马的解放军指挥员从身边绝尘而去，有时回首，留下一个会意的微笑。有两位首长骑马并行，慢慢腾腾，谈笑风生。一个说："国民党不是不厉害，只是他们的厉害都掌控在我们手里。"另一个说："得天下有道，得其民，斯得天下矣……"陈天然感叹不已，儒将啊！谁说解放军是纯农民起义？这个红色记忆，一直珍藏在他的思想宝库里。

解放军大部队向武汉推进时，曾在湖北宣化店稍作休整。湖北名镇宣化店，在陈天然的人生阅历中，不仅仅是个难以忘怀的地理概念。谈起宣化店，他还会如数家珍地串起这座名镇的金豆银珠——这座原属河南的历史重镇，曾经是中原军区司令部驻地。我们敬爱的周总理，以及大革命的一代风云人物，都在这里战斗和生活过。这里是打响解放战争第一枪、周总理与美蒋代表谈判的历史名镇。在和平幸福的年代里，陈老先生曾利用到信阳出差的机会，拐了个大弯专程前往宣化店，祭奠先烈，怀念战友，寻找当年文人们指点江山的梦窝。

南下，是个振聋发聩的特有历史典故。南下，是中国历史上绝无仅有的民族壮举。南下干部团，是解放战争后期和新中国成立初期，一次民族精英的铁流涌动。他们别妻离子，远赴大江南的新区，拿起笔杆作刀枪，奉献青春和热血。穷苦出身的陈天然，身上不缺党员品德和战士胆识，他肩负着领导的高度信任，参加南下干部团，成为他人生的重要里程碑。

千里行军，负重快走，餐风饮露，披星戴月。南征的第一天，干部团在河南省长葛县的和尚桥支锅宿营。陈天然一身疲惫，双脚磨出血泡，吃了晚饭就想钻被窝睡觉。但是，当他听到这儿的一个传说故事，就要摸黑去掠影一番这座清潩河上的和尚桥。

和尚桥是座小河上的石拱漫水桥。盛夏下暴雨，桥不挡水，大水从桥上漫过。秋冬季节，桥下流水桥上走人。和尚桥的经典故事框架是：修浮桥为母行孝，杀和尚为父报仇。故事情节是说，主人公的母亲与河对岸的和尚暧昧，和尚寒冬腊月涉水过河，幽会主人公的母亲。主人公疼爱母亲，决定修桥，以孝心止缓心中的流血。

后来母亲病故，但主人公对和尚的仇恨并未泯灭。一天夜里，他在和尚桥上截住和尚，手起刀落，杀死了和尚拆了桥。现在的和尚桥，不一定是历史的遗存，有可能是后人重新修整的。

这段故事演义，听起来虚无缥缈，可那座漫水桥就坐落在那里，默默诉说着这个凄凉悲切的故事。甚至，自有了京广铁路，就有了和尚桥车站（现由原来的和尚桥站改为长葛站）。和尚杳然桥依然，文人骨子里爱浮想联翩，怀古思幽。打小就有司马光砸缸智慧的陈天然，同样具有打破砂锅问到底的探究拗劲。即便在行军路上的星夜，他照样想知道，和尚桥上有多少石头多少孔洞？有没有记录故事的一通石碑？和尚是哪里人士？主人公建桥拆桥有哪些心路历程？

在家道中落之前，陈氏家族的确是耕读之家，陈天然有一身的种田和文化故事。前面我们已经了解了他家的田地柿树窑洞，这里我们再说说他的文化至亲和老亲戚。

他的姥爷，是清末巩县榜首秀才，教书先生。老人只要见到外孙，就灌输"万般皆下品，惟有读书高"的知识理念，把读书视为改变自身命运的唯一出路。文化的春风化雨，就像麦粒谷穗掉在陈家的大田里，总有一天，春芽会萌动破土开花结果的。老爷子的劝学主张，不能说对后来成为共产党员的陈天然的"三观"影响有多深，但毋庸置疑，这对少年陈天然发奋读书深耕翰墨，有着不可低估的熏陶鞭策作用。

陈天然奶奶的娘家，是地道的书香门第，对陈家潜移默化的影响也不可低估。表舅爷杜青山，是诗圣杜甫的嫡系后代，做过同为巩县人、曾任国民党河南省主席刘茂恩的家庭教师。杜青山在给孩子们讲解古文古诗词的时候，下边聆听的就有学童陈天然。陈天然常住这个表舅爷家，和表哥一起共同学习唐诗或《古文观止》，过年都不想回柏沟岭自己家。

聆听，不是道听途说，不是蹩脚老师收钱开小灶，是真才实学的私塾先生面授机宜，耳提面命，难得啊。正如荀子所说："蓬生麻中，不扶而直；白沙在涅，与之俱黑。"一个人的学识积累，受学习环境的影响至深。"史界太祖"司马迁著《史记》，不是因了学习环境？山西宰相群体之家裴家，不是因了学习环境？成长成才的环境如此重要，想想今天孩子人个托上个学，还不得问个底朝天，调查几条街？中国式的传统和习惯，吸盘一样粘着当今老百姓。

陈天然的父亲陈保定，有时不得不到姥姥家去，带回固执的儿子陈天然。那次去，还顺便带回《西游记》《水浒传》《三国演义》和《红楼梦》，还有康有为、梁启超的著作。陈天然对梁启超所编的《饮冰室全集》饶有兴趣。文人画匠，爱一人世界，到一个地方喜欢先按搜索键，左顾右盼，寻觅山川花草，人文典故。陈天然有河洛文化垫底，气候一适宜就会"破土发芽"。说他"闷瓜"，那只是家里老人对孙辈陈天然的昵称溺爱，其实在陈天然那里，遇事向来是哑巴吃饺子，心中有数。他烦那种老鸹嘴，到哪儿都呱呱乱叫。

陈老先生对于那个随大军南下夜访和尚桥的事儿，总是时常提起……那天夜里，他夜观和尚桥回到宿营地，白天起泡的双脚生疼。他又到隔壁的部队卫生室，抹了点药水，处理了一下。钻进被窝，凭窗眺望繁星闪烁的夜空，联想着广袤大地上的人和事，设想着之后进发武汉的军情，翻来覆去睡不着。

和尚桥，桥小风情浓。不知道将来是否会有一天，自己扛着画架来到这里，大写意也好，工笔画也罢，制作版画也中，总能寄托抒发一种情怀，绘出一册人文连环画。和尚桥犹如一棵带疤的树，因为有疤，尤显树的真实和生动。孝子，孝敬着生母，心中流着血。如有可能，也可以创作一套画集，名字叫《呻吟的孝子》。

滴血的和尚桥，使陈天然几乎一夜无眠。

无眠的黑夜里，附近村庄传出汪汪的狗叫和黎明时喔喔的鸡鸣。这里的狗叫和鸡鸣，和巩县柏沟岭的狗叫鸡鸣一个样。狗叫声不知疲倦，瞎叫，跟真看到贼那样，一夜都不住嘴、不消停，和谁拼命似的。鸡鸣有些形形色色乱七八糟，有的声音粗犷，有的声音稚嫩，还有的像噎死鬼，开始一声煞有介事地起势，接着就断电了，拖腔戛然而止。

陈天然一生都化不开的，是浓浓的厚土乡愁。窑洞前后坑院内外的柿树肯定开花了，他想，不久就要结果了；小麦应该抽穗扬花了，收麦的日子正在迫近；地里的花生不知是否点种了？他想着巩县、洛口、柏沟岭，和黄土高原上的母慈子孝、五行八作。老母亲伺候着的老奶奶，身体欠安，嫁到陈家没过上几天安生日子。陈天然想，待有钱了，给老太太挖个新窑洞，建个新坑院。在老太太经常上下的院前山坡上，砌一道长长的砖台阶。先给老太太画张像，再刻版……多年之后，陈天然倾自己的才华心血，为老太太精心画了一幅速写，让老太太慈祥庄重的形象流芳百世。

八　兵临武汉

从郑州出发的干部团，在湖北红色名镇宣化店稍作休整后，调转方向往西，驰道孝感乘闷罐车到达武汉。他们临近武汉的时候，在武汉解放前夜的晨曦里，还能听到敌我交火的枪声。

陈天然的好同事好战友曹章，在其《从黄河之滨到长江之畔》一文里写道："我们到达武汉北郊时，因市内的敌人尚未退完，就按命令在黄陂休整，同时学习进城的文件，主要是一本《武汉调查》，了解武汉的政治、经济、文化教育等各个领域的情况。……几天后进入市区，有些街道还时有敌人发出的枪声，因此我的手枪是一直挎在腰间的。我们在这种情况下开始了创办报纸的工作。"

什么是铁血战友生死之交？像河南巩县的陈天然，和江苏南京的曹章就是。腰挎钢枪去播种和平，手攥霜毫描绘万里江山。陈天然和曹章，既是战友，又是文友。

两个年轻人，多动多梦争强好胜。比试笔杆子不会有，但可以肯定的是，他俩一定比过谁的枪好。不会有啥好枪，配把"鲁格"算是有面子了，撑足了给他们一把日本"王八盒子"。柯尔特的"左轮"——屋外下雨，（淋）轮不着他们。天然先生不喜欢玩枪，他南下时，每换一个地方，就发一次手枪，但他都说不准、记不住枪的牌子。

1949年5月上旬，陈天然和曹章及其他一些干部团成员，在马蹄敲击大街的锵锵声中，进驻武汉市胜利街2号交通银行大楼，到刚刚成立的华中总工会报到，准备办报纸。在顶层的楼房里，有房无床，干脆在办公室里铺张苇席，打地铺睡。简陋的办公桌椅，白天用来伏案写稿，有时趴在桌子上喝小米粥、啃窝窝头就咸菜。大家都不渴，没人沏茶水，只是年轻肚子饿得快，塞到嘴里的食物，往往还没怎么嚼碎，就吞下去了，吃得壮志豪情。陈天然曾想过，这饿狼般的吃相和速

度，把自己以往细嚼慢咽的习惯都带偏了。陈天然默然感到好笑。就这，还是一天两顿饭。想再吃点，不可能。小打小闹，零打碎敲，对付点吧。

晚上，把苇席连同铺盖卷从办公桌下拉出来，"铺床"展被，脱衣顺下，一屋人纷纷仰起脑袋，情绪高涨，桌椅乱摇晃。侃三镇见闻，吹天南海北，议办报宗旨。党的舆论阵地，成为吸引革命青年的新磁场。秀才们风华正茂，心中一团火，趁热打铁，趁水和泥，在党的领导下，草创革命喉舌《华中工人报》。革命媒体，新知青年云集，个个能写会道，生龙活虎，激情燃烧，快马不用鞭催，响鼓不用重锤。大家只想振臂呐喊：青春万岁！

陈天然不但参与了报纸的创办，还担任了美术编辑。生活五光十色，机动性真大，刚从洛阳水席起坐，又涉足开封实惠小吃；前些天在郑州的"华尔街"落脚，今又聆听江汉关的钟声。踏遍青山国知晓，风景这边独好。子弹在飞，大地春晓，刚在中原"织红旗"，又到荆楚"绣金匾"。年轻人兴奋地感叹：青春不栉风沐雨，老了拿什么话说当年！

武汉解放了，市民热情高涨，普天同庆，自发庆祝解放的大游行持续了一个星期。绵延不断动辄数万人的游行欢庆队伍，总是挤在银行大楼前，扯起横幅，高擎红旗，向总工会致意。这时，陈天然就会和同伴们一起，从窗户里向外挑着鞭炮燃放，以示敬意。国民党盘踞多年的武汉三镇，变成了欢乐大海洋。

长江轮渡恢复，武汉人民广播电台开始播音，《华中工人报》发行创刊号，这是共产党接管武汉之后，在武汉领导创办的第一份报纸。要知道，眼下武汉上空弥漫的战争硝烟还未完全消弭，湖北省委机关的《湖北日报》还在孕育之中，我党和革命群众的电话联络，还存在大面积的肠梗阻。武汉的地下党，5月16日方正式公开活动。短暂的权力真空时段，共产党中南组织的上情下达，追击穷寇的舆论冲锋号，多由《华中工人报》传导吹响。

南下到《华中工人报》的同志们，经过一段时间的实践锻炼后，都成为业务上的骨干力量。与此同时，山东即墨人于黑丁（后任河南省文联主席），中国的"老字号"文化大腕，当时正在筹建中南文联；河南唐河人李季，在武汉主编《长江文艺》。他们对宣传党的路线方针政策，发展中南地区的工人运动，恢复和发展生产，安定民心，稳定社会秩序，奉献了自己的黄金岁月。

和平年代也照样惊心动魄。《华中工人报》创办初期有两次严重失误，令一帮年轻人噤若寒蝉。一篇重要文章见报时，"列宁主义万岁"错为"列宁主义零岁"，

"坚决拥护镇压反革命"错为"坚决拥护反革命"。平地惊雷，众报人目瞪口呆，差之毫厘，谬以千里。政治事故般的危机感，压得整个报社屏声静气，大家都在等待责任的追究和严厉的处分。

这的确是很严重的错误，好在犯了这些错误的同志们最后平安无事，这件事被定性为笔误。

人非圣贤，孰能无过。在那个短暂的历史时期，实事求是就事论事、不搞捕风捉影上纲上线的良好政治生态，是多么难能可贵和令人感奋啊。

秀才们知道，新中国的成立，显现出工人阶级是革命的先锋队。看那时创刊的报纸杂志，处处不舍"工人"二字。在腥风血雨的对敌斗争中和明枪暗箭下，工人阶级对党的忠诚都成色十足，百折不挠。在中国革命历程中，工人，是中国共产党领导下推翻国民党统治的中坚力量。工人阶级的力量组织起来了，中国革命才能充满胜利的希望。

新中国的《华中工人报》，在武汉胜利街交行大楼运转。它的基础，是一张民营四开小报《民风报》。主办人张我风，是国民党《华中日报》的记者。6月伊始，其报社的所有资产被解放军查封接管，旧报社的陈旧印刷机，开始为革命的《华中工人报》焕发青春了。

说是所有资产，都是些啥宝贝呢？据王黎江先生的回忆文章《回顾〈中南工人报〉创刊前后》所描述："创办初期，既没有任何档案、资料，也没有一本图书，只接收国民党时期一家《民风报》的印刷厂。印刷厂不到20个工人，设备极其简陋。排字架上的铅字，字号不全，又没有铸字设备，缺字时就靠一位刻字工人临时刻。此项拾遗补缺的工作，常由美编陈天然来干。印刷厂也没有制版设备，需要个题花或刊头，只能到一个日本人开的家庭作坊制作。"

武汉胜利街交行大楼，始建于1919年。这座古希腊风格建筑，构图简洁，宏大洗练，目前已被湖北省列为文物保护单位，它见证了武汉的天翻地覆和武汉人的荣光与梦想。

在陈天然眼里，胜利街银行大楼要比巩县柏沟岭的窑洞群气派得多，步梯也比山路宽。坐电梯呢，比老家的柿子从山坡上往下滚还要快。其富丽堂皇的程度，比起《新洛阳报》报社和《中原工人》杂志社，都是天壤之别。大厦雄伟，石柱挺拔，台阶高宽，派头非凡，尽显豪华。只是报社里的工作环境和生活条件，和

光鲜亮丽的大楼不太匹配。睡地铺，时间长了腰窝嫌凉。上公厕，有时人多内急，得一边解腰带，一边扁着身子往里挤，方便完了，再提着裤子挤出来。但大家心情亢奋，兴致勃勃，总是在尿骚味中争分夺秒地抽烟、交流。办公楼内外，轻装如厕，跑步约稿，挑灯夜战……都成常态了。

美编陈天然，楼上楼下疾步行走，一步跳上三四个台阶，下楼是碎步小跑。每每谈及最初的武汉经历，他都会感慨道："土豹子进了洋人区，除了新鲜还是新鲜，想不到大院子里还有大花园。"

新鲜和兴奋之余，他在怦怦直跳的情怀中，流淌着当家做主人的热血，小马乍行嫌路窄，雏鹰展翅恨天低，大家都有一种遏制不住的冲动。革命！创业！跟党走！不回头！正像当下的歌词写的：什么也不说，心中一团火；什么也不说，祖国知道我。

什么样的领导，都爱不事张扬、任劳任怨的部下。《华中工人报》社长江牧岳，把热情和信任倾泻在陈天然身上。江牧岳是新中国元老级报人，他曾任解放区《桐柏日报》社长、新华社桐柏分社社长、《南阳日报》社长。当太阳普照中华大地的时候，他又出任《华中工人报》社长。后来，在祖国建设日新月异的时候，他负责创办了《中国日报》。

江牧岳慧眼识人，和未脱懵懂的陈天然迅速成为好同事、好朋友。新闻界对江牧岳的"通稿评价"是：思想解放，拓展创新，谦和友善，平易近人。菲言厚行、外憨内秀的陈天然，人生中遇到江牧岳，真是福分和造化。

那天下午，江牧岳走进美术编辑室，笑容可掬地问："小陈，明天周日——手里的活干完了吗？"陈天然受宠若惊，站起身来说，版面插图都完成了，只是有一幅河南的约稿要得很急，正在构思，得往前赶一下。社长说："推他几天又何妨。所谓约稿，就是告诉你时间是有弹性的。仁者乐山智者乐水，明天我陪你去游龟山吧。听同志们说，你到武汉之后，还没有玩过三镇。我们先上龟山，要过龟山，再坐小划子过江上蛇山。瞻仰关王庙、禹王宫，拜谒鲁肃墓，为向警予烈士献一束鲜花。"陈天然愉快应允。

初秋时节，龟山虽然不时有阵阵江风刮来，但直射的阳光还是把人烤得汗流浃背。江社长提议找家茶馆坐坐喝杯茶，但随后又改变主意，叫陈天然到水果摊买了几节广东甘蔗。两个人边走边吃甘蔗，这画风超乎寻常。唯美，温暖，和睦，

融洽。陈天然猛然想起春日里的柏沟岭，两鬓苍苍的老鞭把，把吃饱喝足的老黄牛从牛棚里牵出来，抚摸着老牛身后小牛犊的双耳和脖子，给它光滑的脊背挠痒痒。然后，才把拉犁的木轭和长套，轻轻搭在老黄牛身上。老汉表现出来的那种对牛的抚爱，那种亲切和信任，令陈天然着实难忘。以至于在以后漫长的斑驳岁月里，他画笔下的牛，形态无不本分憨厚，老实灵动。牛，出套像出套样，干活像干活样，不摇首弄姿，不轻浅卖萌。

两人坐上小划子，一叶小舟飘摇在江心。江面宽阔，烟波浩渺，中流击水，浪遏飞舟，碧空飞鸟，水天一色。江社长水性好，后来曾有幸陪伴毛主席畅游长江。此刻，他兴致正浓，有感而发，大声对陈天然说："小陈，你相信吗？范仲淹没去过岳阳楼，但他肯定来过江汉关。为什么？你看，如此壮观的长江气象，不就是他《岳阳楼记》中所描绘的吗？"陈天然缓和了紧张，适度微笑着，在浪花飞溅中断断续续地附和着："……衔远山，吞长江，浩浩荡荡……阴风怒号，浊浪排空……"

江社长和陈天然来到南岸，社长谈笑风生，轻松愉快地聊道："你们河南好多地方我都去过。以前我在桐柏当过新闻头儿、战地记者。你们巩县我也去过，你是刘镇华、刘茂恩的近老乡是吧？知道吧？刘茂恩这个蒋介石的干将，还打过平型关战役咧。巩县风水好，你们那一带，不但出了诗圣杜甫，还有大宋皇陵。不过在当代，最叫人唏嘘的是，一家出了两个省政府主席。陕西、安徽、河南，都曾被刘家弟兄一手遮天。这种社会现象，除了丰厚的文化渊源外，还能有什么释义呢？分槽喂马，合槽养猪，一个人的大气象里，隐藏着他独立走过的路，孤灯读过的书。"

陈天然回应道："刘镇华、刘茂恩家族，繁衍在我们巩县洛口，和柏沟岭相距五六里地。我小时候走姥娘家，经常往那边跑。"江社长感叹："噢，同一块风水宝地！将来你小陈能成什么气候呢？自古中原多才俊，翻江倒海未可知啊。"陈天然一笑，回答说："社长，小陈我不才，我对仕途不感兴趣。但我有点儿版画基础，古元是我的偶像。"

江社长问："立志当画家了？做齐白石徐悲鸿第二？"陈天然回答："不敢，我眼下正在翻阅《黄宾虹画集》。我知道书画一家，我还得攻一攻书法。千里之行始于足下，明天是从今天开始的。江社长，您看我的行动吧。"江社长补充说：

"当然,大学深造,不是镀金,也不是唯学历,读书不为稻粱谋,但开风气不为师。你从一座革命熔炉,走进另一座革命熔炉,本质上讲,是在塑造了人生框架之后,依然还要精雕细刻你的肢体和五官。总之,革命人要立青云之志,不可求田问舍。"

九　江城之歌

那天，两人还登上了武昌的蛇山。一路上，江牧岳社长光拣轻松愉快的话题和陈天然交流，一副凡人不问仙事的做派。江社长说："你们老家巩县，是藏龙卧虎之地。从文化土壤的肥沃，看风流人物的诞生，我觉得，易学、风水，是值得研究的，哈哈！"

陈天然的兴致被撩拨起来，他拿开心快乐的记忆，无缝接龙江社长的话题。他提到巩县的峁梁沟壑、人情风俗、文化积淀，谈起他陈氏家族的窑洞坑院，还有父亲和哥哥，当年被国民党抓壮丁，家道中落，一贫如洗，地不能种，书不能读……

话说到这儿，陈天然禁不住泪流满面，啜泣不止。江社长直言规劝道："小陈，你现在是男子汉，不是大男孩儿，再说，男儿有泪不轻弹呀。一句话，参加革命，冲上革命的舆论前沿，你是无比幸运、无比光荣的。记者、编辑的一张工作证——无冕之王，风里来雨里往，其含金量不亚于一枚军功章。小陈，你还有什么委屈、困难呢？"

陈天然抹一把眼泪说："江社长，说实话，我参加革命，和仅仅参加工作，着实有很大的不同。现在，我们家乡的政府，都把我家当军属优待了。地有人帮俺耕种，家里大小事，有人帮俺打理。我虽然农忙不能回家，但麦季有人帮助收麦，秋季有人帮助出红薯萝卜出花生。我真心感谢党，感谢家乡的人民政府，我必须用实际行动，拿优异成绩做出回应，这是我的肺腑之言，社长。要说烦心事儿，的确也有。比如，我学历太低，没法和资深记者、编辑比肩。还有，我母亲身体不好，天天熬药吃，欠了药铺不少钱……我确实牵挂家、想念老母亲。"

一个说得实在，一个听得真切。相知有素，诤师访友，油盐罐子，紧挨不舍。末了，他们走下蛇山的时候，江社长才有了庄严肃穆的态势，说："小陈，你只管

安心干，我这个当社长的，会通盘考虑的。前些时，我学习毛主席的《关心群众生活，注意工作方法》，就联想到咱报社员工，大家的政治素养参差不齐。我也想到了你这个随大军南下的河南才子，怎样帮你继续充实提高，怎样让你达到才学名符其实。金鳞岂能池中游，遇到风雨必化龙，有点雄心大志才行啊。"

说到这份上，江社长好像言不尽意，又加重了语气，变了声调，显得十分严厉，就跟首长熊丢了枪的战士一样："话说明白点，我们党，是无产阶级的先锋组织，但从另一层意义上讲，又是穷人的党，百姓的党，从群众中来，到群众中去，是为人民服务的。凝聚万众心，淬炼民族魂，人生如棋，落子无悔。我们党，不会鼓励纵容投机者升官发财，名利双收。所以，我们的党，也不是赈灾党，救济党。当然，抗灾救灾体恤民情，是我们必须要做到的。"

社长咋这样啊！陈天然一阵错愕，我做错什么事了？你社长，刚才还木匠的刨子——光管不平事，怎么一眨眼就成了凿子，凿人家的酸楚痛处？劈头盖脸，狂风骤雨，有点痛啊。有时候，"闷瓜"也是有二两脾气的，社长这么厉害？想家了，掉几滴眼泪咋了？一个出门在外的人，对家人是不能无情无义的，心中没有父母妻儿的人，都是伪君子。

陈天然此时此刻的感受，就像上课的小学生，刚要举手发言，就被老师制止了。社长啊，你怎么正春风如缕，倏忽间就飞沙走石了？就居高临下端起大架子来了？陈天然一肚子的怨气和不理解，脸色难看，跟谁欠他二斗黑豆似的。

分别的时候，社长才恢复了先前的和蔼，说话有了鼓励的味道。社长说："你干得不错小陈，品德也挺高尚。我想，你今后的情况会有些变化的，你要有些心理准备。党叫干啥就干啥，党不会磨灭每个革命志士的忠诚和优秀。'愿得此身长报国，何须生入玉门关。'你不是老早就向往延安崇拜古元吗？你可知道，抗战中，古元的一次画宣，赛过几次农民抗日动员大会。延安还有个不太知名的音乐家张寒晖，一首《松花江上》，你猜毛主席怎么评价的？'这首歌顶一个师！'革命的笔杆子，革命的文艺队伍和作品，是我党我军的特种部队。"

江社长继续说："艺术家崔嵬，你知道吧？眼下就在我们武汉。他是中大艺术学院的院长，我们可以一起去拜访他。我们新闻战士，是新中国舆论场的尖兵，你要把美编工作当做无声的战斗，困苦自己化解，便利留给他人。少言寡语，不参与是非，可不等于有政治洁癖。革命队伍海纳百川，你得主动和革命群体融在一起才是。"

大概在初冬，正有滋有味做美编的陈天然，在他万紫千红的事业花园里，春风鼓荡，喜鹊登枝。经社长江牧岳拍板推荐，人事部主任通知陈天然，党派他到中原大学文艺学院美术系学习深造。锦上添花，骏马添翼，大有海阔任鱼跃天高凭鸟飞的意味。

陈天然就要走进大学深造了。此时此刻，他由衷地感念江思源、江牧岳两位社长。什么叫贵人？他想，人家给你雪中送炭，或拯救你于水深火热之中，但当你回头言谢时，人早已远走高飞了。

陈天然终生嗟叹，自离开《新洛阳报》《华中工人报》之后，缘于各种原因，他极少见过这两位社长。革命生涯长分手，这一分手无尽头。好人施恩不图报，好烟，你留着自己抽吧；好酒，你留着自己喝吧；感谢的话语，对别人说吧。上安下顺，风清弊绝，多么好的人，多么好的社会秩序呀！

陈天然要进的中原大学，成立于解放战争时期的隆隆炮火中，刘伯承司令员宣布成立命令，著名教育家范文澜为首任校长。中原大学一开始在解放区河南宝丰成立，后迁往河南省城开封，1949年5月迁往湖北省城武汉。

中原大学文艺学院，也许诸位没感觉，但名声如雷贯耳的崔嵬，你不能不知道。崔嵬是我国著名电影艺术家、剧作家，卓越的文艺活动家，曾参与筹建蜚声海内外的延安"鲁艺"，执导独幕话剧《放下你的鞭子》、歌剧《是假见不得真》等。演出团体，游艺单帮，大都仰视着崔嵬的动向做周转，看着他的晴雨表观风云。再后来，崔嵬因担当电影《青春之歌》的导演，更是携风带雨。其号召力自不必多说，吹个口哨能带动风向，振臂一呼应者如云，走出一步，便有万马嘶鸣，戏驴追曲骡撵的，他是革命文艺大部队的引鼓和首马。

中原大学文艺学院也许是历史的匆匆过客，但说到"李双双"——张瑞芳的化身，你也不能不知道。德艺双馨的艺术家张瑞芳，在荣耀重庆之前，曾在动荡不安的武汉生活。革命的热情，演技的高超，烹调出五彩缤纷的艺术蝶变。之后，她才从江城乘火轮上溯雾都，红透了大江两岸，长城内外。

崔嵬和张瑞芳，一个底幕延安，名动华夏；一个舞台广硕，炙手可热。在他们这些武汉文化名人的圈子里，突然有一天，闪出了天然小陈的身影。在名人群体里，他一脸腼腆，两眼喜悦。文化人聚会，他递茶灌水涮手巾，推杯换盏换筷子，讨到了好彩头，叫人惊诧不已，谁呀这是？

实事求是地讲，天然小陈还够不上那个档位，但必须实话实说，他的确是崔

鬼院长召唤过去的，并非他硬贴名家蹭热度，攀附拉扯，他一生都不会这么做。天然小陈，挺自然地涉足崔嵬、张瑞芳的人生舞台，成了他们文化佳肴中的一道豫菜。当他们这个文艺沙龙众人欢聚，在喝酒布菜的时候，常有人堂倌似的高喊：上菜上菜！上豫菜！军政大楼小陈来了！小陈动静不小，上线了！文青朝圣，默诗加冕。艺苑盛宴，红花绿叶，少侠老怪志同道合，金风玉露天然相逢。

　　那时的陈天然，出道时间不长，书画造诣不高。他的书画牌还没有好牌，那时，他还没有学习人物画，只是对西方皇室宫廷的剪影有着浓厚兴趣，模仿静物剪影写生，效果还是惟妙惟肖的。在公园里，在游船上，在德明饭店小洋楼，他都为大师明星们，夸张地描绘过漫画式肖像，如崔嵬的眯眼长脖"大头像"、张瑞芳的散发纤臂"天女散花像"等。虽也细腻但质感不足，这是剪影的特质，不过都确有形象动作的鲜明轮廓。"通过部分获知全体"，人物照样眉目传情，摩登风流，毫不含糊地叫人一眼看出这是谁，也足以令人拍案叫绝了。

　　肖像画在大伙中间传阅、欣赏，不断听到啧啧的赞叹。"剪影画"不算啥，但崔嵬和张瑞芳，两人没一个舍得把自己的剪影肖像扔掉，两人都规规矩矩地叠好，恭恭敬敬地放进手提袋，随时拿出来展示。由此可见，静如处子的陈天然，其内心世界丰富，想象力的跳跃幅度巨大。初露锋芒，他被不少人当盘菜了。

　　陈天然在去中原大学文艺学院报到之前，被甜蜜和怡悦陶醉着。他独自乘轮渡过长江，来到波光粼粼、荆风楚韵的诗画东湖，一边沿湖散步，一边缓释着动人心魄的昂扬。一团浓稠的农民意识掠过心头：我命运真好。

　　人生难免坑坑洼洼，要是阴差阳错起来，喝口凉水也会塞牙。他想，武汉，我要是来早了，可能赶上乞丐们的招手。不是吗？最初去开封找营生的时候，也曾打算来武汉碰碰运气。若来晚了，文艺殿堂的朱门可能已经关闭，美术系的那张课桌，伏在上面学习的，可能就是张天然王天然。和崔嵬、张瑞芳相识？得到文艺大师的赏赐？那只能是做白日梦了。

　　陈天然就是在这样名人荟萃、高手云集的环境中，学习政治和美术，充电、提升自己的。由崔嵬担任团长的中原大学文工团，黄金阵容，名角联盟，演出火爆，到哪儿都有推推搡搡的粉丝团。

　　在开始那段时间，虽然政治学习很紧张，但陈天然依旧见缝插针地跟进看演出。不管是夜场还是日场，他都会紧追不舍地看演出。从武汉申新纱厂，到水泄不通的女中操场，从汉口宗关到中山大道利济慈善会，看不够，欣赏不完。他把

那些艺术形象镌刻在大脑里，描绘在草纸上，辛苦并快乐着。在学员们座谈话剧《放下你的鞭子》时，陈天然有的放矢地发言，惟显得真切靠谱。当然，像《是假见不得真》《夜店》《母亲》和《前线》，也是异彩纷呈，高潮迭起，陈天然看得都入了迷，没有座谈会也要看。

直到有一天，崔嵬发现了这个似曾相识的年轻人，于是微笑着轻拍陈天然的肩膀，问他是哪个系的，为什么总跟着看演出，耽误功课怎么办呀。陈天然半低着头，平时没有一句多余话，此刻，他打着噎，打开心扉，竹筒倒豆腐，倒了个明明白白。"我叫陈天然，您的学生，美术系的，版画专业。现正在政治补课，学习毛主席《在延安文艺座谈会上的讲话》，正在逐步弄清楚'世界上没有无缘无故的爱，也没有无缘无故的恨'……"

陈天然的艺术视野高远，丹青，并非唯独崇拜现实中的版画家古元；翰墨，也并非只临摹"王颜赵苏"。这个未来的书画大家，还仰慕着演艺家崔嵬、张瑞芳等，属于那种心知肚明不苟言笑，是粉丝却不手舞足蹈喜形于色的追星族。这些，对于他跳跃灵动、泼墨苍劲书画风格的形成，都有直接或间接的启蒙和浸润。事实上，陈天然作为演艺名家的拥趸，不仅大饱了眼福，还获得了重要的学习机会。

在政治学习阶段，他最爱聆听院长崔嵬讲解毛主席《在延安文艺座谈会上的讲话》，聆听他剖析歌剧《白毛女》的表现主题，聆听他掰开揉碎地分析作家赵树理的文学作品。更令陈天然惊喜的是，崔嵬和古元，既是延安时期的战友，又有鲁艺师生之谊，所以之后崔嵬还带陈天然走向版画大师古元的艺术纵深，了解他崇拜已久的那位鲁艺高才生，其版画创作的背景和作品强烈的政治色彩。

崔嵬台上讲得深刻生动，妙趣横生，台下的陈天然听得热血沸腾，心潮起伏。没想到，就是这么稍纵即逝的机会，却让陈天然和文艺大家有了数次亲密接触，促膝交谈。这个巩县柏沟岭人，感到太幸运太幸福了。

人缘好的人，到哪儿都有好朋友。斤斤计较的人，只会听到甜言蜜语，口惠而实不至。陈天然和崔嵬一经相识，就成为忘年交。在未来岁月的风雨交加中，二人过从甚密，终生都没有疏离。后来崔嵬被打成"牛鬼蛇神"的岁月里，陈天然还组织一帮人，冒着被打入另册的风险，去崔老北京的家中，看望老院长。"文革"结束后，陈天然每次到北京，都会去拜望崔嵬老人，这成了他的必经之途，也是他晚年美好的记忆。

十　弱冠男子汉

陈天然在四个月的政治学习结束后,被评为甲等学习模范,还获颁了由院长崔嵬签名的奖状。但天有不测风云,当陈天然就要正式转入美术训练课的时候,家乡巩县发来的一封电报传来噩耗:母亲病故,家中经济窘迫,有人上门讨债,问能否往家寄点钱,以解燃眉之急。

陈天然正逐渐学会平衡自己的心理,正像社长江牧岳提醒的,男儿有泪不轻弹,别动不动就哭鼻子。但是此刻,他禁不住刷刷掉眼泪。人们不是常说吗?人生不如意事十之八九。他努力安慰自己,自己赶上的好事不少了,母亲的病逝是他急切起跑之后的一次情感磕绊而已。自古忠孝难两全,谁也没有分身术。

说是这么说,他怀揣着电报,依然肝肠寸断地跑到长江岸边,朝着北方巩县的方向叩首作揖,大放悲声。在江堤上,他双膝跪下,默哀了半个钟头。呜咽长江水,悠悠游子情。他悲痛欲绝,抹抹酸涩的泪眼,自言自语地说,到了明年的清明节,争取回巩县一次,为母亲扫墓,给母亲叩头烧纸。

岁月仓促,近两年来,陈天然好像是经历了情感的过山车。有过"春风桃李花开日",也有过"秋雨梧桐叶落时",但他最终没有颓废落寞,一蹶不振。他的内心,是倔强刚毅的。生活的苦水喝多了,人生过的桥梁多了,对以后的艰难险阻就可能会负重若轻了。

学校知道陈天然的情况后,十分关注此事。但当时全国都在医治战争创伤,百废待兴,百业待举。领导找到陈天然,告诉他,学校的开销捉襟见肘,不能为他提供经济援助和支撑。后经学校和报社共同协商斡旋,研究决定:陈天然同学停学,到政府部门工作。

领导的意思说得很明白,在"供给制"和"大包干"的年代,在公职人员普遍没有薪水的情况下,陈天然要是到了政府部门,根据政策规定,每月在三块零

花钱的基础上,还可获得适当的困难补助,以及时补贴家用。

入校是欢快的,离校是痛苦的。和一群好同学从此分别,热血青年声泪俱下。他们握手拥抱,依依惜别。少言寡语的陈天然,这次又突破江社长给他设的底线,难过得泪流不止,泣不成声。

同学周韶华,后来是气势派的开宗创派者与理论建树者,国家一级美术师,享受国务院特殊津贴。还是中国画研究院院务委员,担任了湖北省文学艺术界联合会主席。

同学鲁慕迅,生于河南汝州,后来终身致力于中国画的创作与美术理论研究,是国家一级美术师,兼攻书法、诗词,推动了中国画的发展。

同学姚治华,后来于1961年毕业于中央美术学院中国画系,受教于李可染、叶浅予、李苦禅等名师,成为当代著名画家,擅长中国白描人物画。

同学张朗,湖北武穴人,擅长工艺美术、民间美术。1950年毕业于中原大学文艺学院美术系,历任湖北艺术学院、湖北美术学院工艺系主任、副教授。主编了《湖北民间美术》《湖北民间雕花剪纸》等艺术图书。

……

陈天然在中原大学短暂又遗憾的经历,成了他一生的叹惜。即便是作为一种经历,即便在他成为书画大家功成名就的时候,关于学历,他也默不作声,不给人讲自己曾是中原大学艺术学院美术系的学生。他说,是美术系的学生,一点都不假,没啥水分,但一天训练课都没上过,心里虚,不想骗旁人,也不想骗自己。

离开中原大学后,陈天然去了哪里呢?——他揣着组织调令,到了中南军政委员会办公厅政策研究室,立即参与编辑《中南政报》,仍做美术编辑。

作为过渡性政权机关,中南军政委员会是中共中央领导下的统一战线性质的政权组织形式。其组成人员中,除了中国共产党的军政首脑人物,还有大量的国民党爱国军政人员、民主党派人士。办公地址就在汉口政府机关稠密的金融贸易区,办公大楼在原来的英租界。

陈天然蒙了,这里大院大气象。调兵遣将的,带兵打仗的,精英名流,泼皮光棍,到了这里都是高山仰止唯命是从。大官大场合大气势,陈天然这类小萝卜头们,想扒个坑把自己埋起来都找不到地儿。天天与兵王将首摩肩接踵,和功臣英雄共会同框,就像新兵蛋子见司令员,大气不敢出一口,小猫小狗一般,想吃食儿都迈不开步。

有那么几天时光，陈天然找不到自己的位置，甚至坐也不是站也不是，既新奇又寒碜，既高兴又忐忑。同一座楼办公，同一个会议室开会，共同的楼梯，共同的茅厕。他小心翼翼地进出办公室，提心吊胆地如厕褪裤子。本来，干部团就是跟在大部队屁股后头，受气的小媳妇一样，从郑州出发，狼狈了一路，好不容易挺进到武汉，刚刚"文治武功"泾渭分明，一不留神，怎么又是大格局里兵戈耀眼出将入相？

陈天然儿时常听英雄大侠的故事，并为之心驰神往。瓦岗英雄，曾屯兵巩县，饱餐隋军，夺洛口仓，攻虎牢关，摇撼着大隋江山的根基，惊诧得四面八方闻风归附……瓦岗好汉，在柏沟岭的土地上，厮杀怒吼，流淌过热血。但那只是刀枪剑戟关隘争夺，充其量也就是漫山遍野摇旗呐喊。说到底，古代的盖世英豪，怎能和当代千军万马的统帅比肩？我们的铁流大军，埋葬了蒋家王朝的大兵团，战车火炮机关枪，饮马黄河，泅渡长江，万水千山只等闲。

陈天然的欣喜和怯弱，激昂和僵滞，都被政研室的文敏生主任看在眼里，想在心头。为了平衡抚慰陈天然复杂的心理，使他从容不迫地投入工作，主任刻意安排他多往首长们那儿跑。比方说，各类文件的批转传达、专送特送，以及文主任的刻意"分拣"，都安排给陈天然。美编成了通讯员，和大人物频繁见面，就像在柏沟岭遇见左邻右舍一样。见多了，寒暄多了，小猫见了老虎，也敢视为同志看作战友了。

陈天然非常感念主任的良苦用心，很快，一切的负面情绪，都化为幸福和荣光。他一下子又回归为攥着崔嵬看演出的陈天然，不知疲倦，只有热情。怎样把革命工作干好？不辞劳苦，做无名英雄。就像在巩县柏沟岭，放下镰刀抓起锄，耩地扬场，活不干完不收工。

在中南军政委员会大楼里，陈天然每天紧张忙碌，又心情愉悦。有些事，坑味无穷，妙不可言。一次他在楼层的公厕里，仰脸撞见了一位领导。可能领导刚在大会议室开会，内急如厕，一身便服，也没戴军帽，头发稍显稀疏。他一副来去匆匆的样子，要把薄薄的绒衣装在裤腰内，但他几个动作下来，竟然没有把绒衣塞进去，指挥千军万马决战的双手显得很僵硬。宽松的绒衣，像一条长尾巴，在屁股上提溜来提溜去的。

领导跟拒绝看文件似的，赌了气，把宽阔的裤子一下褪到屁股下，大扒皮，不信绒衣难住人。裤子张大了嘴，缓缓收拢上提，终于大功告成。领导下意识地

朝陈天然挥挥手，一个"平型关"式的转身就撤了。心有余悸的陈天然，在厕所里又站了一会儿，听到领导的脚步声消失在楼道里，才敢探头出去。

他刚走出厕所，迎面又碰上一个人，竟是文敏生文主任。在这儿和头儿碰头，难免有点拘束。两人都想说句得体的照面话，但都没准备好，双方嘴里嘟囔了点啥，也都没说出来，人就已经走开了。

陈天然扭头看，厕所门口静悄悄的，文主任安然待在厕所里。文主任这人真好，说话和气，斯斯文文，没一点架子，让人感觉很舒服。而且他还勤快，经常拿起笤帚、抹布打扫卫生。有一次他甚至打扫大公厕，打着赤脚，捋着袖子，拎着铁桶，接水冲大便池。陈天然心里很受感动，这样的基层小领导真不错。

初识"凌烟阁""清忠谱"，多做少说的陈天然哪里知道，他眼中的这位基层小领导，在五六年之前的战争硝烟里，就是荆州地委书记兼荆州军分区政委。烽火连天，刀光剑影，童子冠军侯，英雄少年郎，饱经沧桑，资深望重。如今他马放南山，息武从文，以中南军政委员会副秘书长的职衔，兼着陈天然他们这个政研室主任。在英雄的斗篷下面，一张公仆的脸庞，不显山不露水。打扫厕所，悄无声息，英雄素色，官风拙朴。按当下行政级别套一下，文主任是硬邦邦的副省级。可是，他朴实得出神入化，身边人觉察不到半点的颐指气使。

就在这次碰面的那个周末晚上，军政委员会礼堂内有舞会。在楼梯上，陈天然和文主任又不期而遇。文主任上楼，陈天然下楼。文主任兴致勃勃，不由分说就拉陈天然转身上楼，一边说："舞会舞会，机关的舞会，看看去，看看领导们的优美舞姿……"

看就看，又不用买票。舞会就要开始，平时开会用的桌椅，都撤到了一边。庞大的乐队，正在调试音阶、和弦。陈天然一看便知道，请的是中原大学艺术学院文工团的乐队。整个礼堂的中间位置，就算是个大舞池了。

跳舞的男男女女很多，看上去并非什么专业舞蹈队。虽然他们的穿戴打扮五颜六色的，不过，人人都衣着得体。男人有西装革履，也有衬衣布鞋的。女舞伴不是很多，大都是女同学女老师，在温暖静谧的灯光下，如皓月灿星般惹人注目。随着乐队指挥威严的双手缓缓落下，《蓝色多瑙河》的管弦乐声顿时渲染烘托出华丽高雅的氛围来。一对对男女舞伴，体态轻盈，舞姿飘逸，和着施特劳斯的音乐，迸发出一代风流人物的革命活力。

突然，文主任热乎乎的嘴唇贴紧陈天然耳朵，呐喊道："叶副主席！看清了

吗?"陈天然一看,真是叶副主席叶剑英!他脸色红润,衬衫雪白,裤子笔挺,皮鞋锃亮。昨日戎马倥偬,今天歌舞升平。他的舞伴是个年轻女郎,婀娜多姿,神采妙曼。两人笑着跳着,跳着说着,一个脚步轻盈,一个身段柔软,步步踩到节点上,脚脚落到恰好处,配合得天衣无缝,洒脱超逸。叶副主席真是文武双全,多才多艺啊!

这么大的军政机关,竟然举办如此大规模的集体舞会,首长允许跳舞。而且参加自由,退场随意,人人高兴,大家欢乐,比常香玉的戏还热闹。这就是舞会吗?这样的见识对陈天然来说,是有生以来的第一次。他心里既兴奋又矛盾,很多天都在琢磨这事儿,舞会究竟是艺术呢,还是娱乐?反正,他觉得不是那么顺理成章水到渠成,只是主任笑,他也笑。

使陈天然更不淡然的是,当他那年在广东的英德、从化完成剿匪、土改任务回到武汉后,文敏生几经职务的调整调动,二人再见面的机会几乎没有了。后来文敏生到广东担任副省长、省委书记,这就等于一经分别天各一方了。1961 年 2 月,文敏生又从广东调到河南,担任河南省委代理第一书记、省长,播德政于河南,成为家乡最大的政府官员。陈天然愈加感到自己当初在武汉的天真无知有多么好笑,竟然把文主任当做基层小干部看待。

十一　广东英德剿匪

　　1950年6月30日，中央人民政府颁布了《中华人民共和国土地改革法》，废除封建土地所有制，实行农民阶级的土地所有制。为减少阻力，孤立分化地主阶级，以利于稳定民族资产阶级，早日恢复发展农村经济，实行了经济上保存富农经济，政治上中立富农的政策。

　　六七月份，陈天然参加了声势浩大的土改运动。随土改工作队出发时，文主任依依不舍地握住陈天然的双手，情深意长地说，革命的暴风骤雨，你还未真正经历过，我是不能替你经风雨见世面的。你去吧，剿匪、土改，是锻炼摔打自己的好机会，你要立志做个有政治抱负、有理想追求的有志青年。你喜欢绘画，很好，作为爱好，一定要坚持发展下去。我在武汉看着你的进步。

　　陈天然和办公厅政研室的部分同志，被中南军政委员会抽调到土改工作队，远赴广东省农村搞土改，具体地方是粤北从化县。不过，根据上级安排部署，工作队要先到英德县做剿匪反霸。意思是搂草打兔子，得先把这个活捎带着干了。

　　剿匪反霸？匪徒在哪里？恶霸又是谁？笔者读过一本书，记住了一个故事。1950年2月，四川成都山寒水冷。中国人民解放军第178师一个警卫班前往成都开会，途中夜宿小镇龙潭寺，被土匪包围。当该师派出一个营前往营救时，又遭万众土匪围攻。解放军又派出两个团兵力火速救援，接着再派出两个侦察排前往侦查。结果，没有一个人能活着回来，连同警卫班，全部被土匪残忍杀害。

　　血火连绵，河山悲泣。当然，最后的战斗，以土匪被彻底歼灭而结束。这就是新中国诞生不久，解放军在南方一些省份剿匪反霸的一个缩影。新政权形势的严峻，残敌的规模和凶残，一点都不能小觑。成都如此悲壮，粤北土匪恶霸就甘心束手被擒吗？1949年底，粤北匪首李锦标、梁猛熊，在清远、英德、阳山地区成立"反共救国军"等组织，冒死对抗解放军的霹雳进剿。1950年初，南下征程中的人民解放军第 48 军第 143 师，盘马弯弓，斜刺劈杀，给各股土匪以短促有力的打击，却没有连根清除。3 月，随着全粤匪势再起，清英阳地区土匪又迅速发展到 6000 余人，猖狂地煽动暴乱，袭击区乡政府，破坏铁路交通，对清英阳各县人民政权和国民经济恢复发展，造成极大威胁。

4 月底，人民解放军第 41 军第 123 师第 367、第 368 团进驻粤北，包干各县的剿匪任务。5 月初，123 师首先以 2 个营由清远至阳山布成一条防匪西窜之封锁线，随即在腹地展开重点进剿。5 月 17 日，该师派出 5 个连队，分 5 路对盘踞于明迳、九龙的梁猛熊股匪实行合围进剿，匪患已呈垂死挣扎之势。

从武汉出征的剿匪"混成旅"，都想着是捎带着打兔子，不免有些轻敌。事实证明，兔子真不怎么好打。南国的土匪，是常年生活在风谲云诡局势里的兔子，经过了鹰抓狗撵狼扑狐欺，进化得狡诈精明起来，并不比北方的黄脚兔黄毛兔好收拾。北方的兔子，一到收麦收秋，青纱帐一撤，它们的末日就到了。而南国不同，兔子一年四季优哉游哉，山林草丛休养生息。祖辈的历练，使它们锻炼得会蛇行豕突，会躲避猎人的子弹，说不定还会近前咬猎人一口。

出发时，工作队分批坐小划子过长江，从武昌徐家棚乘火车，顺粤汉铁路南下。"四边伐鼓雪海涌，三军大呼阴山动……"陈天然虽不是火线战士，但他仍要"收拾戎装"，用随时准备扣动扳机的手指，反复抚摸那只配发的小手枪，全身心沉浸在战前的激奋气氛中。如果说前两年，陈天然是在浓浓的硝烟味中，天天打造软化崩溃敌人的精神武器，那么当下，他是在直接配合英雄部队，去发现、摧毁暗匪乡霸的巢穴。

剿匪反霸工作队依旧是个"混成旅"，有军官和士兵，还有中南军政委员会办公厅的干部们。他们在广东英德火车站下车，像远道而来的贵宾一样，被接待下榻在英德师范隔壁一进大院里，其住宿伙食档次，不亚于在中南军政机关。革命觉悟满满的工作队员们，只待了一夜，第二天就和武装的连队一起，开拔到土匪乡霸猖獗的英德县西北部的波罗镇。

波罗镇山清水秀，环境幽静。流水潺潺的波罗河两岸峦峰叠起，古木参天。这给穷凶极恶的土匪乡霸提供了绝妙的庇护，当然也给进剿的部队平添了艰难险阻。

剿匪反霸的队伍泰山压顶般碾压过去，一些小股匪帮最初躲进深山老林，观察进剿动向，还有残兵游勇昼伏夜出，专门袭击并非全副武装的工作队。有一些

身背血债的地主土老财，舍不得楼房深院金银细软，待在家里窥视动静。他们没有明火执仗地往枪口上撞，只怀着侥幸的心理，等待新生政权的宽容政策。

陈天然后来回忆，有一户大地主，几代人横行乡里，只是在周边三里五庄没有血案。他们有四面互动的小社会和生存法则，盘剥乡民是他们的本性，狼是听不得羊叫的。在国民党的卵翼下，他们私设公堂，置水牢，上戒具。他们有自己的武装，几十个家丁人人配有枪支，对剿匪工作队构成严重威胁。以往，他们大恶没有（也许未暴露），小罪不断，看着老实，实有盘算。

有一天，他们利用清剿部队的一次疏忽，在一个月黑风高的深夜，勾结土匪头子李锦标，偷袭睡梦中的清剿小分队。一阵枪响，待陈天然几个人掂着手枪跑出来，敌人一阵乱枪扫射，又火速撤离，随即退隐深山。老地主在家丁的搀扶下，也淌过波罗河，躲进了远山。

工作队有三人倒在了血泊中。陈天然急忙跪下身子，抱住一位伤员，在一缕电筒光的照耀下，他看到是办公厅秘书处的小周。小周胸口冒着热血，渗过多层包扎的纱布，流到身下的鹅卵石上。大约一刻钟的时间，年轻的小周缓缓闭上双眼，再也没有醒来。

陈天然流下泪水，咬紧牙关。小同事方秘书，星光下感觉到陈天然在啜泣，就一把揽过他，轻声说："战场上，英雄流血不流泪！你小声朗诵几句古战场诗词，聊表对弟兄的安慰吧。"

严格说起来，陈天然的性格，没有锋芒，也谈不上城府，他不是为战争而生的。枪林弹雨中，他只默默吟诵了几句白居易的诗："但见丹诚赤如血，谁知伪言巧似簧……"

稍停，他又对号入座似的抨击老地主："无心为善，有心为恶。土匪，历来是要颠覆政权的，包括国民党的伪政权。"接着他又哀叹道："我们有负党的重托啊，等着吧，土匪孽债，最终会受到正义的清算！"最后他举起手枪，朝波罗镇的方向啪啪打出两枪，子弹没入沉沉的黑夜。

离波罗镇不远，有个叫牛角坑的村子，四面靠山，中间是盆地，土匪猖獗，百姓遭难。土匪们疯狂地煽动暴乱，袭击区乡政府，还经常三五成群地外出撒反动传单。"混成旅"进去清剿过几次，都无功而返，主要原因就是这里奇特的地理条件，太容易让敌人隐藏和逃匿了。

从山上泄下一条小溪，水湍流急，几乎围着村子转了半圈，又折头向山下奔去。这是一道不设防的围墙，外人不敢轻易涉水通过。小溪上有座便桥，是一块活动木板，架在两端的石头上，以方便进出村子的人从这儿经过。

土匪们往往不等太阳落山，就把大木板抽到靠村子一边了。木板缩在石头上，想进村得等到第二天日头出来。"木板桥"的延伸意义，是一旦小溪里有啥动静，就等于给敌人吹哨子报信。土匪们即刻化整为零，一转身就隐进陡峭的山林。

陈天然前几天星夜随队进村清剿，趟水过小溪的时候，一个急流把他和另外两个搭手的人冲倒了。水下有奇形怪状的鹅卵石，脚一滑就会摔倒。主要是秀才们蹚水也不利索，折腾出来的动静可不小，几个人枪管里进了水。所以，队长就没叫队伍进村，摆摆手，撤了。果然，清剿队刚离开牛角坑时，身后就响起一阵枪声，气焰十分嚣张。

类似上述两次清剿，都没有成功，还造成不小的损失。除了对地势不熟、缺乏内应等几个因素外，兵力不足也是重要的原因。眼下，土匪的规模似乎一夜间又壮大不少。怎么办呢？清剿队开会商讨对策，陈天然还详尽做了记录。大家都认为，敌我力量不对等，倒是敌人显得人强马壮，而且他们在暗处，机动能力也很强。我们必须请求援兵，宁可久等，不能强攻。

炮火可不是烟火，真刀真枪地近战，见骨见肉。和平时期的陈天然有时爱看战争题材的影视剧，他特讨厌有些"抗日神剧"胡编乱造。红军吹几声号角，甩几颗手榴弹，喊几句"缴枪不杀"，鬼子、伪军就低头佝着腰，轰然做鸟兽散。

陈天然说，编导忒糊弄观众，牛角坑的战斗，绝不是影视拍摄，我们的肉身是子弹的盾牌。土匪恶霸，可真是深山老林里的兔子，来无影去无踪。狡黠的兔子敢不尿老鹰，因为它身边是丛林。他们人藏在涧壑草丛，子弹却在村子陋巷里横飞。首先伤亡的一方，可能是我们。因为我们在明处，他们在暗处，明枪易躲，暗箭难防。

我们的一举一动，他们看得一清二楚。要清剿他们，一窝端，难啊。他们往往昼伏夜出，无声无息，你倒头熟睡的时候，街筒子里会枪声大作。那些匪帮中有文化的乡绅子弟，把学识直接嫁接在乡党土匪身上，旋即化为反击我们的强大攻势。可见，"搂草打兔子"可没有那么轻松。在这种敌我对射中，能打游击打持久战的，往往是土匪。我们却被迫做消极防御，想快刀斩乱麻，速战速决歼灭他

们，只能是一厢情愿。

由中南军政委员会文职人员组成的"手枪队"，和全副武装的解放军战士，在和土匪一阵短兵相接之后，匪兵们开始往深山老林撤退，并且一群匪帮分了叉。解放军的一个武装连和文职"手枪队"，不得不分头追击。在连长的带领下，武装连去追击左翼一股残敌，"手枪队"去追击右翼一股土匪。

这时，文人们没有了稳健做派，不像平时吟诗作画那样神闲气定。他们有些手忙脚乱地迅疾沉入老林，沿着崎岖小道上了山。他们下意识地朝着那边解放军战士的枪声嚷嚷说："不比你们差，瞧不起我们？就叫你们再瞧瞧！""手枪队"边走边打枪，人人过了把枪瘾，不一会儿，每个人手枪的子弹盒就空了。

没有了子弹补给，问题就严重了。剿匪工作队几十个人只能面面相觑，悄悄往下撤。溃散的敌人，不时从山上试探性地往山下打冷枪。说来也怪，"手枪队"冲击的时候，大家都没有挂彩。要撤退了，倒是有两人受了伤，其中就有陈天然。一颗子弹从他的右腿小肚子擦过，鲜血一下子顺着脚脖子往下流。灼热的疼痛感，使陈天然皱眉咬牙，在山坡小道上一连翻了几个滚。要不是紧跟上来的战斗班，压制住开始往下俯冲的土匪，说不定文人们就集体做俘虏了。

多年之后，陈天然想起来就觉得好笑。打仗，不懂兵家事，空有鸿鹄志。不信你看看，他拽起裤管，向人展示当年在英德留下的"英疤"。陈天然说，秀才造反，三年不成，我们那帮人就是。文韬武略，金戈铁马，定乾坤安天下，英雄找用武之地，文人找你的笔墨纸砚。你啥材料找啥平台，不能乱点鸳鸯谱。这就叫：有尺水行尺船，比着被子伸腿，量力而行。

步入老年的陈天然，常说起当年看电视剧《霍元甲》的情景，自己总是禁不住笑出声来。笑什么？霍元甲有个徒弟叫陆大安，不服大师兄陈真等人的武艺，一遇武林高手叫板，就嚷嚷着霍元甲，他陆大安要打头阵，去和人家比试高低。"师傅，我先上，看我陆大安怎么收拾他们！"结果呢，老猪打蚂蚱——笨手笨脚，活动不了几下，就灰溜溜地败下阵来。

由此联想起英德剿匪，每每谈及那段岁月，陈天然就笑话当年一群文人的心血来潮。想和身经百战的解放军战士比试高低，哪能成啊？想想，牛啊驴啊，拉磨拉犁还得好好训练个把月咧。一群秀才不自量力，放下笔杆就上前和敌人短兵相接，昨天当兵，今夜出征，不中。道理和画画写文章一样，画画、写文章，没历练不中。

十二　青山秀林中的枪声

大家都看过电视剧《湘西剿匪记》吧,那些故事就发生在 1949 年 9 月前后,比英德的剿匪反霸要早些。黎明前一阵黑,越是临近解放,匪患越是猖獗,匪首越是狡诈残忍。要知道,中国已经改天换地,人民已经当家做主,距红旗插遍神州大地只是咫尺之遥。祖国南方一隅,匪患肯定是兔子尾巴长不了。全国新政协会议正在北京召开,开国大典的庆典礼炮,已岿然端卧在天安门广场。但是,在日出东方的时候,剿匪部队的战斗更是艰苦卓绝,土匪欠下的血债,更是罄竹难书。

英德土匪伪善阴险,比湘西土匪更加狡诈。粤北三县——英德、清远和阳山,曾被国民党一言以蔽之曰:穷山恶水泼妇刁民。情况肯定没有如此负面,但这些县份地瘠民贫山势复杂,有滋生豢养土匪恶霸的土壤。

在陈天然看来,英德山俏水美,婀娜多姿,云蒸霞蔚,气象万千。若没有战争硝烟,这儿是天然的墨林画廊,骚客啜英咀华,天下诗文荟萃。可如今,摇曳竹林烛影斧声,古树婆娑匪患充盈。花梨紫檀做猪槽——好山好水被糟蹋了。噫嘻!美编陈天然,文武又年少,艺术小苗苗,做着书画梦,腰挎盒子炮。

前文已说过,1950 年 4 月底,解放军 41 军两个团的兵力进驻粤北,包干三个县的剿匪反霸任务。5 月初,形成了一条防匪西窜的封锁线,随后组织力量在三县腹地重点进剿。

在这个被敌炫耀为固若金汤的封锁线之内,就有陈天然他们中南军政委的帮官兵们。他们总在强调文职队伍的重要性:对于敌人的分化瓦解,离不开我们无声的投枪和匕首。大风起兮云飞扬,威加海内兮归故乡。别忘了,我们是来为粤北匪霸们唱楚歌掘坟墓的!

英德的土匪世家,作恶多端的基因遗传,没有善良重组,只有恶性裂变,黄

鼠狼生下一窝小狐狸，一代比一代赖孙。英德，素为土匪密集之地，小匪头杨策雄、李满、李富等人，集湘粤土匪之大成，官民通吃，祸害四方。粤北岭南，神出鬼没，行踪飘忽，动如脱兔，即便北方的神鹰，要及时发现他们的踪迹，也得盘旋侦查多少圈儿。

比起湘西土匪，英德土匪的狡猾还在于他们会借力愚弄、劝化百姓，为自己的每桩恶行，找出冠冕堂皇的理由。抢劫，叫受害者说不出委屈；杀人，叫掉头者不喊冤枉。思想上麻醉、意识上洗脑，对付本分规矩的民众，似有一整套办法。老百姓摊开双手，没办法，任人宰割吧，反正生死有命，穷富在天，咱生就的辈辈穷，走快了赶上穷，走慢了穷赶上，受穷受罪惨遭不测，都是命。

陈天然先生晚年经常说到，太平天国洪秀全当年常在英德活动、传教，其精神的桎梏，影响了英德几代人，城乡间的"麻木闰土"太多了。洪秀全把儒家的大同理想、农民的平均观念，和基督教的某些教义融汇在一起，除了"现身说法"说教，还写出了《百正歌》《原道醒世训》等诗文，为渲染、兜售自己的治世理念，以舆论开路拓展空间。

解放前后，英德的土豪官商和黎民百姓仍受洪秀全拜上帝会碎片化思想意识的钳制，各方依旧各取所需地接受洪秀全的服从、奴化思想。土匪恶霸欺压百姓霸占土地，似乎心安理得天经地义。老百姓呢，逆来顺受，自怜自哀。饿死不告状，穷死不做娼。他们中间也有人加入了土匪武装，成了土匪恶霸的帮凶、打手。

英德的土匪恶霸，何况更有深山老林做屏障，就如狼似虎，如鱼得水。

必须承认，土匪恶霸之所以历久不衰，不能被扫荡除根，是因为他们也有自己的信仰、崇拜，有他们的物质目标和精神支柱。他们也在为福祉而战，为他们掉脑袋流鲜血的亲人们而战，为他们被贫民协会充公的土地房产而战。而我们的荣光，是敌人"奉送"的，我们的卓越，是敌人做砧子打造的。正如这句话：小成靠自己，大成靠敌人。

毕竟，多行不义必自毙，英德的土匪恶霸气数已尽。说时迟那时快，驰援牛角坑的解放军，用一个营的兵力把牛角坑团团包围起来，切断了土匪山上山下的联络呼应。山上的敌人下不来，山下的敌人上不去。夜阑端枪听风雨，旌旗十万斩阎罗。解放军的这套围而不打的战术，持续了四五天，给足了敌人政策，指出了几条出路。青山绿水，何去何从，属于土匪恶霸的时间真的不多了。

几条胡同尽头的土匪们，开始的时候，骚动不安，吹口哨进坟场——自我壮胆；之后，猫头鹰打瞌睡——睁只眼闭只眼，装睡；最后，就张飞喝酒——东倒西歪睡着了。醒来的时候，肯定是又渴又饿，慌忙抓挠别人的水壶，然后把空空如也的水壶扔出去老远，连对面的解放军、工作队，都听到了咣咣当当的声响。

遵照上级的命令，这种对敌人的高压要再持续两天。因为敌人手里还有武器、子弹，重要的是，敌人手里还有人质。强攻，无疑能拿下，但我们也会有牺牲。反正，困兽犹斗，在大局已定的情况下，我们只接受他们举手投降，绝不接受什么起义、改编、软着陆什么的。

前几天，营长和工作队队长组织大家学习毛主席"在战争中学习战争"的军事思想，研读分析了毛主席对马步芳的战略战术，明白了为什么只接受他投降，拒绝他"起义"或接受改编等其他花样。

果然，对面胡同里的一股土匪有些异动，他们从一家山民院子里，抬出一名白发苍苍的老人，在解放军和工作队面前放下。这边队伍里的向导马上说："是贫协主席吕良的爷爷！"大家即刻明白，这是土匪们毒辣的苦肉计，他们提前把牛角坑贫协主席吕良的爷爷扣为人质，好和解放军、工作队谈条件。

一个土匪出列阵营，高高举起双臂，交叉摇晃着，表明他没有带武器，缓缓朝我们的阵地走来。他脱去外衣，显示腰间既没手榴弹，也没有手枪、匕首，他是来谈判的。

这小子迎着解放军一排枪口，在一道道警惕目光的注视下，战战兢兢地来到了我们阵地上。他上气不接下气地告白，说自己是还乡团，为给父亲报仇，才站在了解放军的对立面。他正在孝感读师范，再有一年就毕业了。他现在代表胡同里的那帮人来求和，他们愿意加入解放军闹革命，打土豪分田地。只要解放军答应，他马上就拉人过来，武器弹药全部交出……

憋屈在胡同尽头的那股匪徒，也正在窥视着这边阵地上清剿队的动态，如热锅上的蚂蚁一般。清剿队全体战士和工作队员随时可能扣动机关枪和手枪的扳机，把敌人苟延残喘的生命结束在胡同尽头。

突然，一个克制不住冲动的年轻队员高高举起手枪，瞄着对面那位叉腰站立的土匪头子，"啪"的一声枪响，那位土匪头子应声倒下。接着，对垒的两阵之间，枪声霎时响起。多条小巷胡同里的土匪，雨后虾米般纷纷蹦出来，牛角坑四面八方的子弹弧线，密集交织在一起。

敌人不甘束手就擒,仍做垂死挣扎。他们在炮火打光后,利用砖头瓦块做武器,从墙角背静处进攻解放军和工作队。牛角坑枪炮声震耳欲聋,街中巷口瓦片横飞,门窗缸池树干片石上血迹斑斑,敌我双方都付出了惨重的代价。最后一小撮不肯投降的敌人,只能蜷窝在几条胡同尽头,等待解放军、工作队的裁决。

我们低估了敌人的顽固。他们在静止片刻之后,又自杀式地冲击过来。战士们和工作队队员们不等命令,几挺机关枪"突突突"一起开火,工作队的杂牌手枪也都"呼呼"喷出火舌。眨眼工夫,敌人全部倒在血泊中,无一生还,牛角坑的战斗胜利结束。

实际上,结局早就这么定了,只是那位冲动的工作队队员没有依照指令,而是私自按下开火键。当然,他一定会受到处分。

关于那次违纪开火的错误,据知情人传话,那位队员始终坚称是自己误动了扳机,是玩不熟枪支走了火。不过,他对受处分没怨言。因为这一枪,战斗走了一条曲线,造成了更多的死伤。

打扫过战场,清点死亡人数,几条胡同内,敌人共死亡367人。我方付出的代价是,牺牲了5名战士、6名工作队队员。陈天然和战友们一起,鞠躬落泪,惜别英雄亡灵。11位火线牺牲的革命烈士,他们的英灵,被安放在英德县大湾烈士陵园,供人缅怀瞻仰。

大湾烈士陵园,山水环绕,鸟语花香。每个进园拜谒的人,都会感受到今天阳光灿烂的日子来之不易,都会在庄严肃穆的气氛中,沉痛悼念在那腥风血雨的日子里,为人民政权的建立和巩固而舍生取义、壮烈献身的英雄将士们。

十三　从化土改

陈天然离开英德，到从化参加农村的土改运动。县委书记黎晓初等党政领导会见了他们土改工作队。经过十多天的学习，他和县里组织的土改工作队统一编队，先到部分乡村开展工作。陈天然是中南军政机关的干部，自然被县里高看好多。他单独一人，被分配到从化南部的肖头村。他一个人的土改工作队进村后，组织农会和村民开会、学习，布置任务，没人敢龇牙找事儿。包括农会主席肖阿成，都是软藤绑干柴——服服帖帖的，一点儿都不拧劲。

那时，为什么派陈天然一人到肖头村搞土改？除了他背景让人信赖之外，他温良恭俭让的做事风格，以柔克刚的性格，也是上级领导的重点考量。面对轰轰烈烈的土改运动，大的方面要平衡推进。中央已经给地方政府敲起警钟，不能再发生"极左""极端"事件。具体来做时，必然得派稳健谨慎之人去把握。既然肖头村农会主席敢开枪毙人，就必然得有个合适的人，去先把那家伙的枪"下"了。然后，发动引导群众，重选农会主席，开始真正的土改。

初到肖头村，陈天然遇到的最大难题是方言，不懂粤语，交流困难。但陈天然韧劲十足，他不分白天黑夜，见人就主动搭腔说话，双手比划，口眼并用。功夫不负有心人，最后，大家终于可以"相互对话"，明白了陈天然的比比划划。粤语土话和豫地"外语"的掺和，既流畅实效，又美妙绝伦。只是陈天然再碰到外村人，就好像又到了另一个外国。

陈天然回忆那段经历时说："和老百姓交流难得很，一开始只能听他们叽里呱啦地讲，像听外语，根本听不懂，但要和贫下中农打成一片，要了解一些必须要了解的情况，还得依靠他们完成斗地主，分田地，消灭残余土匪，完成土改任务。"

打铁先得自身硬，陈天然依照上级领导的意图，先高调罢免农会主席肖阿成，另选农会的新掌舵；另一方面，低调平息农会违法杀人的负面影响，转移外界的

注意视线。他需要力排众议,因势利导,梳理矛盾,变消极因素为积极因素,把肖头村的土地改革进行到底。

爱读书学习的陈天然,搜集翻阅了大量的土改文件、文章。什么是土地改革?这是关键的关键。旧中国,占全国人口不到10%的地主,占有全国绝大部分的土地。而占全国人口70%以上的贫苦农民,却没有或只有很少的土地。党进行民主革命的主要任务之一,就是消灭土地的封建地主所有制,没收地主的土地,分给无地少地的农民,这就是"土地改革"。

1950年6月6日,毛主席在《不要四面出击》的讲话中,阐述了党在当前的战略策略思想。他说:"……总之,我们不要四面出击。四面出击,全国紧张,很不好。我们绝不可树敌太多,必须在一个方面有所让步,有所缓和,集中力量向另一方面进攻。我们一定要做好工作,使工人、农民、小手工业者都拥护我们,使民族资产阶级和知识分子中的绝大多数人不反对我们。这样一来,国民党残余、特务、土匪就孤立了,地主阶级就孤立了,台湾、西藏的反动派就孤立了,帝国主义在我们人民中间就孤立了。我们的政策就是这样,我们的战略策略方针就是这样,七届三中全会的路线就是这样。"

陈天然严格遵照上级领导的指示精神,在肖头村群众大会上亮出自己的使命,稳定民心,大张旗鼓地开展工作。然后分别召集农会会员、民兵、妇女、青年和贫雇农、中农及富农、地主先后开会,有针对性地宣讲土改政策,强调居者有其屋,耕者有其田。他还发挥自己的毛笔字特长,将《土改法》写成了大字报,张贴在屋山、街头。他还抽空深入农户,访贫问苦,与贫雇农同吃同住同劳动。他大力宣传:所谓土改,就是改天换地,旋转乾坤。

肖头村不大也不小,不富也不穷。因为有几家南洋华侨眷属,底子还是比较厚实的。有几户人家,除了在村里买地置业,还买进邻村的良田耕地。还有几家富户,甚至倒卖土地,在广州兴办纱厂,而且运作良好,成了新兴资本家。村里人都有点文化,文盲比较少,有两家私塾学堂,进步的积极元素多,接受新事物比较快,政治上的通风口子挺亮堂,众人很快便对共产党的革命主张了然于心。

所以,陈天然工作队开展土改工作,除了改选农会主席,遇到的阻力并不是很大。村农会主席枉法杀人,震惊全县甚至全省,但和土改较劲找茬搞事的人,没有。再说,那个杀人事件,事后查明,是国民党和残匪的一个阴谋策划。陈天然及时巧妙地利用、转化矛盾,迅速缓解了自身的压力,起步平稳,推进迅速。

陈天然到村里一位年轻的私塾先生家,打破对旧小知识分子的思维定式,手握权棒却轻声细语,和他倾心交流,感化、促变、信任他:"来来来,肖头村的教书先生,老陈我给你背诵一段民谣——泥瓦匠,住草房;纺织娘,没衣裳;卖盐的,喝淡汤;种田的,吃米糠;炒菜的,光闻香;编席的,睡光床;做棺材的,死路上。"私塾先生一笑,心领神会,实际上,这正是在他左右彷徨的时候,突然有了个撑船靠岸的机会,便动情地说:"陈队长,别说了,封建制度已经土崩瓦解,新中国如朝阳冉冉升起。'皮之不存,毛将焉附?'我理解共产党的苦衷:对我恨铁不成钢。从今以后,我跟共产党走,听工作队的话,斗地主,分田地,划成分,全力配合。"

私塾先生给陈天然下的保证,像"斗地主""分田地",您不会太生疏。划成分这事儿,也许模糊一些,但这可是决定人政治命运、家庭社会地位,特别是关乎下一代人生存质量的要命事儿。按照《中央人民政府政务院关于划分农村阶级成分的决定》,土改运动是这样部署的——群众基本发动起来之后,新区土改就进入划分阶级的阶段。基本上是讲阶级、评阶级、通过阶级、批准阶级四个步骤。

眼下,土改工作队队长陈天然,就是拿着党和政府的政策模子,加上自己的意识评判,借以村民大多数的呼声,拿捏出农村的政治产物"地富反坏右"——威严庄重,铁笔银钩,拿出他这个巩县人的十八般武艺,打造天然版的土改局面,书写烙着文人和报人色彩的土改篇章,赋予好多人一生的荣辱起落新基因。要是谁家被划为地主或富农,他们家的子女,无疑会被打入另册,封堵在大学、兵营、党政机关之外……社会冷落,亲戚疏远,心灵漂泊,人生凉冰冰的。

土改势头如秋风扫落叶,阶级敌人的负隅顽抗都不堪一击。从山区农家走出来的陈天然,有一颗质朴纯良、公允平正的心。按照《中央人民政府政务院关于划分农村阶级成分的决定》,对农户"评阶级,通过阶级,批准阶级"的每个环节,其结果均予张榜公布,实行"三榜公布定案"。本人或其他人如有不同意见,可于批准后15日内向县人民法庭提出申诉,经县人民法庭判决处理。其庄严神圣,不容轻视和挑战。

这里最重要的环节是"评阶级"。"评阶级"就是划阶级,评地主、评农民内部、评朋友,必须有原则的区别。在顺序上,先划地主,再划富农,后划中农、贫农、雇农及其他成分。对个别较难确定的农户,放到最后再定。

正常情况下,土改划成分,特别是给哪家划地主,给哪家划富农,犹如鹰拿

野雀、弹打斑鸠、瓮中捉鳖，一捂一个准。按照政策规定，陈天然作为土改工作队队长，他可以在俯仰之间决定哪家的阶级成分。这样的拍板定案，就像卤水点豆腐一样快地，决定了一个家庭将近半个世纪是安宁平和，孩子老婆热炕头，还是刀尖上过日子，危在旦夕。

肖头村年轻的私塾先生，就遇到了个进退两难的问题。当然，从很大程度上说，那也是土改工作队队长陈天然上下为难的问题。不管从政策还是从情感上，他都不愿把年轻聪明、善解人意的私塾先生划为地主成分，那是要入另册的。

怎么办呢？私塾先生在村里虽没民愤，但有民议，村民们议论纷纷。私塾先生的伯父名声不好，有良田三四顷，竹楼十几座，家室正房加小妾一帮子人。本人呢，性格张扬、谝能、吝啬，都三妻四妾了，还进城逛窑子。民怨等不及，都嫌把他划地主划得太慢了。私塾先生做过伯父的账房先生，帮助伯父收过租，放过高利贷。土地大革命，政府工作队号召揭发举报，人们自然会把对私塾先生伯父的怨言，一股脑地发泄出来，私塾先生想平安无事，恐怕很难。

所以，私塾先生的伯父，按政务院决定的网眼大小下网，划为地主是无论如何也漏不过去的。争论在私塾先生身上，他伯父雇有长工，有粮仓。他在做私塾先生之前，已经过继给了伯父做儿子，之后就做了伯父的账房先生。他不但经常啪啦啪啦算账，还经常为伯父陪客陪喝，迎来送往。况且，他还住着伯父赠送的房子，两家人变成了一家人，更是亲密无间了。然而，在解放前夕，在一家子女人的伯父家里，发生了一件不可外传的家丑，大大改变了各自的命运。

崇尚过孔孟之道的私塾先生，蹦出来加戏，和伯父的三姨太春心萌动，爱海生波。伯父看在眼里，恨在心头。人生百态，一地鸡毛。私塾先生说："过河拆桥也好，喝水填井也罢，三娘就是我的人。"一不做二不休，理直气壮。三姨太呢，感情的剪刀差，促使她扯着侄子的衣襟尥蹶子小跑，啥都不要，心里梦里就要一个人——年轻的私塾先生。当然，跟老东西缘分完了，打牌掀桌子——翻脸在须臾之间。她明厨亮灶，面对一张长马脸猛怼："什么你的我的，一只碗俩筷子，谁该配谁就配谁。"

伯父郁闷，生出一场大病来，侄子被"清退"了。自然，私塾先生的各种"福利"也都泡汤了。问题的关键是，履行了过继合约的私塾先生，享受过锦衣玉食的他，在解放前夕，和伯父仅仅闹翻了，还算不算伯父家的人？就是说，伯父划为地主恰如其分，那么，和伯父闹掰的私塾先生该划什么成分呢？

土改工作队队长陈天然认为,私塾先生过继给伯父做儿子,是真实的,但他爷儿俩决裂后,私塾先生离开伯父家,分道扬镳也是真实的。尽管不少人说,网罗老地主的法网,不能漏掉私塾先生,但陈天然认为:私塾先生已经脱离了伯父的家庭和生活基础,还遭受到死亡威胁。至于他做私塾先生,决定性的因素,是因为他有文化,投资办私塾的人主动聘用他。他一边种地,一边教书,也算自食其力,不存在剥削他人。

陈天然往返区里好几次,向上级陈述不能把私塾先生划为地主的理由,竭力坚持自己的主张,要划为中农。结果令陈天然挺满意,通过区里调查研究做工作,私塾先生最后又通过三榜定案,划为中农,村民也基本上表示接受。私塾先生开始是搭错车,后来因祸得福,歪打正着受惠不菲。而且,村里土改后建立小学时,他还被聘为教师。

肖头村历时一年的土地改革结束了,成分划完了,地主的固定资产散完了,富农的主要地产依照政策,动的不多。没有暴力事件,没有上访告状。就像一场暴风骤雨掠过肖头村,一切归于平静。村民们日出而作日落而息,很快就淡化了刚刚过去的唇枪舌剑、横眉怒目。新农村新秩序,上级及时做了检查验收,表扬了陈天然的出色工作。他独自享受了一支土改工作队获得的所有荣誉,班师回到武汉。栉风沐雨之后,他气定神闲了许多。

陈天然离开肖头村后,私塾先生挺争气,继续得到党和群众的信任,他又是学校教课,又是办农民扫盲班,政治进步很快,一步一个脚印,甚至评先入党,之后还做了村小的校长,区中心小学的校长,县教育局副局长。后来陈天然离开武汉,两人隔山隔水,还保持着断断续续的联系。

在很多年里,私塾先生始终把陈天然作为道德高地,把当年对他官方的待遇,视作私人情感,感恩戴德了几十年。陈天然每一次摇头,私塾先生都会说:"陈队长,不管你承认不承认,我知道,不是你,哪有我的今天!你广种福田,多收善果,我立地成佛,弯腰做好人。庄严圣洁的殿宇,接纳心灵的祈祷救赎,一个边缘的私塾先生,我硬是在众目睽睽之下,彻底摆脱地富成分,被推到革命的队列里,肩负使命,成为合格的共产党员,多么阳光生动的政治画面啊!"

三姨太的戏份也很重,他们两口子,还时不时地双双绕道武汉,携手拜访陈天然。他们把家乡的柑橘、柚子等水果千里迢迢带到武汉,送给陈天然享用。三人相见,话题不少,今非昔比,幸福多多。

但私塾先生的伯父就没有那么幸运了。他对侄子的忘恩负义记恨在心，再加上大老婆病亡，二房离婚再嫁，他痛苦得已经没有气力了，最后以多病之躯，跳进大水塘淹死了。风花雪月爱恨情仇，一场梦结束了。新中国新天地，一个萝卜一个窑，实行一夫一妻制了。那位风流韵事的当事人三姨太，转身嫁给了侄子私塾先生，一举两得，皆大欢喜。

十四　连环画《双喜翻身》

从化土改结束返回武汉,陈天然仍在《中南政报》做美编。他继续沉到如鱼得水的生活中,正如文主任所说,经风雨见世面了。不过,重新归位,心中并没有前两年的那种踏实、愉悦。精神上的依托、老领导文主任调走了,办事人员又来了一帮小年轻。他们心高气傲,目空一切,有的如文曲星再世一般,搭个棚子会拉场,都太盛气凌人了。跟他们相处,虽没有尖锐的摩擦,但感觉实在不舒服,陈天然心中隐隐生出换岗的想法。

在这个彷徨犹豫的时候,私塾先生和三姨太来了。小两口在陈天然的生活里,本来味道就挺别致,又恰在他胃觉违和之时到来,就像喝胡辣汤又撒一把芥末粉,既辣眼又刺激。但从心底里说,他又有几分喜欢他们,想和他们聊从化、聊肖头村。怎么说呢,有朋自远方来,精心接待为妥。

陈天然带着私塾先生两口子,游龟山、乘轮渡、喝茶、吃甘蔗、上蛇山,享受着江社长曾经给他的待遇。他们谈笑风生,无拘无束,侃肖头村的人丁兴旺和生老病死,侃地主富农的灰头土脸和贫下中农的苦乐不均。小两口的到来使陈天然体会到,苦乐年华的连贯性原来是很强的。同时,他似乎才真正发现,三姨太不仅仅漂亮有活力,还真聪明真灵巧。以陈天然的见识,你不管说啥,她都能打壶接嘴,极快挂挡,及时给油。

三人话别的时候,小两口问陈天然:"陈队长,你需要我们的时候,只管说。"陈天然一愣,不客气地说:"真需要你帮个忙,你回去之后,把从化当地的这几样木板,截成这样的尺寸……"说着,陈天然掏出个小本本,翻开让私塾先生看,"你们帮个忙,给我寄到武汉来……"私塾先生点点头:"不用寄,我按您的尺寸加工好,坐火车给您扛过来!"

1951年,陈天然25岁,风华正茂,朝气蓬勃。刚刚走下火线,逾弱近立的追

梦之年，他想，总得再干些什么吧。十年树木，百年树人，有志之人立长志，无志之人常立志，又该出发了。他决定从风起云涌、如火如荼的土改运动截取一个剖面，调动熟稔的文学抒情技巧，展示故事情节，突出新时代农民的政治归属。他雄心立下，要创作连环画套册，名字就定为《双喜翻身》。这是他的第一套国画创作，他倾注了大量心血，并撰写了配饰文字。

读万卷书，行万里路，功夫不负有心人，陈天然十分感谢自己学童时读过的四书和《诗经》，临摹过的《多宝塔碑》和《芥子园画传》。当初，那些星星点点书画技能的积累，他并不知道在什么时候的将来，会和自己的需要挂钩。如今，当他完成了文学构思，把自己的宏愿寄托在连环人物画册的时候，才深深感到，书到用时方恨少，事非经过不知难。

毕竟，他为自己徜徉瀚海驰骋丹河做过铺垫。艺多不压身，就像构建一所艺术园林中的小木屋，早年仓廪府库中的木板檩条，都纷纷为艺术架构的搭建伸胳膊展腿。绘画创作，他有自己得天独厚的条件，拿起画笔能描绘沸腾的生活。海量的素材，刻骨的印象，临场感现实感，都成了近水楼台。甚至，文思泉涌的时候，创作就如探囊取物，手到擒来。陈天然总在历史的转瞬间拔节成长。

人要想成就一件事儿，环境也至关重要。陈天然重返武汉，干他的美编，又住到他情深意笃的交通路文化街，浸润在文化汁水丰盈的知识深潭中，惬意、舒畅、实用。特别是工作八小时以外，全归属于天然世界。武汉交通路，是文化名人的文化街。就像他当年和黄胄感受的开封文化一样，汉口也有一条书店街，它文化的毛细血管，密集地和大武汉文化水乳交融。交通路的书店街，古朴典雅，书香洋溢，读者蜂拥，非文便儒。

他喜出望外，工作之余，常尽兴浏览书市，翻阅古籍。他觅得王羲之的《兰亭序》，集王羲之书法字的《集王圣教序》，颜真卿的《祭侄文稿》《争座位帖》。在黄宾虹的论著中，他得"书法即画法"的启示，遍集黄宾虹的字，临摹学习，并为雕刻版画和画好国画，终身修炼书法，成为墨海游龙。

他一街朝拜，在光顾的古籍书店里，竟然还"邂逅"了顾恺之、吴道子、虞世南、褚遂良……还有当代艺术家杨可扬、郑野夫等。他翻阅美术评论文集时，蓦然发现他崇拜已久的徐悲鸿对古元的人物评价。徐大师称古元为"中国艺术界一卓绝之天才""中国新兴版画界一巨星"。进而，陈天然又买到古元先生的木刻连环版画《新旧光景》。他如获至宝，爱不释手，推敲揣摩，探究精髓，暗自给自

己加油：我也能创作一套连环画！

在文化一条街，他购买了一摞子名家版画做学习参考，除了古元作品，还有石涛的《画语录》、杨可扬的《英英的遭遇》、温涛的《她的觉醒》（曾签字面赠鲁迅先生一册，现收藏在上海鲁迅纪念馆）、江丰的《码头工人》、彦涵的《选村长》、李桦的《没有童年的孩子》等。这些后来都成为凤毛麟角的文物类画册，陈天然幸亏那时赶上都买到了。这些名家名作，画面都清新明朗，风格简朴，情节丰富，人物众多，栩栩如生，极具艺术感染力和珍稀藏品的价值。他崇尚的版画家彦涵，还是人民英雄纪念碑浮雕设计人之一。这些对于陈天然来说，一旦拥有，终生受益。

多少年的巴望，多少年的幻想，一下子就突然来到了，就如同上了连堂美术课。曾几何时，他跟黄胄在开封的《河南民报》共做版画插图，黄胄前边画，自己后边刻，调换刀具时，他就禁不住想：不知是否有一天，自己可以连画带刻。这一天终于来了，他欣喜若狂，心花怒放，赶紧往住处跑。

陈天然在购书的同时，还不忘添置最好的三角刀、平铲刀、油墨、宣纸等。还有不少，是对当年杨可扬老师"上海邮寄"的补充。总之，为做好新的冲刺，他做了足够的筹划。

从战场返回大江港湾，在诸多同事的心目中，陈天然俨然是一位"老报人""老美术"了。他经历了剿匪反霸、土地革命，不但"老练"，还有革命光环。所以吧，他阴差阳错地被安排在交通路一间民房，一个人，孤门独户，每天开展文学构思和版画创作，天时地利，万事俱备。他张开想象的翅膀，"听歌记谱""比猫画虎"，把早已存在的可能，誓要梦想成真。

《双喜翻身》的故事架构和创作主题，就是抒发张扬农民双喜，在土改运动中政治上翻身、耕者有其田的新农民形象。解放前，肖头村农民门双喜，穷得有腿没裤子，给地主扛长工。白天干的是牛马活，夜里做的是土地梦。锣鼓响，红旗飘，吃饱饭，打土豪。农民门双喜，也如同他的名字一样，逢年过生日，喜鹊飞洞房——喜上加喜，喜气洋洋，喜出望外……要创作绘画艺术作品《双喜翻身》，门双喜变成了没姓的双喜。

创作的时候，陈天然凝望着亮晃晃的灯泡，既动情又兴奋，鬼使神差地想起小时候从常香玉戏班里传出的话，"戏是苦虫，不打不成"，继而联想起自己沧海桑田的变化，更是感慨良深。正像战友们说的，吃过苦，尝过甜，转瞬之间又一

年。一年有啥差别呢？先前剿匪又土改，转了一圈还回来。今天工作在武汉，白天做美编，夜里不拾闲，《双喜翻身》见世面。辛苦喝茶时想起巩县的常香玉，董沟的近老乡，他想，要是有机会了，送常香玉一套《双喜翻身》，让巩县翻身做主人的戏剧表演艺术家，也体验一把南粤双喜当家做主人的滋味。

谁也没想到，这两位巩县籍艺术家，之前无缘相识，晚年真的有了交集——两人都是第六届、第七届全国人大代表，庄严历史的叠加，使两位巩义老乡在人大河南代表团相聚相识。陈天然对常香玉说："真得谢谢您，大姐，'白天去种地，夜晚来纺棉'，您朴实经典的唱词，鼓励了我们好多人艰苦创业。黑丁主席说，一曲《花木兰》，汁味原生态，大姐塑造人物，歌唱生活，好样的，我得好好向您学习。"常香玉笑着说："好老乡，你别太谦虚了，送大姐两张字画不中吗？"陈天然说："嗨！大姐，其他没有，字画咱自己加工的，回头我找您，送货上门。"常香玉说："老弟有才华，又实在。你没有李准能说会道——他明明知道我心软，不堪一击，还给我挖'坑'编悲情故事，叫我往里跳，叫我禁不住哭鼻子抹眼泪。"

全国人大闭幕回到郑州，在省文艺界传达人大精神座谈会其间，陈天然不忘北京的承诺，连同连环画《双喜翻身》在内，赠送给常香玉一大卷子字画。陈天然还在《双喜翻身》的封底上，用小楷附写了一段文字，以示对戏剧艺术家的尊重——

《双喜翻身》努力图文并茂，赞美了获得土地的农民耕者有其田、居者有其屋的幸福生活。政治色彩鲜明，生活气息浓郁，主人公憨笑着告诉观众：土改，关乎民族的兴衰存亡，共产党做到了，国民党难望其项背。

陈天然经常回忆起《双喜翻身》创作和发表的经历，这是他丹青之路上的里程碑，对于他今后数十年创作的艰难跋涉，是个莫大的激励和鼓舞。要知道，50年代初的新中国，文坛也是百废待兴。12幅《双喜翻身》连环画套册，能够创绘得精彩纷呈，图文并茂，备受上海《展望》周刊关注，实在是难能可贵。《双喜翻身》竟然以连载的方式，全部在《展望》杂志发表。作者陈天然化名田犁，扬名也不想脱离黄土地。陈天然因此获得了10元稿酬，还不忘给远在河南荥阳的岳父母寄去5元。钱不多，但等同他3个月的生活补助，能顶眼下1000~1500元。处女作的发表，在圈内激起一片喝彩，而不动声色的陈天然，却不吭不哈，品味无

言，酝酿构思着其它作品。

中南军政委员会以及《中南政报》的人，一下子都知道有个会画画的"黑天鹅"陈天然。陈天然突然被刮目相看，成了优质赛道上一只亮眼的龙头股票，被宝贝般地珍视着。终于有一天，人事部门找他谈话，说："咱《中南政报》是政策文件刊物，园地不大，不能发挥你的特长，留你在这里是浪费人才。英雄要有用武之地，组织研究决定，安排你去《湖北日报》报社工作，在那里可以更好地发挥你的才能。调令已经开好了，明天去报到。"

事实上，陈天然是那个历史时期书画界的一个特殊符号，就像当年延安鲁艺成立时设立的艺术系一样。在当时的条件下，艺术系几乎成了木刻系。全国抗战，木刻呐喊。许多美术工作者到了鲁艺，都以木刻、版画的学习和创作为主。木刻版画作为特殊历史时期孕育的艺术奇葩，特别是经鲁迅先生的大力提倡和热情扶持，像一道闪电，从中国紊杂的画坛脱颖而出，有着空前绝后的艺术地位。要知道，在木刻艺术需要提速换挡的时候，鲁迅先生还专门成立了木刻艺术研究所。一滴水可映出阳光，文化旗手鲁迅先生对木刻艺术的热忱和扶持，由此可见一斑。

上海是中国文艺杂志的发祥之地，刊物林立，但也鱼龙混杂，有鲜明革命立场的，有《译文》《戏剧时代》《中流》《光明》《呐喊》《七月》《战线》等。《展望》周刊于1948年5月在上海创刊，是一家时事述评性的刊物。它诞生在国民党的强弩之末时期，是国统区内中共直接掌握的革命刊物。《展望》是一本战斗的红色刊物，是一张大革命的晴雨表。它发萌于白色恐怖中，挺立于上海书刊之林，而且一直坚韧坚贞到全国山河一片红，实在是壁立万仞，青松寒梅。

惊回首，岁月飞逝，《展望》凤凰涅槃，浴火重生；望未来，迎着民族解放的曙光，引吭高歌。《展望》风靡敌前敌后，每期发行超过10万份，影响广泛，甚至成为解放区了解和学习时事的重要媒体，因此两次遭国民党打压而停刊。

上海获得新生后，《展望》依旧坚持办刊宗旨，积极宣传党的政策，号召人民建设新中国，在解放前后的上海，乃至在全国都有着相当的影响。能够辟出一块宝地，培植一片盎然绿色，弥足珍贵，更是陈天然的造化和幸福。连环画《双喜翻身》，是在他身份切换的节点上画出的励志画，争气画。双喜翻身，能够"翻"到上海滩，初试身手的陈天然，给了人们长远宽广的期待。

陈天然在绘画艺术上表现出来的才能和天分，引起领导和同事们的惊奇和思考。他在《展望》上连载的连环画，一下子遮挡了他剿匪、土改的光芒。人们这

才发现，陈天然是搞翰墨艺术的好料；甚至有人说，不能让他端政治饭碗，做行政官员，那是大财小用。有个粗线条的军管会主任说：林冲看守草料场，英雄无用武之地啊。

赢得这种尊重和震撼的，不仅仅是作品本身，重要的还是《展望》的连载。你以为看一篇好文章或欣赏一件艺术品——走马观花蜻蜓点水，是你的权利？你要是真了解作者的成功往往是在无数次的颠来倒去中遇到的偶然，你一定会对创造奇迹的人肃然起敬。陈天然为了这一天，博览群书，勤学苦练，他从柏沟岭出发，即便轻装上阵挺进武汉，都不舍得把军挎包里的雕刀和画笔扔掉。

著名版画家杨可扬之子杨以平，在回忆文章《杨可扬和陈天然的师生情》里这样写道："抗战胜利后的1946年，刚满20岁的陈天然（实际不满20岁）在河南开封农村当小学教员，喜欢在石头上刻字。一次偶然机会，在报刊上看到黑白分明的木刻版画，倍觉新奇，他自第一眼看到这样的版画，便十分喜欢和激动，萌生了渴望学习木刻艺术的念头。他贸然给上海中华全国木刻协会写信表达自己的心愿，让他意想不到的是，当时在协会任常务理事的我父亲，还真给陈天然回了信，并给他寄去了《抗战八年木刻选集》《北方木刻》两本书和学习木刻用的各种各样的刀子。虽然后来经历了战争的硝烟，经过了70多年的岁月，陈天然漂泊在外，走东走西，这些珍贵的木刻资料，他一直带在身边。"

陈天然常说："正是这两本书和木刻用具，使我走上了学习木刻版画的道路。"精神寄托找到载体，理想追求得以实现。总之，拓荒者把作品变为铅字或印刷品，正儿八经地在报刊上发表出来，谈何容易啊。

智合者，不以山河为远。那个年代，在报上发一个"豆腐块"，或"涂鸦图片"，就可能改变人生，成为作家或画家。更重要的是，陈天然这个年轻美编的连环画《双喜翻身》，被视为版画新作中的阳春白雪，珍品异宝。陌生的作者，遥远的稿件，没有关系，没有运作。是骡子是马自个儿跑出来遛的，是远方的伯乐发现了这匹骏马。武汉文化界、新闻界争相评论，其声势具有颠覆性和压倒性。

十五　处处留心皆学问

编辑记者,也是铁打的营盘流水的兵。事实上,是"双喜"推了陈天然一把,把他从一块高地,推向另一块高地。几乎在一片打凤捞龙的呐喊呼唤中,他被调到了《湖北日报》报社,一个更适合他的阵地,继续做美术编辑。然而,正沉在《湖北日报》时间不长的陈天然,在毫不知情下,又是一纸调令,将他调到了湖北省美术工作室。

调动的理由是义正辞严的:陈天然应该搞艺术,好钢用到刀刃上!其实,陈天然的每次艺术"冒泡",全是小商贩育豆芽——自生自卖。并非领导旨意上级策划,但他都能小酌怡情,自己上心,业余爱好嘛,捣鼓得真不赖。而且,似乎每次独创,他都能坐地收获。实质上,他的每一幅作品,都是一次对领导的提示:量才录用,英雄要有用武之地。

"省美"在哪儿?黄鹤楼。地古遗草木,庭寒全艺术。天天就贴在"黄鹤楼"上班。站在蛇山上,极目楚天,气吞云梦。头顶鄂州皇冠,俯瞰文化武汉。他的职业,就像醇香美酒,提纯了再提纯。名副其实的艺术殿堂,纯粹的美术工作者,大姑娘绣荷包——他应专心致志了。

真是打一枪换一个地方,走一家亲戚换一身衣裳。不过,这次调动,他确实没有心理准备,不禁有些茫然。那心情,就像欢乐时听了一首伤感的歌,高兴并委屈着。好在几年的地方和部队的边缘性工作中,他耳濡目染,体察感受,学会了"军人以服从为天职","革命战士是块砖,哪里需要哪儿搬"。

这类事情,陈天然向来是心中不解,也不问究竟,不提要求,不管来龙去脉。心中虽有疑惑,但他还是收拾停当去上岗了。后来,谈到调职的感受,他说,总的来说情绪还是高昂的,毕竟可以专业搞美术了。他在后来出版的画集《岁月如歌》中这样写道:"常倚楼极目纵观大江东去,想起老家驴背遥眺'白日依山

尽……'今世得与中国两大河流结此良缘，三生有幸。"

  昔人已乘黄鹤去，此地空余黄鹤楼。黄鹤一去不复返，白云千载空悠悠。晴川历历汉阳树，芳草萋萋鹦鹉洲。日暮乡关何处是？烟波江上使人愁。

  崔颢作《黄鹤楼》，他登楼远眺，吊古怀乡，白云悠悠，心潮激荡。

  故人西辞黄鹤楼，烟花三月下扬州。孤帆远影碧空尽，唯见长江天际流。

  李白作《黄鹤楼送孟浩然之广陵》，他伫立在黄鹤楼上，透着如烟柳絮似锦繁花，和好友挥手告别。

  历代文人骚客，倾尽才华，成就了大江东去千古风流中的黄鹤楼。"江汉云梦之地，极目无垠楚天。"黄鹤楼名扬天下，登峰造极，令人心驰神往。如果说，把龟蛇二山比作武汉文明的皇冠，黄鹤楼便是皇冠上的宝石。正像好多外国人只知道少林寺，不知道有郑州一样，同样的道理，黄鹤楼的声名远播，盖过了大武汉。就是说，到了武汉不上黄鹤楼，就跟攻下城池不插胜利旗一样，千辛万苦皆枉然。黄鹤楼享有"天下绝景""天下江山第一楼"之美誉，是美景中的美景，神圣中的神圣，是千万人心目中的金座银楼。

  现在，陈天然就"驻在"黄鹤楼，美不胜收，美景良辰，十全十美。

  当然，黄鹤楼早就是让陈天然心醉神迷的地方。上次和江社长同游龟山，登蛇山，他就想问江社长：我们为什么不在黄鹤楼停一停，到那儿看一看？圣景啊！那时，也许是政治情怀很重的江社长，一心考虑新闻队伍的建设和遴选，未考虑拜谒黄鹤楼。这一次，陈天然自己来了，而且由游客变成了主人。

  几乎每天旭日东升或夕阳西下，陈天然都会站在蛇山望龟山。他知道，龟蛇二山都是文化山历史山，沟沟坎坎都冒着文史气泡。高山流水伯牙鼓琴，李白崔颢步调踉跄，山上山下一草一木，都饱含古风楚韵，彪炳着文史典故。陈天然初到黄鹤楼，一下子激动得欣喜若狂，对一个有着深厚文化情结的人，这里不啻是天天享有饕餮精神大餐。

  就像他在挺进武汉的征途中夜宿和尚桥那样，行军那么紧张劳累，照样突发思古之感慨。他想把武汉的历史文化遗存，都搞个一清二楚。他站在蛇山上，遥遥相望"知音"遗址，想象着俞伯牙和钟子期的琴殇处——断琴口究竟发生了多少音乐故事。他徒步到了汉阳，寻觅历史古韵，解读凄婉故事，汲取文学营养，琢磨高山流水的精神境界，以储存创作后劲和提高艺术修养。

他一路打听，按图索骥先找到钟子期的村子钟家村。望着一片民房小巷，他在那里发愣了半天。钟子期在哪里？一片抽象的历史汪洋。再找两位知音相遇的古琴台，有的，地名依旧，物是人非。地点在龟山西麓，建于宋代，屡毁屡建，就成了今天这个样子：传说和矮亭的混合物，索证者自插纵横八极的想象翅膀，以抒怀寄情。读司马迁《史记》，涉及此地的文字有："盖钟子期死，伯牙终身不复鼓琴。何则？士为知己者用，女为说己者容。"

中午，他坐在人家小摊的低凳上，一边吃着葱油饼，一边喝着大碗茶，抚今追昔。江劈巫山生奇峡，武汉，文化源远流长，兵家必争之地，从古琴台到黄鹤楼，这段高墙粉壁垂柳翘松的文史长廊，到底闪过多少风流人物的身影？春秋战国脏唐臭汉，宋元明清民日蒋汪，南征北战虎踞龙盘……

夕阳通红的时候，他跑得有些累，但是喘气不泄气，大踏步来到钟子期摔碎琴弦的地方。这地方，眼下是汉江的一个渡口，就是断琴口。汉水依旧向着长江流淌，但琴人早已远去，行踪难觅。他一整天也没有把事情弄个水落石出，心有不甘，依然一丝不苟地向路人打听，孜孜不倦地考证着什么。文人执着，宁可信其有，不可信其无。

陈天然在武昌反复走着一张历史地图，他踟蹰在武昌平阅路33号院门前，沉思良久，起因就在于他读抗战史，记下了韩复榘质问蒋介石的一句话——"济南丢了我负责，南京丢了谁负责？"陈天然想，功过是非于一身的韩复榘，就是在这进院子里的一座小楼上，被蒋介石枪杀的。"巍巍乎若高山，荡荡乎若流水"，历史不能成为"任人打扮的小姑娘"。文人担当、丹青志向，应该从何做起呢？韩复榘这个历史人物，并不是像民间议论的那样：粗鄙，无知，土豹子。他完全可以入文、入画，有些镜头和画面，还是挺真实挺生动挺有民族气量的。

这天晚上，陈天然正在咀嚼武昌平阅路33号院的历史故事，传达室转过来一封信。信是中原大学文艺学院时的一个老同学寄来的，内容挺长。不是说什么具体事儿，而是谈理想、情操、文学和学问家的生活方式。

老同学的来信中，大量引用了他人信件的内容，那种投入和重视，就仿佛捡到了一封动人心扉的情书，读给陈天然欣赏。陈天然知道寄信的这位老同学感情

丰富，爱激动、好表达，有时还自作多情，所以不把他的来信当回事。但他草草读过一页之后，便再也不能无动于衷了。一个响亮的名字"傅雷"跃然纸上。

傅雷，是陈天然非常熟知的陌生人。这几年，陈天然在百忙之中，也见缝插针地阅读文学书籍。他读巴尔扎克，读罗曼·罗兰，记住了翻译家傅雷这个名字，并把他列入心目中的伟人行列。老同学的来信，通篇尽是傅雷语录。老同学说，学养丰厚的翻译家傅雷，一封封家书，写给远在波兰进修钢琴的儿子傅聪。儿子琴艺精湛，聪慧多情，总在情场曲径通幽。翻译家的拳拳爱子之心，化为万里关山的书信，以良师益友的气度，化解儿子的伤情愁绪。

家书经典，阳春白雪般的文字，如奇货可居的商品。据说，翻译家傅雷寄给儿子傅聪的书信，不知怎么三转两转，就转到了北京，转到了傅聪锦瑟年华的情人手里。不知是情人显摆，还是无意所为，傅雷家书的内容，迅速在有志青年中扩散。至于炙手可热的《傅雷家书》，那是近半个世纪以后的事了。如今，经老同学扩散，"语录"到了陈天然这里。傅雷对儿子傅聪说——

> 我在写上封信中还对你预告：这种精神消沉的情形，以后还是会有的。我是过来人，绝不至于大惊小怪，你也不必为此担心，更不必硬压在肚子里不告诉我们。心中的苦闷不在家信中发泄，又哪里去发泄呢？孩子不向父母诉苦，向谁诉呢？我们不来安慰你，又该谁来安慰你呢？人一辈子都在高潮低潮中浮沉，唯有庸碌的人，生活才如死水一般……只要高潮不过分使你紧张，低潮不过分使你颓废，就好了。

美文金句，字字珠玑，如山涧清泉潺潺淌进小溪，似蓝天舒卷的白云悠悠飘过，少见的纯真，难得的质朴，感动得陈天然肺腑发颤，点破了他的泪囊，他不禁潸然泪下。傅雷家书，拨动了陈天然的思乡之弦。就像夜深人静的深夜，"咚"的一声擂鼓，揪着他的心怦怦直跳。想家，想亲人。

十六　洪水中的黄梅

　　七月流火，焦金烁石，火炉武汉。被骄阳暴晒过一天的蛇山，一股股热浪漫山奔腾。潮湿闷热的夏夜，窗外闪电耀眼，响起阵阵雷声。不一会儿，狂风便裹挟着暴雨袭来，蛇山沉浸在水淋淋的世界里。

　　暴风雨一阵盖过一阵，瓢泼大雨倾盆而下，像是天上在倒水。这样的大雨紧一阵慢一阵，连阴雨，太阳都沤在云里出不来了。陈天然忽然明白，噢，正如武汉人所说，武汉的梅雨季节到了。很快，宜昌、荆江的长江段，已经出现了洪峰。会议传达说，上游的洪水，已对下游形成威胁。

　　武汉，长江，洪水来了。惊涛拍岸，江滩卷起千堆雪，大武汉被雨水压制，危在旦夕。全市总动员，人人都是抢险预备员，住在单位，吃在单位，随时准备开赴抗洪前线。湖北的汛情牵动着全国，草袋、芦柴、高粱秆等抗洪物资都在朝荆楚大地集中。武汉长江段下游已有江堤溃口，鄂皖两省200多万亩良田逐成汪洋。

　　灾情就是命令，个人的事，在国灾的十万火急面前，再大也是小事。陈天然没有工夫思乡犯愁了，他接到了紧急通知，到湖北省黄梅县抗洪抢险。他立马放下手中的画笔，也放下精神包袱，向着那个以往飘逸着采茶调的黄梅县进发。这像是又一次错位，把书画才俊推向了抗洪抢险第一线。

　　他这次前往，可不比上一回。上次，他以记者的身份，去考察感受黄梅文化。坐船赏景，口吟新诗，把自己浓厚的探索兴趣，放在这个荆楚文化和吴越文化交融的所在。这一回，他作为一名抗洪抢险干部，受命于危难之际，要到黄梅独当一面，哪里有洪水，哪里就有抗洪干部，哪里有危险就往哪里冲。那个清水芙蓉一般的黄梅，已经像只漏洞百出的破船，漂在长江洪水之上了。

　　本来，从地理地势上说，黄梅就是货真价实的水乡，长江横贯，河湖交叉，是湖北出名的"水袋子"，有点压力就冒水。更何况，长江洪峰一个接着一个，长

江水淹了黄梅县，黄梅成了"滞洪区"。

长江的特大洪水，先把老县河堤坝冲毁了，大水连片式地把大片村庄泡在一起，形成名副其实的泽国水乡。原先上级下达命令，严防死守黄广大堤不决口。因为黄广大堤以北，是广袤的黄梅大地。

黄广大堤位于长江中下游左岸，和长江平行。东起黄梅的段窑，西至武穴的盘塘，全长87.34公里，是明朝永乐年间修筑的重要防洪工程。黄广大堤就是用来防备长江洪水，保卫黄梅。

陈天然到达黄梅的第一件事，就是和当地群众一起，站在黄广大堤孤岛下面的深水里，指挥调度群众，想方设法严防死守，确保黄广大堤不溃决。谁知道土堤不经泡，尽管大家人挨人肩并肩，挽起胳膊搅着腿，组成一道人墙，喊着口号誓与大堤共存亡，但是，洪水无情，人们眼睁睁地看着黄广大堤被冲垮，洪水把黄梅变成一片汪洋。

陈天然和抗洪群众，迅速撤到成为孤岛的大堤上。为减缓洪水对决口的扩散式冲刷，避免长堤全部沉没，他们又重新组织起一道人墙，站立在长堤孤岛下的深水里，人墙一天一夜"没有倒塌"。陈天然想，继续站在深水里不行，得面对现实，从长计议。遇事不慌的陈天然，及时改变策略，不再高喊"誓与大堤共存亡"，改为"洪水无情人有情，全村不叫淹死一个人"。

全村人都撤到仍横亘在洪水中的大堤上，一面想法维持生计，一面耐心等待救援。同时，陈天然还宣布"四不准"，其中一项是"不准任何人离岛回家"。其实，所谓的家，也已泡在洪水之中了。

规矩，有人立就会有人破。个别村民还是偷偷划着小船，回到泡在大水里的家中，爬上被水浸泡的房顶，想逮鸡捉鸭，扒拉些值钱的东西，之后，再划船返回孤岛。有两家人因打鱼船太小，经不起风浪，船翻人亡。

入夜，冷月挂在苍穹，倒影漂在水里。黄梅的日精月华，全化为孤岛那种朦胧又真实的绝望，压抑着孤岛上的村民，就像失巢的群蚁，附贴在一片树叶上随风飘摇。大家聚集在孤岛上，举目是望不到边的大水。蓦地，孤岛上的村民，听到不远处另一个孤岛上，有人撕心裂肺地喊："救命……救命！"陈天然二话不说，赶忙叫过来一只较大的船，选一个有驾船经验的船夫，趁着明朗的月光，应声划过去营救。大家齐动手，相互鼓励配合，终于把那个孤岛上的村民，一个个搀着拽着弄上船。上到船上，还没等喘口气，"呼通"一声，只见那孤岛，冒着连

串的水泡声，全部沉入水中。月夜中，大家面面相觑，陈天然腿一软，蹲在船上一句话也说不出来。

返程的小船，由于船小人多，船夫累得直喘粗气，小船摇晃得厉害。那阵势，就是警示大家，把一船人翻到洪水里，易如反掌。这时，有人发现旁边有一堆露出水面的树梢隐约在晃动，就提议靠上去看看，也顺势叫船夫休息一下，缓缓劲儿。临近那堆树梢时，陈天然拿手灯一照，马上看清树梢上挂满了蛇。花花绿绿，五颜六色，一条条都倒挂在树枝上，吐着信子，亮着绿豆似的眼睛。惊诧之下，陈天然蓦然想起黄苏二人的书法调侃，黄庭坚说苏东坡："你的字如石压蛤蟆。"苏东坡反驳黄庭坚："你的字如树梢挂蛇。"陈天然没有想到，苏东坡当初戏谑黄庭坚的虚幻比喻，竟然在800多年后长江洪水的月夜里，化为严酷震撼的真实画面。只是书家曾经的性情，在黑夜的汪洋中峥嵘了一下，稍纵即逝。

陈天然一边鼓励安顿村民，一边给船夫说好话："兄弟，生死无常，聚散有缘，如果你一只篙划出一船人的性命，回头我上县里为你请功。"船夫本就是个善良农民，又经陈天然鼓动，扬扬坚定的手，什么也没说，冲着小船就往前划动了。此时此刻，小船是大家的诺亚方舟。水深的时候船夫用篙使劲划，有时候水浅，他就只身跳下去推着船走。最终，小船顺利到达原先的孤岛。大家长长舒了口气，总算在死亡的大海里，又抓到一线生机。

孤岛很小，露天群居，风刮雨淋，病号日益多起来，且缺医少药。村民维持生活全部依靠飞机空投，空投下来的食品，准确投到孤岛上的很少，大都落在远处水面上。这时候，陈天然会及时和村干部一块，划着小船，把水里的食品袋子捞上来，再把小包装的饼干、烙馍、炒面或炒豆，按照先老人孩子后青壮年的规矩，分给大家吃。吃过了，大家再弯腰捧点水顺顺肠胃。

开吃前，陈天然还总不忘鼓励大家一番："乡亲们，我们不能流着眼泪吃饭，要开心地吃，耐心地等。人，到了哪一步说哪一步，有鱼吃鱼，无鱼喝水，一定要坚持到最后的胜利！"

开始死人了，不能把尸体往水里一扔了事。陈天然和村干部动手把死者尸体抬到孤岛边，告诉大家说："都是我们的阶级兄弟，洪水无情人有情，叫亲人们走好。东边日出西边雨，道是无晴却有晴，昨天我讲杨家将的故事，不是说了吗？杨家将被困两狼山，终于等到穆桂英大破天门阵。共产党领导的新中国，请大家坚信，淹了南方有北方，东方不亮西方亮，没有不退的洪水。等待，咱只有等待，

耐心等待党派人搭救我们。奇迹，总是在等待中发生的。"

陈天然吃过一张烙馍，喝了几口凉水，开始巡查孤岛。人稠得像瓜子一样，他就像进了倒伏的庄稼地，连下脚的地方都不好找。巡查完之后，他和几个村干部轮流划着小船，在孤岛周围察看，以一种无形的洪荒之力，在黑夜和洪水的挤压下坚守、挣扎。一旦发现异常情况，及时商量解决。

入夜，繁星满天，夏风吹拂浩瀚的水面，弄碎月牙的倒影。不时有鱼儿跃出水面，再平摔下去，留下探索似的响声。脚下这块晃动的泥土，冒着隐隐骚臭味，愈发显得孤岛漂泊无定，诡谲神秘。困在洪水中的孤岛上，隔着长江遥望江南隐约苍茫的庐山，陈天然忧心如焚，惆怅不堪。

夜茫茫，水苍苍，一叶小舟傍涌浪。日出日落，人都快变成水鬼了，始终不见救兵来，他凝望着辽阔的星河沉思，何时才是尽头呢？上级部门知道这里的真实情景吗？陈天然想到，若是这样下去，生存状态没有实质上的改变，抗灾救灾工作没有大的突破，灾民的精神会崩溃的，会有更多年老体弱的村民，不饿死淹死，也会愁死折磨死的。两个多月过去了，还能再等几个月？不知道。他只知道，有一道漂浮的红线，革命战士是一定要坚持的：守护百姓。不过，他那天星夜孤岛上对灾民讲的一席话，还是大大鼓舞了他们再咬牙继续坚持的决心："难啊，乡亲们！请大家放心，如果说，孤岛是一艘洪灾中瘫痪的船，我就是船长。都听我的，请大家坚信，最后离开船只的，是船长陈天然。"

眼看着就要坚持不下去的时候，终于有一天，孤岛等来了党的"交通员"。上级要求孤岛灾民迅速疏散转移，再到山区过渡少许时间。这项工作由陈天然全权负责。用什么办法转移呢？他为难地跺脚拍脑袋。后来，他决定划小船出去，几经辗转，到了黄梅县城，找到武装部临时办公地点，汇报灾情，索要办法。武装部派员和陈天然一起，划船到长江中，决定截只大船先转移灾民。他们把小船横在江上，看见空船就阻拦呼救。然而，他们遇到的数艘空船，都不肯搭救人，溜之大吉。

陈天然同武装部的人果断采取措施，看见空船喊话不应时，就鸣枪示警，强行拦下。这一招还真中，枪一响，就能看到空船上的人一个个身体僵硬起来，接着手忙脚乱，命令船只停摆，探头伸脑问啥事儿。这边刀切斧砍般不由分说："靠岸！转移灾民！"

陈天然和黄梅武装部的人员，截停了这艘要到芜湖的大船，软硬兼施地令大

船靠岸,还答应他们完成任务后,可以放行。商量妥当,这才又用小船,把孤岛上盼星星盼月亮的灾民,分批转运到这艘大船上,直接开到武穴靠岸抛锚,结束了被洪水围困的日子。

陈天然困在孤岛两个多月,身体严重受损,显得异常虚弱。他从船上一下到地上,两腿发软,就像踩在棉花上,不会走路了。躺倒休息两天后,又在他人搀扶下练练走路,才勉强恢复常态。于是,他又出发,抓紧联系到卡车,分多次才把灾民转移到天宫山——那个李自成墓所在地的阳新县深山区,等待洪水退却。

完成了抗洪救灾工作的陈天然,又出现在黄鹤楼湖北美术工作室。就像紧急集合一样,单位里的人倾巢出动,呼啦啦把陈天然围了个水泄不通。大家七嘴八舌,热切真诚地说:"我们终于看见你了小陈!大家都以为你遭遇不测了!""快快!啥都别干,先给你老家写封信,或发个电报,报个平安!"

关于这次发生在长江流域的特大洪灾,有人是这样描述的:"总而言之,这次抗洪民工之多,时间之长,其灾害水位之高,面积之大,耗资之巨,是前所未有的。全灾区平均按五成倒房屋栋数和无家可归的人数及死亡人数来算,其数字我不可得知,但可以肯定,此次灾害创伤在我们黄梅地区史无前例。"

十七　知冷知热结发妻

陈天然7月份赴黄梅抗洪抢险,到灾民最后安置停当返回武汉,历时三个月有余。去时冒着暴雨一身雨水汗水,回时已是秋风乍起。是啊,啥都不干了,赶紧给家里写信,明天挂号寄出。发电报纸短话长,不中。晚上,他走进自己既潮湿又有一股扑鼻霉味的办公室,打开灯,抹去桌子上一层厚厚的灰尘,铺开纸张,伏下身子动笔写信。

写什么呢? 妻子乔娥心灵手巧,但不识字。婚后在一起的日子里,家长里短,夫妻恩爱,太多的幸福尽在"闲言碎语"中。陈天然离开家上班了,就会从外地往家寄信,一封又一封,封封报平安。妻子因为是文盲,不管写什么,她都得求旁人念信,她享受着家书的柔绵甘甜,也咀嚼着被人窥视的苦涩泪水。

陈天然每次出远门,她只有一遍遍叮嘱:勤来信,不说其他,光说吃什么干什么就中了。所以,陈天然虽有一肚子墨水,但往巩县所寄的家书,大都只写半页纸。说及的不外乎母亲、你、窑洞、坑院、柿树、儿女、床铺、被子、吃饭的碗筷、喝水的缸子等,把刻骨铭心的思念和最想说的悄悄话,都积攒在心坎里。

乔娥已经三个多月没收到丈夫几乎是"千篇一律"的家信了,心里焦急,口腔上火,天然有啥事儿了? 不过有时她会这么想,不来信就不来信吧,有信还得央别人念,反正他信里写什么,猜也能猜个七七八八。但说到底,家书抵万金,她依然天天盼着邮递员叮铃铃的铃声响起。柏沟岭的内当家,也和当年邻居杜甫家的街坊一样,酷爱收家书读家书。可千里之外的陈天然,杳无音信,怎么会几个月不见一封信? 乔娥不知道发生了什么,焦急万分,寝食难安。不知多少次,她天不亮就站在坑院外的山坡上,望着南方的茫茫夜色,抹着泪水,盼望丈夫能从山路上晃悠着走来。每次都是空等,直到窑洞里的儿女哇哇啼哭,她才拖着瘦削的身体转身回家。

写信，但陈天然只写了个抬头"娥："，就写不下去了，眼泪扑簌簌掉下来，不完全因为几个月没有往家寄信。乔娥勾起了陈天然翻江倒海般对往事的反刍，回想起当年和乔娥成婚的历程，感到愧对人家。她一个家庭妇女，柔弱的双肩几乎扛起整个陈氏家族的重担。照应多病的母亲，管带一双儿女，里里外外都是她一人操持，而自己鞭长莫及，爱莫能助，愧做男人啊！

他和乔娥是娃娃亲，就是两人童男童女时订下了亲事。那年，陈天然不满8岁，乔娥虚岁11，乔娥比陈天然大了3岁。女大三抱金砖，父母之命，媒妁之言，陈乔两家人皆大欢喜。遗憾的是，乔娥虽出生在耕读之家，聪慧灵动齐整懂事，但在那个重男轻女的时代，家里没有让乔娥读书识字，她以文盲靓女，嫁给了童芒初露的陈天然。二人文化程度的差距，给人们留下稀奇古怪的议论和猜想。不过，悠悠岁月铸就了两人纯真持久的爱情。人丁兴旺，更映衬出乔娥勤俭持家、相夫教子的贤良淑德，赢得了陈家老老少少的认可，成为艺苑的嘉话美谈。

陈天然还想起早已过世的岳父，乔娥的爹爹乔世昌。乔老先生做过陈天然的私塾老师，周边村庄的人都尊称他为乔先生。俗话说，富不丢猪，穷不丢书，乔先生看到陈天然憨厚老实，又勤奋读书，心中非常喜欢。同时，乔先生发现陈天然鼻梁上有个大麻坑，更是喜上眉梢。泗水家乡有个说法："鼻尖有个坑，一生不受穷。"老先生懂些麻衣相法，观察陈天然，吉人寡语，贵人言慢，坚信他将来必是可造之才，有担当作为。于是，老人便主张女儿乔娥和陈天然结缘婚配。

天有不测风云，事变影响婚事。陈乔两家订婚不久，陈家突遭变故，殷实的家境转眼间败落，一夜之间，家徒四壁，一贫如洗。嫌贫爱富人之常情，有人撺掇乔先生悔婚，为乔娥另择殷实之家。乔先生有位远房表姐，看到陈家一下子家无隔夜粮，吃了上顿没下顿，常挖野菜充饥，日子过得千疮百孔，便兜兜转转，隔山隔水跑到汜水县（今荥阳）乔家，找乔老先生做拆散工作。

表姐对乔先生说："表弟，咱和陈家拉倒吧，不能让娥往火坑里跳……"乔先生一听，忿然作色，说："噢！人家穷了，咱就悔婚？那是人干的事吗？我老乔家可从来不干缺德事，你表弟绝不那样干，以后你再别这么说了。"乔娥的娘也一肚子气，对这位表姐说："可不敢再提退婚的事儿了，再提，你表弟可要跟你翻脸了。咱都是这么近的亲戚，为这事弄得不好看，以后咋见面？还亲不亲了？"

表姐见劝不动老人，就直接找到乔娥说："娥，我可都是为了你好……"她拉着乔娥的手，"陈家过去家境不错，小日子在柏沟岭也是出了名的好，过得有滋有

味……"表姑见乔娥低头不语,想着可能是她心里在打退堂鼓了,就层层加码:"这两年呢,陈家可是天灾人祸不断哪,如今他爹他哥又被抓兵抓走了,一直没有下落;眼下又是大灾荒,他家的地都卖完了,陈家是在刀尖上过日子呀!咱可不能嫁到陈家跟着闹饥荒。老话说,嫁汉嫁汉,穿衣吃饭,嫁给陈家受苦遭罪呀。我给你再说个好人家吧,要人有人,要地有地,吃穿不愁啊。"

乔娥听完,低声说:"我得听俺爹的。您不是也说过嫁鸡随鸡,嫁狗随狗,嫁个扁担抱着走吗?认命吧,表姑。"有理不在言高,乔娥掷地有声的话,把表姑噎得脖子一抽一抽的。

乔先生着眼长远,也为了避免表姐再节外生枝,产生不愉快,就委托媒人到陈家交涉,力促儿女们早日完婚。1944年冬,18岁的陈天然,身着借来的结婚行头,做了新郎官,21岁的乔娥成了陈家的新媳妇。当时,陈天然家穷得叮当响,几乎是家徒四壁一无所有。第二天,人家就把借来办喜事儿的洗脸盆要了回去。

……

陈天然的家信没有写下去,深夜的长江上,传来几声汽船的喇叭声,他睡意全无,心如江涛翻滚。他决定不写了,打算第二天找领导递个申请,请探亲假回家看看。他想,不能说自己革命觉悟不高,几年来,急行军一样地转阵地换工作,没有节假日,刚刚又经历了一场生死存亡的抗洪抢险,领导应该有理由批准自己休个探亲假。待领导批假以后,马上给乔娥发封电报,告诉她回家的大概日子,和家人好好享受一番天伦之乐。

他走出办公室,下了蛇山,来到江边,只见对岸的汉口、汉阳灯火斑斓,长江上流光溢彩,映出满江的辉煌。洪水过后,江城逐步恢复了往日的勃勃生机。没有灾害的日子,生活多么惬意。江风卷起他薄薄的夹衣,但他只感到一阵凉意,并不觉得冷。想家,想爱妻乔娥,想活泼可爱的儿女,想起了第一次出远门去开封的头天晚上,昏暗的油灯下,乔娥为自己的新衣缀扣子,为赶做两双棉袜子熬夜到鸡叫……啥叫贤妻良母?乔娥便是。啥叫母慈子孝?我们陈家便是。

爱妻乔娥慈母一样的胸怀,像铿锵鼎立的精神支柱,支撑着背井离乡的陈天然。乔娥的温声细语依然言犹在耳:"出门不容易,你一人在外干文化,见世面,还能顾住自己吃,刻的画又上了报纸,中。人好好的,中。你不是经常说留住青山在,就有柴火烧吗?"陈天然感激涕零,说:"我会一辈子对你好的,乔娥。"

……

连牛翎都说:"别看老先生话不多,感情很丰沛,而且文人情怀,一言九鼎,他说一件事,往往会在波澜不惊中感染你,他做的不少助人为乐大慈大悲的事儿,我都是听别人说了才知道的。老头不声不响,特别是他年轻时候,吃苦耐劳,好人好事成大车,对他来说都是家常便饭。"

比方说,陈天然有次去洛阳办事,半夜坐火车到沙鱼沟车站。下车没人接,也没什么车可打,有的只是呼啸的西北风和纷纷扬扬的大雪。陈天然说,"不能住店,也没钱住,再说和乔娥说好的,早晚得赶回来。不然,乔娥会把坑院大门敞开着,窑洞留个门缝等着我,那多焦心多可怜哪。沙鱼沟车站距离柏沟岭十里地,风雪夜归人,看不清路,约莫着往前走,深一脚浅一脚的。艰辛,但也充满希望,信心十足。当走下山坡,隐隐约约看到那藏着几代人烟火的柏沟岭,特别是在离家咫尺之遥,听到了女儿啼哭,和乔娥哄教孩子入睡的温言热语时,那种甜蜜的居家气氛迎面扑来,冰天雪地算个啥?"

老先生把黄土高原上的柏沟岭,把贤淑敦厚的爱妻乔娥,一下子文学化理想化了。这就是老先生的人生修炼。

对于陈天然的发妻乔娥,作为继室的牛翎女士显得十分坦然、大度。牛翎女士说,老先生时常怀念乔娥,有句话常挂在他的嘴上:"今生今世,我不会忘记乔娥,她是我生活的保温杯,她是我书画操守的功臣。"

陈天然说,乔娥心里装的,只有孩子和丈夫。在国家三年困难时期,她刻薄自己,不舍得吃不舍得穿,硬生生地从嘴里省出了10个红薯面窝窝头,还有10个鸡蛋,叫本村在武汉工作的刘小福顺路带到武汉,给丈夫陈天然吃。夜里,陈天然刻版画,肚子饿,他一边刻版,一边一点点手撕着、掐着吃,从巩县柏沟岭带到武汉的窝窝头和鸡蛋,竟然一夜之间吃光了。

陈天然1949年随军南下,在武汉整整工作了17个年头。乔娥一个人,在老家柏沟岭照顾年迈的公婆和三个年幼不懂事的孩子——1955年他们又生了个小女儿。乔娥除了下地干农活,还要像男人一样,拉架子车到水库工地挖土方。20世纪60年代初,全国都处在灾荒时期,缺米少面,大人小孩"瓜菜代"——就是天天拿南瓜青菜之类做主食。即便这样,食物也是有定量的,不能放开肚子随便吃。大人孩子整日饿得饥肠辘辘,乔娥和三个孩子都瘦得皮包骨头,一阵风就要刮倒的样子。为了照顾三个未成年的孩子,乔娥常用野菜和一星半点杂粮掺在一起,蒸菜窝窝或做成疙瘩汤给孩子们吃,自己随便喝点菜汤充饥。长期饥饿和超强度

的劳动，造成她身体出现了严重的浮肿。河南人都知道，这是饥饿病，除了吃饭，无药可治。

一心惦着家，其实，武汉也挺好，深夜，陈天然睡不着，辗转反侧，思前虑后。上黄鹤楼之前，他在《湖北日报》美编的位置上循规蹈矩，按部就班，干得挺欢实。除了小有计较，但公道自在人心，基本上一帆风顺。以前老是听人说"天上九头鸟，地下湖北佬"，不对呀！江城美丽，楚人厚道，武汉是个好地方，就在这儿待下去吧。停停把乔娥他们娘儿几个接到武汉来，把巩县"三十亩地一头牛，老婆孩子热炕头"的乡愁，嫁接到武汉。一家人在一起才是幸福。

和发妻乔娥情深缘重，爱多言少，这种近乎默然的爱，大都表现在日子的琐碎细节上。湖北美术出版社社长孙恩道回忆说，20世纪50年代是新中国的青春期，青年人更是英姿勃发、新潮时髦。穿皮鞋是最时髦的特征之一，有能力的青年画家领到稿费，第一笔消费便是去买皮鞋，唯有陈天然把钱存起来。有好事者问："老陈，留钱干吗？"老陈答曰："买驴。""买驴干吗？""帮我老婆拉磨！"问者惊讶。

陈天然对乔娥深厚的感情，由此可见一斑。他在一篇速写随笔中写道："发妻乔娥，治家有方，宽厚待人，众口交誉，是山村缝纫高手。我穿她做的鞋，立足本土，艺游八方，为万古山河写照传神。"

有不知内情的武汉画家，便嘲笑陈天然是个土包子。陈天然写诗自嘲："说我土包子，惟少雅士风。出身不由己，村气伴此生。学历根基浅，古道梗不通……仍恋故乡居，万壑养逸兴。"

是的，这些年来，虽然互报平安的两地书来往不断，乔娥还寄来她怀抱儿女的照片，但那只是书信和照片。之前，陈天然不知有多少次，想接妻子儿女到武汉住段时间，但总是没有个安稳的落脚点。刚到了个新地方，总是屁股还没暖热，就有人催着挪窝换岗，连喘口气的机会都不给，这块革命的砖棱角都被磨光了。

差不多十来年了，他"好男儿志在四方"的意志堤坝，总是堵不上恋家的豁口。江城的和平生活，让他想家的情绪已成澎湃神往之势。一位德高望重的湖北老领导曾说，东西南北皆兄弟，赵钱孙李是一家。这种朴实的共产主义真理，也多次感动过陈天然，但时间长了，他精神的臂膀、抚手，依旧难以抚爱朝思暮想的爱妻乔娥，和天真烂漫但缺乏父爱的儿女们。

他一直在努力，从没放弃重归故土的愿望。农村有些人，不能见别人过得好，

就是眼下人们形容的：羡慕嫉妒恨，找人家的事儿。有人看到陈家享受着优待，眼红，突然有一天，眼红演变成了政治歧视。原来陈家被看做军属，受到各种优待关照，一夜之间差不多是推倒重来，甚至离"黑五类"都挺近了。

陈天然家的阶级成分，土改时划的贫农，是实实在在的红五类。做过土改工作队队长的陈天然，因为自家的阶级成分好而无后顾之忧。他无时不在挂念妻儿，每月将自己从牙缝里省出来的一点钱，及时寄给乔娥补贴家用。当时的村长、队长，无缘由地把陈家定为"经济来源户"，列入地主富农行列对待，这是当年柏沟岭干部的独创。有两个在郑州工作的人，出了名的小气鬼，对村干部不买账，"一毛不拔"，但村干部也从他们身上揩了油。

这时候，要是回到柏沟岭探亲或长待的陈天然，放下点身架，跟大队里的人照个面，递上一支"黄鹤楼"香烟，塞给他们一包汉阳的粗面"琴岛"饼干，再说一句"有空到武汉转转"，也能稍微缓和一下僵硬的局面，不至于他们硬生生地掂着小鞋找上门。

可陈天然是个倔头，挨鞭子不挨棍子——吃软不吃硬，对这几个村干部就是不鸟。于是，早年联结他们的乡情村谊，变成了一道冷冷的政治隔膜。

当然，陈天然也不了解村干部有多厉害。比方说吧，他们想吃谁家的老母鸡，一会儿工夫就一地鸡毛，想拿捏谁，出手就有。所以，贫农成分的乔娥，眨眼变成了"地主婆"，不怕你们揣着明白装糊涂，饼干、冰糖看你们往哪儿送？在这个沟壑纵横的小山村，大队干部的性格十分强硬。

那年的秋末冬初，也摊上陈天然不在家，生产队队长令乔娥到40里之遥的小关镇去拉煤。乔娥恳请说："队长，这两天我身上实在不舒服，往返七八十里山路，我撑不住啊……"队长黑丧着脸，嗓音难听地说："不行，叫你去就得去！少啰嗦。你撑不住谁撑得住啊！'经济来源户'，还嘴强牙硬？无法无天了你，敢不去？年底全家不分口粮！"

次日凌晨，柏沟岭的人还在睡梦中，孤立无助的乔娥为梦乡中的三个孩子蒸了一锅红薯面菜馍，烧了一锅清汤，自己包了两个菜馍，赶着小毛驴上路了。

娥本柔弱，为母则刚。

"我要是会骑小毛驴该多好哇！"乔娥心里想。她恨自己太笨，孤独的她只能在清冷的星月下，牵着小毛驴，沿着山中的羊肠小路，闷头闷脑地一步步往前走。响午时分，村里其他生产队的男壮劳力，已买好煤，正在返回的路上，气喘吁吁

的乔娥才赶到小关镇。倒霉的是,煤场的人都下班了,她趁排队的工夫,急忙吃了点凉菜馍,在焦急的等待中,终于买了一袋煤。"你家男人呢?咋就让个娘们家来买煤?!"乔娥沉默,后边一个排队的直性子男人帮忙把煤抬到了驴背上。

乔娥下决心把煤弄回去,但负重的小毛驴又累又饿,怎么也站不起来。善良的乔娥用鞭子撩它,犹如撩在自己身上。她两手轻轻地拍打着小毛驴的长脸,掏心挖肺地说:"小驴儿呵,我真舍不得抽打你,我只能轻撩你几下了。咱走吧,你看这路途遥远,我一个女人多难啊!你鼓鼓劲儿,咱走吧。到了家,我扎着脖子不吃不喝,也得把口粮让给你吃。"

乔娥的泪水滴在了小毛驴的长脸上,她又一遍抚摸它的身子,给它挠痒痒,再次把煤袋子挪正放好。然后,她一边紧拉缰绳,一边扯嗓吆喝:"起来!起来!"小毛驴扭了几下腰,似乎用尽了吃奶的力气,颤颤巍巍地挣扎着站起来。乔娥牵着它,绕过坟场,从一个窄窄的豁口,好不容易又上了山路。

乔娥贴身的衣服都湿透了,泪水和汗水混合在一起,顺着她冰凉的面颊流下来,一直流到嘴里,那咸涩的滋味,一生都留在她的记忆里。乔娥两条腿像灌了铅一样沉重,但也不敢歇歇脚,天短黑得早,回家还有三四十里山路呢。小毛驴驮着一大袋子煤,也是脚步蹒跚、摇摇晃晃的。太阳落山了,乔娥还在走,夜幕降临了;她还没有到家。

越走越累,越走越慢,越走越不想走;心里越煎熬,越感觉回家的路太远太远。突然,小毛驴在崎岖的山路上一脚踩空,乔娥随着毛驴一起掉到了山崖下两米多深的麦田里……

不知道过了多久,漆黑的夜里,乔娥喘息了一阵,顾不得浑身疼痛,咬了咬牙,从地上爬起来,傻傻地坐在麦田里。睁眼细看,才发现周围是一片坟墓。干枯的野草窸窣作响,山野里阴森吓人,远处的狼嚎,更是令人毛骨悚然。

"这可咋办呢?"乔娥心里直哆嗦,又害怕又懊恼。之后,脑海里一片空白。冬夜的寒冷,使她发烫的脑袋逐渐冷静下来。这百十斤煤,该咋弄到驴背上?她在黑夜中四下张望,希望走过来一个人,求人家帮帮忙,也许就过了这个坎儿。然而夜色茫茫,山野空旷,只听到毛驴在喘息,远方有狼嚎。她浑身一阵惊怵,不知道今夜会出啥事儿。那一片刻,她甚至想到了死!

不知道小毛驴是怕吃皮肉之苦,还是通了人性,当乔娥用尽全力朝空中甩出几鞭之后,小毛驴战战兢兢没动身,黑暗中两眼隐隐地闪着光,透着自怜和同情。

此时此地，乔娥多么想念丈夫！男人啊，一家之主，却远在千里之外。乔娥泪雨滂沱，哭过一阵之后，站起身来，长长地舒了一口气，调整了一下情绪，弯下腰，一条腿跪在地上，用尽全身力气，两手抠着煤袋，一点一点地连拉带推，硬是把煤袋弄到了驴背上。

乔娥拽着小毛驴，摸黑走在山路上，深一脚浅一脚，一步步挨到柏沟岭。谢天谢地，总算折腾到家了。她凌晨出发时，天上挂着月亮，晚上回到家时，月亮差不多还在老地方挂着。把煤袋拽下来，她应该依照队里的规矩，把小毛驴送到集体的牲口屋，向饲养员打个招呼，算是完璧归赵交差了。

送回小毛驴之前，乔娥不忘对小毛驴的许诺，煮豆子。她先给嗷嗷待哺的孩子们热了几块红薯，叫他们吃了先睡。之后，她从小面缸里挖出来半碗黄豆，赶忙倒进小锅里煮熟，又放到坑院里晾凉，再端给小毛驴吃。熟豆子的袅袅热气，撩拨着小毛驴空空的胃囊。不能说它真通人性，但它的确看了乔娥几眼，流露出难耐的饥饿感，然后才张开簸箕一样的大嘴，半碗黄豆几口就吃光了。

把小毛驴送走，乔娥坐在昏黄的油灯下愣神。她一眼看到手上的血痂，才知道原来在山路上，一只手不知被什么东西碰破了。鲜血和黄土混搅在一起，还粘在皮上，疼痛感忽然降临。再低头往地上看，三个孩子已经歪七竖八地睡着了。

十八　文盲发妻的艺术洞见

别以为不识字的家庭妇女对艺术一窍不通,事实上,乔娥不仅仅是陈天然亲密的生活伴侣,她对他的艺术创作,也起到了非同小可的启迪和帮助作用。

版画《瑞雪》是陈天然的优秀代表作之一,曾入选全国美术展览,在纪念鲁迅先生诞辰100周年的庆典活动中,还被选入上海美术出版社1981年出版的巨型画集《中国新型版画五十年选集》,中国美术家协会还曾选送法国展览。谁曾想到,这幅优秀版画《瑞雪》,要不是乔娥的阻拦和建议,就被陈天然扔掉当柴火烧了。

版画《瑞雪》主版刻好后,挂了起来。陈天然总感觉不满意,便对乔娥说:"这幅画不要了,拿去劈劈烧了吧。"乔娥一愣,停下手中的针线活儿,走过去,把挂在墙上的画看了又看,说:"画面怪好看,就是太松散,没遮没拦不聚气,你加个框试试。下那么大功夫,毁了多可惜。"也许两口子生活在一起的时间长了,近朱者赤,以微知著吧,乔娥的一席话听着挺内行,陈天然一愣神,接着又听到乔娥以商量的口气说:"做鞋加个边儿好看,你试试看吧。"

陈天然一琢磨,觉得乔娥的话很有道理,欣然在《瑞雪》的画面上加了个框,画面顿显凝重而富有整体感。之后,《瑞雪》参加了全国美术展览,并入选《中国新文艺大系·版画卷》。陈天然禁不住心中感叹,妻子虽然不识字,哪儿来的艺术灵感呀!打那以后,陈天然每每谈起乔娥,往往少不了那句话:"不是一家人,不进一家门。"

深冬夜晚的窑洞内,乔娥坐在纺花车前嗡嗡纺棉线,陈天然在一旁练习书法。他突然停下手中的笔,对乔娥说:"你过来看看我写的字咋样?"乔娥说:"我不看都知道你写的啥样。"纺花车继续嗡嗡地转,她并没有停下手中的活儿。乔娥不识字,谈到丈夫的书法,倒是有独到见解。她有板有眼地说:"别人都说你的字很流利,我看像咱家大门口的老柿树。你再写的话,能有点儿老柿树的粗枝和疙瘩

就更好了。"

书界认定的陈氏"枯藤体",就是从这里演绎出来的。知名作家李洱曾经说:"在陈天然的艺术辞典里,柿树就像佛教徒心中的菩提树……柿树是陈天然发现的……"确切地说,陈天然以为,柿树与自己书法艺术的联系,是妻子乔娥发现的。

《套耙》是陈天然第一幅版画成名作,曾获得湖北省第一届美术展览二等奖(一等奖由关山月获得),1958年入选第三届全国版画展览,还被选送苏联和西方多国展出。60年来,没有其他任何人发现画面上的问题。而乔娥看到上海《版画》杂志发表的《套耙》时,立即指出:错了,套耙上的牛梭套戴反了。陈天然一看,恍然大悟,可不是吗,犯了一个最不该犯的常识性错误。他由衷佩服妻子乔娥对景物的细腻观察,和艺术审视的一丝不苟。美术作品中的点滴瑕疵,竟然被不识字的妻子乔娥发现,匪夷所思啊。

……

陈天然凝视着门前的柿树,陷入深沉的思考,受到乔娥的启发,他的书法风格发生了质的变化,艺术境界有了全新的升华。

一场大雪后,陈天然在故乡群山间溜达,碧空万里,旷野素净,雄健稠密的柿树林,繁简穿插,勾肩搭背,一派铁画银钩的狂草书意。陈天然耳畔响起了乔娥的话音,越揣摩越有深意。他如梦初醒,老树干刚直不阿,枯枝藤摇曳多姿,所谓寄情山水寓意林芳,天人合一情景交融,独树一帜的书法,其真谛和生命,不就在这里吗?

1981年《美术》杂志要发表陈天然的绘画作品,并要他附带写篇文章。他心中一动,就把乔娥关于柿树与书法的联想,从而敦促自己的书法进步等一系列事件写到了文章里,收到很好的反响。陈天然说:"称得上有分量的艺术家,都是大自然的天之骄子。柏沟岭的沟壑山林,陶冶了我的情操,门前的柿树,给了我无限的想象空间。'枯藤体'是评论家们给我戴的高帽子,我戴着并不是心安理得。但我今天能把老祖宗发明的汉字写成这个样,俺家门口的柿树功不可没。"

陈大然和乔娥两人是艺术和人生的黄金搭档。乔娥里里外外一把手,全家人一年四季的吃喝穿戴,全靠她一人料理。她一人关照着陈家祖孙四代,彻底解除了陈天然的后顾之忧,使他把更多的时间和精力都投入到了书画艺术中。所以,陈天然经常夸奖乔娥:"她治家有方,宽厚待人,老少异口同声说她好。"

随着年岁的增长,陈天然的生活节奏,渐如长江洪水退潮一般,进入一个相

对安宁平和的状态。性格使然,他从洪水中撤出,很少向人描述过水灾带来的凄惨,没有向人展示过自己救生艇一般的角色。不过,党和政府知道他做了哪些关键工作。所以,党组织火线批准陈天然加入中国共产党。

只是由于各种原因,这份入党申请书数十年都珍藏在他的档案里。早年参加革命,严格按照共产党员标准要求自己的陈天然,却是以非党员的身份,出色地完成了党和人民交给的各项艰巨任务,直到担任河南省首届书画院院长前夕,他才隆重宣誓入党。

不可思议啊这!不是火线入党了吗?也没错,老先生给我们留下一串猜想。就入党资格来说,不管是在洛阳参加革命,还是随大军南下武汉,不管是英德剿匪、从化土改,还是黄梅抗洪抢险,不论哪个时期,他入党的资格条件都十分充分,怎么能等到80年代才被纳入党员方阵?

平时,陈天然不吭不哈,只管工作,单位也似乎疏忽了他的组织问题。省委决定要委任他为首届省书画院院长,组织上翻他的档案,才翻出来个非党员身份。当然,也翻出他黄梅抗洪火线入党的文件。

《华中工人报》记者傅伯元在文章《短笛无腔亦有情》中讲过一件事,一位武汉的区委书记自嘲:"解放来得太快,各地建设党政机构,缺乏干部,我是先当书记后入党的。"既然做区委书记的尚且如此,在普通人陈天然身上发生类似的事,就容易理解了。有句英国民间谚语,"只管干活不玩耍,头脑迟钝人变傻",以此戏谑一下革命的老黄牛陈天然,兴许是恰如其分的。

我们猜想,在那个不少人把入党视为纯粹荣光的年代,陈天然却看得非常淡漠。我们了解到,老先生的丰富经历令人眼花缭乱。舍生忘死,脚踏实地,兢兢业业……一个共产党员应该做到的,老先生都做到了。如今,这些绚烂的辞藻,不管贴在老先生身上多少,都显得苍白无力。

试想,从黄梅抗洪抢险一线回到单位,又处在美术高才生的夹缝之中,他一点都不敢怠慢。他知道,要想站稳脚跟,必须搞好本职工作,提高艺术素养,拿优质书画作品说事儿。甚至他还认为,"省美"花名册上的人,不应拿曹操的钱,干刘备的活。画画不从政,从政不画画,不能眉毛胡子一把抓。他对人说过,宋徽宗工书画拍案惊奇,左支右绌丢江山自取其辱。陈天然是翰墨坯子,缺乏从政的基因。他的才气,只能像刀刃一样,打造在他的书画作品里。

是的,抗洪抢险三个多月,艰苦卓绝,可歌可泣。要是党政干部,自然有说

不尽道不完的精彩和擢升资本。陈天然反其道而行之，先把"洪患"压下去，"省美"依旧是以字画为主流。以往的绘画成就，只能说明过去。《双喜翻身》已经"翻"过去了，《湖北日报》上的多幅插图，充其量也属于职务的雕虫小技，自己的艺术之路还太远太长。他陷入深深的苦闷和烦恼，虽然常和中原大学的同学、同事，以及湖北画友武石、张朗、姚治华、姜德博等人聚会交流，但始终不能解除他艺术追求上常年的压力和担忧。

有很长一段时间，他一头扎进图书馆，求知充实，开拓视野，提升境界，大大缓释了他好多说不清道不明的精神压力。比如，他一直景仰鲁迅——还因为先生提携帮扶过版画大师古元，当他读到鲁迅的《致陈烟桥》，便觉得茅塞顿开、大彻大悟，因为鲁迅说："越是地方的民族的，就越是世界的。"

陈天然联想到古元在延安时期的作品，不正是鲁迅圈定的经典范畴吗？古元的作品，就成了陈天然学习的榜样。他决心把古元作品中浓厚的陕北格调，置换成自己作品中的巩县柏沟岭风貌。生活是最好的学校，他精打细算地过滤贮存着林林总总的生活画面，掰开揉碎地消化着导师们拨云见日般的教诲熏陶。当然，千里之行始于足下，他不能把抗洪抢险的收获束之高阁。长江决堤，黄广大堤的崩溃、洪水中的孤岛、人文精神的光辉、生产自救抗洪模范等丰厚积淀，支撑他成功地提炼创作出了版画《抢险》。在他看来，也许这比入党更值得上心。

陈天然根据抗洪抢险的切身体会创作的版画《抢险》，画面色泽凝重，层次递进。惊涛骇浪中，江堤崩溃得稀里哗啦，抢险的人们或撑篙划船，或手握铁锨，摇晃在溃堤间的洪水中，用精神和肉体与洪灾抗争。波澜壮阔的战洪图里，浸满了陈天然的意愿和智慧、灵感和技法。他用寓意深刻的画作告诉人们，他不仅是抗洪的钢铁战士，还是再现风雨英雄的红色艺术家。

版画《抢险》在2004年广州的一场拍卖会上，叫价15000~20000元。不知最终的拍卖结果如何，也不知道此画现在收藏在哪里。创作《抢险》之后，接下来的1956年，陈天然第一次把儿时家乡的农耕体验，搬进了他的艺术宫，创作出了版画《套耙》，此画在书画艺术界产生了很大的影响。他后来谈创作感想时说："书本启迪智慧，鲁迅指明了方向，古元是自己的旗手。"至此，他才仿佛真正意识到，艺术是生活的记录，压力也是动力。

艺术记录了陈天然什么呢？他说，版画《套耙》中，那个拼命拖拽牛缰绳的小孩子，就是他自己。养育他的巩县柏沟岭，那里有他浓得化不开的乡愁。黄河、

洛河、窑洞、坑院、连绵的群山、茂密的柿树林，家家有工匠，户户有绣娘……他终于明白过来，他成长的柏沟岭，是他取之不尽用之不竭的创作源泉。他的翰墨之旅能够走多远，艺术之树能够收获多少果实，就看他对家乡高原沃土的精耕细作如何了。

毫无疑问，版画《套耙》是非常成功的。陈天然说，自己搞了十多年版画，似乎没有摸着门道，想不到这幅《套耙》在当年湖北省美术作品展览会上好评如潮。"关山月的国画《一天的战果》获一等奖，我的《套耙》竟然获得二等奖，不经意间和关山月挨肩并足，还发给奖金100元，相当于自己两个月的工资。别笑我庸俗，奖状奖金，叫我高兴了好多天，往柏沟岭寄出好多包武汉夹心糖。"

20世纪50年代中叶，全国的文艺杂志比较少，刊登作品也相应有不少困难。但让人出乎意料的是，上海的《版画》杂志捷足先登，早早就发表了这幅《套耙》。接着，中国美术家协会将《套耙》多次选送到西方一些国家参加展览，非常叫响。60年代，阿联酋酋长到中国访问，表示很喜欢《套耙》这幅版画。外交人员经周总理做工作，又经通融河南省委，将《套耙》以国礼赠送给阿联酋。《套耙》现收藏在阿联酋国家博物馆。

有一次，《套耙》被中南美专（现广州美术学院）所赏识，为此，中南美专要调他到该校当教师。只是国家高教部决定该校暂不设版画系而作罢。广州没去成，但无形的巨大鼓舞却属于陈天然自己。百尺竿头须进步，十方世界是全身。那一年，陈天然30岁，年富力强，朝气蓬勃，正是攀登爬坡的好光景。

版画《套耙》的成功让陈天然坚定了艺术方向——坚守家乡的山水，续写黄土诗篇，以至于他在退休后的耄耋之年，还和夫人牛翎一起，在柏沟岭打造他们的"艺术大厦"——天然山庄。

1956年，全国美协副主席、中央美院（代）院长江丰，积极贯彻执行毛主席提出的"百花齐放，百家争鸣"的双百方针，向全国画家发出倡议，倡导画家职业化，不领工资，完全靠稿费生活和养家，以开拓书画家的创作空间，促进美术事业的繁荣。

全国画家积极响应。此时，原湖北省美术工作室已与省文学、音乐、舞蹈等文艺机构，合并为湖北省群众艺术馆。同时，应不少画家的要求，批准陈天然、姜德博和肖采洲等画家成为职业画家。陈天然由打一枪换一个地方的"游击队员"，沉淀在一个硕大的丹青园里，从此专心致志地谋划他的笔墨纸砚大世界。

十九 《山地冬播》名满世界

1957年岁末,陈天然奉若神明的画坛领袖江丰被打成右派分子,如晴天霹雳,惊动了画海艺林中振翅飞翔的鸟群。之前,老实本分、与世无争的陈天然经常说:"多读古书眼界宽,少管闲事心常静。"然而,树欲静而风不止,陈天然自己想明哲保身不可能,哪儿有世外桃源呢?他的后一句话,被人篡改为"自由主义快乐多"。这意思就变味了,让他瞬间成为被鞭挞批判的流动靶。

人们罗织罪名,给他上纲上线,很快提高了他的"待遇"。夜晚的批判会,万炮齐轰,群情沸腾,弄得他过街老鼠般人人喊打。最后,经过群众深挖广揭,除了那句被篡改的"自由主义快乐多",其他并没有新发现。再加上他出身成分好,革命经历闪闪发光,最终有惊无险,和"右派分子"擦肩而过。

经历了这么一场政治风波,陈天然思想上很痛苦,对文艺创作也心灰意冷下来。他说:"我虽然没有划上右派,但右派的念头却如影随形。"又有人说他是"漏网右派","漏网右派"也不是革命阵营的人哪!于是,他白天配合形势搞创作,晚上还依旧接受"帮助提高"。就是说,画笔虽然握在自己手上,但画什么怎么画,却得听别人指点。

陈天然说:"整个单位,里里外外就数我忙。忙,我不在乎,脏活累活干惯了。问题是还有人把我当右派看,说我家是破落地富,本人有钱上私塾,本质上就是右派。南下咋了?不能一俊遮百丑。我占了党宽大政策的便宜,还不知道千恩万谢?有的人看见我,非要甩个黑脸,以证实自己阶级立场坚定,思想觉悟高。有时,我正在画画,偏有人跟前观察监督,怕我为右派分子喊冤叫屈。"

不少人都说,别看陈天然成天不说话,但脾气上来时可是犟得很。而且,他是个孤胆英雄,胆子可正,拿定主意的事儿,牛都拉不回来。他一辈子都不在别人面前低声下气,曲意逢迎。陈天然回忆这件事的时候,就会说:"此处不留爷,

自有留爷处；处处不留爷，爷去种柿树；不吃嗟来食，山坡烤红薯。"谁也想不到，老实巴交的陈天然，也会火山爆发。他铺盖卷儿一卷，不辞而别，回巩县柏沟岭了。就是说，工作不要了，城市户口不说了，商品粮也无所谓了，愿咋咋的。

在"打右派"之前，陈天然迎来过他短暂的版画创作艳阳天。1956—1957年，他说，那是他艺术事业的黄金期。继《套耙》之后，人不解甲马不停蹄，他又创作出《村情山趣》《休息》《赶船》《牛群》等作品。陈天然说自己不管干啥，都很磨处。"磨处"，巩县方言，跟河南其他地方说的"磨叽""磨蹭""慢腾腾"相仿；开封那一带干脆就叫"三脚踢不出个屁来"；词典上叫慢条斯理、慢慢悠悠等。陈天然搞版画创作，更是急惊风碰上慢郎中，你急他不急。有时他凝视着木板，几天都不动刀。

令人惊诧不已的是，一年内，他推出了四幅成功的作品，暗自为自己击节叫好。而且，那四幅作品全部入选1959年第四届全国版画展览，引起广泛关注。《人民日报》《美术》《版画》以及外文版的《人民中国》等许多有影响力的刊物杂志，都纷纷撰写或转载评论文章，赞誉陈天然的版画作品生活气息淳朴浓厚，艺术风格鲜明。

对于铺天盖地的转载和好评，陈天然感慨万千，有些大喜过望。以往他常有迷惑，不懂"风格"为何物，甚至一直在思索，作品怎样才能有自己的"风格"。万万没想到，"风格"却不期而至。谈到这一点，他非常感恩江丰主席的职业化治艺策略，没有这样广阔的空间，没有脚踏实地的磨砺，哪会磨出天然风格？

牛翎女士常和天然老先生切磋他的画艺。她对老先生说："你这批作品，我最喜欢的是《牛群》。"老先生说："我这人爱学习，只要对艺术有用，见啥学啥。《牛群》的创作，就是学习波兰的一幅宣传画。所谓洋为中用，古为今用，就是学习汲取经典中的精华。要不，我咋会有自己的风格？没想到，《牛群》竟有那么多人喜欢。"牛翎问："《牛群》的画面，你为什么让地平线很低？让天空占去了四分之三的面积？难道只是为了构图新颖奇特？"老先生回答："这只是一方面。真正懂行的人，一看就知道，重点是着力突出画家胸中的美感快意，如诗一般的抒情。通过牛的悠闲自得，天地广阔之美，突出作品气势之大美，韵律之大景观、大气势、大境界，生活如此亮堂美好。"

陈天然经常回想起那些年当职业画家的创作状态，感到虽有压力，但日子过得踌躇满志，生机勃勃。所以，在那个自由奔放的艺术环境中，他创作出了一批比较好的作品。像版画《休息》，在热评20年之后，1978年，还被选入日本出版的《世界百科事典》一书。

《休息》这幅作品展现了辛勤劳作的农民，在春种秋收投入了大量的劳动后，收获之后短暂休息时的愉悦精神，此处无言胜有言。我们凝视画面，只看到石磙、草棚、打谷场，和悠哉地站立或卧地的耕牛，还有远处的空旷。坚硬中有柔美，拙朴中有精致。劳作的主人在哪里？作者没有告诉你。作者推出几帧画面，对你说，幸福是一种感觉，幸福是无形的。正如陈老先生的诗作《黄土·白云》里的诗句："黄土显神韵，白云抚苍生。"景色浅显，意境深远。

陈天然常常坐在柏沟岭的黄土地上，仰望着白云点缀的蓝天凝思，老是想起"打右派"运动。那个发生在50年代的政治运动，虽然在历史的长河里只是短暂的一瞬，但在陈天然的心中留下了深深的创伤。他常常在老伴牛翎面前提及那次"躲"在柏沟岭的感受。他没想到的是，在单位不得安宁，回老家也不太平。那时的村干部们，根本不是他想象的海容川山纳土，他们的警惕性很高，敌情观念特强，用复杂的眼神盯着陈天然：这人有问题吧？从武汉跑回来干什么？

村干部们绝对不会相信，陈天然是自愿回乡务农的。他们一开始就猜疑陈天然被打成"右派"，没办法才回乡劳动改造的，于是时时处处留心监督他的一举一动。啥时走碰头，他们都会乜斜陈天然几眼。陈天然明白，在那种政治气候中，农村干部也是很冷漠的，不能仰赖他们对你递烟让茶，疗伤止痛。

有这么不明不白的一天，村支书告诫生产队长：要严加监视从武汉回来的陈天然。于是，生产队长就找到陈天然，凌言厉色地对他说："天然，你不能背着画夹，漫山遍野地乱跑乱画。干啥都要汇报，出村要请假，更不能乱说乱动，要老实点儿。出问题，我们干部要负责的。"陈天然意识到，形势非常严峻，恐怕他们要找事儿的。看来，自己把柏沟岭看得太理想化了。在他们看来，任何人都可能是阶级敌人。

果然，村干部的剧本已经准备好了，里面隐藏着看不见的刻薄和戏弄。民兵队长大清早找到陈天然，通知他出演——挖河去。挖河算是农村最重的体力劳动了。到了工地，给你分一段工程，按照开挖深浅和宽度要求，把黄土挖出来，装车运到河边上。农村人都知道，乡下干活有"四大累"：割麦上垛，脱坯挖河。

想想都害怕，挖河，泥呀水呀不说，漫天野地人前人后撅屁股屙屎尿尿不说，累死人呀！又没好吃的补养身体，累得哭爹叫娘，啥时候完成任务啥时候收工。

画家陈天然,别看他山村长大,似乎不怕掏力干活。不中,由俭人奢易,由奢入俭难,同样的道理,农村人到城里生活十几年,再叫他回家干脏活累活,咦!井里丢石头,蛤蟆跳上鼓——不懂不懂的(扑通扑通)。

其实,陈天然当时也清楚,叫他去挖河,只是巧立名目,是一种惩罚性劳动,但这还不是剧本的全部。村干部的意图是要打压陈天然的傲气,得到他们想要的东西。过去的那些年,陈天然从武汉往家寄钱,在村干部的印象中,似乎每隔一段时间,就有投递员敲开他家的天井院,递给乔娥一张汇款单,村干部眼气:又寄钱来了。一张张汇款单,惊骇得村干部下巴掉了一地,见过有钱的,没见过这么有钱的,他陈天然在武汉不吃不喝了?有钱都寄回家?

关键是醉翁之意不在酒,他往家寄这么多钱,没见过这个在外边工作挣钱的人,给村干部递上过一盒烟卷,捎过一包点心哪。他们袜子口一样的大嘴,没吃过陈天然一块糖疙瘩。太不把村干部当回事了,村干部在这儿站着呢,鸡子从门口过,说啥也得下个蛋再走啊。

因一颗糖豆而报复他人,这真不值得大惊小怪。乡绅都被消灭了,极少有人告诫村干部,吃别人的东西要考虑尊严。所以,说乔娥是"经济来源户",这种报复性定位也是受利益驱动的。"经济来源户",不伦不类,但乔娥知道,这绝不等同于贫下中农。这次你陈天然被打成"右派",没钱可寄了吧?好,没钱寄挖河去,光屁股推磨——叫你转圈丢人。三十年河东,三十年河西,风水轮流转吧!

也就是在这前后,湖北省群艺馆接二连三地给待在老家的陈天然发电报,催促他回去上班。实质上,这给了他选择的机会。两害相权取其轻,陈天然权衡利弊,百感交集。本来,当初从武汉回到巩县老家,是图个安稳清静的,看看一群村干部这般德行,一瓢冰水兜头浇下来——浑身上下凉透了。他按捺不住内心的愤懑,还不如在单位上班安生咧,走,上班去!

刚听到打雷,暴风雨就过去了,村干部一肚子气还没有发泄出来,就眼看着陈天然扛着包裹离开了。乔娥扯着儿女十里相送,陈天然挺起腰板离开了柏沟岭,从沙鱼沟车站坐火车往武汉去了。毕竟,捕风捉影的东西,是不敢和铁的事实碰撞的。一家人亲亲热热,从容不迫。陈天然的步伐走得相当无所谓,身影毫不躲闪。村干部们即便清楚陈天然的动向,但还是禁不住一愣,惊诧地看着这家人缓缓走远,心里像中枪,一头雾水:常香玉的水袖,刚收回来咋又放开了?陈天然平反了?嗨!走就走吧,看着像是软柿子,其实是个包子,肉不多。

从此，山不转水转，水不转云转，但那几个想做点小文章的村干部，再也转不到陈天然面前了。后来陈天然调到郑州，大红大紫，风生水起，巩义人都远接高送这位柏沟岭人。他还投资为村里打了深水井，在村子里走马灯似的散步转悠，都未再见那几个村干部。也许他们远走他乡享清福了，也许进城置业安家了。陈天然也不打听，他和他们的缘分，命运就安排了仓促的几个月。

时过境迁，物是人非，陈天然谈到这段经历的时候，依旧百感交集。他说，严格说起来，也不怨他们，政策呀！责任哪！想想，要是他们当初对我很有人情味儿，革命小酒天天醉——不，那要求太高，他们要是跟我柿树底下聊聊天，问问我，吃粗粮习惯吗？乔娥和孩子们怎么样？中了，足够了，就这，我会把他们的温暖记一辈子……我肯定不想返回武汉上班了。对，如果那样的话，我也就不会有今天的成绩，充其量混成农民画家，跟陕西户县的农民画家和河南画虎村的画家一样，每个月画上几张柿树、老虎，赶集上店到站街、荥阳摆个地摊，换个仨核桃俩枣的，自食其力，养家糊口，也不错。要知道，我生来不会跑不会送，不会策划炒作，只会窝住自己叹气发呆。时间一长，这些缺点日积月累，就成我的性格了。

陈天然的感受很深刻，但总结得不一定对。当年，他闯开封奔洛阳，更别说剿匪反霸镇反土改，折腾得够可以的了，不都是单枪匹马的吗？

好多时候，陈天然和一帮人齐头并进的机会也有，不是很多，往往也就一两个人搁帮。1958年秋天，陈天然邀请湖北罗田一位农民画家，一块到天宫山写生。天宫山神奇秀丽，在山中可观云海、奇峰、泉瀑以及晨曦、夕阳、雾岚等景致。云雾缭绕中，石阶古道如盘龙，似飘带，人行其中，飘然若仙，"出凡尘喧嚣之外，入虚无缥缈之间"。整座山属花岗岩地貌，巨石叠垒，深谷悬崖，飞瀑流泉，姿态万千，是画家写生的理想之地。

秋天是大山的收获季节。天宫山层林尽染，万类霜天竞自由。陈天然和农民画家陶醉了，赶忙支起画架。陈天然以画家的灵感和捕捉能力，感觉天宫山同样蕴含着黄土高原的风韵。触景生情，乡愁横溢，他竟鬼使神差地把黄土高原的元素，渗入到典型的南方山水之中，完成了天造地设般的嫁接，实现了黄土和丛林的无缝对接。他自己也多次回忆说，手里画的是天宫山，可经过画了改、改了画，如此反反复复几十遍，却总在调动黄土高原的素材储备，让天宫山蒙上一层北方黄土地的风貌。故乡母亲的这口奶不好断，他的创作触角总是离不开故园乡土。

他先完成了画作《山地冬播》，因为不怎么满意艺术效果，就又搁置起来。

为了使作品富有民族特色和中国画气魄，陈天然想把中国线条融入作品中。之前，他上班时间泡在单位图书馆，恨不得把所有藏书翻它个底朝天，刻意查阅古代线刻资料，最终也没见到他要的东西。他不甘心，非要用中国画线条来表现作品，于是他跑遍了武汉三镇大大小小的古旧书店，好不容易发现一部《芥子园画传》中有任伯年的山水雕刻，妙极了，线条跟金条一般，他高兴得如获至宝。

陈天然谨慎了再谨慎，细心了再细心，虽然《山地冬播》画稿已经完成，但他还不肯贸然动刀，而是翻出来先前创作的《山道》和《家肥出门》，再三比照参考，胸有成竹后，才放刀雕刻，一气呵成。《山地冬播》中，生机勃发的人物竟有一百多个，足见所下功夫之深。有艺术评论家特别看好《山地冬播》，给出的共同赞誉是："浓厚的色调、画面氛围，具有扑面而来的'刀味''水味'和'印味'。"

有耕耘就有收获，套色木刻版画《山地冬播》在国内外受到广泛好评。1962年参加中国第三届美术展后，又被中国美术家协会选送参加赴日的中国版画展览。1963年，日本美术界成立"陈天然艺术研究会"。1982年，《山地冬播》参加了法国巴黎春季沙龙展。2010年，《山地冬播》入选巨型画册《新中国版画50年》……

2014年，美术评论家赵世信先生在《书法导报》发文称，20世纪90年代，陈天然先生的《山地冬播》悬挂在美国联合国总部。1991年，美国研究中国版画的专家戴维·阿曼教授，到河南面见陈天然，索求到《山地冬播》和《抢险》两幅版画。21世纪初，这两幅版画仍在美国各地巡回展出。

"文革"期间，中国在国际上的文化交流处在低潮，但由力群先生主编的《中国现代木刻》，拿陈天然的《山地冬播》做了一期封面。1994年或1995年，英国出版巨型精美画册《世界版画200年》，封面就是《山地冬播》。

2018年国庆节，中国美术馆举办"从长江走来——湖北优秀美术作品展"，陈天然的版画《山地冬播》作为湖北美术史上里程碑式的作品予以展出。《山地冬播》下面，是一段评介作者和作品的文字，有必要摘录在这里，和大家分享——

陈天然的《山地冬播》，也可以看做是湖北版画在现实主义道路上走出的重要一步。湖北现代版画的起步，晚于沿海城市，但起步伊始，即与中华民族存亡之重大事变相连，有着悲壮的色彩。湖北战时版画与延安地区以及长江下游新四军版画相类似，作者均来自革命队伍，创作题材取自革命斗争与生产劳动。这是战时版画的全局性特征。新中国成立，湖北版画开始新篇章，一批南下的版画家先后抵鄂，代表人物陈天然。1960年，陈天然由于其卓越的版画成就，调任湖北艺术学院版画教研组组长，组建版画专业并招生。这是湖北美术教育史上第一个版画专业，学制五年。首届学生有查世铭、戴槐江、张京德、陈元武、关荫沛、贾国中、冯世颜、李国英等。这批新生力量得到系统的美术教育，在读时就频频发表作品。这些出自院校的版画家，逐渐成长为湖北版画创作及版画教育领域里的中坚。

在武汉，每当完成美编任务，陈天然就把自己严严实实地关到住处，创作了多幅木刻版画，并在《湖北日报》等媒体上发表。正像文化学者王鲁湘"圈阅"的那样："他一边参加剿匪反霸、土改复查、三反五反，一边配合政治任务为报刊画了几百幅画。"

在一篇概述湖北版画繁荣发展的文章《湖北版画七十年》中，有长长的段落是评价陈天然的。作者从湖北书画界的角度，给予陈老先生高度评价。现摘录该文章几段文字，以飨读者。

> 新中国成立，湖北版画开始新篇章，一批南下的版画家先后抵鄂，代表人物陈天然。陈天然的南下，对湖北现代版画的发展具有重要意义。
>
> 第一阶段，五十年代中期始，其木刻创作进入高峰，《套耙》《牛群》《休息》《家肥出门》《赶船》《山地冬播》《琅琅书声》《抗旱保种》《书店》等作品，以朴实、醇厚、劲健、简明，带有浓郁乡情的审美趣味，影响了湖北版画一个时代。日本创价学会名誉会长池田大作说，陈天然的作品"含蕴着凝视人的温暖目光，勃勃跳动着大地所编织的丰富诗情"。
>
> 第二阶段，1960年，陈天然由于其卓越的版画成就，调任湖北艺术学院版画教研组组长，组建版画专业并招生。这是湖北现代美术教育史上第一个版画专业，学制五年。
>
> 第三阶段是湖北现代版画转折的关捩——当陈天然等老一辈版画家培养的后继者以及同期其他版画家奉献出他们人生最为精彩的一章时，后继者随美术新潮的涌动，显出开张的势头。

二十　水墨挚友

陈天然到湖北"省美"不久,心里还是打鼓,不知下一步又要到哪里去。刺耳的议论他已经听到不少了,不祥的预感已经开始折磨他了。本来,他就害怕别人谈起学历,因为他清楚,自己是草根出身,初中肄业(勉强是),在高级人才成堆的地方自惭形秽。但偏偏这几天来,单位里议论多多,似乎学历至上的观点甚嚣尘上。

他到"省美"之后,慢慢了解到进出这里的人其学历背景。在岁月静好中,来"省美"报到的毕业生,出身不是中央美院、浙江美院,就是中南美专、上海美专或武昌艺专,马上形成了人才济济、高手如云的局面。在有说有笑的热闹中,一帮人似乎都不怎么待见"闷葫芦"陈天然,不喜欢他的"单打独奏""独来独往",更不知道他是南下的干部团成员、剿匪反霸工作队队员、土改工作队队长、连环画《双喜翻身》的作者……人家是烤烧饼卖元宵,多面手,大乾坤。

有人在背后议论纷纷,说啥话的都有:"陈天然是剿匪、土改工作队的后勤秘书,洗衣战士,擦枪抹桌子眼勤手快……一个干杂活的人,怎么就塞到'省美'来了呢?""陈天然就不是搞艺术的料,他只能帮助司务长采买择菜!""已经开会定过了,陈天然马上搞行政去了!估计不是看大门就是扫大院。""啥德行,天天闭着嘴。""谁欠他钱?看大门淘厕所都高看他了,文艺殿堂要这号人干啥?"更有文艺范的人说:"我们都经过了艺术孵化器的淬火,从来都不相信山窝窝里飞出金凤凰。""那也不见得,有傻子的地方往往会发生奇迹。"……

一时间,陈天然很困惑,思绪很乱,一不留神,学历问题就会使他陷入深深的自卑。虽说在美术创作上,他有突飞猛进的喜悦,但不知怎的,脚下的路总是磕磕绊绊,刚起跑就被叫停。是啊,单位来的年轻人,个个都能挎着宝剑耍大刀,面子里子都有真家伙,人家自带光环,目空一切有资本哪。

这时候,他以往大智若愚虚怀若谷的做派,他伊洛文化的张力,身为杜甫邻居的荣耀,他的丹青童子功,他对艺术的虔诚和酷爱,在一帮恃才傲物的大学生艺术家面前,似乎都显得苍白无力。他不会展示《河南民报》《新洛阳报》的工作资历,也不可能亮出铁血文化战士的风采,他不想和谁抗衡。沉默,就是他的第一选项。

一天,有个会玩点"花拳绣腿"的艺专生,开业务会议时坐在陈天然身边,两手懒散地蠕动着。其实,他手里捏着一支红蓝铅笔,正认真地画着一幅"潦草画"。待陈天然正好环顾他的时候,他把这张画,挑衅似的放在陈天然面前。画的什么呢?哟!一只红狐狸,正往一个绳索套子里钻。神态生动,眉眼逼真。下款题字:诗酒趁年华。年轻艺术家的急就章,功夫了得。红狐狸钻套圈,什么意思呢?红狐狸,像一团跳跃的火苗,炙烤着默不作声的陈天然。

其实,小伙子热情奔放,诚恳厚道,很快被陈天然的感觉所证实。前天,他目睹了职工食堂老胡,又给陈天然打菜少了。这个老胡,人长得尖嘴猴腮,眉头长块红痣,为人油滑。啥样的文人学者,在吃喝面前,好像总难免俗,计较衡量是惯性。大家就是记恨这个老胡,打饭总是看人下碟,勺子功夫玩得炉火纯青。看不顺眼的人,打的肉菜没有肉,打豆汤光有汤没有豆。所以,陈天然打饭之前,也懂得先看看这个老胡,看他把哪个打饭口,躲着他。不然,又要被"尅口"。而漂亮女人总是"多吃多占",老胡还赔着笑脸。当然,也不排除画家群过度解读了老胡,言过其实,文化人爱发挥嘛。总之,大家看不下去,就送老胡个绰号"红狐狸",既狡猾又可恶,对他发泄一下很正常。陈天然对年轻画家及"红狐狸"心领神会,两个人相视一笑。

陈天然领会了小伙子的一番好意,作为回应,他挑了一块上好的石头,以秀美的篆字,为小伙子刻了一方印章——鞭麟笞凤策顽磨钝。鞭挞自己,鼓励朋友。自此,两个人成为好友,慢慢成了知己,谈诗论画,切磋画技。

两人热烈谈论起北京人民大会堂的字画装饰,可能一般人都以为,坐落在天安门广场的庞然建筑物,即便诞生在祖国春花初绽之时,也应该披金戴银镶翡叠翠,得好好打扮装饰一番。北京的"大明宫",琼楼玉宇金阶珠窗,倾国装点天经地义。名人字画自然少不了,字要媲美书圣王羲之,画要不逊李唐,首选油画国画,大气的山水画。

当时,陈天然正在酝酿创作版画《洪湖渔歌》和《大别山》,人民大会堂湖北

厅要的。而艺专生小伙子的观点，恰有悖于陈天然作品画意。他说：观赏画作，大家都知道，稍远点欣赏油画，稍近些欣赏国画，而要欣赏版画，得几乎俯身探头"拆解"着看。版画，怎么也不能挂在人民大会堂这样雄伟博大的国家殿堂中。

陈天然沉默不语，但他还是坦率地告诉小伙子，他正在创作版画《洪湖渔歌》和《大别山》，只是暂时没说为谁而作。小伙子说："艺术是分门别类的，艺术价值是因地制宜的，我一点儿贬低版画的意思都没有，我知道，伟大的鲁迅先生，还被誉为新兴版画之父呢！"

两个人一起议论、构思《洪湖渔歌》和《大别山》的创作，陈天然诉说自己的感受和想法，《洪湖渔歌》，洪湖里荡漾着歌声，但也不能想当然行事，凭一知半解去作画。佳作一幅，废画千张，白石老人为了体验感知江上清风山涧明月，不惜十过洞庭湖。陈天然对小伙子说，他想到洪湖、大别山考察、写生，问小伙子愿不愿意一路同行。小伙子说可以，就看两人何时动身了。

两人交集频繁，情感相宜，竟然发展到知无不言言无不尽的地步。他们性格迥异，却英雄相惜，互生好感。接下去，出双入对，形影不离，两人好得拽不开了，大有拜过把子就下手弄事儿之势。二人经常江边一块转悠，山上一起走走，作画时也免不了相互搭手抹上几笔。

小伙子大名翁山水，生来带着画缘，好像命中注定要和翰墨砚田打交道。"翁"和"红"谐音相近，加上"红狐狸"的诱因，熟了，陈天然就喊他"小红"。翁山水是江苏常熟人，有人说他和两代帝师翁同龢家族有瓜葛，其书画基因强大，生就的神童画家，他也一副志得意满、不置可否的样子。

陈天然不敢吹，对小翁说，俺陈家不中，家族最纯的基因，是辈辈会挖窑洞建坑院栽柿树，还有犁地播种割麦。俩人一阵大笑，说完了，总是去山下一家小饭店吃饭。翁山水要两个小菜，一碗热干面，而陈天然多是葱油饼加一碟芥菜丝儿，偶尔也叨几下对面盘子里的小鱼小虾，结账勉强不是AA制。

创作《洪湖渔歌》绕不开洪湖。洪湖，陈天然去过，那里文化底蕴深厚，满湖诗歌，一江美文。他读过唐朝诗人张志和的《渔歌子》，"西塞山前白鹭飞，桃花流水鳜鱼肥"，记忆相当深刻。洪湖渔家，荷花映日，游鱼腾浪，沙鸥翔集，还有接天荷叶煦风送香，夏日荷花白红相间，水乡泽国，鱼丰粮多，名符其实的鱼米之乡。洪湖岸边瞿家湾，更是湘鄂西革命根据地的中心区域。贺龙、周逸群、段德昌等老一辈革命家，在这里创建了洪湖革命根据地……

当陈天然拿自己的仰慕，和翁山水倾心交流的时候，小翁好像茅塞顿开，说："好了好了，我什么都明白了，你正在构思的《洪湖渔歌》，把上述元素提纯凝聚起来，这是一幅风景画，更是一幅政治画。我猜想，是政治任务吧？"陈天然点点头，小声补充道："人民大会堂要的。"翁山水吃惊地"噢"了一声。

接着，翁山水又发挥道：《洪湖渔歌》，不能小荷才露尖尖角，早有蜻蜓立上头，也不能接天莲叶无穷碧，映日荷花别样红。你陈天然，诗、书、画、印大才子。吞舟之鱼，不游枝流；鸿鹄高飞，不集污池。站在人民大会堂看洪湖，洪湖就是一面镜子，映出山水的秀美，人民的勤劳，党的阳光普照。新中国的年轻画家，若没有高瞻远瞩的政治穿透力，一味地花鸟虫鱼才子情调，这样的画家就是——盲人骑瞎马，夜半临深池。"

陈天然伸出大拇指，夸奖道："小红，我算是明白了，打右派时，你之所以关西出将，关东出相，声东击西，滑溜溜的，最后蒙混过关，说明你城府深密、胸有成竹呀！"

两位翰墨知己，还谈论起陈天然正在酝酿的《大别山》。翁山水一点也不隐匿自己的思考，开门见山，直抒己见，说："泰山不辞杯土，长江不拒细流。人民大会堂里的大别山，不能光气势巍峨，重要的是艺术效果要达到——当领袖或革命家伫立在画前的时候，浩然正气要扑面而来。画作，要有强烈的象征意义和感人肺腑的现实意义。要不，大别山也就是大别山，落霞浪谷，林涛泉韵，有什么用？凝视大别山，要让仰望者想到红军新四军，想到我党领导的艰苦卓绝的解放战争。天然，为什么创作这两幅画？我的话算不算答案？为那个炊事员老胡——少给你碗里打几块肉而计较，值得吗？哈哈哈……"

陈天然一直在赞许地微笑："你中，小红，纳鞋底不用锥子——你真（针）中。"翁山水难掩心中的得意，憋不住说："江南才子日纷纷，少有篇章得似君。不图虚名。"两人决定，先一块到洪湖去一趟，陈天然说："咱下周日就去吧，坐船，咱站在甲板上，凭栏远眺，观风景，谈感想，挺有意思的。"翁山水连说："好好，咱就到汉口码头坐船。"

两人到了汉口码头，陈天然让翁山水到江边等着，自己排队买票去。只见翁山水顺势躺倒在冰凉的草地上，喃喃地说："天然，我身上冷，早晨一起床就冷，没力气。"

陈天然说："来，我摸摸你的眉头——哟，发烧，像是感冒，我们回去，今天

不去洪湖了。"回到单位宿舍,陈天然给翁山水端了杯开水,叫他躺下休息。中午又去看他时,他病情严重了,浑身冒虚汗,口喘粗气。陈天然马上带他去武昌医院。大夫诊断后,说他患了重感冒,要立即住院治疗。

翁山水病得真是不轻,甚至夜间出现短暂的昏迷。按照领导的安排,陈天然在医院陪护翁山水。直到第二天近午,翁山水才清醒过来,烧慢慢退了,吃了饭,有了精神。

晚上,陈天然和翁山水聊天:"你说你原籍是江苏常熟?"翁山水回答:"是的,没错,常熟。父亲遇难,把我们的生活状态改变了,籍贯也改变了。母亲改嫁,带着我,或者说我跟着母亲,到了常熟翁家。母亲成了两个孩子的继母。我,油瓶子成了一个多余的人。母亲命运多舛,五年后,继父病故,我又跟母亲回到了宁波,靠伯父的一点接济支撑着生活。我是从常熟考到上海美专的,档案里自然就是常熟人。母亲千辛万苦供我上学,感谢命运,我读完初中,考上大专,毕业分配到武汉。咱俩相遇,先天有缘,是我的福气。看看,有病住院,还得麻烦你。陈大哥,我拿什么报答你呢?眼下是不能报答,还得继续吃你的巩县柿饼、巩县花生。"陈天然笑着说:"吃!你吃不完,但得等我下次带来,或者等你嫂子来武汉。她没啥可带,除了柿饼,就是花生。哎!那你啥时叫我吃宁波年糕、腊肉?"

翁山水干裂的嘴唇一笑,说:"你弟妹快来了,她可能产假、探亲假一块歇,怪想她的。牛郎织女就是不行,找老婆还是得在身边找。"病房里,几声低沉的笑声。翁山水接着说:"因为父亲的原因,我一个白衣少年,一直盯着'江亚轮'的动态,盯着我们党和政府对'江亚轮'的态度和处置方案。为此,考上海美专时,还差点改报南京师专,想搞文学,有做新闻记者的野心,就是想把'江亚轮'事故弄个水落石出。"陈天然问:"什么'江亚轮'?"翁山水长叹一声:"中国的泰坦尼克,有机会我会讲给你听的。"

武昌医院的子夜,月明星稀,宿鸟沉寂,静悄悄的光晕里,不时隐隐约约听到江汉关的钟声。病房里,凑在一起滔滔不绝对话的陈天然和翁山水,一阵阵困意袭来,缓缓进入梦乡。医院开早饭的时候,已是日上三竿。翁山水一骨碌爬起来,说一身轻松,感冒好了,出院!出院!

陈天然见此情形,也挺高兴。他们上午出院,下午就来到长江岸边,推敲版画《洪湖渔歌》的创作。陈天然说:"小红,这几天和你接触,启发很大,提高不少,我不知道你也是苦出身。"翁山水说:"你当我家是船王?我是纨绔子弟?""也不是,江南才子,恃才傲物,但'红狐狸'一下子颠覆了我的感知。你有八斗之才,不是桃花庵主唐伯虎,也是衡山居士文徵明。"

翁山水说:"老陈,别别,咱别吹鼓手娶亲——自吹自擂了。我始终如一的意思就是,进人民大会堂的画作,立场决定方向。咱都是新中国培养的艺术人才,不能昧着良心为剥削阶级涂脂抹粉。不管你听不听,我还是要再絮叨,一定要表现山的岿然、水的张力、船的搏击、阳光的灿烂。至于怎么构思,怎么使用线条,怎么套色动刀笔,你已经很权威了,我就不冒充内行了。"

就在《洪湖渔歌》和《大别山》要脱稿的时候,陈天然诚心要署他和翁山水两人的名字。翁山水急了,瞪大眼睛说:"我无寸功可言,怎能不劳而获?我陪你送画可以,也算分享你的成功了。"陈天然在极其复杂的感受中,参考了好友翁山水的提示和建议,巧妙精湛地把鲜明的政治元素——文史、山水、领袖、人民,揉进版画。两幅画作最终镶嵌在人民大会堂湖北厅。

陈天然望着翁山水说:"我还要到河南嵩山写生,咱俩一起先到嵩山,回来后再去那家海事民俗博物馆,看一眼'江亚轮'那只木质舵轮,然后到海边祭奠你父亲。"翁山水同意:"好主意!"

陈天然积极做着嵩山写生的准备,向学校申请20张宣纸。然而,学校经费紧张,包括老师们的教学用品,无不在严格控制范围内。学校认为,陈天然搞的是版画专业,和国画写生不怎么搭界,不具备使用宣纸的条件。但院长知道,陈天然暗中正往那儿使劲儿,就破例批给他3张宣纸,已经给足面子了。

3张宣纸,对于铆足了劲儿想上嵩山写生的陈天然来说,根本不够填牙缝。他只好转身去保管室,拣了国画老师废弃不用的宣纸,喜滋滋地去找翁山水,想交流些什么。

不知怎的,翁山水近些天荷尔蒙爆发似的,精神异常亢奋,张嘴就高谈阔论,引经据典,年轻气盛,好为人师。尽管他正在为早年海难丧生的父亲悲伤着,为呼唤旧事的公正奔波着。但能看出来,他很在乎在人们面前展示自己的才华。

和陈天然一见面,翁山水就很投入,他说,读书是门槛最低的高贵,书画是富家最好的藏品。翰墨风华,有理由不屑官宦纨绔。

陈天然不会这样,他心中兴奋,是知足常乐,有了3张好宣纸,外加数张还

能用的废宣纸，上了嵩山是有得画的。他见到翁山水，就不由得从宣纸谈及人生的选择。他说："领袖号召为人民服务，倡导为官一任造福一方。想想，盖高楼大厦，修铁路造飞机，建学校办幼儿园，还不都是为了人民。我们的书画艺术，也是为人民而不辞劳苦去创作的。艺术要感染人感动人，就要靠艺术魅力黏住人心。自己靠什么？就是要把自身的拙朴、热诚、真心、实在等，注入作品里，而不是故弄玄虚，华而不实。"

末了，陈天然询问翁山水，去河南嵩山写生能啥时动身？他告诉陈天然，去不成了，老婆生了一对龙凤双胞胎，自己要回浙江宁波了。

陈天然淡然一笑，憋不住问了一句："弟妹很漂亮吧？"翁山水好像正在等这句问话，即刻打壶接嘴地描述说："那当然！杭州美女，清新隽永，古朴典雅，我上海美专的同学们，都说她具有周昉笔下的仕女气质。知道当初我追她时情诗怎么写的吗？'玉为骨，雪为肤，芙蓉面，杨柳摇珠，众里寻您千百度。'"

陈天然多少有几分后悔，啥话不能问，偏聊起他老婆来？一句话挠到了翁山水的亢奋点，再看一眼那陶醉和孩子般的调皮眼神，他唯恐别人不知道，他有个千娇百媚的甜妻，生了一对龙凤双胞胎。龙凤胎的生父呢，又是俊朗非凡艺坛翘楚，帅气得无以复加，世间男人的高大上叫他占完了。

二十一　版画系教研组长

那是个全中国"大跃进"的年代,多快好省,超英赶美,一天等于20年。人们的生活步伐,就像不知疲倦的跑车一样,油箱加满油,挂上高档位,一日千里,不喊苦,不叫累。

这一年,不急不躁鹅行鸭步的陈天然,也随着国家运行的快节奏,获得了版画创作大丰收。《洪湖渔歌》《大别山》《套耙》《赶船》《牛群》《休息》,全都入选中国美术家协会主办的第四届全国版画展览,分别刊登在《美术》《人民日报》《人民画报》《北京周报》,及外文刊物《人民中国》上。《套耙》《赶船》还被选入《十年来版画选集》。

长期以来,平静的环境,包容了慵懒的人群,"小富即安",不思进取,不喜欢身边人冒尖露头。人们阅读陈天然,总是发生错觉,觉得他是和尚的帽子——平铺塌,不见他的棱角、刀锋。大家那些年看到,他不是去新单位报到,就是在准备报到,频繁调换工作岗位。版画成就呢,即便是锦囊玉轴,人们也习惯性视为是他的职务创作,平平淡淡不见突兀。大家好像弄不明白,他的两把刷子藏在哪里呢?

但是,平淡绝非平庸,悠悠岁月里,总在别人不经意间,陈天然一再鱼跃龙门,频露沧桑,但他绝不像画友翁山水,锋芒毕露,英气逼人。陈天然缺乏性格棱角,不容易被别人觉察认知。不过,是金子终究会放光的,身怀书画绝技,终有一天洛阳纸贵。

1960年,料峭春寒刚过,杏花春雨赶到。湖北省文化局电话通知陈天然,快快收拾行囊去报到。又是突然调动,到哪儿去呢?湖北艺术学院——湖北最高艺术学府。对于一直渴望专业进修和提高学历的陈天然来说,天上掉的可不是馅饼,而是整张葱花大油饼,是小笼包子羊肉汤。

陈天然这次到艺术学院，可不像上次迈进大学校门，是去充电拿学历的，不得不看人脸色做动作。这次，冷手捡了个热煎堆，红头文件任命他为湖北艺术学院版画教研室主任。他的神圣使命是，在一穷二白的基础上，创建学院版画专业。

独创工作如火如荼，教书诲人哪敢推辞。毛主席的战士最听党的话，哪里需要哪安家，打起背包就出发。开学伊始，他便带领一班生龙活虎的新生，到武当山安营扎寨。按照学院安排，先深入生活画速写，然后回校搞创作。

武当山自然景观奇特绚丽，人文景观鳞次栉比，日移竹影，风递花香，被誉为"亘古无双胜境，天下第一仙山"。陈天然说，当地百姓有句顺口溜，"南岩景致紫霄杉，到了老营不想家"，可以想象武当山色之大美。陈天然带领天真烂漫的莘莘学子，乐在俊山美林之中写生，竹影撩红腮，花香熏画板。

可是，良辰美景中的陈天然，内心却是七上八下，局促不安。说到底，他的思想压力很大，发怵发慌。他一面带学生渗入武当山纵深搞写生，一面写信给学院领导，继续陈述自己要是当老师，勉强可以走几步，但做不了版画系教研室主任。"盛名之下，其实难副。"不是谦虚，是自卑得一塌糊涂，自卑造就压力。

当同学们隐没在群山林海中，拉开架势彩笔生花的时候，陈天然站在武当山的金殿前，极目远眺，忧心忡忡。望山不见林，看天不见云。大风吹翻麦秸垛——心里乱七八糟。

翻开艺术学院教员们的履历簿，哪一个不是炙手可热、望而生畏？孵化他们的平台有比利时皇家美术学院、英国皇家美术学院、老国立艺专、杭州艺专或武昌艺专等，个个高深莫测，人人学识过人，而自己，一个隔三差五上学读书的初中肄业生，做他们的班头统带，那不就是滥竽充数吗？

21世纪初，中央电视台拍摄陈天然的专题片，摄制组专程到湖北艺术学院，走访当初坚持调动陈天然的刘依闻老院长。老院长说，当时，调陈天然来学院，阻力相当大。一时间，拆庙的多，烧香的少。特别是一些老教授们，对于陈天然的这种不对称优势心存计较，或者叫较劲。他们认为学校领导调任陈天然，是矮子里拔大个，瘸子里挑将军，挖角绝不能调个农民到高校任教，盖个关帝庙，供奉个曹操。老教授们一不做二不休，把学校告到了湖北省委。

但慧眼如炬的校方，也并不妥协点滴，你告你的状我调我的人。校方认为，学历固然重要，但能力是最好的答卷，人品是最高的学历。只会用大白话颁布圣旨的朱元璋，什么出身？梁启超是凭文凭举荐陈寅恪的吗？蔡元培是因为学历聘

请徐悲鸿进北大的吗？做中学老师的傅抱石遭联名举报不够格，但终究并不影响他成为一代国画大师。木匠出身的大师齐白石能功成名就，若没有陈师曾居功至伟的襄助，还真不好说这位北上打工的祖师爷，能否摆平北京画界？

看学历，不唯学历，陈天然虽学历断档，但历练完美。英雄不问出处，百年大计质量第一，不拘一格降人才。学校领导始终坚持量才录用、知人善任的原则，绝不让千里马去拉磨，非调陈天然充任教研主任不行。

最后，胳膊拧不过大腿，陈天然走马上任，教授们的子弹也打光了，刀枪入库，就等这个公婆都有理的教研室主任——看他何时带领学生放出宋徽宗的鹰、赵子昂的马。陈天然能不能老太太抹口红——给大家点颜色瞧瞧？

后来，陈天然和人议论过这幅关于调动的情节画面，和当年北大校长蔡元培聘请徐悲鸿做北大画法研究会导师的情景，何其相似。电视剧《徐悲鸿》再现和弘扬了蔡元培对徐悲鸿的知遇之恩，两人一段君子交谈，引来陈天然五味杂陈的反刍和咀嚼。

  徐悲鸿：蔡校长，我没有学历，从先在农村跟父亲学画，后来也是自学。

  蔡元培：可你画得很好啊！你自学成才的榜样，更是对同学们的一种激励嘛！

  徐悲鸿：可是，我也没有系统的理论知识，行吗？

  蔡元培：一切理论来自实践，你把你绘画的心得告诉他们，就是最好的理论。

  徐悲鸿：面对北大的学生能服众吗？许多学生各方面知识都比我强。

  蔡元培：但是在绘画方面，你的才能、见解和技巧，远胜于他们，这就够了。

  徐悲鸿：蔡校长，他们会不会刁难我呀？

  蔡元培：为什么刁难呢！你给予他们美的启迪和乐趣，他们只会感谢你，敬重你……

  徐悲鸿终于表态说：没问题，在北大，能跟青年学子们切磋艺术，这是难得的享受。对我，也是一个很好的进修机会。

关于这次湖北艺术学院调动任职的情况，陈天然只知其然，不知其所以然，

更不知道学院为了把他调进来，顶着多么大的压力。当然，他自己的肩上也有千斤重担，并且一接到调令就背上了，并非"打起背包就出发"那般轻松潇洒。

什么思想包袱呢？他1960年暑假到湖北艺术学院报到，一眨眼就要开学上课了。大学讲坛，需要教授水平，不是闹着玩的。给艺院学子上理论课，讲什么呀？说实话，他抓狂、发毛，开学前的半个月里，整夜整夜地失眠。这是他参加革命工作以来，遇到的最大的压力和挑战，超过了英德剿匪反霸和从化土改。

开拔武当山之前，学校大大小小的教育会议，都在强调"两个中心"议题，一是教育工作"循序渐进"，二是"教育与生产劳动相结合"。陈天然说，对"循序渐进"，我吃不准精神；对"教育与生产劳动相结合"，我倒颇有体会。回想起来，陈天然的每一次创作，都是对故乡生活的真切体验。生活，是一切艺术创造取之不尽用之不竭的源泉。学校号召鼓励老师带领学生到工厂去，到农村去，和工农相结合，不是喊着口号面对空山搞创作。

一些高级教授习惯了按部就班课堂授课，表现出来的"上山下乡"积极性，是捉襟见肘的。这客观上为乐意社会实践的陈天然，留出了较大的驰骋空间。到山区到农村搞教学创作，既符合党的大政方针，又避免了站在台上讲版画创作理论。要知道，陈老师面对的第一届新生，大都受过科班理论教育和美术专业训练。教他们理论？底气不足。弄不好就是关公面前耍大刀，要丢丑的。情急之下，赶快出发，上武当山。走一步说一步，到那儿有啥情况，再跟学校领导联系不晚。

歪打正着，当时，学校缺乏的就是这种教学方式。所以，学校很快就举行了"上山下乡"欢送仪式，以壮头批人员出发之行色……

学校很快接到陈天然从武当山寄出的信，说带学生可以，做主任勉为其难。学院主要领导认为，这是意料之中的事，不过，还是马上派出版画系的党支部组织委员，前往武当山老营宫村，带去车载斗量的鼓励和鞭策。本来就内向木讷的陈天然，嘴里说着"我不中""我不中"，说话挂不上挡，但他流着汗水的脑袋却不住地点着应允。

组织委员代表院长，拍着陈天然的双肩说："就是嘛！武当山，教学班，红旗展，战犹酣，快马加鞭不下鞍。陈教授，不能英雄气短，千万不敢把一把好牌打坏了，你就按有些人害怕的样子出牌。好了，我回去给院长汇报：陈教授表态了——在版画系师生面前，革命战士没有过不去的火焰山！"告别时，组织委员更是本色自然亲和谦恭，他告诉陈天然："陈老师，咱是老乡，我河南杞县人。"

陈天然恍然大悟，心情松弛下来，笑着连瞥了他好几眼，然后释怀地回应道："天下本无事，杞人忧天倾，杞国人。"组织委员浅笑着，显得气定神闲成竹在胸，然后春天急雨般地切入正题："老乡，想拉你一把，但你总得叫组织上看到你的手在哪里呀！你是中南军政委大机关出来的人，理不短，嘴不软，何必要给组织造成一种印象：汉人调不动八旗兵啊！我们一个革命队伍的文化战士，情何以堪啊！蛟龙从沙滩入了大海，猛虎从平川上了高山，牛眼识草，凤眼识宝，组织的了解和信任珍贵无价呀！大海失去一条鱼，照样汹涌澎湃，而一条鱼失去大海，会该怎么样呢？你经历过战争动员的场面：愿意做敢死队的往前走一步，不愿做敢死队的往后退一步……嗨！陈天然同志，我的河南老乡，别马恋水草忘了驰骋。战士应保持顶膛火，咱们随时准备冲锋。"

随后，组织委员还告诉了陈天然一些不该外泄的、关于他调动的细枝末节。组织委员说，可别轻看了你这个教研室主任，组织信任，要经得起考验哪！当初，学院物色不到这个人选，就在北京撒开了挖角。中央高教部、中央文化部共同研究决定，派中国美术馆研究员刘岘来任职。但缘于各种原因，候任主任刘岘却到不了任。学院领导不得不临阵走马换将，遴选到陈天然，以解燃眉之急。于是问题又来了：刘岘改为陈天然，陈天然身价倍增，湖北省文化局爱才若渴，不肯放人。经过湖北省委有关部门出面协调，才得以放行。

总之，组织委员到武当山，把陈天然的思想搞得非常复杂。一时间，他深感忐忑不安，也觉得需要感谢这些信任自己的人，包括既敏捷滑溜又诚恳专注的这位河南老乡。两个人一笑一握手，陈天然说："听老乡的，重新做人生的开篇布局。"和组织委员的火线接触，就等于隔空对领导发了誓言：山河为卷，青春作答，请党组织放心！坚守武当山，倾其所有教授学生，自然成了陈天然的刚性任务。陈天然甚至觉得，推辞教研室主任，那是辜负党的信任，愧对革命战士的觉悟，别想了。组织委员到武当山，实质上是给陈天然冬天的小炉子加了几块煤球，没等人离开，炉子就红彤彤地烧起来了。

多年之后，陈天然在河南书画院院长的任上，接待过这个河南杞县人。杞县人卖萌说："怎么样陈老师？那年我向你转告学院领导的鼓励意见，至关重要吧？"陈天然咧嘴一笑，说："嗨！环境拿捏人。那天晚上，武当山下雨路滑，我心事重重，不小心摔倒受伤，住了半个月医院，都是你的功劳。你这个杞县老乡啊，中午吃饭得罚你酒。"

陈天然真的和湖北缘分不浅，17年没离开荆襄之地，可不仅仅是武汉、黄梅、武当山等几个地方。一位云南网友在游览汉江畔的米公祠，看到北宋诗人张大亨评价书法大咖米芾的楹联，"衣冠唐制度，人物晋风流"。那网友不是赞美楹联，也不是质疑真相，他表现的是几分吃惊几分不忿：这幅榜书怎么是河南书家陈天然题写？延伸的意思是：山高水长，河南人长臂作业呀！

这位网友不太了解我们河南的陈天然，当年的他，曾为湖北的文化艺术事业贡献了17年真金白银的青春年华，创作出足有《清明上河图》那样长卷内容的版画艺术作品啊！知道吗？重建的黄鹤楼诗词碑廊上，陈天然大书"鹤唳霄汉，楼迥天韵"两行草书大字，裂变中的"古藤体"，挺如黄土高原的隆冬柿树，跑马占地般矗立于碑廊之首。榜书"紫竹园"，凸显标新于碑廊上厅。要知道，这时陈天然已经调回河南16年了。可见，一路走来的艺术明星陈天然，到哪儿都受到热烈欢迎！

二十二　桃李满天下

关于陈天然的这段经历,我们来拜读湖北几位知名画家的回忆文章:

陈老师当年主要教授版画技法与创作课,并担任版画教研室主任。他在教学中本着毛泽东主席《延安文艺座谈会上的讲话》精神,坚持创作从生活中来,到生活中去,把创作与技法课紧密结合起来,到生活中去采集素材,通过提炼把生活的意义、内涵融入创作中,作品反映生活中老百姓本质的东西,带着生活的气息、温度。在这个过程中,速写起到了十分重要的中介作用。

在生活中,陈老师经常与学生一起海阔天空地聊天、品画,针对具体问题进行探讨,他强调在吸纳东西方艺术精神时,要立足本民族文化与艺术的精神内涵。这些过程无形中提高了学生的素养。在这样的氛围下,当时的教学极大地调动了学生的学习积极性,许多同学从课堂来到生活,又从生活回到课堂,创作出许多优秀作品,成为当时《湖北日报》副刊、《长江日报》副刊刊登作品的主要来源,成为版画作品的联络热线,并引起省美协的重视。省美协也十分关注、关心学生的创作和发展。有许多同学的作品,还参加了国内外有一定影响力的展览。如今这些学生成为湖北乃至全国版画的中坚力量,为湖北艺术学院版画系的发展起到了重要的作用,也使陈天然所首开的学风发扬光大。一代又一代的传承,铸就了湖艺版画人的学术传统特色。

今天的湖北艺术学院版画系已是桃李满天下,新人辈出,无论在教学还是学术研究方面都取得了骄人的成绩,学术交流甚至还走出了国门。值此版画专业创立50年之际,我们向奠基人陈天然先生致以崇高的敬意!

怀有同样感佩之情的，还有湖北美术出版社社长孙恩道。他在一篇回忆文章中说：

> 记得1966年，我和陈老师第一次见面（在巩县柏沟岭搞创作）。当时，他牵着驴刚从地里回来。他放下锄头，把驴拴在窑洞门口的楝树上，掏出钥匙，推开门。门右边是一口水缸，缸下有两只水桶，一把钩担放在水缸靠墙的旮旯里。紧连水缸的是一个简陋的灶台，台面上除了锅台和灶具外，还有一把烧水的洋铁壶。他说，"你坐一会儿，我给你烧水喝。"

陈天然这行头，这做派，热情欢快，朴实无华，比老农民还老农民，跟一个知名书画家的形象相去甚远。孙恩道说：

> 那时候，陈天然先生就已经非常知名，我也是慕名前去拜访的。坐在窑洞里，陈天然一再谦虚地说："我没有大学学历，却去大学任教，开始压力很大，如何教呢？我根据自学的经验和创作实践的体会，总结出了学画的三个阶段，即临摹、写生、想象。"陈老师1961年到大学任教，四年后，第一批学员毕业，六个学生的毕业作品和他的一幅，共七幅全部参加全国美展，为全国美术界注目。

当初教授们要的"宋徽宗的鹰""赵子昂的马"都有了，湖北艺术学院版画教研室还被教育部列为美术教育改革试点。看来，陈天然学而不厌、诲人不倦的治学精神，是一贯的、始终如一的。在湖北如此，在河南也不走样。

把课堂搬到武当山，非常符合当时的教育大势，而且取得了"双结合"的丰硕成果。陈天然带领的版画系，被评为全院的教改重点，其他大专院校不断组织教授、专家，前去参观取经。事实胜于雄辩，这个时候，谁要是再说陈老师的不是，那就叫不识时务；说重一点，叫有眼不识泰山。

说丰硕成果，主要是指朝气蓬勃的同学们，视整个武当山为创作素材，创作激情呈井喷之势。同学们大量的清新作品频频出炉，引起美术载体、新闻媒体的热情关注。有些作品还入选了中国美术家协会主办的出国展览项目。《武汉晚报》《湖北日报》《长江日报》等，经常刊发同学们的习作，有时还另辟专版，圈起一

个"武当山学生作品"篱笆墙。甚至有时候,报刊美术编辑就站在课堂上,盯着学生完成最后一笔,抓着就走。更夸张的是,有人把学生的画作从墙报上一把揭下来,当面给钱,回去就刊发。老师陈天然像指挥管弦乐队一样,铺摆着版画系的艺术实践课,同学们犹如蒲公英落地开花结果,武当山的艺术"跳蚤"市场如此火爆,在中国空前绝后。

陈天然带领的版画系,就像一支艺术别动队,一经和武当山攀亲联谊,就成了一条艺术品加工线,一幅幅朴实精美的版画,杠杠地下线。弥漫开来的椴木腻子味,飘散在荆楚大地,吸引了一拨接一拨的采编行伍,上山虎碰到下山虎,云中龙遇到雾中龙,满山杂沓的脚步声,长枪短炮话筒眼镜,都挤扁头样闯武当。"踏遍青山人未老,风景这边独好",一时间,版画变成大年夜的蒸糕——热门货,内销外销都热气腾腾。当初陈天然那种一地鸡毛的精神压力,在武当山都一阵风似的烟消云散了。他竟然没有像一些人预言的那样:竖着进去,横着出来。

青春在时光里流逝,这一年,陈天然34岁。在这段芳华里,他还创作了版画《抗旱保种》,发表在《美术》和《人民日报》。到了新年,陈天然收到不少贺年卡,各样的祝福语都有。一位曾经挺蔑视陈天然的老教授,贺年片上写的是:坑灰未冷山东乱,刘项原来不读书。陈天然明白,庶民照样干大事,老教授瞧不起他,但又不能无视他。

孙恩道的回忆文章里写道,在黄鹤楼上,"陈天然大书'鹤唳霄汉,楼迥天宇',独秀于碑廊之首;榜书'紫竹园',醒目、提神于上厅。这时的陈天然已经回河南18年了,可见他在楚人心目中的分量。所以湖北人说,作为版画家,陈天然是湖北的;作为书家,陈天然才是河南的。不管如何划分,陈天然都是一个独特的艺术符号。他沾着家乡的泥土味涉足湖北,又吸吮着长江乳汁重返故土。这番折腾使他的作品中有浑朴深厚、苍辣枯倔的黄河之情,也有自由浪漫、委婉秀丽的长江之韵,是地处南北方的两条大河汹涌出了陈天然这座艺术高峰。"

自打武当山教学实践之后,陈天然的人生发生了天翻地覆的变化。总的来说,再也没有今天调这儿明天调那儿,工作大环境相对安宁平静。有时候,他就像躺在豪华的游轮上睡大觉,不知不觉,悄无声息,天亮醒来,已经到达大洋彼岸了。

不是吗?闲云潭影日悠悠,物换星移几度秋。50年后,他当年武当山的学生张景德,从湖北美院教研室主任的位置上退下来,白发苍髯,一身风吹雨打千锤百炼的身骨和风度。张景德带着全家人,走进天然山庄美术馆,两人紧握双手的

时候,恍若隔世。张景德说:"陈老师,当年我们报考湖北艺术学院,就是冲着您的名声去的。您的教学方法主张学以致用,立竿见影,我们很受用。您像黄土地一样朴素,刚见到您,还以为您是学生伙的司务长呢!"

张景德对半个世纪前的事还记忆犹新,他回忆说:"那时,版画、国画和其他专业的学生,都爱到陈老师的住室谈心。思想、生活、艺术,无所不谈。同学们感觉陈老师像父亲,像大哥,更像朋友。为人为学,都应该照着陈老师的榜样做。所以,我们班才能成为学校创作的表率。"

陈天然带领版画系的同学们,在风光旖旎的武当山实践教学近一年,依靠领导的高度信任,坚持向学生传授丰富的版画创作经验,而不是高深的理论。把武当山当做教育实践平台,也打磨自身的锋芒和光度。撤离时,竟然硕果累累,令人刮目相看。

稍许停顿之后,陈天然又重新鼓动起矢志学国画、人物画的夙愿。他的头脑一直是清醒的,他一遍遍审视自己,在武当山,凭着天时地利人和,搞出了一点教学成绩,但自己仅仅有几幅版画风景小品。来日方长,要全面系统地完成教学任务,要栽培好丹青画海的苗子,一定要在短时间内突破人物画的难关。自己虽然站在大学的讲台上,但基本功甚至都不能和学生比试。要知道,同学们已经有了附中四年的人物画功底,怎能叫他们再跟着老师画风景小品?

然而,半道上起步,陈天然能行吗?行,他激情燃烧,开始实施自己雄浑壮阔的学习规划。首先他身段柔软,广泛拜师求学。程门立雪,白首北面,不耻下问,尊师重道。教授们读出了小同事陈天然的谦卑和真诚,也几乎异口同声坦然相告,看到了吧?学生画廊里的那段歌德语录,就是咱们大家的座右铭:"在真正的艺术领域里,没有预备学校,但是有一个最好的预备方法,就是对艺术大家的作品抱一种最虚心的学徒的兴趣。这样碾颜料的人常常会成为优秀的画家。"

所有教授都诚恳地告诉陈天然:你必须在四十个小时内,画出一尊石膏像,或者一个人体写生,最少坚持四年,别无捷径可走。陈天然倒吸一口凉气,他坚信勤能补拙,于是暗自编制出自己的一套"追赶"方略。

学校有个资料室,有丰富的藏书和美术资料,陈天然是那里的常客。他说,人天天都有事,都可忙,但真要下决心办一件事,时间、机会还是可以挤出来的。他就天天挤时间,哪怕是课后睡前一星半点的"边角废料",都消耗在了资料室。他还详尽翻阅了一册关于黄公望的资料书,记住了博古通今的山水大师黄公望。

黄公望52岁开始学画,81岁完成《富春山居图》里程碑式的建树。陈天然行思坐想,不能拿年龄大起步晚原谅自己的原地踏步。

有一天,他从《人民日报》看到一篇文章,作者蔡若虹,文章标题是《关于改进美术院校素描教学问题》,重点强调"慢写、临写、速写和默写"。此"四写"问题,陈天然觉得很符合自己的口味,很有见地。在以后的漫长岁月中,他非常关注这位著名画家。蔡若虹这位画家不但画得好,艺术理论精辟独到,其文章语言也很优美,具有散文诗的韵脚。陈天然摘抄过他的文章:"人们欣赏自然、赞美自然,往往结合着生活的想象和联想;自然景物的特点,往往被看作人的精神状态。人们赞美山的雄伟,海的壮阔,松的坚贞,鹤的傲岸……"

蔡若虹的文章触动了陈天然的心扉,他一连看了好多遍,剪下来,存起来。总而言之,《关于改进美术院校素描教学问题》这篇文章,激起了陈天然的强烈共鸣。他说,这不正是中国古老传统,临摹写生相结合的必由之路吗?经过综合权衡,他毅然放弃了"石膏像和人体写生"的路径,下决心走临摹之道。他着手摊开、凝思感怀世界经典作品,像俄国列宾、苏里科夫的油画,法国罗丹的雕塑,德国珂勒惠支的版画等,他尤其对英国保罗·荷加斯的人物速写,更是观赏得如痴如醉。

在艺术院校,美术专业学画石膏像是必修课,金科玉律,颠扑不破。不管老师或学生,都是石膏像画派。而陈天然放弃画石膏像,用速写的方法直接临摹世界级大师的油画和雕塑,在学院派看来,这不免是特立独行。所以,陈天然不敢明着挑战传统的技法,只能躲在寝室里,偷偷摸摸地纸上舒展风云。

中国民间的画诀是:"画人难画手,画树难画柳,画兽难画狗,画马难画走。"画家们也往往会强调,手是人的第二面孔。所以,陈天然就反复琢磨研习美国佐治 伯里曼的著作《艺用人体结构》,特别是对人物的头和手,百学不厌,百画不倦。即便是在开会,他也偷偷用手指在膝盖上,画人手的动态。他提起这段经历,总是兴奋不已,说自己在纸上能一口气默画一百多种手的形态。

2015年11月,闻一多之子、杰出画家闻立鹏先生光临天然山庄参观。陈天然向他介绍:"《喜悦》和《纺棉线》,是我的人物画处女作,也就是我起步时的水准。"闻立鹏在作品前伫立良久,细细品味,说:"你出手不凡,佳作!"站在旁边的另一位艺术家夸赞说:"你的书法具有强烈的雕塑感,这点非常罕见。"

二十三　喜出望外的省亲

———

1962年，新春佳节就要到了。每逢佳节倍思亲，陈天然惦念着妻子儿女，和领导讲好，决定趁单位春节放假连休探亲假，回巩县老家。

临出发前几天，他就思来想去，给老婆孩子带些什么呢？他逛过武昌又逛汉口，三年自然灾害中的大武汉，人气冷落，商业萧条，食品商店的饼干都是红薯面做的，糖块是红薯糖稀加工的。最后他决定借同事几张鱼票，买几条武昌鱼带回去，并答应人家，他拿下个季度的糖票肥皂票，顶鱼票偿还。

他算了算时间，从武汉到巩县，一天的行程。上午买鱼，下午坐车，半夜到沙鱼沟，再步行十里地到柏沟岭，一天时间，鱼内脏扒了，鱼鳞刮了，再撒点盐腌着，草袋面袋包裹它两层，结结实实，大冬天没事儿。

四条活蹦乱跳的武昌鱼，是刚从大水盆中捞出来的，都在一尺半以上长，一水的青灰色，体态又扁又高，瘦长呈菱形，张着椭圆大嘴，活泼好动，比黄河鲤鱼上相。他不会做鱼，但他把同事提供的烹调方法，用文字记录在纸片上，打算好在沙鱼沟站采购葱姜蒜糖八角花椒。最后，他收拾包装好的武昌鱼，搭载火车从武汉启动，隆隆驶往目的地河南巩县。陈天然就像军长操心他的换防军列一样，牵肠挂肚，百感交集，激起惊涛骇浪般的情绪波动。

怪事年年有，穷时特别多，书画家陈天然，经历广泛，一身故事。他对艺术的细腻感触，就像农家孩子趴在草丛中，观察蝈蝈的蹬腿和振翅一样精细，书画诗印锦囊玉轴，样样了得。但他的独立办事和生活自理能力，我们实在不敢恭维。特别是老先生的晚年，当夫人不在家的日子里，一锅芋头半天没煮熟，原因是他根本没有打开火；他把电饭锅放到燃气灶上，烧化的塑料焦液流了一灶台。

为把几条鱼带到老家去，陈天然提前几天策划、准备，寝食难安。动身那天，下午四点的车，他却天不亮就起了床。坐上武昌至西安的快车，出武汉，又凭窗

看了个把钟头的夕阳，天色才渐渐暗下来。

他把用草袋和面袋层层包裹的武昌鱼，小心翼翼地放在行李架上，一会儿看一看，一会儿起身摸一摸，不会有啥事儿的，他想。快车不快，走走停停，不到鸡公山天就黑了。有时，列车还临时停车，整列车悄无声息地趴在铁路上，老半天不见动，只听到牵引机车上风机和电机的排气声，在旷野的黑夜里，尤为清晰响彻。坐夜行客车很不舒服，车内照明的灯光一团昏黄，也不供应茶水，茶炉用湿煤闷着火，没一点热气儿。

旅客倒不多，甚至是稀稀拉拉的。大灾年缺吃少穿，普天下闹饥荒，赤地千里空山静，风冷霜重行人稀，过春节也没啥例外。绝不像如今的春运，人类大迁徙似的。车窗外没完没了的漆黑被闪过，即便是绿灯通过的火车站，也是几盏黄灯不见旅客。中原大地冷冷清清，京广铁路线缺乏应有的生机。

列车车厢内有几个到郑州转车的豫东农民，在陈天然前面一格里对坐着。他们一边少气无力地说着话，一面咔嚓咔嚓嗑棉花籽儿吃。炒熟的棉花籽儿，被几个人抢着嗑开咀嚼，油香味和棉籽壳的焦煳味，在整个车厢内弥漫。他们吃棉籽儿，不同于嗑瓜子。嗑瓜子，那是酒足饭饱之后的休闲解闷。现在他们吃棉籽儿，是食不果腹棉籽来顶，充饥，当干粮吃的。陈天然光听到他们"咔咔"嗑开棉籽壳的声响，而听不到他们吐壳皮的声音，就是说，他们连棉籽壳都吃了。

科学地讲，棉籽是不能吃的，据说有毒。但在饥馑年代，它比树皮麦秸好吃得多。我们不少人也从小伙伴口袋里掏过熟棉籽壳吃，大概因为吃得少，所以没有中毒。

不管他们，管他们吃什么呢。各人有各人的不幸，各人也有各人的幸福。陈天然想，我有妻子儿女，我年纪轻轻就儿女双全了。而且，春节大团圆，关键还有四条大鱼。武昌鱼，鱼肥味美，都开过膛清洗过的，不用妻子再下手收拾了。武汉的水特产，老婆孩子都没吃过。这回，让他们吃个够。四条大鱼，先吃两条，挂在坑院里柿树上一条，风干它，防止吃不及发馊。还剩一条呢，初二走亲戚，给岳父母拿去享用。千里送条鱼，礼轻人意重，聊表女婿的一片孝心，把岳父母当亲爹娘待，说得过去吧。团团圆圆吃鱼过年，过春节，武昌鱼，一家人从初一吃到初五，天天吃鱼，"年年有余"。灾年的幸福，不过如此吧。

火车从郑州开出，通过荥阳也没停车，呼呼隆隆就冲过去了。陈天然内心激动，再有80来里就到沙鱼沟站了，就是后来的站街站。凭窗远眺，应该是巩县地

界内的山峦和树木,就像高擎的手臂在欢迎远方归来的游子。他得提前准备好下车,避免提着一兜鱼,沉甸甸的,慌里慌张出差错。要知道,四条大鱼呀,他一路都在想,在手里提溜着可沉咧。于是,刚过荥阳,他就提前热身,抻抻腿,活动活动双手,然后从行李架上往下拽鱼袋子——啊!咦?包装开了口,他一下蒙了,瞪眼细看,下手摸摸,四条鱼只剩下两条。那两条插翅飞了?我的鱼?!他顿时双眉紧锁,面色苍白,像喊孩子一样喊着:"鱼!鱼!我的鱼!……"

他先在车厢地板上寻找,趴下身体,撅着屁股看座椅下有没有,没有。陈天然既紧张又纳闷,昏黄的灯光下,脸上后背淌着汗水。他这里瞅瞅那里看看,不见鱼影。他一颗火热的心,顿时凉了下来。他往车厢两头找,找罢前头找后头。在车厢后部的连接处,他一眼看清了蹊跷——刚才那几个吃棉籽的农民,正在津津有味地撕吃他的两条大鱼。他差点晕厥,怒发冲冠,热血膨胀,那几个农民的嘴上还沾着鱼鳞、鱼血……

霎时,陈天然气得双脚跺着防滑板。他几天前还在阅读《水浒传》,此刻一下联想起被劫生辰纲的杨志那醒酒后的沮丧和懊恼,想起他手中的刀,手起刀落……他握紧的拳头已经伸了出去,随大军南下时的大无畏气概业已唤回。老实人发起火来吓死人,那几个正偷吃生鱼的豫东乘客,惊诧地站起身来,嘴里的鱼刺还没来得及吐出来,自感理亏,节节后退。

就在他要大爆发的关键时刻,他电光石火般做了一番思想斗争,似一瓢冷水泼下来。该我倒霉!我不是艺术学院的老师吗?不是那个为人师表带领学生山河写生的陈老师吗?为两条鱼不要尊严啦?为一己之私堕为衣冠禽兽了?慎独!慎微!慎言!慎行!最后他冲着他们狠狠补了一句:"阎王爷不嫌鬼瘦!"事态戛然而止。

他继续压压火气,又狠狠跺了几脚咯吱咯吱作响的防滑铁板,双手捂住含泪的眼睛,吐出一口长气,像泄气的皮球,萎缩了一下,转过身,缓缓回到座位上。哎呀!什么事儿这是?他站起身往行李架上摸摸鱼袋子,剩余的两条武昌鱼还在里边。算了!他一把拉下来鱼袋子放在脚下,赖好还剩两条,也算那几个人有点良心,并非片甲不留。正像后来乔娥说的:鱼丢人没丢,好事儿!沙鱼沟站快到了,准备下车了,孩子老婆照样可以吃上武昌鱼。

二十四　欢天喜地《回娘家》

———

1962年的春节，是陈天然感到最幸福的一个春节，一家人吃了武昌鱼——他竟然感谢那几个偷吃他两条鱼的农民旅客，没有把四条鱼都吃光，还剩下两条，最终叫他全家有鱼吃，还有一条走亲戚。

全家人一起过年，热热闹闹，喜气洋洋，亲情无价啊。陈天然在外多年，难得回老家过春节。该拜年的亲朋好友，他挨个作揖行礼，该串的亲戚也得家家走一遭。大年初二，陈天然和爱妻乔娥，带着三个孩子，到乔沟探望岳父母。拿什么礼物呢？除了武昌鱼，乔娥还装了一兜鸡蛋，竹篮里放着一兜白馍。

那天出门不远，陈天然便看着这一条鱼，又想起另外两条鱼。他闷闷不乐，黯然神伤。本来安排从初一吃到初五的鱼，后几天成空白了。所以，过年这几天，一提起鱼，他就有说不出的愤懑和自责。那天的几个农民旅客，看着可怜巴巴的，实际上够诡谲了。听他们说话，是要从郑州倒车往豫东去的，为什么不下车又往西窜？我不就是在郑州站台上透透气吗？他们手疾眼快，一眨眼，把两条鱼吃得只剩骨头架了。我一路都操着心，还是疏忽大意了。他悔恨自己，为啥下车前后，不都去摸摸鱼袋子。他曾听列车员检票时对这几个人的训斥，猜到这伙人可能是流窜团伙。因为列车员大声责怪他们："你们到洛阳去，为什么只买到驻马店的票？"拿今天的说法，这叫买短乘长，是要受处罚的。那时乘车管理宽松，违规坐车个人几乎不摊成本。

乔娥看到陈天然沉默不语，若有所思，就问："咋了，又想起鱼了吧？"陈天然破颜一笑："知夫莫若妻啊！""哎呀！是福不是祸，是祸躲不过，不还剩两条吗？不赖不赖！那天，他们要是给你的鱼吃完了，你不也只能干瞪眼？命中有的该你有，命中没有不强求。再说，人饿得吃生鱼，多可怜哪！"陈天然说："他们

还有点良心,没给我吃个一干二净。不说了,都怨我不经心。"乔娥微笑着,又说一句:"咱爹经常说,多做善事,不问前程。"陈天然说:"娥,你本该是门里弟子啊,老爹没让你读书,可惜了。"

一路上,陈天然看到许多欢天喜地的小媳妇,一家几口说说笑笑走娘家。尽管在饥荒岁月里,依然还有快乐,一点不像饿肚子的样子。这种情景,超出他的想象。贫穷锁不住他飞跃的思维,任何生动的画面,都会使他激动不已,渴望把真实构思成具象的画作。

一家人刚走下一道土坡,前面是一片开阔地。平缓的路面上,迎面溜过来两辆自行车。车上小两口又说又笑,见路上有人,双双打响铃铛。山野里叮铃铃脆声悦耳,大冬天里一片生机勃勃。好生动的一幅画,陈天然看得仔细。再看,坐在车梁上的小女孩,紧紧依偎在爸爸怀里,一旁骑车的小媳妇亲密伴行。小伙儿蓝袄灰裤,脚蹬圆口布鞋,两眼炯炯有神,一身活力。小媳妇纱巾拂面,水红上衣,浅蓝罩裤,带袢儿布鞋。冰凉的微风中,光润的脸蛋儿红扑扑的。陈天然大脑中,即刻幻化出画框中的一对自行车男女。

中午在岳父母家,吃完招待年饭,不等主人拾掇碗盘,陈天然就要起身回去。本来,他和乔娥商量过,在老丈人家住两天,谁知,那对自行车男女改变了陈天然的主意:马上创作版画《回娘家》。那气色,那劲头,简直是刻不容缓,时不我待。

当新的画作完成之后,陈天然毫不犹豫地题写画名:回娘家。他说,回娘家,有亲情感,和谐感,有不分割不分离的固有情感。我对党的感情,就跟媳妇儿对娘家的感情一样。版画《回娘家》不但画面真实,主人公的体态也酷似真人,动态同样鲜明传神。看看小两口自行车后座架上的雨伞、馍篮,馍篮怕荡上尘土,还蒙着一层布。小两口的背景里,是漫天飞翔的鸟群,象征着天高地阔,自由自在。

《回娘家》还明示着,穷困未必不幸福。乔娥看了很吃惊,说可像那小两口了,要是知道你要画人家,早问问他们是哪个村的就好了。

初六,陈天然在柏沟岭的春节就算过完了,他背起画夹,开始在村子周围选景写生。去年以来,他猛攻国画人物画,基础打得怎么样呢?虽然苦练了一年人物画,但陈天然心里依然空落落的。他就在柏沟岭学速写,不敢直面村民,怕丢人现眼。先在自家里试试手吧,给老奶奶画《喜悦》,给乔娥画《纺棉线》。效果

怎样呢？陈天然笑了，收获不负耕耘情。他觉得，自己还是沾了世界大师的光，以往视人物画为畏途巉岩不可攀，如今，竟然画出生动传神的各色人物来，艺术技巧花蕾初绽。

陈天然看到自己的进步，刚过春节，就背起画夹，还有乔娥给他蒸的一锅杂面馍，大踏步往巩县的数个景点挺进，回郭镇、大峪沟、南窑湾等。巩县的人文名胜景点，他如数家珍。只是国家遭遇了前所未有的连年自然灾害，美丽的山河被贫穷饥荒的气氛笼罩着，整个社会都表现得少气无力、病恹恹的。不过，荒凉、贫穷可以摧蘦曾经的盎然生机，但却难以淡化陈天然泉石膏肓、烟霞痼疾的浓烈兴致。

陈天然算是找准了地方，其作品如生产线上的产品，连绵不断地下线。《志在农村》《人物速写》《瓦缸工人》《采石民工》《老农》《打绳》《农忙》《农友吕福臣》《拖拉机手》《至乐无如读书》《老竹匠》《谈心》《农村青年》《少女》《缝制冬衣》《切红薯干》《铁匠》……一大批的速写，都是在这堂实践大课中完成的。同时，他还带动了当地美术创作的热情，丰富了巩县美术工作者的交流学习。一位县教育局的领导感慨不已，说陈天然远道下乡搞速写，活跃了全县的美术教学，比开多少次专题会议，发多少张鼓励奖状，不知要好多少倍。

为此，河南省美术家协会召开省美术界观摩会，并先后到开封、洛阳等地举办陈天然作品巡回展览。《奔流》杂志发表了《喜悦》，《河南日报》进行了连载。至此，陈天然在巩县家乡的速写，算是告一段落。他满载而归回到了湖北艺术学院。他的速写，引起广大师生们的广泛关注。老教授汤文选说："天然，想不到你的人物画问题，解决得这么快。"

早年埋在他心田里的梦想和记忆，在静好岁月的孕育下和春风细雨的滋润中，禁不住复苏萌芽。经再三斟酌和努力争取，他终于要奔赴嵩山写生。

陈天然之前并未登过嵩山。嵩山的巍峨神秘和历史故事，都是爷爷讲给他的。爷爷常常拥着稚嫩好学的小孙子讲："咱柏沟岭，面向黄河，背靠嵩山，咱大门朝东，那个金黄的牌匾——紫气东来，你知道吗？"爷爷进一步解释说："书香门第之家常挂这样的牌匾。紫气，紫色祥气。古时候的人，认为紫色是做官的兆头。传说老子骑青牛过函谷关时，天空紫烟彩云绵延700里，往东一直弥漫到咱柏沟岭的东沟。你看舞台上的官服，大多是紫色的。紫气东来，就是祥瑞吉利。咱柏沟岭，也是风水宝地呀，爷爷就等着看你的大气象了。"

陈天然缠着爷爷,央求他再讲讲嵩山故事。爷爷告诉他:"为啥嵩山这么出名?一是因为山高林密,壁陡崖深。另一个原因是皇帝高官去得多,山路上挤满了轿子和马队,数千人伺候皇帝一个人,久而久之,嵩山也像武则天一样高贵了。武则天的故事,爷爷给你讲过,一代女皇,权倾天下,前呼后拥,是嵩山的常客。等你长大了,当个大官,也八抬大轿请爷爷登嵩山去,叫爷爷跟着你风光风光。"

爷爷没等到孙子高歌大风衣锦还乡,在他百年之后,他当年栽培浇灌的树苗,如今已是根深叶茂硕果累累,成为一身烽烟、初露锋芒的书画家。他刚从仙境般的武当山下来,又踏着李世民武则天的足迹,上了嵩山,他要用画笔描绘祖国山河。

二十五　嵩山写生

登山前，陈天然先联系了巩县画家白狄，说要去嵩山写生，白狄便说我们一块行动吧。白狄很抬举陈天然，说："我跟你一路，裴曼巧遇吴道子，幸会幸会！"陈天然笑笑说："过奖！你不是裴曼，我给吴道子提鞋都嫌自己个子低。今天充其量的比喻，是杨惠之碰上吴道子的弟子了。好，一起上嵩山！"

巩县老乡白狄，比陈天然大两岁。两人刚认识的时候，白狄仍稚气未脱，在巩县老城站街，刚好和从兰考回巩县的陈天然相遇。白狄在街上扯起一根麻绳，挂着几张水彩画，像是个卖当摊子，一幅自撑门面的气派。陈天然近前细看，他感觉到，这地方这环境这作品，还是挺像模像样能拿出手的。陈天然挨张看，第一张《夏日》，几朵粉红的莲花，在夏风中摇曳生姿；清水浮动的荷叶上，叠着两只情真意切的蛤蟆。第二张《秋红》，霜秋落叶的柿树，赤裸裸挂满红彤彤的柿子，像火球，似灯笼……陈天然高兴，下意识地从书包里掏出来一幅版画习作《犟驴》，谦虚地递给白狄看。噢！虽是一对少小，却是同行相遇。至此，两人熟识了，但终因性格差异，以后几十年的往来走动，一直稀稀拉拉，少得跟牛郎织女七夕见面一样。

当然，作为小试牛刀的画家，彼此都能体察到对方的创作激情。见面少，似乎并没影响两人的真诚交往。后来，陈天然成为书画大家，白狄也是河南画界的翘楚。白狄虽然只比陈天然年长两岁，但他水墨人生的钟摆，却比陈天然先停摆21载。他在身后，给人们留下众多美好的追忆。

60年代初的巩县，刚由郑州市复归开封地区管辖。那时，老省会开封到新省会郑州，只有一条弯弯曲曲、狭窄局促的普通公路，一天里相对互发一班长途客车。黄土高原上的巩县交通，能好到哪里去呢？从巩县往登封小县，也只有一班发往临汝的过路车。一条简易公路，一出县城，早早就扎进了群山丘陵。长途客

车是那种长鼻子模样,老牛破车,换个档位得吭哧半天,爬个山坡慢慢腾腾,东摇西晃,一会儿就把人弄得昏昏欲睡。要不是碧林红叶色彩斑斓的群山秋景,两位画家会更感索然无味。陈天然第一次去登封,这条路没走过。山涧沟壑接连不断,生出诸多新奇。

陈天然问白狄:"你常在巩县周边写生?"

白狄说:"是啊!近水楼台。巩县也是山清水秀,我一般不跑远,太受罪。""你对写生最深的体会是啥?""我喜欢水彩画,水彩画和油画版画不同,注重近距离效果。线条要细腻,景物要逼真。打个比方吧,假如你画个甜瓜挂在草棚下,小孩子见了,会垂涎欲滴,伸手去摘,就这意思。"

长途客车早晨从巩县出发,折腾了半天,还离登封几十里呢。客车一个长山坡没爬上,熄火了。司机告诉大家,得等待救援,恐怕需要几个小时。结果,众人在寒风中直等到夜里将近十点,才开来一辆卡车。卡车一路颠簸,旋起来的沙尘碎屑朝脸上打来,两人十分狼狈。白狄性子急躁,一直叫苦不迭,后悔连连。

直到午夜,卡车才到达登封汽车站。二人又走出二里地,才遇上一家国营车马店。在距离马槽不远的地方,店主人指给一张床:"一张床睡俩人,收半个人的钱。睡吧,别影响牲口休息!"他俩上床,一头一个,抵足而眠。白狄一肚子气,听着牛驴的喷嚏声,进入梦乡。

第二天,白狄蓄着天大的委屈,陪着陈天然登上嵩山。不管陈天然再怎么劝慰他,都不能使他全身心投入写生。他非常沮丧,昨天上午的美丽展望和愿景,现在一点儿都没有了。他还不停地唠叨:"湖北,青山绿水,鱼米之乡,你怎么老是河南河南,看看,穷山恶水,泼妇刁民……"陈天然还是容事容人的,他一再赔着笑脸。

白狄不吭声,没有再牢骚。不管咋说,这次艰难的结伴旅行写生,陈天然还是有收获的。两人从登封步行到少林寺,又到太室山。陈天然完成了他的第一幅国画《云雾苍山》。他热情地给白狄递过干馍和水壶,说:"感谢你与我同行。《云雾苍山》是我的开笔之作。我没弄过国画写生,头一张画,竟然有这么好的艺术效果,我很吃惊,有你一份功劳啊。"

临下少室山,陈天然不知足,又停下来画了一张《秋山清流》,忙拿给白狄欣赏。白狄看看画,眨眨眼,依旧不吭声,陈天然知道他还在闹情绪。想想也是,白狄过惯了比较平实的日子,在毫无心理准备之下,换了一种穷途末路般的生

活——半路坏车,卡车颠簸,凉水干馍,夜宿车马店,驴叫唤牛拉屎,真的叫人扫兴。

三天后他们返回巩县,厕所里方便时,白狄掀开自己的秋衣叫陈天然看,呀!他肚子上,两肋边,一层未消肿的硬疙瘩。陈天然马上明白,是车马店臭虫叮咬的,白狄皮肤过敏。他赶忙说:"咱先去药铺看看吧!买点药你赶紧回家去。另外,我那儿有一本荆浩的《笔法记》,他浓缩了山水画理论,提出了气、韵、思、景、笔、墨的绘景'六要',昨天我就想送给你看看,咱俩都应该精心阅读学习。荆浩创山水笔墨并重论,擅画'云中山顶',早已提出山水画必须'形神兼备''情景交融',他的作品已被奉为宋画典范。咱得有突破,不能总画小品。"

这一时段,陈天然还创作了版画《朗朗书声》,收入上海人民美术出版社活页套装《版画》。版画《家肥出门》和《山地冬播》,入选文化部、中国美术家协会在中国美术馆举办的第三届全国美术展览。

二十六　版画《宏图》

下了嵩山，回归龟蛇，又沉入武汉的生活秩序和节奏中去了。每到一处，三句话不离本行，还是书画。《宏图》是陈天然在湖北艺术学院创作的最后一幅版画，也给他留下了万分的缺憾和惋惜。

一个偶然的机会，陈天然在北京聆听了"向毛主席的好学生焦裕禄学习"的报告，感动得泪雨纷纷，回校后就着手创作《宏图》，尝试画人物画，检验一下这些年来自己对人物画堡垒的攻势如何。

得知陈天然的宏图展望，学校非常支持，批给了他一块面积宽大的木刻板，希望他用足用好木板的界面，创作出以焦裕禄为主题的人物群像，紧密配合学校和社会，宣传弘扬焦裕禄作为一个共产党员为党为人民鞠躬尽瘁、死而后已的革命精神。《宏图》刻好后，只印了一张，因为仓促，画面就出现了"断句断标点符号"的遗憾。不得不说，特殊情形下，陈天然不免有些顾此失彼。

啥事儿呢？调动的大事儿。陈天然在武汉跐跐多年，故土难舍，妻儿难离，最终是吃曹操的饭，想刘备的事——有些人在心不在了。这段时间，回老家成了他心里最重要的事儿。家乡的伊洛河迂回曲折，最后还是注入黄河，奔向大海。湖北人的情真意切，也动摇过但没有根本改变陈天然回归故乡的心结，好山好水最终没有留住这位书画家。就在版画《宏图》完成后，河南省委宣传部复函湖北艺术学院，同意陈天然调回河南，而且限期报到。兴奋忙乱中，陈天然顾不得再印《宏图》了，搬着印版送给了学校，回头就捆行李。

陈天然在武汉17年，他常在江边散步，不时吟诵高适的《除夜作》："旅馆寒灯独不眠，客心何事转凄然。故乡今夜思千里，霜鬓明朝又一年。"边塞诗人万里思家，文化战士也深恋故土。看着长江水，陈天然想，啥时能够回到巩县伊洛河边呢？他甚至从长江水联想到地下井水，怎样才能帮助缺少饮水的柏沟岭打一口深水井呢？

校方对放走陈天然，既唏嘘不舍，又无可奈何。学校教务处还使出些小性子，说《宏图》那刻板是公家的，刻好的原版必须留给学校。一块刻板价值几何？这显然是在大局已定之下的无奈之举。归心似箭的陈天然顾不上多说，马上交出了《宏图》印版，兴冲冲地打点行装，班师回乡。和校领导最后握手告别时，他说："我没有恁高的境界，河南人恋家。"

那么，留在湖北艺术学院的《宏图》怎么样了？《宏图》是陈天然的爱子，他不会麻木不仁无动于衷，他"三上轿"似的留恋。临走那天，他托人掂着相机过去，给一张《宏图》版画拍了照片，拿不走印版，就拍张画照吧，几天后寄给已在郑州的陈天然。《宏图》是主旋律作品，画面的上下左右前前后后，无不烘托着主人公焦裕禄。人物的神态，以及他们矫健的步伐，生动的表情，都充分地表现出人民当家做主人的自豪和情怀，和追求美好未来的宏图愿景。

版画《宏图》里人物众多，千军万马战犹酣的点景人物，惊天动地的劳动场面，艺术冲击力让人十分震撼。整个画面四方呼应，相互联系，动静结合，把政治色彩和艺术效果发挥得淋漓尽致。笔者看着《宏图》，臆想着天然老先生在构思之前，是否受到《清明上河图》的启发，因而才有了《宏图》壮阔的场景和气势。

《宏图》的艺术辐射力，使陈天然后劲十足。也许源于此，1978年，为纪念毛主席《在延安文艺座谈会上的讲话》发表36周年，中国美术家协会举办展览，点名要陈天然的《山地冬播》。这样，正在新郑郭店农村劳动锻炼的陈天然，一下子张飞卖刺猬——人响货硬，灰扑扑的日子一夜由暗变红，火速被选为河南省人大代表，他自己都不知道程序咋走的。之后，河南省委宣传部调他到省文联，不用每天盯班，在家里专门搞创作，做专业画家。紧接着，北京又要搞美术作品出国展览，向河南要作品，省里指定陈天然拿作品。

陈天然犹豫不定，他不敢拿风景小品画，怕思想性不强，不能突出政治。于是，就把版画《宏图》唯一的底板交了上去。到这时，他才后悔当初拍照时，为什么没叫人家多洗几张。在提交照片后的匆忙岁月里，陈天然经常念叨《宏图》。没接到什么通知，不知道选上没有，也不知照片下落。后经多方努力，好不容易又从湖北朋友那里搞到一张照片。

《宏图》的确遗憾不小，和人的命运一样，历经坎坷。90年代初，《河南日报》的美编组组长吴懋祥，到郑州东明路陈天然的家里串门，见到照片《宏图》，眼前一亮，要拿到报社发表。陈天然送吴懋祥出门，千叮咛万嘱咐："我就剩下这一张

照片了，以后恐怕再也弄不到了，你千万不敢丢，发表后一定给我退过来。"

通过在《河南日报》的发表，《宏图》等于是进了永恒的保险箱，不管多少年以后，都可以顺利检索到。

然而，报社不是每幅稿件都会退回，吴懋祥一忙就给忘了，照片又没影儿了。待《宏图》见报多日，报社有位姓杨的朋友，在印刷厂车间垃圾堆里发现了照片《宏图》，又转送到陈天然手里。失而复得，也是值得额手称庆的。

二十七　窑洞宅院农家乐

陈天然登嵩山写生之前，在柏沟岭家里小住了一段时间。蓝天阳光，星星月亮，窑洞坑院，灶火烟筒，柴火垛和干枯柿树……这些山民不可或缺的生活元件，从他天真无邪的童年开始，就伴随着他。如今，在外漂泊多年回来后，他更觉得家乡的一草一木一静一动，都是亲切的，都使人回味眷恋。

幸福和满足，都是一种美妙的感觉。待在繁华的都市里，陈天然难忘故乡。柏沟岭宛如一轴轴画卷，那种城市永远无感的大自然的画面感，镂心刻骨。秋日西沉，漫山遍野的细碎金光，火球般的柿子沉甸甸地坠在落叶的柿树枝杈上……叠翠流金，层林尽染。黑夜，高原山区万籁俱寂，茫茫如夜海。隔山灯火，沟壑藏妙。十里之远的陇海线上的火车，不时隐约传来汽笛的鸣叫，柏沟岭的土岭梁峁都进入了睡眠。

50年代的夜色比现在合拢得早，山间小路上天不黑就开始模糊了。傍晚时分，各家饭后刷锅，锅铲戗锅的摩擦声，在整个山沟里回响。货郎担子游乡晚归，惹得村子里的看家狗狂吠。午夜，邻家小童梦游，光肚子从家跑出来，越过村北两道陡坎，被爹娘拉回家时磕碰得鼻青脸肿……这时候的陈天然，正坐在窑洞的被窝里，享受沉寂，消费静谧。他借着昏暗的煤油灯光，不是背诵《诗经》，就是默读《千字文》。旁有妻子乔娥红袖添香，夜色斑斓中的纺花车嘤嘤作响。

这种幽静是种诱惑，故乡的黑夜使他留恋。近半个世纪以来，他不是天南地北豪华风光吗？但不影响他最终毅然决然返璞归真，回到柏沟岭的穷乡僻壤，和老伴牛翎一起，盖了座石头大堡垒——天然山庄。当然，这是后话。

这天上午，他到白狄家去了一趟。前天两人见面时，白狄告诉陈天然，他在兵工厂附近捡了只小狗仔，家里人不让养。陈天然接着话茬说："我带回去吧！"白狄立刻同意了，说："在家没事儿养条小狗，是个乐趣。"

夜里，吃过红薯皮儿的小狗仔，早早就钻进窑洞门内的纸箱里睡觉了。夜半时分，坑院墙角的鸡窝里，一窝鸡叫声大作。那种惨烈悲凉，如撕云裂帛、世界末日，和宰杀它们无别。小狗仔很有担当，第一个从窑洞门槛下的缝隙里钻出去，奔向墙角的鸡窝。它闻闻鸡窝的挡板，前爪挠挠窄窄的黑缝，呜呜叫了两声，然后，它机警地扭过头来，跑到窑洞门口，竟然报警似的汪汪喊起来。

陈天然披件上衣，推开窑门走到院子里，往鸡窝那儿瞧瞧动静，鸡子的歇斯底里缓和了一下，院子里逐渐恢复了平静。皎洁的月光洒满柿树，干枯的枝丫映在院落里，像打水湿画淡墨罩赭，或斑斑点点，或蜷曲舒展。月朗星稀，寒露沁人，树上落鸦岿然不动。鸡窝里发生了什么，弄得窑洞坑院惊天动地？陈天然在一只小板凳上坐下来，凝望着鸡窝，满腹狐疑。乔娥从窑洞走出来，把一件棉袄披在他身上。这时，只见一条灰黑的四脚小兽，猛地顶开鸡窝挡门窜出来，啊！黄鼠狼！那家伙几个箭步，藏在墙角的柴火垛里。

小狗仔吃了几顿饱饭，精神头不错，机灵得很。它蹲着蹦着跑到柴垛那儿，又汪汪连叫，然后折返到陈天然面前，像是发觉了天大的秘密，哼哼唧唧起来，那意思再明白不过：黄鼠狼藏匿在那儿！黑暗里，陈天然微笑着。他看到这条小狗仔，真是没有白吃红薯皮儿、萝卜轱辘，肚子鼓鼓的，两只小耳朵尖尖的、长长的，一对琉璃球似的大眼睛，在晶亮的月光下熠熠闪光。陈天然再看柴火垛，他知道黄鼠狼就在柴火垛边的地洞中。而且，此时此刻，那家伙肯定探出小脑袋，两眼窥视正关注着它的东家。

黄鼠狼确有灵性，就在陈天然回来的几天里，清晨和傍晚，它和陈天然的确照过面。陈天然观察到，当它出去的时候，身子一跃就翻过了墙，眨眼就无影无踪了。它要是吃饱肚子从外边返回，先在墙上玩些花里胡哨，迷惑东家，比如来回跑两趟，跳下来再跳上去，然后，趁人不留神，一闪身便缩进它的安乐窝。安乐窝有一定的深度藏身，需要的时候，它才犹抱琵琶半遮面地观察人的动静。陈天然看不出这只黄鼠狼是公是母，也看不出它思嫁盼嫁的迹象。但他前天晚上的确看到，它带领另外一只黄鼠狼，在鸡窝上边盘旋了几圈，然后鱼贯钻入它们的洞穴。

为此，陈天然留了个心，它们是否在为偷袭鸡子做踩点考察，测试一下主人的反应？要是那样的话，乔娥辛辛苦苦喂养的鸡群，可要遭殃了。那么，这只黄鼠狼的末日也就到了。结果呢，它果然钻进了鸡窝，是否真意要吃鸡子？不知道。就它自己进去了吗？另一只呢？不知道。从鸡子半天没再叫唤来看，鸡窝里不可能还有只黄鼠狼。他放小花狗过去侦探,小花狗也不再哼唧,说明鸡窝里除了一窝鸡子,没有黄鼠狼了。

银盘一样的大月亮,已经从柿树上方缓缓向西移去。柿树枝杈的阴影映盖在坑院里,有种书法的艺术韵味。一如陈天然在《痴情乡土》中所说的:"我逐渐发觉柿树颇有颜体书法的威严气概,连那枝条的径挺迂回、顿挫转折之势,也酷似颜书浑厚挺拔、开阔雄伟的神态。"诸如这类乡土情趣,在之后漫长的瀚海游龙盘桓中,为陈老先生的艺术实践,提供了丰富的滋养。

小花狗异常机警活跃,有熟红薯皮儿和熟萝卜轱辘垫底儿,肚子里有不少真家伙,精神抖擞,神采飞扬,身上黑白相间的斑纹,在满院月银里游弋。它不辞劳苦,忠于职守,在主人和柴垛之间,探马一般地穿梭奔跑,每次都向主人禀报一条军情:那边!敌人隐蔽在柴火垛边的洞穴里!见主人不动声色,它就轻轻地抓挠陈天然的粗布鞋帮。

爱妻乔娥把竹篓暖水瓶提到陈天然面前,倒在碗里的热茶冒着袅袅热气。她说道:"你还要盯着它?别管了,它通人性,没伤过鸡子。今天它钻鸡窝,是找鸡蛋吃。我知道,有只母鸡就好趁窝下蛋,白天不下,就等夜间下窝里。这只黄鼠狼能得很,去年就来了,还在柴火垛里生过一窝小狼娃呢!"陈天然说:"哟!我说嘛!这么大的动静,你一点儿不着急,什么都不问,原来黄大仙是你'养'的啊!""管它黄大仙白大仙咧,它不伤我的鸡,我也叫它安生。""噢!我明白了,娥是万金油,样样都来得。""听咱爹咱爷讲什么《聊斋》,好多黄大仙的事儿。说人对黄大仙好的时候,它们夜里成群结队地往家扛粮食,后来人得罪了黄大仙,家里就不太平了。盘碗碎了,油罐破了,粮囤烂出个大窟窿,米面里掺了沙子……黄大仙是需要人敬着养着的。"

其实,关于这只黄鼠狼的秘密,陈天然回来的第一天就发现了。它一般白天很少有动静,昼伏夜出,是夜行动物。它小脑袋汇聚着超常的智慧,大尾巴像毛刷,精准地定位着它虎跳龙拿的姿态。它在靠柴火垛的墙根儿打了一个洞,其土灰的毛色,隐蔽性特好。白天它即便露头观察周边动静,人也很难看清它。更重要的是,民间一向不主张伤害黄鼠狼。这个被称为"黄大仙"的动物,被许多人描绘得异常诡谲,说它通情达理、知恩图报。

陈天然并不迷信,但他主张和黄鼠狼和平共处。从这只黄鼠狼出入自如的势头看,相信它在自家坑院安营扎寨,早已是老门老户了。但它并没有什么恶行,

乔娥该喂鸡喂鸡,该收鸡蛋收鸡蛋,偶尔丢个鸡蛋,算不了啥。从未偷吃过鸡子,这只黄鼠狼够仁义了。都说兔子不吃窝边草,看来黄鼠狼比兔子贼得多。它懂得,和人、鸡一个院里住,保持相对安全,是最好的生态。

陈天然和乔娥,月夜坑院话黄狼。柴火垛下的黄鼠狼,若是领会了这两口子对它的慈心善意,它应该马上出发,像《聊斋》中的黄大仙一样,把富人家的米面油盐往这个贫穷之家搬运。但它根本做不到,普天下都贫困交加,它向哪里去周济吃物呢!就在东方欲晓的时候,陈天然和乔娥都看到,"黄大仙"从柴火垛里钻出来,跃上西墙,等再看它一眼时,不见了。

陈天然说:"等着吧娥,大仙去给咱拿烧饼打豆腐脑去了。"乔娥说:"它会算时间,你看吧,天大亮前,它一定会赶过来。黄大仙办事儿,两头不见日头。""可是我想,它不吃咱家的鸡子,谁敢说它不招呼别人家的鸡子呢?""世上的事儿太多,你管得了吗?谁家的鸡子都不让吃,你叫黄大仙吃啥?它可不像小花狗,吃红薯皮儿萝卜轱辘,它细口不吃粗米,生就是吃肉的东西。"

陈天然笑笑,喝口茶水,望一眼乔娥。乔娥说:"把咱养的鸡子叫它吃了吧?"这时,从站街那边传过来一阵火车的汽笛声,因为顺风,两人听得特别清晰。"它在外边吃啥呢?""吃地里的老鼠,吃野兔。当然也吃鸡,逮住啥吃啥呗。前几天,在咱家红薯地边上,就有一堆鸡毛,鸡头鸡爪还在,就是黄大仙吃剩下的。是不是咱家黄大仙,不好说。""那你平常就喂它点吃的,免得它钻人家的鸡窝。""不中,黄大仙跟老虎一样,生来不吃素。"稍停,乔娥说了句,"睡吧,天下霜了,我明儿该出红薯了,你也该上嵩山写什么生了不是?""不,这几天我和你一块出红薯去,停几天再去嵩山。"

乔娥种的四分红薯地,位置在村西一片高塬上。看样子,四分还要多。乔娥收拾得平展展的,红薯秧经霜打之后,全蔫了,一地黢黑。周围一圈低矮的石堰,是防止大雨冲刷、水土流失的。地头长着两棵柿树,不时有一双双喜鹊落上去,又飞走。这片地,归队里耕种的时候,一年两茬庄稼,种麦种豆。熟地,碎石少,成庄稼。去年,根据省里政策,要给农民划自留地,乔娥手兴,抓阄抓住了这块地。

站在红薯地,陈天然想起老领导文敏生。他知道,给农民划自留地,是在中国连续三年灾荒之后,河南的一项地方性生产自救政策。他在报纸新闻中,已经读到这样的报道:河南省省长文敏生说:"允许社员种自留地、开小片荒,打了粮

食是社员的，也是社会财富嘛！它跑不到美国去。"

　　由远及近，陈天然从省长思及于此，有些心酸。他想到，自己远在武汉，家中一切都归乔娥料理，当然包括在这块地上栽红薯种萝卜。自留地是乔娥的画板，栽什么树苗结什么果，撒什么种子开什么花。要是风调雨顺，在一场透雨之后，把红薯秧苗及时栽在地里，把萝卜籽撒下去，它就一夜扎根，三四天秀苗，夏风里疯长。再有几场雨的话，秋后必定好收成。

　　可是乔娥说，今夏栽红薯时天旱无雨，她不得不和其他男人一样，从老远的地方挑水栽苗。雨要么不下，下起来就不住点儿。伏里天赶上连阴雨，她像男人一样，带着孩子，下地翻红薯秧。一棵一棵，把旺盛的红薯秧翻过来，让日头把红薯秧的白根儿晒干，以防它扎进土里猛长，严重影响红薯结块。这活儿非常辛苦，一身汗两脚泥。

　　红薯地靠东头，乔娥种了一片胡萝卜。她在酷热的三伏天，把胡萝卜籽混在草木灰中，趁墒撒在细作过的黄土上，用耙子搂匀，等了几天，萝卜籽萌动发芽，顶起泥土，转眼就绿油油一片。当收获红薯的时候，这片萝卜地还笑傲霜雪，翠绿的萝卜缨在冰凉的秋风中阐扬自己的飒爽英姿。胡萝卜秀外慧中，它的绿缨在上边经风雨，把美丽光滑埋在地下。农家人很有耐心，等着它严冬到来之前的最后一秀，才把它刨出来。

　　红萝卜撒种前，乔娥跑去站街买了几样萝卜籽。所以，到了收获季节，也是红橙黄绿，既好吃，又饱含着明丽画韵。作家莫言不是写过《透明的红萝卜》吗？说他们的红萝卜好看又好吃。其实，巩县的红萝卜才真的是好看又好吃，不仅透亮，还酥脆甘甜，吃着跟烟台苹果差不多。

　　眼下，乔娥的汗水和辛苦，换来了红薯的大丰收，农民最好的享受是收获。干农活，陈天然一点都不生疏。他用镰刀先把发蔫枯萎的红薯秧割去，乔娥举起抓钩猛地一下，把一挂红薯从黄土里挖出来。那种感觉沉甸甸的、甜蜜蜜的。令人陶醉的夫妻劳动场面，乔娥多少年都不曾体味过了。丈夫前边走，妻子随后行，一盘盘红薯秧堆在地头，一堆堆红薯块夫卡晾晒。这幸福温馨醉人，掏钱也买不到。

　　红薯出了一半儿的时候，头顶飞过一架直升机。猛烈的轰鸣声惊起不远处的几只野兔，它们跳高一般地疾驰而逃。陈天然问乔娥："娥，兔子这么敏捷，黄鼠狼能撑上它吗？""蛤蟆怕癞毒，一物降一物。兔子一见黄大仙就不跑了，立

起来傻眼看。黄大仙趁机给兔子跳舞,兔子跟喝迷魂汤样,伸着脖子叫黄大仙咬。""噢!你不是说红薯地里黄鼠狼吃鸡子吗?地方在哪儿?我看看去。""哎呀!你咋还操心这档事儿!那不,往前走几步,一堆茅草那儿,看去吧。看看是不是咱家黄大仙办的好事儿。"

陈天然放下镰刀,深一脚浅一脚地走到茅草堆那儿,的确一地鸡毛。鸡头剩下尖尖的喙和几根细碎的瘦骨头,两只凌乱的鸡翅膀落在离鸡毛几步远的地方。陈天然左手托着硬纸本,右手捏着 6B 铅笔,迅速把黄鼠狼制造的悲惨局面绘制下来,然后题字:在东家掩体里睡觉,在无警察的地方饱餐。

这个生动别致的画面,牢牢印在陈老先生的记忆里。即便七十多年后,他还是不断提起,常给夫人说:"处处留心皆学问,人情练达即文章。读《红楼梦》,学曹雪芹,做有知识的书画家,难道黄鼠狼只是黄鼠狼,鸡子只是鸡子吗?"

出了红薯,留住萝卜,陈天然在家里又住了几天。他快速消化对生活短暂的真情实感,连同童年时代跟随爷爷开荒码堰的回忆,一股脑儿揉在一起梳理。他抓紧构思,思想着怎样用传统手段和综合表现手段,将版画和国画相互融合,寻找新的图形符号,来反映现代人对节奏、色彩以及点线面的理解。

陈天然趁热打铁,以基本写实的手法,假以近一两年学到的绘画理论实践,创作出《垒堰》《收获》。他目睹了加工红薯的情景,蹲在摊满红薯干的坑院里,创作完成《切红薯干》。

作品《收获》,写实色彩更为鲜明。这幅画是陈天然瞄着族弟陈孬、刘芒夫妇家的门楼画的,风格和实感都是柏沟岭式的。正值十月金秋,灾后重启的柏沟岭,丰收中的劳动队伍热火朝天,你追我赶、争先恐后的生活气息浓厚黏稠。画面中贴着的对联,是大队会计写的,那条山路,是通往陈家闩的斜坡。

陈天然曾说过这幅画:"一户山里人家,一条山中小路,一块崖上田地,比较生动地表现出黄土高原山里人,在收获时节的热烈场面。看看人们是怎样分享丰收喜悦的——车上装的,扁担挑的,胳膊上 的,孩子们抗的,墙头上放的,红薯萝卜,红绿搭配,全是"收获"。创作源于生活,高于生活。"

此画政治色彩特别浓厚,经历过那场"三年自然灾害"的人们都知道,1962年,我们刚刚从饥饿中迈出来,还没有五谷丰登,老百姓也没有欢天喜地。

这就是革命文艺战士的本色,红色艺术家的特征。跟党走,这种精神的皈依,不亚于宗教的宣誓。其实,这时的陈天然,即便有工作有薪水,但对全家人来说,依然衣难蔽体、食难果腹，浓浓的饥饿阴霾，并没有远离一家人。他从武汉到巩县，季节一晃就由深秋向早冬变换。他买不起毛衣，在站街买了一身薄绒衣，外边罩着破棉袄。每天迎着嗖嗖的冷风出门，饿着肚子写生。

完成画作《收获》向乔娥展示的那一天，他异常兴奋，要按眼下的风气，最少也得上馆子搓一顿。但是，陈天然囊中羞涩，敢想不敢做。那天晚上，一家人主食吃的红薯玉米粥，下饭的菜是凉调的萝卜丝。饭后他到大队部，听巩县广播站的有线舌簧喇叭广播，肚子里咕噜咕噜响。

听广播新闻，知道了缅甸人吴丹，在达格·哈马舍尔德秘书长坠机殉难后，出任联合国秘书长。聆听过庄严的《国际歌》之后，他才走回自己的窑洞宅院。

秋天，陈天然以写生为由，理直气壮地待在故乡巩县。离开花团锦簇的都市，沉在辽远的高丘深壑。从深秋享受到了初冬，才恋恋不舍地离开柏沟岭，回到湖北艺术学院。

回到学校不久，他得知版画《山地冬播》被摄入了大型艺术纪录片《中国现代木刻》，同时还被选送参加赴日本的中国版画展览。日本一些学者还成立了"陈天然版画艺术研究会"。他又有了新的感觉：闭着眼坐电梯上楼，光知道升高了，不清楚到了哪一层。

关于《山地冬播》和陈天然的延伸影响，一直在持续。晚到 2017 年，日本国际版画研究会新任会长片野孝志，与片野节子夫人，又几经辗转，从北京专程赴郑州，为陈天然实地颁奖。片野夫妇都是杰出的版画家，他们在日本和欧美举办过多次展览会，并获得普遍赞誉。同时，节子夫人又是日本著名料纸艺术研究家和工艺美术家，和传统的中国民间艺术有着千丝万缕的联系。艺术没有国界，陈天然的书画，之所以在日本产生轰动效应，其原因就在于艺术的国际影响。

中日两国一衣带水，两国的书画艺术相互兼容，在日本的文化河流里，中国基因黏在他们的河床上。日本艺术家总在关注着中国的书画作品。片野孝志指出，陈天然的作品，有个性及时代性，形式感强，语言清晰，色彩丰富，套版准确，刀法流畅，具有丰富的创造性和想象力。

版画是日本人异常青睐的艺术品种，他们早早就发现了冒尖的陈天然，所以也就早早有了接触和切磋。日本书画艺术家货真价实，但数量没有咱的多。咱旮旯缝道都是书法家，丑书写得出类拔萃。所以，他们多次邀请陈天然赴日搞书画

展览。在国内,陈天然获得"鲁迅版画奖",在国际上,又获得"日本国际版画研究会凤凰金奖"。

在出版《陈天然书画集》时,日本人池田大作专门撰写了《能夺造化功》的序言。池田大作何许人也?国际创价学会会长,创价大学创始人,著名宗教家、作家、摄影师。他将一生奉献给文化、教育、和平事业,1983年获联合国和平奖,1989年获联合国难民专员公署的人道主义奖,1999年获爱因斯坦和平奖,还曾获得中日友好"和平使者"的称号。

池田大作在序言里写道:

> 力量从大地源源涌出,希望向天空无限扩展,而人生存的智慧光芒灿烂——陈天然先生的作品中,有包容"天""地""人"的胸怀,何其壮阔。值此我所尊敬的陈天然先生精湛的书画集出版之际,作为一位日本友人,谨致以衷心的祝贺。

> 陈先生以往四度率河南省书法代表团访问日本,为中日艺术交流留下巨大足迹。时逢中日邦交正常化20周年,想来先生也格外喜悦吧。

> 他曾送给我两幅墨宝:一幅为"金桥"二字,墨迹淋漓,饱含着中日世世代代友好下去的心愿;另一幅为"众人皆醉我独醒",是屈原《渔父》中的名句,我迅即就此向许多日本青年畅谈了坚持正义的信念的问题。

> 陈先生生长在河南省,本身就是农民,汗洒大地,同民众苦乐与共,五十年间创作了大量杰作,他的作品中含蕴着凝视人的温暖目光,勃勃跳动着大地所编织的丰富诗情。诚如唐岑参的诗句,"始知丹青笔,能夺造化功",先生的作品的确把我们引向壮丽的浪漫世界。

> 他说过:"生活的真实才是艺术的生命,诗心才是作品的灵魂。"因为具有如此坚实的基点,先生的艺术丝毫不脱离于观念,辉煌地放射出"为人的艺术"的光彩。我殷切期望,这壮大的艺术之魂为后来的青年们所继承,把人连接得更加紧密无间,宛如滔滔黄河,将未来的时代浇灌成"人的世纪""生命的世纪"。

> 我由衷地希望这部集陈天然先生雄伟步履之大成的书画集能得到人们的广泛欢迎,并祝愿他善自珍重,以期高掌远跖也。

二十八　逍遥中研习书帖

从湖北武汉调回河南郑州，陈天然从工人新村的家，坐公交到河南省群众艺术馆上班，撑足了也就四五站地。他早晨起来，往往先到临近的郑州体育场散散步，顺跑道跑上一两圈，再回家吃饭。然后，不紧不慢优哉游哉去坐公交。群艺馆是个外人看来缺油水的地方，清水衙门，人也不容易滑倒。再说，陈天然去群艺馆，也是对口安排。

这样的安排，对于像他这样一个爱读书学习、淡泊名利的人，倒是非常合适的。群艺馆，艺术门类比较齐全，人才荟萃，硕果累累，他已经揣摩推敲无数次了，就去这儿。

陈天然开始把大把的时间，用在省博物馆那里。从他家徒步到博物馆，走人民路，溜达过一座金水河的石拱桥，路西就是鼎鼎有名的河南省博物馆了。在碑帖书库气定神闲地坐下，开始翻阅书画贴。

他最爱翻看历代碑帖和画帖，即便在书店和地摊上都见不到的碑帖画帖，在博物馆的碑帖书库里，几乎都有收藏。当然，陈天然想看原件真迹，河南省博物馆也难以找到。历代书画原件大多都收藏在故宫博物院，或辽宁省博物馆、台北故宫博物院。

工人新村距河南省委也挺近，中间就隔了个城中村杜岭街，最多二三里路吧。年初的时候，陈天然经常晨练散步，或到文化路去，都路过省委。每每走到那儿，都有一种复杂的情怀油然而生。他知道文敏生省长主政在省委，真的想见他一面，想想，又怕不合适，心里矛盾着。甚至有天上午，他从省委礼堂边路过，都隐隐约约听到文省长的讲话声音了，老领导那烙在自己心头的音容笑貌，又熟悉热切地浮现在眼前。多想见见文省长哪，聊聊武汉的陈年旧事，但他还是一声长叹，挥手作罢。他想，今非昔比，人家是一省之长，省委的代理第一书记，日理万机。

相隔大概有半年时间,他到省委宣传部办事,真想顺便看看文省长。但他一眼看到省委大门口、大院,以及各办公楼的楼道里,铺天盖地的大字报,差不多都是批判文省长的。这种情况下,又怎能和他见面呢?见面该说些什么呢?这不是难为文省长吗?他迟疑徘徊了一会儿,还是抬腿离开了。

到省博物馆去吧,在碑帖书库里,他看到古旧字帖堆成山,借阅手续简单方便,于是,便选了个位置坐下,静下心来,开始翻阅。观形品韵悉心揣摩,看得聚精会神,直至琢磨得流连忘返。下次再看,百看不厌,常看常新。

这里有堪称绝妙无比、"清风出袖,明月入怀"的王羲之《兰亭序》,有中华第一楷书、清劲绝尘、被誉为稀世之珍的欧阳询《仲尼梦奠帖》,有中华第一草书、怀素的《自叙帖》,还附有文徵明题:"藏真书如散僧入圣,狂怪处无一点不合轨范。"另附明代安岐评此帖:"墨气纸色精彩动人,其中纵横变化发于毫端,奥妙绝伦有不可形容之势。"这里还有被称为"天下第三行书"的苏东坡《黄州寒食帖》,等等,书家齐聚,字帖海洋。陈天然眼界大开,深感这种研习机会是天赐良机。

他接连数天往下翻,仍有新斩获。被誉为中华第一美帖的米芾《蜀素帖》,飞动洒脱、神采超逸;宋徽宗的《草书千字文》奔放流畅、变幻莫测;赵孟頫的《前后赤壁赋》清丽圆润、水波不兴。当然,最令他激动不已的,还是颜真卿的《祭侄文稿》《争座位稿》和《告伯父文稿》。

在陈天然心里,颜真卿就是文武全才。虽然,陈天然以后生可畏的气势,千百遍地临摹他的"三稿",但陈天然首先把颜真卿视为力挽狂澜的大英雄,而非纯粹的大书家。谈笑有鸿儒,往来无白丁,毕竟千军易得,一将难求。早年,在临颜帖的同时,陈天然也读历史故事。他能够想象到,当年的颜真卿,作为平叛安史之乱的"颜鲁公",在生死存亡之际的泪雨中,奋笔疾书《祭侄文稿》,字里行间奔涌着热血,激越着悲愤。祭文流芳千古,英烈万年不朽。

陈天然以他的阅读赏析能力,感受到了《祭侄文稿》的奋仇怒绪。作者坦白率真,情感倾泻,不计工拙,无拘无束,龙飞凤舞,随心所欲,整篇《祭侄文稿》结构堂皇卓越,个性之鲜明,形式之独异,都开历史之先河。其魄力和胸怀,像一道闪电,似一声惊雷,痛快淋漓地表现出作者无与伦比的文人悲壮极致。

陈天然在《岁月如歌》画册中介绍道:"'文化大革命'把各种文艺作品和作家批倒斗臭,唯独不批书法,因为毛主席诗词书法威震天下。我觉得这是学书法

的天赐良机，积极帮别人抄写大字报的同时，埋头于河南省博物馆碑帖书库，历代书作应有尽有，多年通读库藏，精选双钩书法经典数十本，为我后来学书法奠定了基础。"

然而，一封检举揭发信，从湖北艺术学院那里发出来，投送到河南省群众艺术馆，打破了他相对平静的生活。一个名叫杨勤（化名）的年轻美术女教师，检举揭发陈天然攻击"大跃进"，抹黑党的农村政策。更具体些说吧，她揭发陈天然曾在武汉传播、渲染河南的"信阳事件"，污蔑河南饿死多少人，来信文笔犀利，刀刀见血。不过，大家都心知肚明，就是说，把私人怨愤贴上什么标签，或嫁接到谁身上胡喷乱咬，没么么容易。

少言寡语的陈天然百思不得其解，自己怎么得罪了杨勤？这时，"文革"的瓢泼大雨已经猛灌河南，郑州的大街小巷人头攒动，打倒牛鬼蛇神的口号声震耳欲聋。杨勤所检举揭发的陈天然反动"言论"，在那个短暂的历史时期，作为"洪水猛兽"被理论围剿过批判过。所以，不可否认，杨勤实质上是在落井下石，背后戳刀。

有那么一段时间，杨勤的检举信把陈天然推到了风口浪尖上，大大影响了他的处境，冷落了两派对他的信任。大家都不信任他，但也都在利用他。你不是没倾向没观点的人吗？你不是袖手旁观没事儿干吗？好，给我们抄大字报吧。两派连篇累牍地批判"封资修"的文章，对"两报一刊"文章的转载学习，你陈天然给我们抄写，替我们打浆糊，贴到院墙上或花园路上。

陈天然没有参加群众组织，只是用公家的笔墨纸张，书写张贴了无数张大字报。一会儿用颜体，一会儿仿苏体，高兴的时候，来几段章草。多么好的练字机会呀！甚至有一天，他一面琢磨自己代抄的批判《战斗的青春》小篇文章，一面看《祭侄文稿》的横撇竖直书法结构。

忽然一阵大呼小叫传上楼来，陈天然凭窗眺望，看到马路对面的高楼下，黑压压的人群正在大辩论，旁边停着一台三轮摩托车。车上大红旗招展，车下红旗叠压，人群推推搡搡，挤挤抗抗，满眼的斑驳繁杂，煞是热闹。陈天然爱静不爱动，正要回身落座时，一个战斗队司令说："小陈下去看看发生了什么事，关心国家大事嘛！你怎么这么冷漠啊！看看去，你要积极表现才好呀，省得人家老说你走白专道路，资本主义复辟了你都不管。"

陈天然心中一阵酸涩，默不作声地下楼去了。他还未听清楚躁动的人们在互

喷什么，隔着人群，一眼看到后面的楼体正面，有人正在糊白纸，准备书写大标语。陈天然拨开人群，凑到近前看得仔细。待一溜白纸贴完，那个一身军装并扎着武装带的青年学生，左手提墨桶，右手抓排刷，甩开膀子写大字，标语直上墙。

书画家陈天然见多识广，但贴了纸再写字，这是头一回见到，好稀奇。而且，小青年书写功夫了得。他用排刷蘸满浓墨，写的是汉隶空心字，速度极快，又不滴沥墨水。字体蚕头燕尾，筋骨硬朗，自然端庄，一波三折，右边和下线条加粗，极富立体感。整条大标语，风格效果如行云流水，一气呵成。

陈天然知道，空心隶书美术字，不管它有多美，都不在书法范畴。但光从小青年的书写功夫来说，足以令人肃然起敬。他从没见过空心字字帖，也没见过教写空心字的老师，高手在民间啊。

从武汉调到郑州后，有那么几年，初来乍到，面对"老干部""老司机"们，"新人"陈天然在打杂，真的经常打水扫地，活动在一群小鼻子小眼睛的人当中，有不少都是些不敢打针却敢打医生的人。陈天然一肚子愤懑，揉碎在几声叹息中。哎！能忍者自安吧。

很快，风雨机关中形成了一种习惯，接纳了陈天然的角色。今天见他兜底干活，感觉世界运行很正常，明天的大茶壶还是他。他只要配合一下，就会有人顺杆子往上爬，一不见陈天然打卡，就会有人大声问：那个谁？湖北调来的什么然，干啥去了？

一天，有个小个子男人声嘶力竭地朝陈天然吆喝道："一楼厕所堵了，你想法通通吧，革命贡献嘛，你也去光荣光荣！"这小子嚣张得大有武大郎撂扁担换推车的样子——一脸妙手偶得的骄纵，洒脱得都快不会说人话了。大出陈天然的想象，如此小人物的阴谋针线包里，竟还藏有仗势欺人之利器。

陈天然难以承受这份"光荣"，也不想去做没有尊严的雷锋。他扶着楼梯伫立在那里，挺起腰，瞪着眼，虽寄人篱下，但决不仰人鼻息。就像一团潮湿的柴草，在灶膛里熰啊熰啊，狼烟地动就是不见火焰，但熰到一定时候，它会砰的一声，大火一下就燃烧起来。此时此刻的陈天然，本来就是湿柴草脾性，经不起长时间炙烤，终于爆发了："我不去！就是不去！"

想想，当年挎枪南下的文化战士，大部队那帧帧英武画面，傲然屹立盘马弯弓，夜阑风雨革命军马的英雄，剿匪战斗打响，那是怎样的铁血场面啊。面对强敌，陈天然都坦克般碾压过去，何况这种波澜不惊小场面，一个卑鄙渺小之人，

拿下这个不自量力的作死小儿,简直是吹毛断发。

小个子男人哪见过这阵势,无声的威严逼得他节节后退。陈天然疑惑不解,文化殿堂怎么就容忍这般龌龊之人?之后他才清楚,这个打杂的临时工,是某领导妻子的姨表弟。

实际上,这还是杨勤那封检举揭发信的影响。不少人一看陈天然蒙了,就柿子捡软的捏,一直想挤兑陈天然打扫厕所去。后来大家都知道了,所谓"信阳事件",是地方恶政造成的,宣传"三年自然灾害"饿死人,有些情况下,反倒能引起共鸣获得同情。所以,陈天然"躺枪"的事儿,也就不了了之。

陈天然依旧去博物馆"蹭课",书帖画帖翻了一本又一本。有些版本还是他少年时代的读本,二十多年后再相见,感到如老朋友般的亲切。

其实,陈天然对书法的发蒙,从懵懂少年时就开始了。陈天然7岁入村塾念书四年,这时开始学写毛笔字,入门临帖。十一二岁时,休学二年,跟祖父学种地。13岁跟堂叔学习,读四书、《诗经》《千家诗》和《古文观止》。翌年,跟外婆家附近名儒杜青山(据说是杜甫嫡系后裔)学习,随后转入巩县中州中学。

少年陈天然迷恋书画,忘情地临摹有李渔作序的《芥子园画传》,临颜真卿的《祭侄文稿》《多宝塔碑》。1942年陈天然16岁,柏沟岭和河南各地一样,遭水、旱、蝗、汤四大天灾人祸,父兄被抓丁失联,他便辍学务农,成为庄稼汉。农忙得空时,仍不忘临摹字帖画帖,直到出远门到开封、商丘谋生,到洛阳参加革命,南下武汉,他都没有放下酷爱的书画,在人生的隧道里,一直开拓进取。

进了他熟悉的博物馆碑帖书库,翻开颜真卿的《祭侄文稿》,摆出刘勰的《文心雕龙》和刘永济的《词论》。他不必很费劲就可以达到"两耳不闻窗外事,一心只读圣贤书"的境界。生平最享受的,无非是心无旁骛地读书或临摹字画了。

陈天然崇拜刘永济——武汉大学文学院院长、著名文史专家,曾经聆听过他的讲座。刘永济在《词论》中,对颜真卿的《祭侄文稿》做过高深的评价。陈天然既然对《祭侄文稿》手不释卷,自然也异常关注文史巨擘、权威学者怎样品评"天下第一行书"。"情不真则物不能依而变,情不深则物不能引之起"(刘永济《词论》)。依照刘氏的高瞻远瞩,《祭侄文稿》是由情感的心海滋润出来的不朽之作,是灵魂的送葬曲,是血泪交织的悲剧孤本。撼人心扉的艺术效果,直逼"天下第一行书"《兰亭序》。

刘永济的《词论》,向书界传达出义正辞严的宣告:中国的书法历史上,唯有

《祭侄文稿》最孔武刚劲，珠圆玉润。大家所说的"干裂秋风，润含春风"，也唯《祭侄文稿》当之无愧。而且，"醉翁之意不在酒"，"项庄舞剑意在沛公"，道法自然，水到渠成。元代书家大腕鲜于枢，呼吁把此作奉为"天下第一行书"。但"天下第一行书"已被王羲之的《兰亭序》占了位置，颜真卿不得不委曲求全做老二了。按一种最时髦的说法，实践是检验真理的唯一标准，既然书家议论纷纷直抒胸臆，那么，在陈天然看来，《祭侄文稿》也可担当"天下第一行书"。

陈天然赞同刘永济的观点，追溯历史渊源和艺术渊源，《兰亭序》虽在书林高山仰止，但毕竟是"手工"美多于"绿色"美。《兰亭序》的诞生背景，是名流高士婉约，风雅诗友聚会，是锦衣玉食侍奉的温良恭俭让，因而也风流千古，经典永恒。

而颜真卿的《祭侄文稿》，则是战场上的忠臣良将对报国殉难侄儿的祭奠，也是对安史之乱叛军的血泪控诉，悲怆惨烈之美，无与伦比。所以，千秋万代评价其"纵笔浩放，一泻千里，时出遒劲，杂以流丽，或若篆籀，或若镌刻"。加之他的血性品格，知识分子便拿《世说新语》中的王述说事儿，以为王羲之心胸不那么开阔，家国情怀比不上颜真卿。因而，《祭侄文稿》的分量便又厚重了几分。

陈天然从省群艺馆闪身躲进省博物馆，一般情况下，他上午到群艺馆点个卯，下午三点多就到博物馆浏览书贴。时光过得溜溜地快，他觉得碑帖书库的光线逐渐灰暗下来，刚一愣神，博物馆闭馆的铃声叮铃铃响起来。他抱起一摞子来时借阅的书籍，就往大门走。都借的什么书呢？《赏其昌书鸭青词》《嵩高灵庙碑》《怀素自叙帖》《康有为书南阳小庐诗》等等。

陈天然在《我与书法》一文中，真实生动地自述道："割一爱则不能，求万全而难能……面对如此浩瀚的碑帖，必须大胆取舍……我不涉篆隶，矢志行草。无论哪种风格流派，不拘先贤时贤，凡功夫雄强、个性鲜明的书家与作品，每次选五本，带回家去，神采形质之确能动我魂魄者，借用摄影抓拍的手法，择优双钩入簿。我通读藏帖，积字二十多本再精选纳入袖珍本，随身携带。时刻默诵，于劳顿之隙，也不减画地书空乏习。"

他回忆起少年学书法时说："我喜欢颜体，刚劲丰伟，布局森严，字里行间洋溢着质朴昂扬的浩然正气。"早年他跟当塾师的堂叔上学，着迷颜体。他在《痴情乡土》一文中写道："我逐渐发觉柿树颇有颜体书法的威严气概，连那枝条的径挺迂回，顿挫转折之势，也酷似颜书浑厚挺拔，开阔雄伟的神态。"

如今，他从武汉调到郑州，把大把的珍贵时间，消耗在陆海潘江龙跃凤鸣的文化群艺殿堂里，要打造书画的十八般武艺，条件得天独厚。反正，陈天然有心插花也好，无心栽柳也罢，沉在一片文化素养饱满的土壤里，深耕细作，春种秋收，似乎不想五谷丰登都难。不受打扰的借阅研习，都在安宁静谧的氛围中纵深推进。困乏劳累的时候，门外有茶炉，阅读桌上摆着茶杯。他在喝水解渴的时候，总禁不住虚闭着眼睛，回忆湖北武汉的诸多人和事。

二十九　落户黑石关

1969年底，43岁的陈天然和大批河南省省直机关干部一起，被下放到农村落户。陈天然还是不离他的黄土高原，被下放到巩县孝义公社黑石关大队。

陈天然又像对口安置一样——"到巩县去吧，你没有水土不服的问题，有什么困难和要求，本乡本土，找找亲朋好友捏合一下，什么艰难困苦都会迎刃而解的。再说了，巩县到郑州很近，有事儿找娘家呀！"那位给陈天然做思想工作的领导温柔体贴，慈悲为怀，那种悲壮和不舍，就跟李世民动员文成公主远嫁西藏一样。

领导的亲近和关怀，甚至是无奈的同情，一下子使陈天然一颗七上八下的心平复下来。他知道，虽然不同于当初随大军南下，但也是成千上万的人在行动，去就去吧，天南海北转了一圈儿，今又转回去了。叶落归根，回巩县也好。

上级领导出于某种战略考虑，在大批干部下放农村的时候，没有强迫带家眷，没有命令腾空原住的房子。陈天然到了黑石关以后，依然没人找他提工人新村房子的事儿。乔娥常常带着孩子们乘坐火车，在郑州和黑石关之间辗转。陈天然也偶尔从黑石关车站上车，慢慢悠悠到郑州，在他拥挤但十分温馨的工人新村家里，吃烙菜馍，睡木板床，然后挑拣一些书籍、毛笔或刷子，背起那个鼓鼓囊囊的帆布包，原路返回黑石关。

黑石关是巩县一颗灿烂的文化明珠。陈天然到这里落户，之所以还能很高兴，主要还是看中黑石关浓浓的文化气息。黑石关位于巩义西南方四公里，古称黑石渡，是洛水的一个古道渡口，汴洛大道的必经之地，因伊洛河东面有黑石山而得名。黑石山是座小山，高不过二百米，但常到巩县游历的刘禹锡有言在先："山不在高，有仙则名。水不在深，有龙则灵。"宋代韩维的《孝义桥》中也有诗句："残花辞故都，细雨度青洛。"真乃"诗情伊洛河，画意黑石关"。

黑石关以陇海铁路黑石关大桥为界，两边分别有两个村子——东黑石关和西黑石关。那时战备吃紧，所以铁路桥上还有武装战士站岗守卫。桥下就是伊洛河黑石关渡口，有摆渡的小船和打鱼的小木筏。当年慈禧太后挟持光绪皇帝西逃回銮北京，就走的这儿，并在此小憩，然后到康店"行宫"。只不过前些年的伊洛河水比今天大得多，从桥上往下看会头晕目眩。陈天然经常看到有人站在桥上看风景。呼啸的火车来了，他们就赶紧蹲下。大桥旁边的陈天然，看到了这个"生活小品"和上下纵横的"线条"，把轻松的发现和簇新的感觉，不断揉进他日后的绘画作品中。

黑石关雄关盘踞，古渡锁喉，舟车往来，商贾云集。陈天然经常为了排解一种莫名的焦灼或忧虑，来到黑石山车站的尽头，瑟瑟冷风中，站在铁道边的山坡上，凝神望着繁忙的陇海铁路线，思绪陷入深沉的历史长河。

老邻居杜甫的《兵车行》里有一句："车辚辚，马萧萧……"诚然，杜甫眼中的兵车辎重驷马万乘，是何等的威武雄壮，又充满兵连祸结动荡不安的战争气氛，但就场面而言，杜甫怎么也不会想到，一千多年后，会有一台喷云吐雾的蒸汽机车，拖着一条钢铁长龙，驶往边陲关隘。

从孕育中的汴洛古道走来，必然在黑石关稍息或补给的，还有秦皇汉武唐宗宋祖，老子孔子诸子百家。画圣吴道子当年从阳翟出发进京，就是在黑石关问路。忠贞刚烈的颜真卿，遭奸佞算计被贬谪出长安，也是在黑石关喝茶盘算，然后冲入安禄山的势力黑幕下。

在伊洛河边长大的陈天然，晓得建安文学的代表人物曹植，船过此地有感而发，写下千古名篇《洛神赋》(有说在洛巩境内)。黑石关也留下抗战名将皮定均的足迹，抗战岁月中，将军的队伍几度转战，休整在黑石关。

这些都成为陈大然暖心安居黑石关的重要元素。陈天然每到一个地方，总是先关注它的人文背景，眷顾字画遗存，这已经是他的惯性意识了。何况，他的柏沟岭距黑石关，也就有汉口到武昌那么近。对黑石关的文史丰碑，他早已了然于心。总之，到黑石关落户，选择也好，分配也罢，既来之则安之，自己总在动态中生活，真是习惯了。

黑石关村毗邻陇海铁路线，还有个铁路小站台，一天有多趟慢车停靠，上下车非常方便。村民西去洛阳，东上郑州，说走就走，说回就回。陈天然最初来到这儿，甚至还有几分惬意，感觉比喧闹的郑州还强。有一次，他和乔娥、孩子一

家人,坐火车去洛阳,说是慢车,但晃荡了没多大一会儿,就到洛阳了。逛逛公园,吃吃水席,还找了《新洛阳报》的老同事叙叙旧。天南海北,都市乡村,这插花般的日子,还不错咧。

连绵的阴雨也经常光顾黑石关。不断线的雨水,从低矮的农房上不住点儿淌下来,在院落里汇成汨汨的流水,流出院落,漫到坎坷不平的村街上,泥泞把鞋都粘掉了。没青菜吃,顿顿干馍稀汤就酱豆。空气潮湿,字画新作一夜都晾不干。养了一只猫,它把屎尿拉在门口的灶火灰里,发出阵阵臊臭气。郁闷的气氛,又使他高兴不起来了。

好在春天如约到来,大年刚过,"沾衣欲湿杏花雨,吹面不寒杨柳风",黑石关漫山遍野的小草,静静地破土生长出来。雨后斜阳下,黑石关村里村外一片安宁。陈天然被迷蒙的春雨捂在家里好几天,今天出门了,得好好吹吹晾晾透透气。平日里尘土漫地的山路,雨后异常清爽。陈天然是背着画夹出门的,他漫无目的地转悠,心想若遇到好景致,就停下来写生。

他正在路边凝视远方,从山路的拐弯处走出一个人来。等离近了,那人一愣,主动热情地招呼:"哎!这不是陈天然同志吗?您在这儿干啥咧?"陈天然客气道:"黑石关是我家,原谅我不认识您。"那人说:"但我认识您,天然同志。上次,我到省群艺馆找周鼎修改剧本,见您在画画,咱俩还说了几句话,您忘了?我叫张富昌,观音堂煤矿毛泽东思想文艺宣传队的,我很快还要去郑州。"陈天然说:"噢!我下放到这黑石关安家落户了。"那人惊奇道:"是吗?"陈天然又问:"你到黑石关来,到谁家走亲戚吗?"张富昌说:"不是的,我家离这儿不远,只有几里地。"

张富昌没有走开,他和陈天然越聊话越多,说到兴奋处,俩人像开了闸似的。陈天然了解到,张富昌带着义马矿区观音堂煤矿毛泽东思想文艺宣传队,在自编自演节目外,还自己创作革命小戏剧,自己做编导,得到上级领导肯定,受到矿区革委会的表扬。张富昌觉得现代小戏大有可为,前途光明,美中不足的是缺乏美编人才。他说,他们是企业扶持的文艺宣传队,铺排场面不缺钱,缺人。"要是你陈天然同志能到我们矿上上班,参加我们的宣传队,那简直是锦上添花。"

陈天然听着,光笑不吱声。最后,两人说定,陈天然按照张富昌的要求,抽空给他们画一套字幕幻灯片,打场次文字、人物表和唱词,配合他们的豫剧《智取威虎山》演出。陈天然早年在武汉时,接触过幻灯的制作和使用,像打字幕这类业务，自然难不住他。

等陈天然制作的幻灯片完成之后，张富昌他们排练的豫剧《智取威虎山》就要在离观音堂煤矿不远的一个山村演出。张富昌发来电报，说这两天领导派车来接陈天然。

晚上开戏前，陈天然坚持试一试效果。不试不知道，一试吓一跳。不管是映照在底幕的场次背景画，还是打在边幕上的唱词，都比预想的好。张富昌大声朝陈天然吆喝着："哎呀！老陈你真中，气死县剧团！停几天我们就回矿上演出，叫矿领导高兴高兴。"

陈天然从黑石关坐卡车赶到观音堂煤矿，做了一次舞台美工。底幕幻灯倒不用太操心，每一场演出完毕，才更换一次幻灯片。不过，他仍旧把玻璃片在灯光下照照，怕出差错——

第一场　乘胜进军
第二场　夹皮沟遭劫
第三场　深山问苦
第四场　定计
第五场　打虎上山
第六场　打进匪窟
第七场　发动群众
第八场　计送情报
第九场　急速出兵
第十场　会师百鸡宴

调试过后，陈天然觉得顺序、画面和大字的比例与融合都很好。十场戏十幅幻灯画，的确耗费了陈天然不少精力。他在作画时，借鉴参考了电影和其他戏曲舞台布景的风格色彩。

关键在字幕幻灯片，唱词多，唱段衔接时间要求紧凑，绝不能演员这边张嘴，那边张冠李戴。一台幻灯机，啥样的剧团都需要专业人员操作，还得有专门的训练才行。陈天然说："没事儿，我心中有数。《智取威虎山》的戏，京剧豫剧汉剧，我看了不止二十遍。场次唱词，我都记得滚瓜烂熟。这些要是出问题，我这个革

命文艺战士,就问心有愧了。"

演出开始,陈天然就端坐在前排操作幻灯机。他既打场次,又打唱词。台上台下整齐划一,唱词和演员台词一致,几乎配合得天衣无缝,无可挑剔。看戏的当地百姓感觉非常得劲,都说观音堂矿的宣传队,盖过义马周边所有的县剧团。

打字幕的时候,不定哪一段唱词跟不上唱腔,就会使陈天然手忙脚乱。那段打虎上山戏,唱到最后,就叫人急出一身冷汗来。这段唱,可以说是全剧的中心唱段。演员开始演唱的时候,气势排山倒海,乐韵行云流水,下边观众掌声如雷。

> 穿林海跨雪原气冲霄汉!
> 抒豪情寄壮志面对群山。
> 愿红旗五洲四海齐招展,
> 哪怕是火海刀山也扑上前。
> 我恨不得急令飞雪化春水,
> 迎来春色换人间!
> 党给我智慧给我胆,
> 千难万险只等闲,
> 为剿匪先把土匪扮,
> 似尖刀插进威虎山,
> 誓把座山雕埋葬在山涧,
> ……

当唱到"壮志撼山岳,雄心震深渊"一句时,卡了壳。陈天然果断采取措施,并巧妙适时地赶上最后两句:"待等到与战友会师百鸡宴,捣匪巢定叫它地覆天翻!"整场戏下来基本流畅,美感远远压过瑕疵。在落后的豫西山区,陈天然和张富昌,共同努力完成了一场有"声光电"的革命样板戏。

十来天后,张富昌给身在黑石关的陈天然写信,说矿上批准他老婆从农村迁往观音堂,"一头沉"的家庭问题终于解决了,《智取威虎山》的成功演出,是至关重要的推手,因此,还得感谢陈天然。

三　十　涉足康百万

陈天然在黑石关待了不到一年时间，没怎么受苦受累，真正的劳动也没有几天。村民宽容厚道，大方热情，为陈天然的适应提供了非常宽松的条件。他到黑石关没几天，村里村外都知道从郑州来了个书画家，不少人求他写字，陈天然虽不能有求必应，但基本上都热情诚恳地打发一下。

临近春节，按照上级要求，他是不能回郑州和家人团圆的。黑石关的村民，左邻右舍的好邻居，在大年三十傍晚，几乎是生拉硬拽，把他送上了东去的慢车回到郑州。之前的一连几个白天，他都在为家家户户写春联，还有新人的结婚喜联。

1970年的春节，豫西山区依旧一穷二白，村民的日子紧巴巴的。不过，革命时代，破"四旧"立"四新"，提倡过革命化战斗化春节。大家都不烧香不拜佛，不祝福恭喜发财，但必须抓革命促生产，体现新社会新气象。陈天然写的春联，其中就有一幅老贫农交代写的——辞旧迎新过春节，大年三十送粪忙。有一对结婚新人嘱陈天然写：婚礼上抓阶级斗争，洞房中要斗私批修。陈天然抬头看看他们俩，微笑了一下，不置可否地写了。

那几天，在三门峡上班的邻居张少保回家过年，带回来一个半导体收音机，挂在门口的树杈上，一直在播放歌曲《大海航行靠舵手》，还有京剧《智取威虎山》《红灯记》《沙家浜》，以及舞剧《白毛女》什么的。杨子荣下去，李玉和上来，阿庆嫂和胡传魁刁德一，周旋得没完没了。似乎白天黑夜都在"穿林海跨雪原……""北风那个吹，雪花那个飘……"陈天然一边写春联，一边惦记着郑州工人新村的家，在一种忐忑的心情下，一幅接着一幅地写。

过了春节，陈天然就乘火车从郑州回到了黑石关。中午，当他把从郑州带回的绿豆丸子、粉条和回锅肉熬成大锅菜，准备吃饭的时候，大队革委会派人来转

达县里通知,叫他速到康百万庄园阶级教育展览馆报到。

陈天然已经懂得,啥叫"阶级教育展览"。他从省群艺馆抽调到郑州铁路局时,就是去办这种展览,无非是写写画画,向革命群众宣传反动派和资产阶级怎样盘剥劳动人民,榨取劳苦大众的血汗钱。

康百万庄园,和慈禧太后有一段故事。当年,老佛爷携光绪帝逃难西安又回銮北京,一路饱经风霜,皇家的尊崇碎了一地,不料进入巩县后,竟然春风化雨山呼万岁。先在黑石关打尖,再起驾龙行康店。康店庄主康应魁,乃千里眼顺风耳,提前迎驾黑石关,铺排黑石渡口,打扮巩县城,一路红毡铺地芦席罩顶。慈禧御轿在"行宫"里忽闪,切身体会到康家的精明和巩地文化的厚重传统。一行人在康店落轿洗尘,在中原大地的山旮旯里,重拾皇家荣耀,重享锦衣玉食,一高兴皇封康家"康百万"。"皇封酒美,帘开紫雾,香喷金猊,望枫宸八拜丹墀内。"康百万庄园自此金珠富贵,名满天下。

陈天然翻阅巩义"康百万"历史册页,有一帧光彩又灰暗的画面:慈禧、光绪两宫落难西逃,回銮经过巩县驻跸黑石关龙窑行宫。而提前造行宫的人,就是巩县康店大土豪康建德。况且,他还为慈禧娘儿俩捐赠白银100万两。由慈禧主宰的大清王朝也没有过河拆桥,特赐康家"神州甲富康百万"金匾一块。自此,康家闻名遐迩,官商通吃。踏着岁月的脚步,士农工商,时空变幻,康百万庄园铭刻着陈天然的青春记忆,积累过他艺术风骨的厚重涵养。

陈天然土生土长,对康百万庄园更是知根知底。从柏沟岭到"康百万",一条伊洛河,一片山岭地,鸡犬相闻,牛羊乱群,一只惊魂未定的兔子,稍一加油,就从柏沟岭跳到康店街了。当年在武汉说起河南,感觉巩县渺小得就像个三口之家。况且,少年陈天然常跟爷爷跑康店,跟父亲看黄河,在洛口读《千家诗》,登伏羲台,他就是康店的常客。

距离康百万庄园咫尺之遥,有个叫博沟村的小山庄。说小可是很经典,镌刻着历史的沧桑,闪烁着建筑师的智慧光芒。少年陈天然偶然路过这里,一下子被满村的明清建筑所吸引。青砖黛瓦,气势宏伟,飞檐翘角,雕刻细腻。这种艺术美感,一直烙在翰墨学子的心上。在时光飘过四十年,已成书画大家的陈天然,依然会背起画夹,重回薄沟寻梦,安静坦然地将村中古宅速写成册,结集出版。康店、柏沟岭、巩县的山山水水,都是陈天然丰富的创作素材。陈天然丹青生涯一辈子,画笔所及,没远离过巩县的黄河、洛河、古村落、古窑洞……

生活琐碎，万物成诗，高人指点，名人传授，一定活出生命的辽阔。

陈天然打起行囊，乘船先到康百万庄园报到住下。他和一个叫于得水的负责人见过面，那人倒是个干脆利落之人，简明扼要地交代了工作："康百万庄园阶级教育展览馆，队伍十人，领导一个，咱分工合作，各负其责。你陈天然我了解，大弄家儿，写写画画。阶级教育，咱响应伟大领袖毛主席的号召，坚定不移地跟共产党走。我不具体布置，大家总不会把康家弄成慈善之家吧！你前面，有人编纂文字，你就砘子儿跟着耩麦楼，用画面呈现就中了。展览嘛，大同小异。不行了，就到外地参观一下，比葫芦画瓢呗。"

果然如此，在康百万庄园搞阶级教育展览，和在郑州铁路局搞的那一套，一个套路。于得水的言下之意，是该抹粉的抹粉，该抹黑的抹黑。

在等待展板和文稿的时间里，陈天然多在康家庄园里转悠。康家庄园依山傍水，靠山筑窑洞，临街建楼房，濒河设码头，依险打寨墙，集农、官、商于一体，兼具园林、宫廷艺术特色。庄园占地二百多亩，由多个功能齐全、布局严谨、等级森严、风格各异的建筑群构成。今天人们能够看到的有庭院、住宅区、栈房区、作坊区、南大院、祠堂区等。整个建筑群的风貌，既保留了黄土高原民居和北方四合院的形式，又融南方之古朴典雅与北方之粗犷厚重于一体，被誉为中原建筑艺术的明珠。

陈天然来到藏书楼，又看到楼内的一幅幅楹联："诗过邙山传海外，文随洛水到天涯"，"依墨绕书林，求知、求学、求教；借章探史翰，解意、解科、解题"，"临事让人一步，自有余地；临财放宽一分，自有余味"，"处世无他莫若为善，传家有道还是读书"。在庄园里漫步，类似这种励志楹联比比皆是。遍布庄园的砖雕、木雕、石雕等艺术构件，刀法细腻、工艺纯熟、内容繁多、形神兼备，其中不乏"居贵敬""行贵简""拜帅求读""尊老爱幼""立志成才""五子夺冠"等等。零星装点的无形的文化瑰宝，就像璀璨的钻石，镶嵌在雕梁画栋中。康百万庄园，既富丽堂皇，又彰显出人文荟萃的气象。

在浓烈的生活烟火味里，四百余年的康百万庄园人才济济，具有较大影响的人物就有一百多人。康家后人中，以高级知识分子居多。由此可以想象，康氏家族不仅仅是富贵的名门望族，还有古风墨雨的文化积淀。人们常说富不过三代，而康百万庄园横跨明清两代，四百余年繁盛不衰。试想，没有文化支撑滋润，怎么能撑得起那么宏大的排场呢？

应该说，陈天然到康百万庄园搞阶级教育展览，还是挺平和挺愉快的。近三年的时光，他为全县的阶级教育展板书写了数万字的文字，画出了数百张图画。字都是认真的随手字，但绘画插图却容不得半点疏忽潦草，幅幅都得谨小慎微，一丝不苟。那么多字，那么多画，在陈天然的记忆里已经模糊了，只留下框架供他回想。什么画呢？农家推着小车交租的《往康家推》，山路上相拥哭泣的母女《撵出康百万》，解放军战士挥舞红旗的《解放》，渔夫张网、狗腿子坐收渔利的《鱼利》……

在康百万庄园，陈天然还提携了一个青年画家徐小龙。在他到康百万阶级教育展览馆报到没几天，就来了这个小青年。小青年有绘画基础，为人热情诚恳，又好学，陈天然就把他收为徒弟，手把手教。徐小龙进步飞快，入道之后，一步一个脚印，最终有了大动作，搞出了大名堂。

陈天然首先把最拿手的木刻手艺教给了徐小龙。徐小龙为提高绘画技能，经常按陈天然的要求，到山沟土岭或农村湖泊写生，实践观察，还经常给山村老太和村姑画像，创作了不少反映社会变迁的连环画。气吞山河的雄心，往往是从被启迪开始酝酿的。巩之艺林，易生秀木，徐小龙想要创作鸿篇巨制《河洛风情画卷》，他要绘出伊洛河流域的刀耕火种、婚丧嫁娶。

经历了三年的辛苦耕耘，终于大功告成。新婴卷、年节卷、丧葬卷、夏粮卷、纺织卷、强身卷、狮社卷、婚娶卷、百业卷，每卷三十米左右。"秋风捣素描长卷，春日鸣筝制短章"，长度媲美《清明上河图》。《河洛风情画卷》人物一千多个，卷卷让人看了感慨万千。这些画卷，比之他以往的作品《声声醉》《驯牛》等，是承上启下，继往开来，更上一层楼。从徐小龙的丹青实践，我们看到了他和老师陈天然在绘画探索中的异曲同工之妙。

三十一　龙门煤矿翰墨客

陈天然在康百万庄园的阶级教育展览工作结束后，随即被抽调到省里，参加河南省阶级教育展览工作，在全省搞巡展教育。之前，全省的这项工作搞得热火朝天，卓有成效。在千百万幅的绘画或解说文字中，不乏上乘之作。现在，省里派出专门领导，要从这些优秀展品中再提炼，搞出精品来。

陈天然一面在巡展中跑龙套，一面创作出多幅大型国画。正在他兴致勃勃参与其中的时候，又有人通知他换行头。干什么？省里要组织一帮书画家，到洛阳龙门煤矿体验生活。陈天然吃惊不小，一个书画家，到煤矿深处能体验什么呢？

洛阳龙门煤矿，位于世界文化遗产龙门石窟附近。陈天然之前到过龙门多次，当年在《新洛阳报》时，他老是单枪匹马偷偷杀过去。龙门风景秀丽，文化沉淀丰厚，以卢舍那大佛为首的"艺术群体"，在那里俯视人间烟火，已经一千多年了。

游览龙门，在陈天然看来，最引人入胜的，应该是那条碧水涌动的伊河。啊！婉约柔美的伊河跃出龙门，一个华丽转身逶迤东去，在玄奘故园畔和洛河交汇后，相拥穿越巩县茫茫青山的千沟万壑，这就是著名的伊洛河。绰约多姿、人文荟萃的伊洛河，在三皇之首百王之先的伏羲所创太极八卦图的地方，与滔滔黄河珠联璧合，波澜壮阔远走东海。伊洛河，千秋万载裹挟着历史的金紫银青，河洛文化润泽下的陶然乐土，沉淀下巩人浓墨重彩的生命底色，筑梦天下，继往开来，孕育出纵横家苏秦、诗圣杜甫、豫剧表演艺术家常香玉等古今英豪群体。

和陈天然同去龙门煤矿体验生活的，还有画家李自强、李伯安、周彦生等人。这些画坛大咖，都在陈天然一生的翰墨格局里，扮演着不可或缺的角色。李自强和陈天然，从当初第一次在铁路局搞阶级教育展览开始，两人就是好搭档。他们交流切磋，互为绿叶红花，你见多，他识广，你画龙，他点睛，配合得行云流水，浑然一体。

在煤矿体验生活，可不是只在地面上转悠转悠、坐罐笼下几次矿井、随便采撷些素材就可以的。你体验什么，你就得是什么角色。要和矿工同吃同住同劳动，就是说，矿工有多大风险，你的风险也就有多大。除了和矿工打交道，还要和他们建立阶级友情，熟知他们挖煤的千辛万苦。当然，还要观察琢磨矿井的结构，比如竖井、斜井、罐笼、马头门、通风、甩车场等等。

还没有下井深入体验，倒先有一次地面的偶然洞察，令陈天然他们心痛思考了好长时间。那是初到龙门煤矿的星期天，他和李自强、李伯安、周彦生一路，兴冲冲从矿区职工宿舍出来，想在煤矿周边溜达溜达。在矿区大门口那儿，留步欣赏矿上工会办的元旦专刊。虽然已经有些时日了，但因为有雨篷遮挡，专刊的文字和插图依然色彩斑斓、规整有序。

新年献词《牡丹城外桃花源》吸引了大家的目光，文章优美流畅，描写的是洛阳牡丹盛开时节，伊洛河畔有一处被人忽视的桃花源。作者赞美龙门煤矿不仅是座太阳城，乌金滚滚，动中有静，绿意浓浓，生活充满甜丝丝的味道，重要的是，这里还是洛阳远郊一处园林花苑，浓缩着古城的诗情画意，诗中有画，画中有诗。他们当时就质疑，煤矿就是煤矿，怎么就变成了桃花源？是不是把附近白园的风景移花接木过来了？

走出大门没多远，一条弯弯曲曲的便道，把他们引至矸子山下。矸子山，是煤矿特有的。采煤时被剥离出来的石头片石头疙瘩，从井下倒出地面堆积起来，日复一日年复一年，矸子石多了就堆成了山。在矸子山周围，是密密麻麻破旧低矮的油毛毡房，那是矿工的幸福小屋。男人在矿上挖煤，就把农村的老婆孩子接过来，因地制宜，在这儿盖上一间毛毡房，把艰难困苦和远方的爱，从农村迁徙到这里来。

实质上，这儿是矿上的棚户区、贫民窟。都吃过早饭多时了，这儿还是烟熏火燎的，一股股呛人的煤炭燃烧时的硫黄臭味，夹杂着泔水的腐浊味，刺激得几个人直捂鼻子。不知道谁开腔说："牡丹城外桃花源？陶渊明能呛住这个味儿吗？"

这时正好从一家毛毡房走出来几个人，一位中年妇女，穿得鼓鼓囊囊，怀里抱着个孩子，身后跟着一个孩子，屋里仍有婴儿的啼哭声。中年妇女身后的孩子又黑又瘦像非洲难童，嘴里不停地央求妈妈："你去买蒸馍呗，我饿。"妈妈干瘦的脸上痉挛了一下，她看看陈天然几个人，大概以为是矿上领导来检查安全，便带着发泄的口气回答儿子说："没有钱！"儿子反问："我爸爸挖煤不是发钱

吗?""爸爸的钱寄给老家爷爷奶奶了。""爸爸不是还会发吗?""不发了。""为啥呀?妈妈。""煤卖不出去。""煤不是可主贵吗?""不主贵了,矸子石太多,水都烧不开……"没等母子俩说完,陈天然他们便每人掏出五块钱,递给中年妇女,默然离开了。

这时,从隔壁的毛毡房里,快步走出来一位外地口音、高嗓门儿的中年妇女,她虽然着一身新装,但显然也是矿工家属。估计她也把一群书画家误认为矿上领导,便以责怪的口气说了一番:"看看这是啥环境!一刮风煤灰漫天,睁不开眼。搁这儿住俩月,回去半个月解小手都是黑的。"

返回的路上,不知谁感慨道:"这场景要是叫洛阳人李准看到,还不得写篇另一版本的《李双双》?"

几个已成气候的书画家游离在洛阳龙门的伊水之畔,按理说,应该邂逅"齐白石"或"黄宾虹",而他们却身处秀才笔下的"桃花源"里,遭遇了面呈菜色的两家饥民。牡丹城外没有桃花源,几人悻悻地返回,推开宿舍,往床上一躺,直到中午开饭,谁也没说一句话。

日子一天天过去,三个人加上其他几个人,虽是集体过来体验生活的,但都各自努力,尽可能依照自己的方式体验生活。大家都趁着矿上提供学习室,各自着笔勾勒画面,调和七彩。陈天然的心里到底还是有些压抑,少言寡语,大家思想感情的共振也明显减少。陈天然给人感觉是不骄不躁、云淡风轻,而且创作效率令人艳羡。根据井下见闻,他构思创作了连环画《矿工怒火》,还有木刻图画《抢救》《说理》。在他们结束生活体验回到郑州以后,作品很快便在河南人民出版社出版了。

在洛阳龙门煤矿体验生活结束的那天,陈天然没有和李自强他们一路同行。一个《新洛阳报》的老朋友约陈天然见面,陈天然就一个人先到洛阳西工区去了。第二天,他和朋友一起赶到了孟津。陈天然一心想去看看大书法家王铎的故居。当年他刚加入《新洛阳报》的时候,就打听孟津王铎故居怎么去。由于那时还弥漫着战争硝烟,虽咫尺之遥,也没有成行,直到今天,才凑机会走一趟。

陈天然很早就接触了王铎的作品,还从文史书籍中,了解到这位书画大家在明清时期的历史争论。王铎诗、书、画均有建树,书法尤见长,而且诸体皆能,草书成就最高。前几年在省博物馆碑帖书库里,陈天然在琢磨颜真卿字帖的时候,眼前也放着《王铎字帖》。看过诸多书法大家对王铎的评价,他知道其草书风格集

二王笔意，掺入唐人狂草之法，同时还揉进黄庭坚、米芾之特质，在书界自扛一杆旗，将草书锻造得炉火纯青，劲风吹扫中国书坛400多年。

王铎草书大气恢弘，笔锋灵动多样，结构紧凑，连绵奇险，且首创"涨墨"之法，正合古人所云："疏者自疏，密者自密，疏可走马，密不透风。""元章（米芾的字）狂草尤讲法，觉斯（王铎的字）则全讲势，魏晋之风轨扫地矣！然风樯阵马，殊快人意，魄力之大，非赵、董辈所能及也。"王铎的书法造诣之高，可见一斑。对于陈天然来说，不为之着迷是不可能的。

陈天然到达时，看到的是复建的王铎故居，原来的旧居早焚于战火。陈天然热情不减，还是执意要去参观。也许是为了踏踏书家的足迹，沾沾画家的灵气，了却一桩心事，这无可厚非。

在会盟镇老城村，陈天然和朋友都看到了什么呢？的确令他们很失望。20世纪70年代初，还没有90年代才重建的王铎故居和拓印书展。在路上及村里，首先映入眼帘的，是满街满墙的计划生育标语，既辣眼又奇葩。

陈天然和朋友笑了，朋友说："字写得还挺耐看的。"陈天然说："王铎遗风啊。"朋友说："算了，咱就欣赏一下这些标语口号，白跑一趟，回吧。"

三十二　诗画太行山

当年在开封《河南民报》时,黄胄曾经给陈天然讲过一个真实的历史故事。他说,开封是座历史古城,也是个出美女的地方。明朝熹宗年间,开封府祥符县有个女孩儿叫张嫣。天启元年,天下选美,她进入全国"五千范围",后又"梳子梳篦子篦",五千美女再闯关,张嫣越过八道坎,最后夺冠,成为天下第一美女,被册立为皇后。凭什么呢?"顾秀丰整,面如观音,眼似秋波,口若朱樱,鼻如悬胆,皓牙细洁。"

1973年仲夏,陈天然从流动的工作状态中,调到河南省美术展览办公室。"美展办"一个重要的职能就是"选美选秀"。发现筛选佳作,把那些具备阳春白雪品位的画作打个"红勾",推荐上去,拟参加各种性质的美术展览。所以说,在很大程度上,省"美展办"就是全省美术工作的"选美选秀"机构。

然而在"美展办",陈天然真正去"选美"也没有几次。正在他酝酿着兴趣,在黄胄的渲染和鼓励下,把"选美"升华到一定高度,着力推进"选美"工作的时候,有人通知他,改去指定的几个地点写生,不"选美"了,"画美"去。第一个地点是山西省平顺县的石城公社下石壕村,第二个地点是河南林县的红旗渠。接下来还有其他地点,如辉县太行山陈家院水库、八里沟水库以及嵩县陆浑水库灌区等等。

陈天然马上翻地图,山西平顺县石城公社,和河南林县红旗渠在东西一条线上。陈天然即刻离开"选美"圈子,简单准备了一下就出发,第二天到达山西,住在石城公社下石壕村。这个村名,陡然使陈天然想起老邻居杜甫的《石壕吏》,他茶余饭后不知又默诵了多少遍,只是此石壕并非彼石壕。下石壕村的岳氏家族,是民族英雄岳飞的后裔。相传,岳飞被害后,其族人怕受株连,从河南汤阴携家带口逃难于此。同时,族人为躲避追杀和有朝一日东山再起,便依据地势取名,

对内叫岳家寨，对外称下石壕村。一个太行小山村，摇曳着历史的旗幡，流淌着文化的清溪。

这里海拔820米，村庄坐落在山体断层平台上。四临悬崖峭壁，山高谷深，每有强风来袭，碎石便如雨下，常有小动物被击伤砸死。而且，由于特殊的地理地貌，这里形成冬无严寒夏无酷暑的小气候。

第二天，陈天然扛起画架挎着他的傻瓜相机，出门去捕捉风景。走在前面做向导的村支书说："越危险的地方越有军事安全，有险可守。祖宗岳飞在天有灵，给子孙指点迷津。我们一门老少逃难来到这里，就是看中了这块天然屏障。"说着，村支书指点着前面，介绍景色和历史。陈天然顺势看着，一道笔直的绝壁沟壑，曲折蜿蜒的石条路，想象着改朝换代几百年来，坚守在这里的岳飞后代，是怎样以愚公移山的精神，将一条条石条，一块块方石，沿着绝壁裂隙托上去，砌成了一条近乎垂直的攀岩路。

村支书说："过河感谢架桥人，忠良后代不忘毛主席。现在，新修通的公路绕过了这座山，就是你昨天过来的那条路，人们可以既舒服又安稳地到达下石壕村了。当然，你从平顺到下石壕村，一路走来像在天空飞，是吧？看下边的村庄，都是黑点点儿，我们下石壕村高高在上，害怕吗？"陈天然不住地点头，表示惊奇和敬佩，说："壮志饥餐胡虏肉，笑谈渴饮匈奴血，英雄传承，气吞山河。"

村支书说："画家同志，今天咱看到的，一眼的石山、石房、石墙、石街、石磨、石碾、石缸，脚踏手摸都是石头。除了石头，就是绿水和大树了。当然，你没看到的东西更多。明天，我安排一个年轻人，把下石壕村的秘密，都掀开给你看看。"

翌日，村里一个叫小五的高中毕业生，带领陈天然在下石壕村一处处看，一点点瞧，上上下下，不停地抬头低首。都看到什么了？太阳落山之前，下过一阵暴雨，下石壕村悬潭飞瀑，彩虹映日，缭绕云雾中晚霞似火，置身溪水边如临仙境。小五说，东南方向不远，还有十来处溶洞，里边灯光一照，仙境一般，只是"藏在深闺人未识"，架电缆开发吧，缺钱。我们只能靠画家或者记者来画画写写，出去宣传一下。

这一天，陈天然还在小五家看到了他家祖辈珍藏的岳氏家谱，勾起无限感慨。岳飞精忠报国，岳飞后人淳朴善良。他们生活在高山之巅，在坡高沟深中顽强守望。梯田、花椒树、柿子树、红枣树、核桃树，整个下石壕村，蒸蒸日上，生机

勃勃，怪不得领导把下石壕村定为写生点。

应该说，下石壕村是画家写生的理想之地。刚来的那几天，陈天然精神亢奋，思想活跃，直赞美领导的选点英明，一张张写生手到画成。但过了几天，一种不适感隐隐袭来。陈醋太多，开始是菜里掌醋，后来汤里掌醋，后来是盘里碗里都是醋。陈天然并不是不能吃醋，但醋味泛滥就受不了了。来到下石壕村，住宿挺好，一间石板屋，还有小窗户，透亮透气。吃饭也中，但醋太多了，慢慢就成了问题。

酒多喝醉，醋多反胃，陈天然终于坚持不住了。他很疑惑，下石壕村的村民，都是河南迁来的岳飞后裔，应该保留着传统的饮食习惯，怎么一到山西，就变化这么大？不但面食加醋，调菜也加醋，醋的消耗比酱油多得多。给你端一小碟咸菜、腌辣椒，也加两调羹醋。东家让吃醋的热情，就像让酒，霸王请客，吃也得吃，不吃也得吃。过量吃醋，迁就凑合几天可以，但要是天天三顿都有醋伺候，不中。陈天然酸得实在撑不住了，闹得天天反胃，食欲大减，甚至干呕。他不得不收拾行囊，掐一卷素材，提前离开下石壕村，去往林县红旗渠。

陈天然所到之处，不是自然景观，就是人文景点，不是古刹钟声，便是奇园古宅。有时是人为安排，有时是巧遇。到林县红旗渠写生，既是领导主张，也是事有凑巧。不是醋酸逼人，陈天然不会行动这么快。这回落脚在哪里呢？林县盘阳村。盘阳村可不是个平常村，它被称为豫晋古道上的"小苏州"。一桥跨三省，鸡鸣豫晋冀，旧时马帮身影浮动，客商熙熙攘攘。这里还是"红旗渠"精神的诞生地、发祥地。

把山西漳河水，穿过太行山引进林县，开始叫"引漳入林"。引漳入林工程总指挥部，就设在盘阳村中古街北侧一个清代的四合院。县委书记杨贵，就住在这个四合院的东屋里。他和下属一起，每天晚上都要点上汽灯，工作常常通宵达旦。1960年年初，林县县委在盘阳召开了著名的"盘阳会议"。就在这次会议上，引漳入林水利工程被正式命名为"红旗渠"，翻开了"千军万马战太行"的宏伟长卷，"红旗渠"由此唱响中国，震撼世界。

陈天然就住在"指挥部"旧址的北面，一个小院子里带套间的两室房。同住的那位，是安阳市委的一名驻队干部，有时一周都不见他回来住一次。大多时候，都是陈天然一个人，他实际上也不常住。白天就顺着红旗渠往上走走，或下山选景写生。有一次七八天没回来，就在红旗渠青年洞一带写生，美景使他流连忘返，

一天又一天，连着七八天。

到了林县，他就从醋酸的困扰中解脱出来了。虽然也吃掌醋的腌菜，但林县毕竟是河南地面，吃醋的猛度远不及山西。在林县，他吃了几天小米干饭，喝了几天小米粥。林县人也是吃醋的，但不像山西人奢醋。况且，他随后搭了公社的伙，买些饭票就中了。有醋，想吃自己掌，不想吃，就不用理会，多好啊。

陈天然知道，盘阳村是一个历史悠久的村庄，这里也是一片神奇的土地。据传始祖炎帝神农氏，就是在这里，完成了从游牧到定居、从渔猎到农耕的伟大蜕变。公社行政秘书小方告诉陈天然，神农尝百谷、粒王填海、参卢农耕、羿射九日、女娲补天等神话传说，都发生在这一地域。然后，他带着点儿抱怨的口气说："哎呀！画家同志，你到了山西下石壕村，怎么不去红旗渠首？这俩地方距离很近，渠首那里好多美景啊！王家庄住了好多外地画家哟！"陈天然听后挺遗憾，就按照方秘书画的行走路线图，走了一趟回头路，去了王家庄，反正，也不能怕醋就不往山西那边迈步了。

王家庄是浊漳河畔的古村落，红旗渠穿村而过，滔滔汩汩地流向干渴的河南林县。这里看得见山、望得见水，村民推开窗户就能看到河。站在村口的红旗渠总闸旁，望着四周的巍巍青山，耳畔，红旗渠的潺潺流水，就像诗词歌赋里的咏叹调，抒情的独奏曲，川流不息，源源不绝。

出门散散步去，绵绵阴雨中，陈天然打着雨伞，身背画夹挎着相机，穿着凉鞋卷着裤腿挽着袖子，形单影只地缓缓走在青石板路上，发出潮湿的响声。他忽然想起戴望舒《雨巷》诗行里的画面："撑着油纸伞，独自彷徨在悠长、悠长又寂寥的雨巷，我希望逢着一个丁香一样的结着愁怨的姑娘……"他不禁暗自发笑，担心别人误读了自己：外地痴呆小资，在追赶青春梦吧！

画家眼中的世界是多彩的，蚂蚱、犟驴、蠢猪、傻羊，不都入画了吗？一草一木，动态静态，处处留心皆学问。陈天然一直在不停地走，不停地看，不停地思考。没有石头，没有荒山，没有贫穷，画家的天职使命，不但要绘出阳光下的灿烂，还要挖掘潜在的真善美，把昂扬向上的美丽情感，传达给需要美好的人们。

王家庄山峰雄奇，水色秀美。陈天然不是劳作的耕者，天上下雨，农夫休息。冒雨打伞出门，就是要观察山脉雨影的样子。眼见为实，雨雾弥漫的王家庄，佐证了宋朝陆九渊《与王谦仲书》中景物的情真意切："方丈檐间，层峦叠嶂，奔腾飞动，近者数十里，远者数百里，争奇竞秀。"

从郑州出发之前,陈天然带上了一张《河南日报》。报纸上那张修渠英雄任羊成手握钢钎悬挂半山腰作业的照片,使他感动不已。在盘阳,他咨询过方秘书,通过什么渠道可以见见英雄任羊成?方秘书说:"你从渠首回来到青年洞,任羊成的故事好多就发生在那里。这边,我给你打听一下,看老任在哪儿。说实话他也不好见,见他有时比见杨贵书记还难哩!"

此刻,陈天然已经从渠首辗转来到青年洞。抬头先映入眼帘的,是郭沫若先生的题字"青年洞"。郭老的字,龙蛇飞动,行云流水。作为书画家,陈天然当然能掂量出郭字的分量。

陈天然对牛岭山下方的红旗渠青年洞,早已有所了解。青年洞修筑在太行山腰的峭壁之上,是红旗渠建设最艰巨的段落,也是工程艺术和自然景观镶嵌精妙的华彩乐段,是红旗渠的咽喉工程,也是红旗渠核心的旅游景点。摩崖石刻、天河荡舟、凌空除险、铁姑娘打钎……除险队长任羊成带着他的伙伴们,像腾飞于苍穹的雄鹰,在山崖上凌空"荡秋千"等感人镜头,是多么好的连环画素材啊!

关于红旗渠英雄任羊成的故事,陈天然早已看过听过很多了。今天,站在英雄施展才华的舞台上,重温英雄壮举,大有悲壮慷慨的亲身感受。在他完成画作《源远流长》之后多年,英雄的形象依然在他心灵中温存、升华。

1970年年底,周恩来总理在接见外宾时,自豪地向世界宣布:"新中国有两大奇迹,一个是南京长江大桥,一个是林县红旗渠。"

陈天然时不时地挥毫书写这句周总理语录,但使他焦虑困惑的是,他表现红旗渠的国画《源远流长》,远远不能概括红旗渠的大气磅礴和民族气节。还有,在那个特殊时代,艺术家的画作是不署名的,所以,不少幅有关红旗渠的作品,陈天然忘了名字,也无处搜寻,都成了无名作。

三十三　升仙太子碑

出洛阳，往东南行走80里，在偃师县府店镇南，有座小山——缑山。从洛阳到少林寺，必经缑山。缑山，说它小，海拔不过308米。孤峰突兀，气势若和太行、伏牛比，算是弹丸之地了。但山不在高，有仙则名。拉出个缑山过客登记表：西王母、周武王、汉武帝、光武刘秀、蔡邕、刘向、阮籍、谢灵运、唐玄奘（他就出生在这儿）、武则天、李白、白居易、王昌龄、范仲淹、欧阳修、苏东坡、王铎、王世贞……

人称中州才子的民国人物杨勉斋，偃师官庄人，在缑山脚下创建讲武堂，培养了吴佩孚、刘茂恩等一批军事将才。杨勉斋英年早逝，好友于右任亲自写悼念文章，刻石记之，至今碑刻尚在。碑文赞颂杨先生立志报国文不输武，抱怨天妒贤才造化弄人。

但在缑山，要说影响最深远的，还要数武则天和她的《升仙太子碑》。中国历史上唯一的女皇帝，由洛阳赴嵩山封禅，返回途中留宿缑山升仙处，一时触景生情，撰写碑文，亲为书丹建庙。名为太子晋树碑立传，实为自己歌功颂德。碑额"升仙太子之碑"六字，作为唐代飞白书法遗存中的佼佼者，被历代书界推崇。《升仙太子碑》历经1300多年，岿然屹立，被世人津津乐道。

《升仙太子碑》是一面镜子，书画家看到了女皇书艺的恣意潇洒特立独行，政治家欣赏武曌怎样翻云覆雨驾驭群臣。到了当代，执掌旅游算盘的人呼唤："走路不用问，大路没有小路近，来吧！升仙太子欢迎您！玩得开心，吃得得劲。"

陈天然一向认为，只是女皇本身招惹的是是非非，降低了她书法艺术应有的刻度。人们评价她形象的口碑，影响了她光耀书坛的书家光彩。陈天然数次默默站在《升仙太子碑》前，品味武则天撰写的全部碑文。有时，一字字一句句地琢磨武字的行云流水，大气俊雅。想到今人对武则天的随意抹黑和声讨，真是感慨

多多。他坚信,武则天不但是政治家,还是艺术家。不要不服气,真应该拿死活不往球门里踢球的国足说事:不服气?你来踢!

此时此刻,陈天然就面对武则天的《升仙太子碑》,摆好画架,端坐在矮凳上,脚下放着水壶和干粮,精心描绘他的国画《绿野》。昨天,他刚刚在这里完成国画《康庄大道》,今天又打完《绿野》的草稿。现在,他正在描绘绿野黛山,红旗漫卷,农家荷锄的身段,牛拉铧犁的剪影。他聚精会神,一会儿调彩,一会儿换笔,缤纷的景点,正在合围整幅画面。

直到下午,《绿野》接近收尾的时候,他才站起身来,舒展几下疲惫的身体,往西边望望,他是在念叨洛阳涧西区的一位旧友,怎么还没来?陈天然从郑州出发之前,给他发过一封信,告诉他到《升仙太子碑》的会面时间。都两天了,咋还不到?这位朋友平日是很守时的,说啥就是啥。就像上次去瞻仰王铎故居,说去就去,定了的事儿不能走样,性格使然。

陈天然等待的那位《新洛阳报》的老友,名字叫宿少奎。宿少奎身体不好,不到五十岁,退不了休,就休了长期病假。以前在报社做校对,离开报社就没事可干。不像现在,手上有门技术,不愁再找份工作挣钱。那时各种体制铁板一块,再说干校对,如同屠龙技术,离开报社,到哪儿都派不上用场。于是,他就频繁和陈天然联系,三天两头给他写信,想跟陈天然学画画。陈天然想了很多,耐下心来回了他一封长信,告诉他:不中,年纪不饶人,节令不饶天,知命之年,知足吧。

不中归不中,来往还得来往。这个宿少奎除了写信,还不断往郑州跑,逛解放路、花园路的新华书店,逛碧沙岗的劳动市场,买些有关字画的书籍。晚上没事了就和陈天然闲聊,大都聊书法或绘画。他告诉陈天然,人到三十不学艺,画画不说了,但就是对书画感兴趣。他说,兴趣这东西,不是谁给的,也不是谁教的,爱好。吃酸枣就醋——各人有各人的口味。谁知道,不几年之后,歪打正着,宿少奎的爱好大爆发,风生水起,成了远近知名的书画商,书画界大小通吃。当然,这是后话。

说曹操曹操到,他来了。一个瘦高个子的人,有点驼背,长脸高颧骨小眼睛,眼神带些忧郁,给人并非一目了然的感觉。就是说,这个宿少奎还是有些城府的。他把肩上的大挎包放下,和陈天然握过手,一边打开挎包一边说:"没吃午饭吧,先吃。"陈天然看到,大挎包里几乎全是吃食儿:烧鸡、熟鸡蛋、炸菜角和绿豆丸

子。挎包下边，还放着一只保温瓶。

应该说，宿少奎是个挺有教养的人，他经常对陈天然说：求人不可频，无求品自高。所以，他即便到了郑州，除了住在陈天然家里，仍然坚持不在陈家吃饭，早早就出去了，老晚在外边吃过饭才回来。和陈天然闲聊，也是茶余饭后，看人家心情舒畅的时候。不吃不占不找麻烦，就睡睡你的闲床，这种人很难找。所以，宿少奎很容易成为陈天然的知心朋友。

陈天然问宿少奎："你啥时间收到我的信？怎么迟到了两天？"宿少奎回答："我弟不是在书店上班吗？他要送书下乡，家里忙拉不开栓，我给他家孩子做了两天饭。就这今天来，还是强着来的。你别埋怨我了，吃你的吧，喝点儿水。"陈天然问："《升仙太子碑》，来看过吗？"宿少奎抱怨道："工作焦头烂额，除了改正符、删除符、增补符、连接符……就是《新华字典》，许慎的《说文解字》。校对校对，心眼都累，又见忙不见功。说实话，我真不想干，想调动工作，改行。"

"你想干什么工作？""去考古队。猛一听，挖人家祖坟，不好听是吧？其实，这活既轻松待遇也不错，我一个堂兄就是弄这哩。马王堆汉墓发掘，他参加了。他说，考古人员往现场遮阳伞下一坐，监督指挥着民工怎么干就行了。挖到宝了，马上叫他们撤一边。""少奎，你说得也太轻巧了吧？""堂兄亲口对我说的。堂兄说，可以活动活动。他嘱咐我，多掌握些书画知识有用处，要是工作调动真跑成了，书画知识可以大有用场。你不知道，他们有时发掘古墓，发现不少壁画，都弄不清哪朝哪代的。专家磨磨蹭蹭姗姗来迟，有些珍贵文物遇氧就成灰了。"

陈天然沉默不语，他看看宿少奎，哑然默想，人各有志，不想搞校对，一下跳到考古发掘，这跳跃性也太大了，没法比较。革命工作有分工不同，没有好坏之分，他说："少奎，考古工作得有专业知识。我理解，这要比校对工作复杂得多，严厉得多呀！""是呀！我没有轻看。实际上，我已经开始准备了，你没看到我买的书吗？《中国通史》《收藏杂项》《碑帖印谱》《名人字画》等等。你要是能再借给我一些字画工具书，得空加点小灶教教我，那么，我离一个合格的考古工作者，就不会太远了。"

陈天然说："少奎，总觉得你的话题太沉，我都不好掂量。咱加点儿佐料，说些轻松点儿的不好吗？我问你，你小时候是爸妈的掌上明珠吧？过年老人给你多少压岁钱？""问这干啥？天然。""你不是想丰富字画、历史知识吗？我读过一本书画入门的书，记住了几句话——（书的推荐导语说）'立体地写出其内在血脉关系,同时还点缀一些鲜为人知的艺术家轶事。可谓以简约的篇幅、生动的语言勾勒出一部简明的中国绘画史,是一般读者了解中国绘画知识的一本入门书……'由此可见,书画入门,要读文史类的大部头。"

宿少奎虔诚地说:"千言万语,我不想干校对,不甘心在报社咬文嚼字一辈子,就喜欢字画。字画,眼下不怎么吃香,但请你相信,历史是螺旋式发展的。一个泱泱大国,没有文化做灵魂怎么行?字画总有一天会热起来的。我不做书画家,做鉴赏鉴定可以吧?我看中的是冷门,就像唐玄奘通梵语,曲高和寡,车多堵路,我想特立独行,起码可以读懂玄奘的通关文牒。"

陈天然说:"哟!研究起唐僧来了!升仙碑前话唐僧啊。咱脚下这片土地,就是玄奘的诞生之地啊。中国的年节文化中,压岁钱,刚才我不是问你了?缑山这一带叫添岁钱,过年时,老年人给小孩子发钱,就是从玄奘大师这儿兴起来的呀!"宿少奎问:"怎么说?叫我长长知识。"

陈天然说:"现在,咱就是在先人暖热的炕头上取暖,在先人的肩头上去够黑夜的灯笼。高僧玄奘,俗名陈祎,就是这缑山下边缑氏镇人,后人尊他为'唐三藏'。过年的时候,旁姓人家为感谢陈家功德,一家老少走进陈府,为陈家老爷爷磕头拜年。这时候,乐善好施的陈家老爷爷,就命家里人拿出珍稀年货应谢,还不忘抓出些铜钱,塞给欢天喜地的孩子们。初一拜年发压岁钱,就成为陈氏家族礼仪,一代代延续传承。等大人们老了,就叫孩子们出去挨家拜年,并有特殊交代。磕头时要双膝下跪,不能跪单膝磕头;如遇卧床老人,不能在门外磕头;等等。今天,我们过年时好多约定俗成的礼节,就是从这里推展开去的。陈家的年节文化,蜕变成了全国的、佛教的、文化的。玄奘是民族文化的旗手,冲击力号召力就是这么大。少奎,今天咱是沙场点兵、战地修文,能接受吧?"

宿少奎说:"所谓人杰地灵、物华天宝,缑山就是吧?"陈天然说:"那当然。周灵王的太子王子乔,酷爱吹笙,模仿凤凰啼鸣。有一次,他在伊水和洛水,就是从洛阳流经巩县的伊洛河,碰到仙人浮丘公,就跟着仙人上了嵩山,一待就是几十年。后来,家人终于找到了他,他对家人说:'七月七日那天,在缑氏山上等着我。'人们按照他定的时间来到这儿,看见王子乔骑着一只白鹤等在这里,并举手向家人表示谢意。几天后,他骑鹤飞走了。"

宿少奎听得入心入脑,一双不大的眼睛炯炯有神,说:"天然你讲,我非常愿意听,对我调动改行很有帮助。"陈天然说:"我不是你要调动才讲这些。我为你

叙述一番，对我何尝不是一次学习！王子乔在这儿升仙，李白有诗句点缀，'仙人十五爱吹笙，学得昆丘彩凤鸣'。唐僧在这儿出生，武则天在这儿立碑建庙纪念王子乔，都绝非历史的偶然。当然，关于缑山，简直是故事的海洋，神话的、人间的，人拉车载。对咱来说，犹如翻阅字典，浏览《辞海》。咱今天过来，主要是看《升仙太子碑》，稍等下，我们还要去王铎墓。"

宿少奎说："天然，饭是一口一口吃的，书是一页一页读的。你就把《升仙太子碑》当成我课堂的第一节讲，很有意思。"陈天然说："武则天的书法，笔法婉约流畅，意态纵横；碑额'升仙太子之碑'六个字，以飞白体书写。飞白体是功夫，是刻意的，为加强作品的韵律感和节奏感提供了一种技法。笔画中丝丝露白，巧隐十个鸟形笔画。作为唐代飞白书法遗存寥寥无几的佼佼者，被书法界推崇。碑文33行，每行66字，真叫字字珠玑。这方武则天撰文书丹的巨碑，淋漓尽致地彰显了女皇的雄才大略，饱含着书功神韵。她开草书刊碑之先河，不失为女书之精华。

这天，陈天然和宿少奎很晚才离开缑山。当晚，二人住在偃师县城，准备第二天一早去拜谒王铎墓。在昏昏沉沉的县城里，陈天然提着宿少奎准备的干粮，找了一家国营饭店，买了两大碗稀面条，热的凉的香的淡的，扒拉一肚子，又喝了两碗白开水，这才回到旅社。一心想做考古工作的宿少奎，又询问了陈天然好多书法和壁画问题。陈天然从浩如烟海的书画中，拉出来王羲之、吴道子、黄宾虹等故事，宿少奎听得兴致勃勃。陈天然睡着了，宿少奎才把双臂放在胸腹上，想着怎样找人活动调动工作的事儿。

第二天凌晨，他们还没起床，就听到窗外风雨大作，去拜谒王铎墓的打算，只好作罢。陈天然说："这个王铎怎么回事？上次也是咱俩，说一块过去瞻仰他，结果他没影儿。今天要去，天又下起雨来了。不去了，你往西，我往东，凑个机会，非咱俩一起去不中。"

两人就此分手。谁知偃师这一别，竟是八年未再见面。其间，宿少奎不时有来信，他告诉陈天然，工作没有倒腾成，不再折腾了，而且，身体查出大毛病，常年病休。1983年开春，单位把他转到北京看病，他也随时把这些情况，写信转告陈天然，并说，感觉病情没有那么重，因为他差不多每天都在北京琉璃厂泡半天，不喘不累，心情亢奋。看遍了字画店，看地摊古董。听别人谈鉴定书画，怎么临摹真迹。他还说，动用了多年的积蓄，破费买了沈周的画、文徵明的字。他

在信中说，中国字画买卖，是千锤百炼淬火成钢的明堂宏构，又是龙蛇混杂打凤捞龙的圈套陷阱。这一切，他都在琉璃厂领教了。

宿少奎在琉璃厂领教了什么，陈天然不知道，但他知道到了年底，宿少奎要从北京来郑州找他。12月25日，宿少奎到了郑州。但他没有像前些年那样，到郑州就直接摸到陈天然家里。宿少奎先往美展室打了个电话，求值班人员设法转告陈天然，叫他晚上务必赶到火车站广场对面的中原大厦。陈天然一头雾水，怎么搞这么复杂！

在中原大厦16楼宿少奎的套间里，陈天然推门见到宿少奎，看他的穿着打扮，不觉有些吃惊。他一身崭新的深蓝涤卡中山装，戴着金边秀郎眼镜，头上是一顶绛紫色鸭舌帽，黑皮鞋油光发亮，矜持地微笑，轻轻地握手。陈天然一阵不舒服，但毕竟久别重逢，两人还是迅速来了一段开场白。宿少奎说，北京荣宝斋的人，开车从北京送他到了郑州，为了一张黄宾虹的画。不等宿少奎说完，陈天然就急切地追问："黄宾虹？什么画？"宿少奎迟疑了一下，说："《青城山色图》""你从哪里得到的？""琉璃厂买的。""多少钱？！正经说话！"宿少奎无语。

陈天然见过这幅画，最深刻的印象，此画风格浑厚华滋，意境沉郁淡宕，其画风一如既往地黑密厚重。积笔墨数十重，又因写景抒情和相应笔墨章法的不同，呈现出多种面貌。现代所有临摹前人画作的人，无不了然黄老先生的"雨淋墙头"，笔墨淋漓，云烟幻灭，生活场景广阔，绘画立意高瞻远瞩。他的画笔犹如一架织机，织出一幅幅华美绝伦的织锦。

陈天然更是崇拜这个如雷贯耳的画坛巨擘，他经年思索琢磨黄宾虹。早年在武汉书店街淘宝的时候，就买过黄宾虹的专著《虹庐画谈》《古画微》《画学编》《金石书画编》和《画法要旨》。黄宾虹是一位学者型艺术家，在他画风多变的笔墨中，蕴涵着深刻的民族文化精神。

但陈天然在所浸泡的翰墨圈子里也聆听到，黄宾虹大师的字画，同样像过山车一样，大起大落过。在"黄山虹影"之前，价格落差令人咋舌。甚至有人说，黄宾虹的字画，送人都送不出去。不过，这并没有影响他视黄宾虹为泰斗，学习黄老的画风、临摹黄老的画作。

如今，有人竟然在自己眼前倒卖黄宾虹的作品，他想置若罔闻都难。况且，作品真伪还很难，说从哪里来，到哪里去，也不清楚。说良心也好，说觉悟也罢，一张画，攸关黄老的金子名誉。他一下子严肃认真起来，紧追不舍地问宿少奎：

"少奎,你在拿《青城山色图》做什么文章?""转手。嗨!我说天然,有鸡蛋只管吃,你还再问问哪只母鸡下的?反正,有钱男子汉,没钱汉子难!经营字画,得走程序,市场之大,不发愁碰不上冤大头。""你出了多少钱?""两万。""赝品!《青城山色图》这张画,不考虑升值,就眼下说,没有十万别想,还得是在官方荣宝斋。"

在陈天然的威严面前,宿少奎还是吞吞吐吐地把实情说了出来。他通过省革委驻京办事处,认识了省革委一位副秘书长。副秘书长提出要他搞一幅黄宾虹的画,他就整天泡在琉璃厂荣宝斋一带,寻觅淘宝机会。终于通过荣宝斋一个小职员,弄到了《青城山色图》。副秘书长也不是白吃干饭的,一看就说:"赝品!"不过,他又补充说,"假得真好,能造出这么好的假,也是真功夫。我要了,说个实落价。"宿少奎咬咬牙:"两万!""好!一兜子,你不放心的话,回旅馆数数好了。"陈天然一腔怒火涌上来,但还是压压脾气说:"少奎,画坛一片净土,是我们这些人的精神家园。咱俩做朋友,很好。你要把书画弄得污迹斑斑,不中。你知道,我从来不说假话,更不经手买卖假画。长话短说,你别弄脏了艺术。你好自为之吧,我回去了。"

之后的半年里,陈天然留意宿少奎的消息,却再没有了,陈天然只得一声长叹。

三十四　游走淮源桐柏山

从偃师返回郑州,有将近一年的时间,陈天然感觉生活充实,精神愉快。他静下心来,盘点一年多来的阅历,消化囤积的素材,开始实施他的一揽子创作计划。三步并作两步走,一口气创作出《万重山》《陶化店水库》等作品。再次到毛主席题词"伟大的光明灿烂的希望"所在的回郭镇,画出速写组画《朝发图》《农机厂》《北罗村耐火厂铁工车间》,以及国画写生《和风》《源远流长》《大地回春》《小康人家》《街巷球场》等,记录了乡镇明星回郭镇当年"围绕农业办工业,办好工业促农业"的盛世豪情。

不久,陈天然应邀赴京,参加国家水利部组织的毛主席治淮题词"一定要把淮河修好"纪念活动。活动结束后,部里又组织一帮书画家赴河南桐柏写生。桐柏是淮河的源头,书画家们到那里去采风、创作,自然是反映淮河的山水风光。

纪念活动期间,陈天然见到了原《中南工人报》老社长江牧岳。老社长,不仅是老报人,更是老革命,还是陈天然生命中的贵人。陈天然不忘老社长对自己提携和督促。老社长对于他的人生,仿佛是画作题跋,是翰墨溢香的见证人。听说老社长从农场解脱出来了,陈天然于是和老社长接上了头。

老社长离开武汉后,在京任中国外文局副局长。这些年来,他的岗位和心情,就像乘错飞机坐反火车一样,首尾难顾。他从疾风暴雨中走出来,刚恢复组织生活,所谓的工作安排,也是零敲碎打打些杂,基本上还是停工下马状态。他两鬓苍白、脸庞干瘦,说话嘴唇颤动着,战战兢兢,似有一身伤痛。好像依旧处在别人的屋檐下,一副惊魂未定的样子,全然没有当年的文人气概。

两人分别20多年,在京城重逢,眼含热泪握手,泣不成声再别。在北京站,老社长嘱托陈天然:桐柏,是我饱蘸心血以笔为戎的地方,你代我看一下几个老同事,看一下我淬火磨砺的《桐柏日报》和新华社桐柏分社旧址。陈天然双手紧

握老社长僵硬的双手,说您放心,我一定照您说的做。他怕忘了老社长交代的人名和地址,又用笔认真记在日记本上。

和陈天然一起前往桐柏的一路人马,选择乘京广特快列车,一路南下,在信阳下车,倒长途汽车去桐柏。大家一路同行,到达目的地以后各自为战,谁在哪儿端枪架炮,随便,不再统一组织活动。

一路上,陈天然忧心忡忡,为老社长的境遇百思不得其解,真是老革命遇到新问题了,很为老社长的健康担忧。应该说,陈天然非常了解老社长。老社长1936年参加革命,从事抗日救亡运动,主办《星芒报》,任报社党支部书记,再任《新华日报》太行版副总编辑。在黎明前的黑暗中,他先后担任新华社中原总分社豫西分社副社长、桐柏日报社和新华社桐柏分社社长。解放后,任浙江日报社社长、杭州大学副校长。

老社长是党的优秀领导干部,革命舆论的笔杆子,人民的宝贵财富。陈天然想,到了桐柏,饭不吃,觉不睡,写生不搞,先得办老社长交办的事儿。写生的画家们,大都住在桐柏县委招待所。陈天然吃住都满意,小米汤、手工馍,豆芽菜,白菜豆腐,猪肉炖粉条。很少见醋,馍汤掌碱也不多,偶尔还有绿豆丸子汤。饭菜咸淡可口,深有居家味道,跟吃住巩县招待所的感觉不分伯仲。

但他急于找到一个叫项之明的人,因为两天还没打听到头绪,他甚至都不在乎招待所的饭菜味道了。老社长点名要找的桐柏日报社和新华社桐柏分社旧址,只在桐柏县革委办公室打听了一句,就弄得清清白白,连老社长当年的住室,都给画了张草图。陈天然用了一个上午的时间,就拜谒完了,包括静立、行注目礼和调焦拍照。就是人不好找,在需要寻找的人中,有两个人,有一个在外省地革委主任的任上,有一个正关着。只有项之明,还多亏有人认得他,但陈天然一连找了几个地方,却断线了。又回到原点,按另一个线索寻找,从望城岗找到孙家湾,从小段庄找到下莲花塘,都说村里没见过这个人。

第二天傍晚,事情出现转机,陈天然终于搞清楚,项之明的人事关系,在桐柏县手工业管理局。摸黑去敲门,吃了闭门羹。翌日再去,局里人说,这个项之明,的确是手管局的人,去年年底,正要往下边一个公社机械厂转关系的时候,出事儿了。什么事儿?人家不便多说。陈天然亮明自己的身份,好话说了一马车,人家总算把项之明的"老底"抖搂出来。

项之明是蒋介石撤离大陆时留下的"美蒋特务",经火线审判,送到湖北沙洋农场服刑了。局里的一个负责人把大概案情也告诉了陈天然，项之明接受台湾敌特机关派遣，积极做地方党员干部的策反工作。好了，寻人行动戛然而止，剩下的事儿，就是选景写生了。待回到郑州后，再给老社长写封信，把实情告诉他。

陈天然得换一种心情投入写生，这天吃过早饭，他先到桐柏县城最大的新华书店泡了半天，买了几本资料书，然后根据招待所人员的指点，在县城西关，打上一辆"嘟嘟嘟"小奔马，出县城西去，登桐柏山太白顶。"嘟嘟嘟"烧柴油冒黑烟，模样不咋的，效率很高，要价又便宜，啥样的羊肠蚰蜒路都能跑，比先前的"嘭嘭嘭"小托要强很多。陈天然出门在外，"嘟嘟嘟"已是他交通工具的首选。这一年，他迈进50岁门槛，老当益壮，也正是"前有追兵后有堵截"的人生夹持季节。吃苦耐劳，原本就是他的品质，风雨兼程，自然不在话下。

桐柏景区既有南国韵味，又具北国风情，成为自然天成与人工造化相融合的采风经典。江河源头不都是景物叠加的，淮源群典中的精品，主要有太白顶大复横云、桃花洞、水濂寺、原生森林、张良洞、飞仙桥、禹王庙、孙膑洞、水帘洞瀑布等。还有红土地上飘红旗，众多老一辈无产阶级革命家的脚印，印证着战争的艰苦卓绝，昭示着新中国的丰碑大厦。英雄的桐柏山为新中国的建立，铸造过太多的基石和栋梁。

陈天然站在桐柏山主峰太白顶，极目远眺，不禁感叹：太白顶，不愧豫南第一高峰！它北视中原，南阅楚天，万山俱下，尽穷千里。历史的长河汹涌澎湃，即便江河本身，也在经受优胜劣汰的陶冶捏把。历史上"四渎"之一的"思源河"济水，不是早已被湮灭得无有踪影了吗？而被誉为"风水河"的淮河，仍银波粼粼。夕阳晚霞中，淮河如一条翡翠飘带，在金黄的土地上掠过，一泻千里，从未干涸，滋润大地万物。

装点此关山，今朝更好看。作为画家，不到这里来写生，你还能到哪里去呢？是呀，言长纸短，意浓色少，陈天然循望无尽的美景，秀峰幽谷清溪飞瀑，峻山连绵层峦叠翠，树茂林密名木奇卉，青藤蔓缠雾岚变幻……几张国画，几张速写，是远远不能表达淮源美妙的。淮源，不是一道或几道风景线，而是美景排队，丽水串珠。他看不断拍不完，决心要做大手笔，画大长卷，把最美桐柏山"搬"到中央美术馆，"搬"进祖国的学府和城乡。他在酝酿国画《攀登太白顶》，也在勾画《遥望桐柏山》。

先把太白顶上"星星点点"的景点浏览一遍再说吧。陈天然看在太白顶，住

在山脚下,足足耗去两天时间。自然景观,没有他不动心的。人文景观,使他驻足凝思产生共鸣的,莫过于太白顶下半山腰的张良洞。张良洞不以景色夺人,而以故事入胜。

伫立在张良洞口,陈天然想起前不久去了一趟黄河北岸的原阳,看到了张良锤击秦始皇的地方。他翻阅了一些博浪沙怀古的古诗词,从内心里觉得张良无愧于英雄豪杰。秦时古博浪沙北临黄河,南近官渡,沙丘连绵起伏,荆棘丛生。张良派出一个大力士,选择这里搞伏击,用五十斤重的大锤,行刺东巡的秦始皇。大锤在发出一声巨响之后,击中了副车。刺秦以失败告终,没有改变历史。张良趁乱逃脱,隐姓埋名,韬光养晦,获得《太公兵法》,熟读钻研,重新创造机会,成为汉高祖刘邦的重要幕僚。

陈天然在刺秦纪念亭前伫立良久,想创作一幅历史咏叹调式的画作,讴歌张良,但他始终对不上"焦点"。他索性收拾画架画板,在路旁招手上了长途汽车,两手空空返回郑州。

坐在枯燥无味的长途班车上,他大跨越地翻阅汉赋唐诗明清曲词。

班昭:"历七邑而观览兮……历荥阳而过卷。食原武之息足,宿阳武之桑间……"

李白:"朝过博浪沙,暮入淮阴市。张良未遇韩信贫,刘项存亡在两臣。暂到下邳受兵略,来投漂母作主人。"

胡曾:"嬴政鲸吞六合秋,削平天下虏诸侯。山东不是无公子,何是张良独报仇。"

张良看破红尘,抱病退隐,辗转来到桐柏山,借一洞穴意欲与尘世隔绝,此洞就是眼前的张良洞。这个拱形山洞,丈把进深,冬暖夏凉,适宜隐居。张良从刘邦的荣华富贵中走出来,切割选择,告别喧哗纷扰,心仪寂静幽深。在陈天然看来,张良洞的自然结构,跟他巩县柏沟岭的窑洞非常相仿。封建士大夫,摆脱名利牵挂,急流勇退,也只能在这里才能拥有回归自然的心理畅快。正所谓"万顷白云蒸绿壁,一声黄鹤唳青霄""鲤鱼脱得金钩去,摇头摆尾再不回"。

张良洞外,是张良吹奏洞箫的地方。"明月满天天似水,酒醒听彻玉人箫""楼上何人品玉箫? 哀声幽怨满江皋"……深山夜里,箫声净化心灵,升华境界。日出日落,月缺月圆,鸟语花香,一人笙歌,张良终于和呕心沥血运筹帷幄远离了。陈天然晓得,张良洞不是孤立的,怎样把英雄的雄才、孤傲和高深世

界融入《攀登太白顶》和《遥望桐柏山》中，才是他应该用心的。

陈天然看到，张良洞下有条深谷，名字叫八访沟。故事说的是张良隐退后，刘邦和吕后很思念他，就令人到桐柏山请张良回长安。前后派出八位使臣来请，张良都婉拒了。使节不能使张良动摇，反而被他的高风亮节感染，自己也不走了。可见八访沟磁力非同一般。如今，陈天然眼前的八访沟，层林碧透，曲折幽邃，长长的汉文化"回廊"里，仍回荡着群臣八顾张良的美妙故事。陈天然知道，之前，云台禅寺供奉着九国公雕像，张良居首，八臣环伺。只可惜，九国公雕像生不逢时，在动荡的年月里，毁于一旦。

我们也有遗憾，很想见到陈天然先生这次桐柏山写生创作的《攀登太白顶》和《遥望桐柏山》，但大家很容易检索到画作题目，却见不到真实的作品，也弄不清楚何时展览过，作品现在在哪里。我们只在《陈天然自撰从艺略历》中，看到老先生提及过这些作品。也许，当时作为活动成果，上交给水电部了？弄不清楚。我们猜想，这两幅画也许是组画，是陈老先生从桐柏回到郑州创作的。从作品数量看，他是完成任务了。只是从北京出发前，老社长江牧岳交办的事情没有结果。

这件事儿往后延伸，到了1978年春，政治回暖了，项之明"美蒋特务"的问题出现反转。当初案情中那个用竹竿挑着录放机，专门策反党员干部的"美蒋特务"自己站出来把案情讲得拨云见日，泼在项之明身上的污言秽语，得以洗刷。

老社长江牧岳从北京给陈天然打长途电话，把这一喜讯告诉他。老社长不是要陈天然马上到桐柏去看项之明，而是嘱托陈天然，在近期方便的时候，尽可能顺便见见项之明，聊表老友的挂念，如有可能，欢迎项之明到北京小住。并告诉陈天然他自己的近况，经过申辩争取，组织甄别调查，自己平反时留下的"尾巴"，业已割得干干净净，彻底恢复了职务和工作。只是身体不争气，大病没有，小病不断，不得已到北戴河疗养。项之明也联系不上，所以，还得委托你代为辛苦一趟。他特地又点出，这个同志太不简单了，解放战争时期就是出色的地下交通员，在根据地和敌占区之间穿梭，接送过无数个共产党人，但执拗孤僻的性格影响了他的进步。

辛苦就辛苦，陈天然没有公差往南去，就凑了个星期天，请了两天假，专程往桐柏去，代老社长看望项之明。他和上次桐柏山写生一样，坐火车取道信阳到桐柏。这回好打听，一进县革委大门，就一目了然地看到指示牌"冤假错案接待处"。陈天然大步流星走过去，开门见山就问项之明。满屋子人集体沉默，足足有

五分钟，一瓢冷水兜头浇过来。办公室人员说，项之明死在了湖北沙洋农场，火化后葬在县城外一条河沟边。

陈天然坐下来，看着手中水杯里袅袅蒸汽，一句话也说不出来。项之明是老社长的好同事、好朋友，自己并没有和他见过面，打过交道，但陈天然依然心如刀绞。这一刻，他想，老社长三番五次嘱托自己代为看望项之明，老社长和项之明的关系和感情，是真诚的。如果老社长知道了令他牵肠挂肚的好友死了，不知道该是怎样的肝肠寸断。

什么身份说什么话，什么关系办什么事，陈天然只是个被委托人，和县里负责"平反昭雪"的人该说的话说完了，问清楚了，该走人了。但他自己知道，事情没有完。他依照老家祭奠逝者的习俗，在县城的小巷里，买了草纸鞭炮，寻找到了项之明的坟墓，去祭奠一番。

和煦的春风里，荒凉的小河边，燃烧的黄草纸，像飞燕飘向天空。沉闷的鞭炮声，朝遥遥在望的桐柏山散去……

三十五 "湖北老乡"于黑丁

1977年初夏,陈天然被下放到新郑县郭店庄公永小李庄驻队,参加农业生产劳动。小李庄的人知道陈天然是书画家,并不给他派农活,让他得以远离喧闹,静待枣林搞创作,岁月静好,清风拂面。没多久,已逾知命之年的陈天然,迎着政治的惠风春潮,从小李庄回到郑州,并被调入河南省文学艺术界联合会。河南省委宣传部批准,他不用每天坐班,他于是成了居家搞创作的专业书画家。与此同时,还有两件值得高兴的事,一是他的版画《休息》,被载入日本出版的《世界百科事典》,二是他当选为河南省第五届人大代表。他终于可以以职业书画家的身份宅在家里,心无旁骛地搞创作了。春风开一树,山人画一枝,他现在踌躇满志,宏图大展。

早些时候,北京的《儿童文学》杂志社却在急迫地寻找陈天然。这么说不过分,你看,杂志社为纪念《国际歌》的词作者欧仁·鲍狄埃逝世90周年,拟定刊登这位巴黎公社领导人的三首诗歌,大家一致推举配发陈天然的版画。于是,他们就向陈天然发出信函约稿,恳请他能够按照杂志社各项要求,按时拿出作品来。信函发到湖北艺术学院,收到回复:陈天然已经调回河南,眼下的具体单位不清楚。

时间紧迫,因为执意的安排,所以找人显得心急如焚。又一封信函,发到《河南日报》报社。报社回复:不知陈天然人在何处。《儿童文学》杂志社马不停蹄,又向河南省文化厅发函寻觅,以大海捞针的气势,非找到陈天然不中。

人找到了,他正在新郑郭店参加劳动。双方终于接头见面,并很快商定在《儿童文学》的台面上,为欧仁·鲍狄埃的大作锦上添花。陈天然欣然接受重托,马上加水加油,按下创作快速键。

在郑州,双方最初商定,陈天然只为欧仁·鲍狄埃的《高山》创作版画插图。但在创作过程中,陈天然读了作者的《赤脚娃》,激情高涨,也乘兴捎带着创作了

另一幅配画,一同寄往《儿童文学》,意思就是请杂志社斟酌选用。结果呢,《儿童文学》很快复信告诉陈天然,两幅版画插图都采用了。同时,《少年文艺》和《红旗》杂志,也予以刊登。花开几枝,皆大欢喜。欢喜之后,又增一喜,陈天然的老作品《山地冬播》,作为河南唯一入选作品,参加北京美术展览会。

1977年的《儿童文学》只出了两期,第二期推介内容很丰富,小说、散文、传记、诗歌、童话、剧本,应有尽有。"著名书画家陈天然木刻插图"包括为《欧仁·鲍狄埃诗三首》中的《高山》和《赤脚娃》插图两幅。

陈天然的处境迅速优化,政治业务双喜临门。不过,从逆境中走出来的陈天然,可是坦然从容宠辱不惊。是的,他已经是省文联的人了,一种坚实的归属感油然而生。不坐班,画案、套笔、砚台、彩盘搁置在家里,门内装点关山,窗下笔走龙蛇,专业创作,不仅仅是方便惬意,是组织的信赖和关照。要不要见见领导道声感谢,然后正式开始"宅家"?

要的,去见见领导于黑丁。这个于黑丁,陈天然回想起来了,当自己的事业还在草创时,他就是和河南有瓜葛的武汉大名人。解放前夜,他任郑州的《中原日报》(中共中央中原局机关报)副刊主编,后随大军南下武汉,任中南文联副主席,和河南籍著名作家李季创办《长江文艺》。这块革命的砖,之后又搬到郑州,任河南省文联主席、作家协会主席。

在武汉时,两人工作没有交集,无缘相见相识。山不转水转,曾经同是江城人,如今郑州终相会,两人竟然在郑州的省文联,上了同一本花名册,成为朝夕可见的上下级。河南省文联,因为众所周知的缘故,在比较长的年份内休眠过冬。直到1978年岁末,这台文艺机器方才重新启动。于黑丁作为挂帅人物,成为不二人选,他先做筹备负责人,后做正式的文联主席兼党组书记。

去见文联主席于黑丁,和当初考虑是否要见文主任,不可相提并论。人家文主任是省长,一个群艺馆的小人物,去叩击省长的办公室,实在有不自量力之嫌。现在的情况真的不可同日而语,下级找顶头上司说事儿,叫理发店里吹个风——顺理成章。于是,他在河南省文联大院,这个培养百花园丁的摇篮里,和如雷贯耳的于黑丁见面了。两个"湖北老乡",相遇在"异地他乡",自然迸出感慨和火花。

陈天然说:"于主席,久仰您的大名!"于黑丁说:"客气了,你为湖北的文化建设做出了卓越贡献,我们应该感谢你。""于主席,您现在是我河南的领导了,武汉,应该是您的第二故乡!""哈哈,是的是的,咱俩现在都是河南人了。""其

实,我早在武汉时就知道你,在军政委礼堂,你记得吗?你做关于毛主席《在延安文艺座谈会上的讲话》学习辅导报告,我见过你。""噢!有这么回事儿,那时,我也是初生牛犊不怕虎,凭的就是在延安聆听过主席的讲话,就那点儿底子。""不不,不是那一点儿,我听到你的传奇太多了。你是王统照的弟子,'左联'文化战士,延安走出来的革命先驱,你高风亮节,功名深藏……""过奖了,我都是在风高浪急中,迎来春暖花开。历经千帆,浮华落尽。士不可以不弘毅,任重道远。"

"老乡"见"老乡",两眼放光芒。几句客气话过后,俩人便熟不拘礼起来。从琴台、黄鹤楼下去,打捞武汉的方言土语,"火烧脚鱼""阎王作报告——鬼扯""一哈子哭,一哈子笑,两个眼睛放大炮"……眨眼间,两人的思维就镜头频换,像漂在长江里乘划子冲浪,又似热干面上淋鱼丸汤,满室生香,热气腾腾。

接触,交往,良好的效果,是从最初的气氛开始的。天天案牍劳形风尘仆仆的于主席,高兴得开心麻花一样,推掉几个事项安排,真心实意地和陈天然交流武汉往事和生活琐事。他非常喜欢陈天然的人生底色和大智若愚的坦诚质朴。没有想到,武汉的匆忙岁月,竟然又在千里之外的郑州被重新描绘。他禁不住吟出毛主席的诗句:"别梦依稀咒逝川,故园三十二年前……为有牺牲多壮志,敢教日月换新天。"

那天中午,于黑丁和陈天然都破例没有回家吃饭,一块儿在机关食堂共进午餐。他们在办公室里喝点茶水,继续聊。聊得酣畅淋漓。

于黑丁,原名于敏道,山东即墨人,年长陈天然十多岁。贫苦的农民家庭出身,家里祖辈没有识字人,都是"白丁"。他写作的笔名"黑丁",意为彻底摆脱"白丁"。

于黑丁的父亲是个老实忠厚的庄稼汉。为养家糊口,在于黑丁襁褓之时就闯关东,远在吉林磐石出苦力。于黑丁的童年,伴随着佝偻身子的母亲,在庄稼地里刨食。他看到的,是时常挂在母亲面颊上浑浊的泪珠。于黑丁得益于族兄的施舍,在珍贵的三年私塾里,诵读《百家姓》《三字经》《论语》等经史子集,习帖、作文。

当然,于黑丁走上革命道路以后,和陈天然的可比性就太少了。陈天然虽然也随大军南下,但和于黑丁比起来,那只是一种学习和实践。而于黑丁,人家是大气候中大手笔,舆论潮中大檄文。早在1932年,于黑丁从战乱的东北回到了青

岛。那时的青岛，也处在白色恐怖中，形势十分险恶。一天，青岛地下党黄敬找到于黑丁，让他接替自己担任《青岛民报》副刊主编。由此，于黑丁结识了崔嵬、孟超、臧克家、吴伯箫等革命才俊。

1934年秋，青岛地下党组织遭到破坏，于黑丁被迫转移去北平，后又避风上海，通过萧军联系上了鲁迅，和先生接触不少，也有频繁的书信来往。鲁迅日记记载，"得于黑丁信，即复""上午得于黑丁信并稿""午后得于黑丁信""得于雁信"……于黑丁成了鲁迅文斋的报喜鸟了，晴来喜鹊无穷语，雨后寒花特地香。鲁迅先生令于黑丁受益匪浅，经鲁迅指导推荐，于黑丁的小说《路》顺利发表在《作家》杂志上。同时，于黑丁的小说《站长》经茅盾指教修改后也得到发表。不久，他和青岛老友臧克家相逢，他们联络邹荻帆、田涛、曾克等文化人士，成立战区文化工作团。在周恩来的安排下，于黑丁到达延安，出席了毛泽东主席召开的延安文艺座谈会，并与毛主席有过几次面对面谈话。

延安文艺座谈会前夕，当会议主持人凯丰向毛主席一一介绍出席会议的人员，介绍到于黑丁时，毛主席握着于黑丁的手风趣地说："我认识，可你并不黑呀！"会后，毛主席和参加座谈会的文艺代表们合影留念。打开那座珍贵的历史金矿，文化群英欢聚一堂，于黑丁赫然在那里。他的身边有朱德、任弼时、王稼祥、徐特立、博古、丁玲、江丰、艾思奇、欧阳山、刘白羽、草明、田方、李伯钊、力群、胡绩伟、李卓然……

于黑丁毕生献身于革命，政治生涯几度沉浮，历经磨难。他既是受害者，也误伤过他人。本来，苦大仇深的于黑丁，投身革命后政治上顺风顺水，一路高歌猛进，但在延安时，却受到锥心般的刺痛，沦为被"抢救"对象。

新中国成立后，于黑丁出任武汉市文化局局长、湖北省文联主席，1949年加入中国作家协会。1959年，作为中国作家代表团党支部书记，于黑丁与茅盾、老舍、陈冰夷出访苏联。后调河南，出任河南省文联主席、河南省作家协会主席。在党内，于黑丁以忠诚信仰、胸襟坦荡出名。一不留神，和"闷瓜"陈天然成为和谐的上下级，亲密的好朋友。

可以肯定地说，于黑丁是陈天然遇到的又一个贵人。其实，此时交谈甚欢的于黑丁，从严格意义上说，还不是正式的省文联主席。省文联这一摊子，还只是在喘气恢复中，成立（恢复）大会还没有召开，只是已经开始运转了。这个当口，陈天然从农村返郑，调到省文联，是水到渠成，还是天经地义？

关于工作调动之事，于黑丁从不对陈天然说过程，只说六个字：革命工作需要。在他和陈天然共同当选为第六届全国人大代表，在北京开会，和同是全国人大代表的常香玉一起吃饭时，陈天然给他敬酒，表示感谢领导的关照，于黑丁大笑说："不喝你敬的这个酒，我对你没啥关照。你说得少干得多，工作好成绩突出，谁当领导都会喜欢你这样的人。"

路是弯的，理是直的。于黑丁越是不承认帮忙，陈天然越是感动得一塌糊涂。想想，说是省委宣传部安排不坐班，宣传部了解我的情况吗？再说，省委决定要于黑丁组建新的省文联，那是大权独揽、言出如山啊。新文联的格局，说一千道一万，咋着也得体现一把手的意志呀。

还有，紧挨着的中国美术家协会常务理事、中国书法家协会常务理事、中国版画家协会常务理事、河南省美术家协会副主席、河南省书法家协会副主席、河南书画院首任院长、河南省美术家协会名誉主席、国务院特殊津贴等头衔或待遇，怎么会和一把手没关系呢？当然，后来陈天然的待遇提升，上边媒体表彰性采访等，虽说早已看不到老的影子了，但如果不是他当年排除掉的"排外障碍"，不是他打下的大面积的信任基础，那是不可想象的。

那一天，于黑丁和陈天然碰杯，说："天然，我比你岁数大好多，人生的苦涩味道比你尝得多，小米稀饭窝窝头比你吃得多，我这块历史的边角废料，家国情怀快意恩仇也比你感受多。常常是这样，工作，烦恼多如牛毛，鼓励，却只见东风无力。我一直弄不准，一只蝴蝶，会在哪儿扇动翅膀。我往往每到一个新地方，便会碰到一窝犟驴。我实在担忧自己才不配位。"

陈天然说："于领导，我生就抬轿子的料，不会吹喇叭。"于黑丁一愣，似乎感到些许不舒服，僵硬地一笑，话茬没及时接住。陈天然也品味到此话欠妥，就补充道，"我不会说话，您给我铺排些具体活吧领导，拉车、扫地、擦窗户都中，哈哈……"于黑丁说："具体活还真有，省委宣传部交代我，有项政治任务：为北京人民大会堂河南厅画幅画，国画版画均可，尺寸在我这里……"

后来，陈天然在兴致勃勃的心境下创作的版画《云山抒怀》，就庄严隆重地挂在人民大会堂河南厅。驻足仰望，气势恢宏，境界高远白云悠然，大河东去，山川多姿，钟灵毓秀。

三十六　相会人民大会堂

———

20世纪80年代初的中国田坛,出现了一位飞人朱建华。请看当时刷新他自己创造的世界纪录的情景——主持人:"他开始助跑了。先是几步小碎步,接着是疾如闪电般的弧形跑,然后是有力地起跳、过杆、收腹、抬腿、落下。横杆略微抖动了一下,就'钉'在跳高架上不动了。没等朱建华从海绵包里站起来,全场已经沸腾了。观众们尽情地欢呼跳跃,啦啦队向他挥起了彩旗,电动记分牌上打出了'祝贺朱建华跳高创世界纪录'的标语。"

陈天然得贵人相助,极快地甩开各种羁绊,就像朱建华跳高一般,攀升的高度节节提高,也创出了自己的温度和高度。他一溜烟地奔跑起跳,自版画《云山抒怀》展挂在人民大会堂之后,又参加第四次全国文代会,见到了版画大师杨可扬。陈天然被选为全国美术家协会理事后,《美术》和《中国美术》的主编、副主编及摄影师们,到他郑州工人新村的家中挑选版画,发现陈天然的国画也曲婉灵动。他们嘱托陈天然:写一篇文章,谈谈对国画创作的感受和展望。

紧接着,他奔赴安徽黄山,参加中国版画家协会成立大会,当选为理事。中国书法家协会成立大会又在北京召开,他当选为常务理事。会议还没有结束,他应邀火速到广州美术学院讲学。在愉快的繁忙中,他仍沉着从容地创作出版画《高原大道》《牧歌》《清溪》,并在《人民日报》刊登。

杨可扬,曾长期是陈天然未曾谋面的老师。是他,点拨提携陈天然,亲笔写信指导陈天然,给他邮寄《北方木刻》《抗战八年木刻选集》画集,购置版画木刻"套刀"。

隆重召开的第四次全国文代会,5000多名文艺精英汇聚一堂,共商民族文艺复兴之大事。文艺界老领导、老艺术家的复出,引起广泛关注。当然,更引起与会的年轻艺术家们的关切。大会开幕的第一天,陈天然就听说在上海的代表中有

杨可扬的名字，他不由得激动起来，想方设法得见见老师杨可扬。因为从未见过面，不认识，他就在一个代表分组讨论会之前，径直找到大会堂上海厅。他只问了一句话，便问出了杨可扬。

上海厅后排座位上缓缓站立起来一个老年人，中等身高，体态微胖，肉乎乎的脸庞上，突出一架亮晶晶的银架眼镜，稀疏的白发整齐地向后梳去，全身散发着势不可挡的浩然正气和艺术气质。站在门口的陈天然猜想着，挪着步子迎上去，说："是杨可扬老师吗？我是河南郑州的陈天然，也来参加文代会了。"杨可扬一把揽住陈天然，不住地说："幸会，幸会！"之后说："天然，开会要紧，不敢耽搁时间。这样，长话短说，你马上去开会，咱再约个时间见面，晚上到我们住处，好吧？"

这次短暂的会面，陈天然等待了30年。解放前夕，他们两人建立关系的时候，陈天然还是艺坛一棵摇曳的小苗，如今已成为书画大家。现在，"师徒"二人在全国艺术群英会上相聚，大有躬逢盛世师徒同榜之感。

那一天的会议，杨可扬和陈天然都坐在靠前的位置，他们明白无误地凝视着主席台上发生的一切。按照大会程序，周扬做《继往开来，繁荣社会主义新时期的文艺》的报告，简要总结了几十年来文艺的历史经验，提出了新时期的文艺任务，并诚恳总结了个人工作中的失误教训，对遭受不公正批评和待遇的同志，表示歉意。周扬用一种负疚的、低沉的声音说："五七年伤害的人太多了，那篇批个人主义的文章太激烈了，同志们有气，大家都吃苦了。"说着就掉下泪水。这么个身份，在这么个场合，以这种方式诉说自己的困惑，这种情形，大多数与会代表都是第一次经历。

杨可扬和陈天然心情沉甸甸的，位卑未敢忘忧国，二人也都是性情中人，伤时感事，难以自已。

本来两人说好的，在会议休息时，陈天然要带杨可扬先到湖北厅，看看他为湖北厅创作的画作《大别山》和《洪湖渔歌》。探头一看，湖北厅代表满堂，人头攒动，喁喁私语，肯定不是大会讨论，十有八九是议论周扬讲话的，都忧心忡忡的样子。所以，画就不看了，两人只来到河南厅的门口，看了一阵里面悬挂的陈天然的新作《云山抒怀》。然后，两人走在宽敞的廊道里，杨可扬说："你底子挺扎实，天然。咱们两人，版画为缘，这一生，离不开版画了。我已经给家人交代，百年之后，在我的墓志铭上镌刻阴文：'我听从你们，为见证中国一段版画史而留

守于此''人生要像版画一样一丝不苟,黑白分明'。"

陈天然嘴巴一张,无言答对,看到老师笑了,才转身离去。

那个晚上,会议上没有啥安排,陈天然就到北京饭店,在杨可扬的房间里,一边喝茶,就又扯到白天会议的事情,感慨,心痛。杨可扬说:"天然,我们在地方上埋头苦干,对上层知之甚少。"陈天然说:"看看周扬,坐了八年监狱,还要对他50年代的工作澄清算账,真有些于心不忍。和部长比一比,我受的冲击啥也不是。'走白专道路,不关心国家大事','拿国家工资,只会写字画画',指责我的,就这些。别说部长们了,我和你的遭遇相比,归根结底都只是油盐酱醋,多少有无的问题。"

杨可扬说:"是啊!'喷气式''雨燕飞',我一样都没少。人为刀俎,我为鱼肉,咋办呢?记恨那些青年学生吗?记恨他们一辈子吗?艺术家,没有多彩的生活,哪来生动的作品?有人问毕加索:'你的画怎么看不懂啊?'毕加索问:'听过鸟叫吗?''听过。''好听吗?''好听。''你听得懂吗?'"陈天然说:"我以为,实事求是,有错必纠。那些年,好多人错得离谱、冤得出奇。领导有过错,道歉应该;受委屈的同志,雅量谦恭,必须有。"

陈天然又说:"可扬老师,咱本是翰墨丹青的圈子,扯了一晚的万里江山。咱有心杀敌,却也无用武之地呀!改个话题吧,您说您啥时去郑州吧,到俺老家巩县,我陪您走山路写山峰,吃柿子画柿树,哈哈!"杨可扬说:"噢!河南,我去过开封。郑州和开封差不多吧,黄河、黄土、黄鲤鱼、黄表纸、黄金菊。""哟,不错啊!您没去我们巩县,我们那儿可是一片红,红薯、红萝卜、红柿子、红石头。"

杨可扬说:"哈哈!去!我们既然选择了'刀耕火种',就要'岁月留痕'。不求闻达,只求相投,咱们是否筹划一次远行?""到哪儿?""敦煌!""哎!可扬老师,我好像读过您一篇什么文章,说的就是您游历敦煌啊。""是吗?18年前我是去过敦煌。你想啊,那时候出远门,频繁倒车,月光下乘大卡车进的敦煌县。关键是太穷,连个相机都没有。想要的武器,几乎样样缺。现在不同了,我有'一把抓',到哪儿录到哪儿。"

陈天然说:"好啊!敦煌我也没去过,很想去看看。您有录像机,我有照相机,咱每到一地,都不会漏过一个闪光点。""一路西行,西行漫记。洛阳停停,'直须看尽洛城花,始共春风容易别';西安转转,'冲天香阵透长安,满城尽带黄金甲'。""无论如何得在我们巩县下车浏览一下吧?杜甫,我的邻居。'暮投石

壕村，有吏夜捉人'，三吏三别，您不体验一番，亏就吃大了。"

杨可扬说："好啊！我先到郑州，你接我一下。"陈天然说："一言为定，那就明年春暖花开时？"杨可扬说："好，暂时就这么定，咱早做准备。比较而言，你可能容易脱身些，我毕竟有一大摊子事。""好，各自准备，哎！那个常书鸿还在敦煌吗？""应该在，我们上次去，挺幸运地和他攀谈了不少问题。他一直担任敦煌艺术研究所所长、敦煌文物研究所（后改称敦煌研究院）所长。""从兰州到敦煌，现在的交通应该改善太多了吧？""听他们说还是不怎么着，中央扶持力度很大，地方配套资金跟不上，改善不大。反正，正像河南人讲的，不是驴不走，就是磨不转。"

"听说斯坦因、伯希和、吉川小一郎这些人，对莫高窟的盗窃令人发指。""怎么说呢？不仅仅是文物劫难，更是民族文化遭劫。不能抚摸的疼痛，永远不会恢复到原有的样子了。不过，瘦死的骆驼比马大，故宫精华的精华都淘到台北了，但敦煌和故宫的灿烂文化仍在。""听说有人从兰州徒步去莫高窟，可能吗？""那是无稽之谈，艺术家要相信科学。""可扬老师，您上次去都看到了什么？印象中还保留着线条和色彩吗？"

"你见到的我那篇文章，时间可是够早了，不知道你在哪儿看到的。文章最初刊登在1961年12月的《解放日报》上，也有地方报纸转载，标题就叫《敦煌漫记》。那年9月中旬，西北天气非常寒冷。深夜，我们乘坐的大卡车在明净的月光下行进在荒芜的戈壁滩上，那是个冰冷的世界。月夜大漠，草木苍生，给人阴森的联想。我们置身于严酷的现实中，卡车颠簸，浑身冰凉。出敦煌县城一个多钟头，迎面看到一片黑乎乎的树影，莫高窟到了。王维的诗句'大漠孤烟直，长河落日圆'，那是戍边英雄眼中白昼的浪漫画面。想一想，走向冷月下的莫高窟，荒凉大漠之夜，我们甚至隐隐约约地听到了狼嚎。当然，也许是其它声响。那种感觉，神秘悸动，顾忌担忧，足以使一个艺术家望而却步。考察写生不是旅游，别以为艺术家就应该是和平的花朵，葡萄美酒夜光杯。孤家寡人，青灯黄卷，耐不得寂寞清苦，别张扬着做艺术家。没有杀戮，就没有狂风骤雨《祭侄文稿》；没有崎岖坎坷，就没有天才画家伦勃朗。所以，当我握住书鸿老师手的时候，我掉泪了。中国的常书鸿，太少了。"

陈天然说："今非昔比，我们也许不会再坐月夜卡车了。"杨可扬说："是啊，社会在发展，人也在进步。文章发表在60年代，至今我还记得有个描写敦煌的段

落,文字还算流畅——这里被称为瀚海中的仙岛,沙漠中的绿洲;那密密层层的白杨树,在秋末冬初的阳光下闪现出一片耀眼的金黄,掩映在异样的幽美和壮丽之中。"

陈天然说:"敦煌这座艺术宫殿,幸亏建在河西走廊,虽遭遇盗窃,但免于战火,至今仍然魅力无穷,受到世界关注。"

杨可扬说:"莫高窟艺术宝库,当地人叫千佛洞,距离敦煌县城50来里地,可能还要多些。莫高窟它那像蜂窝般的洞窟,建在两山间的峭壁上。自然风化,人为损坏,但还是有近500个洞窟被完好保护着。一千五六百年了,经过历朝历代的凿窟、修龛、绘画、塑像,而成为我国最丰富的佛教艺术宝库。应该感谢民族文化的传承韧劲,感谢像常书鸿这样奉献自己灿烂华年的文化英雄。"

"可扬老师,近500个洞窟,您都参观考察了?""不敢这么说,没有200个也有150个。那洞察莫高窟艺术,不能走马观花、敷衍了事。近500个洞窟,大的像小会堂,小的像小厨房,有的像地窖烟洞;但是不管洞窟的大或小,都绘满了精彩纷呈的壁画。有一个最大的洞窟,工作人员说,如果把它全部的壁画临摹下来,一个人从青年开始,一直变成老头子,还不一定能完成。小的洞窟呢,一个人进去不能抬头。但是,洞内却是满目精致的壁画。宏伟精巧,不可思议。"

"可扬老师,我这么多年,也是跋山涉水,文化山,文物河,古塔寺庙,人文景点,的确没少光顾。我总在想,如今社会进步,经济繁荣,我们的文化领域,为什么出不了像《红楼梦》《三国演义》《水浒传》那样的皇皇巨著?为什么出不了类似吴道子的《送子天王图》、张择端的《清明上河图》?正如张彦远《历代名画记》中所说:'古今独步,前不见顾、陆,后无来者。'"

"一百年莫谈超越,如今,我们能看到的宋代绘画,已是凤毛麟角了,更不要说唐和唐以前的沧海遗珠了。可是在莫高窟,从北魏到隋唐,还遗存了那么多的壁画、塑像。真是我辈幸运,民族幸运。咱把视野散开些,看看北京城内、上海滩上,空中飞的,车上坐的,到处都是书画家,你能发现几个入流的?明清共和新中国,有《兰亭序》《祭侄文稿》吗?吴道子、张择端回不来了。"

三十七　从"陈桥兵变"处西上

人生，有时风驰电掣，有时蜗行牛步。快也好，慢也罢，惊回首，黄金时代，白银岁月，都溃洇在缤纷色彩之中了。55岁的陈天然，本想马不卸鞍，人不解甲，继续占快车道狂飙。谁知一场感冒，几身冷汗，骤雨初歇，长亭自省，啊！节令不饶天，年龄不饶人，踩下刹车吧。

近些天来，他手握雕刀在胶板上作业，感觉手腕微微发颤，脑门泛潮，年龄和精力的惊叹号，不经意间从他脑际掠过。一种莫名的紧迫感油然而生。在一连串壮志未酬的感伤之后，他决定休养一下身体，要尽快完成两件事，一件是到巩县南河渡，另一件是到东岳泰山，做计划中的系列速写。

巩县南河渡，距老家柏沟岭咫尺之遥。陈天然自童年起，不知涉足那里多少次了。但出于各种因素，始终没有优秀的速写或写生。泰山很早就说要去，一直未能成行。不知怎的，有些地方，去就去了，没去的便魂牵梦绕。去了的，依然还想去。像南河渡，那里不仅有笔架山诗老杜，还有童稚足迹少年梦。泰山为五岳之首，摞着历史，堆着画卷。杨可扬老师的话对头，书画家就是要爬高下低探险寻美，不在冬暖夏凉的地方歌舞升平。

经精斟细酌，他决定先到南河渡。但他不想径直走过去，他要顺着黄河一路西上，到伊洛河，再转向南河渡。从哪里出发呢？从开封。当年，他和黄胄在省会开封的《河南民报》混，曾一同前往柳园口游荡。站在巍峨的大堤上，凝望着对岸的陈桥镇，浮想联翩。今天，他要从那里开始，沿大河向西，拾遗补缺，人文景点一个都不放过，直到巩县南河渡，做一次长途考察、速写。

还是在新郑驻队劳动的时候，他去拜谒柴王墓，品味了陈桥兵变中，赵匡胤从后周孤儿寡母手中攫取江山的是是非非。实际上，就是从柴王那儿埋下的祸根。他还琢磨赵氏皇族为什么把皇陵建在巩县。隐隐的思忖，飘忽的疑惑，书画家陈

天然总是脱离不开历史的情结。当年在柳园口"林公堤"遥望陈桥,只是"隔岸观火""雾里看花",今天,自己终于有机会,用脚步丈量黄河,考察研讨历史事件并因地制宜多角度取材了。从赵匡胤顺走后周小皇帝龙椅的地方开始,陈天然释放历史遐想,探访名人轨迹,一路答疑解惑。

在出发前,陈天然给黄胄打了个电话,说了自己的这次"休息"行动纲领。黄胄说,与其从陈桥出发,不如从曹岗险工地段启程。这地方也在黄河北岸,在陈桥东边五六里地的地方,同属封丘县。曹岗险工位于黄河郑州铁路桥至兰考东坝头河段,是北岸唯一一段主水道刷着河堤走的险工地段。知道吗?清乾隆之后的河南巡抚和地方官员,都把到曹岗险工地段作秀,当做任上必选项目,哪个也不甘因防汛不力而被追责。再说,万里黄河之壮观,值得画家驻足的段落,河南境内除了三门峡,就是曹岗险工段。

黄胄说:"我当年曾两次盛夏时节从那里渡船去长垣,你也许没见过汛期黄河,那气势,如果说壶口之水天上来,那么,排山倒海在曹岗。若是谁没见过黄河的惊涛骇浪,就在七八月份到曹岗险工那儿瞧瞧。站在石头坝上,看着黄河水打着漩涡翻滚,头直发晕。我亲眼所见,一个船客的草帽掉到河里,一眨眼,旋到深处不见了。"

就为了体验感受黄胄描绘的这个波澜壮阔的画面,陈天然改弦易辙,从开封直奔曹岗渡口。出发时,没有长途客车,机动三轮车要价太离谱,他雇了一辆人力三轮车,一身轻松彻底放开,悠然自得地出了开封。他所坐的三轮车,是那种客人在前车夫在后型。一路上慢慢腾腾,挂不上挡,走在乡间的土路上,三轮车吱吱咛咛地响着。路面平坦的时候,他就安然地坐着,田野两边的片片葱绿缓缓闪过。遇到沙窝松土,他就下车步行一段,甚至弯腰帮忙推车。

他在黄河南大堤下了三轮车,然后走下大堤步入一片平坦的黄河滩涂地。滩涂地,陈天然似曾相识。那年,他在开封东隅的祝梁寨教学,星期天游历黄河写生,脚踏的就是这般一望无际的滩涂地。不过,那是麦田,这是湿漉漉的漫滩地。有稀泥粘鞋的时候,他不得不脱掉球鞋,赤脚行走在光土板上。现在,他要尽快赶到河边,看有没有往北岸摆渡的货船。

选择这样曲曲弯弯的路线,充满变数。开封的朋友对他说,从这地方过河去北岸,时间上有很大不确定性。因为自上游柳园口兴隆以来,临近的几个口岸,生意都大大萎缩,有的干脆取消了客运业务。像临河的刘张庄、府君寺不少村庄的船只，都是炒咸菜放盐巴——闲（咸）得很。于是，他们就加入北岸封丘的运输船队，往下游的贯台、东坝头沿河一带险工段运石头。陈天然就站在黄河南岸河边上，寻找前往北岸摆渡的空船。

空船，除了船工，就是空船舱。但是，在书画家的眼里，到哪儿都会看到一幅画。陈天然小心翼翼地走在河滩，大声给船工说好话，终于踏上了一条船。站立在高翘的船头甲板上举目远眺，盛夏的黄河，奔腾咆哮，如脱缰野马，浩浩荡荡，一泻千里。大河上下，烟雨浩渺，环顾左右，林莽夹岸。晴天烈日下，母亲河奔流不息。千年流万年淌，翻滚的是英雄诗，怒吼的是历史歌。河运即国运，展开的画面是新时代的《水经注》《山海经》。

来到北岸，船紧靠着一座石头大坝旁边下锚。耳畔响起震耳欲聋的浪击石坝的轰鸣声，果然如黄胄所说，波浪翻卷，浊浪排空，滔滔黄河水，紧贴大堤一路东进。盛怒的黄河水头，撞上石头大坝，溅起雷雨般的水雾。石坝紧靠着黄河大堤，尽职尽责地削浪挑水。

所谓石坝，就是把远在太行山的石头，用小火车或汽车转运分散在这段河岸，在黄河的枯水季节里，挖深十几米，砌起来一道道高出汛期河面十几米的斜角度大坝，以缓解潮头的冲刷，"挑"着黄河主流朝向河中心宣泄，大大减轻洪水对大堤的淘荡。这段黄河就是典型的"悬河"，"悬河"中的"悬河"，"险工"中的"险工"——曹岗险工。曹岗险工，祖国大动脉最薄的一段血管。

当然，这里也是画家的险峰。登高一望，无限风光。站在石坝上，看到靠南岸的河道中，横亘一块块灰褐的沙洲。河中沙岛，那是黄河的激流浪涛从北岸奔涌向东，给南岸留下一片缓流而积淀的泥沙。大块的沙洲，会让人联想到南京江面的燕子矶，江水汹涌，孤岛岿然，航行跌宕。沙洲酷似，航运迥异，伊洛河口长大的陈天然知道黄河行船：宁可浪上摇，不到浅水漂。

陈天然站在大坝上，举起相机，对着洪峰激浪不住地咔嚓，一会儿就把胶卷用完了。要换胶卷，恐怕得到陈桥，或其它旅游景点再买了。他恋恋不舍地离开大坝，走上蜿蜒高耸的黄河大堤，头戴一顶扇面宽大的草帽，身裹短裤汗衫，背着一个人背包，衬着一张黑黝黝的脸膛，眼望悬着的"滚河"，听着水声鸟语，一步步向西慢行。他脚下的这条路，后来中国两任总理视察黄河曹岗险工，都留下风尘仆仆的身影。

走在高高的黄河大堤上，左边是莽苍浩荡的黄河，不时有硕大的帆船靠近大

坝倾泻石头。大堤背面，就是落差十米左右的大平原。遥遥望去，大地郁郁葱葱，农田阡陌，村落连片。有一列客货混装的小火车，鸣着汽笛，喷着白烟，轰轰隆隆地自西向东驶去。陈天然凝视沉思，这儿，就是黄胄描述的曹岗险工？"沿黄河堤防修建险工的堤段，称险工堤段，临河有滩涂，未修建险工的堤段，称为平工堤段。"每走几步，他就会停下来，草草画上几笔景物，待返回郑州后再创作。

正午时分，陈天然慢慢悠悠到了陈桥，这就是驰名中外的政变名镇"陈桥驿"。陈桥，一直就是地名。后周殿前都点检赵匡胤策动兵变，黄袍加身，开创大宋江山三百年基业，成就了不流血的王朝更替。一代帝王兴起，"五代十国"归宋，赵家班就是在这个不起眼的小地方发达荣耀的。大宋王朝，忠臣良将辈出，文化灿烂辉煌。一个普通驿站，因为开国皇帝赵匡胤而名扬天下。陈桥，成为中国改朝换代史绕不开的华章和标签，更成为大宋文化熠熠闪光的开端。

当年赵匡胤兵不血刃上位天子的地方，如今云淡风轻。可以看到当年赵匡胤和赵普、石守信等点将议事的殿堂，还有一块"宋太祖黄袍加身处"石碑。赵匡胤的系马槐，这棵干枯的系马槐树，镌刻着一个有趣的故事：赵匡胤，拴马时是将军，解马时是皇帝。

此刻，汗流浃背的陈天然，来到"宋太祖黄袍加身处"，琢磨了一阵儿那遒劲有力的八个大字。接着，凑近抚摸赵匡胤的系马槐。此刻，陈天然还想起靖难之祸。被金国掳掠的徽钦二帝、后宫妃嫔、文武百官数千人，在被押解上京途中，就是在这儿吃的头一顿罪臣饭。大宋的万里江山，变成金兵的一亩三分地。一片大口径杀猪锅，烧的全是杂面疙瘩汤，连酱豆咸菜这样的配菜都没有。解差们大马金刀得意忘形，依靠着劫掠的百宝箱，揶揄地看着"北狩"的宋王和降族，生猛骄横，咄咄逼人。

忍泪伴低面，含羞半敛眉。昨日，这帮华美团队还钟鸣鼎食穷奢极侈，谁能想到，华丽命运之门闪入魔鬼，彩虹顷刻间被滚滚乌云遮盖，从天堂到地狱，只需一个阴暗转身。山穷水尽，苦海无边。别了，汴京龙庭的集英殿升平楼，别了，游龙戏凤骄奢淫逸。

陈天然了解到，陈桥历史悠久，晋代就有，金代的祥符县就在这一块。清乾隆年间，祥符的县丞就在陈桥吃喝拉撒睡。清末民初，陈桥还有城墙四门，庙宇林立，黄河渡口商贾云集，码头盐垛堆积如山。入夜，店铺、客栈灯火辉煌。陈桥的繁荣，是从大宋王朝绵延下来的。

在陈桥，零距离触摸历史，"千秋疑案陈桥驿，一着黄袍便罢兵。""黄袍不是寻常物，谁信军中偶得之。"

20世纪80年代初的陈桥人，已经试着开发宋文化的人文景点，掂量赵匡胤陈桥兵变在当今的经济分量。在赵匡胤黄袍加身的地方，有了简单扼要的封丘普通话，有了小贩升起的炊烟和诱人的叫卖声，热油条香味扑鼻，豆腐脑热气袅袅。陈桥人，悄悄地和国家旅游图挂上了钩。

陈天然在一个卖粗布和土产的小店里换了胶卷，然后，在一家小饭馆里用了早餐，灌了一壶白开水，揪了几张餐巾纸，起身下了黄河大堤往南走。他看到挨着黄河大堤，竟然出现一片滩涂地。石榴树林外边，是一望无际的大豆田。一群群麻雀和一双双喜鹊，不断在头顶飞来飞去。

他一直走到河边上，又见汹涌的波涛冲刷着河岸。大块大块的黄泥土哗哗倒塌进黄水里，就像暴风雨中的房倒屋塌一样，一阵紧似一阵，眨眼间就被泛着水草的河水打碎了。他后退几步，向上推推草帽，凝望着滔滔黄河默想。

想起刚才买油条灌白开水的时候，不俗的老板娘抱怨说："来人不多，生意不好，当官的都不往这儿来。"陈天然问："为啥呀？"老板娘说："赵匡胤搞政变上台，当官的来陈桥上香，怕手下人趁机告恶状搞政变，篡位夺权。"陈天然好笑，无语，岂有此理！

他在日记本上写道——不敢到陈桥的人，也别去西湖的断桥，许仙阴魂不散，有人会勾走你的知己红颜；不敢到陈桥的人，也别去卢沟桥，英雄和鬼子星夜里拼刺刀，会伤着你的；郑州的老铁路桥也不能走，单行线，对岸的车辆过完了，这边才能放行。笑话。

从龙兴之地陈桥出发，在开封的西北角，有个称不上景点的景点，就是跨封丘原阳两县的黑岗古渡口了。黑岗口，因南岸村名叫黑岗池，便得黑岗口渡口之名。这个始于清代的古渡口，是两县通往开封的重要津渡。不过，吸引陈天然考察瞻仰的，却是太平天国英雄陈玉成。

1862年，因叛徒出卖，陈玉成被诱捕，并从安庆往北京押解。太平天国组织力量入豫劫囚车，清政府惊恐万状，派军队在黄河黑岗口北岸护送囚车到延津。怕夜长梦多，清军途中斩了陈玉成。屠刀之下，陈玉成高喊："士可杀不可辱！""大丈夫死则死耳，何饶舌也！"刽子手手起刀落，陈玉成在延津西校场玉石关帝庙英勇就义，时年26岁。

陈天然就是想弄个明白，押解陈玉成的囚车，为什么要避开车水马龙的柳园口，却选择人烟稀少的黑岗口？随后，陈天然往延津走一趟，拜谒西校场玉石关帝庙。之后，从柳园口坐船到南岸，在毛主席视察黄河纪念碑前，拍几张照片，画几张速写。再顺南岸黄河大堤往西走，打听潘安墓，凭吊这位古代美男子。

潘安是历史上的美男子，多年以来都是河南中牟人的荣光。令陈天然一头雾水的是，怎么在巩县也发现了潘安墓？陈天然慢行在黄河大堤上，边走边抱怨苍天不公。男人生得闭月羞花沉鱼落雁，令天下女人魂不守舍，连老妇见了潘安，都秒变花痴。潘安，单单颜值就够垄断了，他还才高八斗、文冠天下，是货真价实的西晋时期著名文学家，"太康文学"的主要代表。潘安大大挤兑了男人的生存空间，惹得诗圣杜甫都有了些妒意。杜诗《花底》云："恐是潘安县，堪留卫玠车。"经考证，潘安是巩县人，祖籍中牟大潘庄，死后与其父同葬于巩县南石村罗水边。这样，巩县和中牟，平分秋色，把潘安撕成两半了。

陈天然继续顺着河边或大堤向西行，一路打捞历史故事，不紧不慢，走着看着，拍着想着。一条大河，一抹人影。逆向远眺，潆潆之水天上来；惊愕回首，一路咆哮奔东海。历史的长河云蒸霞蔚，气韵悠长，母亲河，精神河，文化河，奏不完的悲壮乐曲。

他想起上次和青年画家李伯安交谈，了解到青年画家豪情满怀，正酝酿创作一幅水墨人物长卷，就是要从黄河源头画起，名字叫《奔出巴颜喀拉山》。黄河发源于青海的巴颜喀拉山，源头的壮美风景，陈天然没有领略过，但他熟知李伯安这个人。那年一群书画家到洛阳龙门煤矿体验生活，朝夕相处的一帮人中，就有李伯安。他们俩接触比较频繁，知道青年画家"巴颜喀拉"的美丽梦想，还希望有机会再交流。陈天然虽没去过巴颜喀拉山，可他清楚万里黄河流经青海、四川、甘肃、宁夏、内蒙古……他想把自己审视过的"龙羊峡""壶口瀑布""三门峡"和黄河"曹岗险工"，描述给画友李伯安。

陈天然四天后到达郑州花园口，做点必要的后勤补给，画些写生，写篇散文，再给黄胄打个长途电话，告诉他自己已到花园口。要不要拐郑州家里看看呢？不必了，家中风平浪静。得多在花园口逗留些时间，要知道，花园口是中国历史风云裹挟过的地方，蒋介石扒开黄河，要淹西犯的日军，却造成不可饶恕的民族灾难。

陈天然屈指算来，下边依次是邙山头、孤柏渡、古荥鸿沟、虎牢关、洞林寺……最后到达河洛文化孵化器——巩县河洛口，再转身去南河渡。

三十八 荟萃镜泊湖

陈天然沿黄河写生，拍照采访，吃凉馍，喝凉水，有时正冠纳履，有时科头泥屐。从古城开封对岸的陈桥出发，到巩县南河渡为止，总共用了半个月的时间。干完预计的活，感觉收获满满，心里和身上，都是鼓鼓囊囊的。肩扛手提着画作素材，到了站街火车站，又渴又饿地往郑州赶。刚冲过澡，第一顿饭还未吃完，黑龙江的邀请就来了。

刚到家，谁又来打搅啊？陈老先生，且慢发牢骚！谁呢？黑龙江省委书记、省长陈雷，特邀陈天然到哈尔滨和镜泊湖交流书艺。谈不上惊喜，却感意外，和这位省委书记、省长打交道，在北京见过两次面，吃过一顿饭，有过电话联络。其缘由，陈雷不仅是省领导，更重要的，他是中国书画圈的中坚，特别是黑龙江省的书画"坐标"，有不可低估的号召力和组织力。

陈天然被告知，被陈雷邀请前往的，还有秦萼生、费新我、胡公石、谢冰岩、王遐举、欧阳中石等书画家。封疆大吏陈雷，有着出众的艺术才华。能够在炙手可热的官位上，施展文化才艺的省委书记、省长，在那个特殊年代里，为数不多。他从小热爱书法，笔耕不辍，在新中国成立后，还担任了黑龙江省书法家协会主席。他的诗词，妙笔生花。在抗战的隆隆炮火中，他创作了大量诗文和歌词，是我党我军的大才子。他用古曲《落花》的曲调填词，写下的革命历史歌曲《露营之歌》，曾广为传唱，鼓舞着东北抗联指战员，冒着敌人的炮火前进。他还发起成立了黑龙江省诗词协会，党政一把抓，文采翩翩，抓革命促生产，诗词创作翻新篇。

陈雷发出的英雄帖，覆盖北京、河南、浙江、江苏、广东和湖北的艺术家。他们个个身手不凡，人人皆为书画翘楚。

秦萼生，中国著名书法家、印学艺术家、中国书法家协会理事。历任广东文史馆副馆长、中国书法家协会广东分会主席。

费新我，浙江湖州人。他是因右手病残，转用左腕运笔而名闻遐迩的书法大师。其隶法古拙朴茂，楷书敦厚，行草不受前人羁绊，参以画意，有强烈的节奏感和音乐感。时任中国书协主席的启功先生曾赋诗道："秀逸天成郑遂昌，胶西金铁共林翔；新翁左臂新生面，单势分情韵更长。"

胡公石，江苏盐城鞍湖人。自幼爱好书法。1935年毕业于上海暨南大学，师从于右任。建国后，任宁夏文史研究馆馆长、宁夏书画院院长、中国书法家协会理事、宁夏分会名誉主席、江苏省文史研究馆副馆长、中国标准化草书学社社长、中国台北标准草书学会名誉理事、中国书画函授大学名誉教授、国家一级美术师。

谢冰岩，江苏省淮阴人。曾任新华社第一任秘书长、新闻总署办公厅副主任、出版总署出版局副局长、文化部计划财务司司长、社会文化事业管理局副局长、中国社会科学院新闻研究所副所长、中国书法杂志主编、中国书法家协会顾问等。

王遐举，湖北荆州人。武昌中华大学肄业。当代著名书法家，擅长国画，尤善梅竹，通史学、工诗文，对戏曲也颇有研究。历任中央文史馆馆员、中国美术馆馆员、海峡两岸书画家联谊会会长、中国书法家协会理事、北京中山书画社副社长、中国书法艺术研究院院长等职。

欧阳中石，山东省泰安肥城人，毕业于北京大学。为首都师范大学教授、全国政协委员、中国书法家协会顾问、中国画研究院院务委员、中国文史研究馆馆员。他少从临摹唐碑入手，之后转临北魏墓志。亦曾涉足篆、隶、甲骨、金文，尤于欧阳询诸碑临池最多。草书以王羲之、孙过庭为宗，书风妍婉秀美，潇洒俊逸，既有帖学之流美，又具碑学之壮大。

欧阳老先生的书法，字如其人。他博学多才，对中国传统文化、艺术有较全面、精深的造诣。老人著书40余种，涉及国学、逻辑、戏曲、诗词、音韵等。欣赏他的作品，就仿佛拜读一部经典之作，思想深邃，格调高雅，从容端庄，情节俊朗而又飘逸，古朴而又华美。

各位书画巨擘先云集哈尔滨，然后出发到镜泊湖。陈雷书记派出一台十二座的丰田考斯特，专车提供服务，舒适、快捷、停靠方便，再安排一名省委副秘书长带路、陪伴和招待。出发时，陈雷完美地尽了地主之谊，东家、主人、书友，几个角色都做得熟稔到位。车启动，他站在面包车门前，热情欢送每位书画家游览镜泊湖，祝愿大家一路吃好玩好，并亮出此行谜底说："入浅水者得鱼虾，入深水者得蛟龙，所以安排大家去镜泊湖！艺术家们养精蓄锐，打捞诗河词海的珍珠，

为白山黑水留下艺术家们的'三都赋',引发冰城纸贵。我在哈尔滨等你们,拜托大家!"

到了镜泊湖,一路美景尽收眼底。大家看到,镜泊湖群山环抱,蜿蜒连绵,时而水平如镜,时而微波荡漾。湖中更有天然景点镶嵌,白石砬子、珍珠门、毛公山、大孤山、小孤山……散金碎银,美不胜收。

镜泊湖在哪儿?在牡丹江,就是英雄杨子荣和土匪座山雕"捉迷藏"的地方,是国家级风景名胜区、世界地质公园、北国洱海。书画家几乎给每个景点都打了满分,都说这里与千岛湖相媲美,有沙石之雕、兔耳岭之风情。湖光山色,美景荟萃,简直就是百里画卷长廊。带路的省委副秘书长说:"镜泊湖,历来就是达官贵人的游春胜地,诗书画家的人间天堂。"

踏遍镜泊湖著名景点之后,大家还领略了闻名遐迩的威虎山、五河楼、横道河子……这一系列《林海雪原》小说及影视中的实景。之后,大家一致主张去瞻仰悲壮的"八女投江"红色经典故事发生地。这种诉求,还不仅仅是受女英雄壮举的感召,还在于这帮书画家都景仰"关东画派"奠基人王盛烈的名画《八女投江》。那是根据抗日联军八位女战士为了不被敌人俘虏而集体投江的真实故事绘制的革命历史画作。一个30多岁的艺术家,怎么会有如此优秀的国画作品呢?

书画家们了解王盛烈,沈阳人,擅长中国画。1947年任辽宁省立沈阳师专艺术科代理主任,1948年任东北行政学院师范部美术组主任,1949年后任中国美术家协会理事、常务理事。王盛烈一生虽然历经磨难,但对真善美的追求从未停步。他作为艺术家和美术教育家,为我们留下了丰厚的艺术遗产。他创作的《八女投江》《海风》《耕者》《家乡的孩子》等作品,在中国美术史上占有重要地位。他坚持画品和人品统一,崇尚信念和实践的一致。以他为代表的"关东画派",在当今中国画坛颇具影响。他的第一幅《八女投江》,收藏在中国革命军事博物馆,后又重新创作的《八女投江》,就挂在"九一八"历史博物馆,成为民族的历史记忆。

王盛烈和陈天然,同为中国美协常务理事。按通常的理解,按两人的接触和交往应该是不少的。实际上,还真的很多。北京开会自然不在话下,除了稠密的会议中抬头不见低头见,两人还在会后一同在京滞留,一起逛西山、长城、恭王府,一起吃东来顺的涮羊肉、大前门的炸酱面。王盛烈还顺道去过郑州两次。陈天然带他游览洛阳龙门、嵩山少林寺,吃郑州南顺城街的羊肉烩面、北大街的酸

辣丸子汤。两人关系还是挺黏糊的,只是这次陈天然到了哈尔滨,王盛烈正出差上海,没有赶过来。还有应见未见的文主任,他卸任哈尔滨第一书记之后,在省里待了不长时间,就去了北京就任国家邮电部部长。

书画家们肃然伫立在林口的乌斯浑河畔,凝神注目"八女投江"殉难处。河水呜咽,激流滚滚,女英雄的英灵与乌斯浑河共存。大家肃然无声,向女英雄们默哀致礼。是啊,抗日战争时期,以冷云为首的东北抗日联军八名女官兵,与日伪军激战,最后被围困在河边,背水作战,弹尽粮绝,面对日伪军的逼降,宁死不屈,挽臂涉入乌斯浑河,高呼"打倒日本帝国主义",高唱"奴隶们起来"的国际歌,集体沉江,壮烈殉国。

八位女英雄中,年龄最大的23岁,最小的才13岁。这个女英雄群体,谱写了一曲中华民族抗日战争的壮丽篇章。

书画家们在返回哈尔滨的路上,心情无比沉重,轻声细语议论着。没有女人就没有世界,我们的新中国,是大步流星进步着的新社会。大家回到省城哈尔滨,住进了省委招待所。那天晚上,陈雷书记拨冗宴请书画家。在上桌布菜的时候,挨着小食堂的硕大宴会厅,也同时摆开一片鸡翅木书画案,像宴桌上的盘碟一样,摆放着笔墨纸砚清水套笔,摞着《唐诗三百首》《毛主席诗词》《呼兰河传》《林海雪原》《暴风骤雨》,以及黑龙江近年实践落实的革命标语口号。大东北,白山飞俊鸟,黑水游蛟龙;书画家们才气豪健,热情奔放。

招待酒也很有讲究,不是常人想象中的"茅台""五粮液",而是"花园""北大仓"等黑龙江当地产的名酒。陈雷书记逐个举着酒瓶介绍,他没有发言稿,却发表了一通推销龙酒的长广告:"黑龙江不是没有茅台、五粮液,今天是想叫大师们、弟兄们尝尝龙江陈酿。'北大仓''花园''泼雪泉'……1914年的酒名叫'聚源永烧锅',当时东北的八大酒坊之一。历经民国、伪满,新中国成立后酒厂改制为公私合营,又刚刚更名为齐齐哈尔北大仓酒厂,够陈了吧?陈年佳酿。大家知道,我们东北盛产红高粱,这个'花园'酒,开酿于光绪五年,是康有为、梁启超等革命党人必备之酒。此酒以上等东北红高粱为原料,取金兀术之妹完颜兀鲁御花园古井之水精工酿造。光绪皇帝生慈禧太后的闷气时,就喝这个'花园'解忧。'花园'酒,酒质醇厚,香味浓郁……去年,我和四川的谭书记在北京吃饭,就拿光绪喝的这个花园酒和他们当地产的名酒相比,他们省委班子几个人,硬是说不出龙酒差在哪儿。举杯!大师们、弟兄们,一杯情,二杯敬,三杯才露真感

情,干了!羊羔美酒,但莫要闻雷失箸。好喝了,带几瓶回去;不中喝,换酒!交友辅仁,承载厚重,先干为敬,看清了吧——没留'月亮'。"

一阵会意的欢笑之后,碰杯。碰了杯之后,陈雷书记才站起身相互介绍。当介绍到一位小巧玲珑、气度非凡的中年女人时,陈雷把酒杯放下,一张胖脸绽满笑容说:"这位,弟兄们可能没见过——李敏,我的内当家,你们的大嫂子。"大家愣神之后,全都放下酒杯,掌声响起。接下来,作陪的一位副省长,毕恭毕敬地介绍了这个非凡的陈雷夫人李敏。

巾帼英雄李敏,坚韧似水,12岁时加入东北抗日联军,是当年抗联队伍中最小的女兵。她在苏联受训,成为中国首批女特种兵,并参加了苏军对日寇发起的最后一战。1955年,俄罗斯政府授予她"朱可夫勋章"和"世界反法西斯战争胜利纪念章"。李敏是朝鲜族女同志,现担任黑龙江省妇联副主席。美酒,高朋,诗和远方,一样不少。

副省长以无比赞美的口气,继续讲了一段抗战女英雄的战斗故事。李敏身经百战,在林海雪原抗战八年多。有一次大雪天,她们女兵排被日伪军围剿,李敏机智地滚进一个雪窝子里隐蔽起来,得以虎口脱险。这次战斗,只有李敏一人突围。这个悲壮故事后来被编写成歌剧《星星之火》,抗联女英雄的形象感动了千万人。

英雄美酒,晚宴即刻增加了几分庄重严肃的气氛。王遐举先站起身来,给女英雄敬酒,说:"自古英雄配美人,刚知道英雄配英雄,在冰城发现了英雄联盟。李主席,嫂夫人,三个酒!"书画帮中,陈天然最后一个为女英雄敬酒,似乎费了很大劲才顺理成章:"中华儿女多奇志,不爱红装爱武装。河南蹩脚腐儒陈天然东施效颦,也给巾帼英雄嫂夫人敬酒三杯!"

李敏起身,身材纤细而坚挺,妆容精致得体,一脸和煦的春风,小桥流水的一个女人,似人物画中的山水小品。她对陈天然说:"谢谢来自中原大地的书画家,听说文敏生书记是您的老上级,建国时期的武汉老朋友,幸会幸会,可是不巧,他刚离开黑龙江,到北京任邮电部长了。"陈天然说:"我知道。"李敏说:"那您不替他喝两杯?"陈天然不会让酒,也"不会"喝酒,但盛情难却,一伸脖子一挤眼睛,喝了两杯,火辣辣的。李敏说:"谢谢!您是全国知名的书画家,我看过您的书法。"陈天然喉咙里的酒,好像还未落到胃囊里,辣得他话都说不太囫囵:"不不!我是,是画虎不成反类犬……"

陈雷书记的招待宴会结束后，活动进入下一项，献墨宝。书画家们在摆开的"木案"上，开始写字作画。大家可以随意遴选内容，自由发挥，警句、谚语、古训、古诗词、名人座右铭、改革开放的呼唤点赞等均可，墨宝形式也自由任选。

陈天然从郑州来到冰城哈尔滨，手脚僵硬，一连扔掉两幅字。他人到黑龙江，还念念不忘家乡的黄河。"九曲黄河万里沙，浪淘风簸自天涯"，是刘禹锡《浪淘沙·九曲黄河万里沙》诗句，这是他扔掉的第二幅字。经过努力，他终于写出了理想的作品。

送君千里终有一别，天下没有不散的宴席。宴会之后第二天，大家依依不舍地分手，各奔东西了。

时光荏苒，岁月如梭，多年之后，这帮书画家大多已到另一个世界去了，再也无缘相见。他们当年现场创作的书画作品，都收藏在官方的"保险柜"里了。谁想欣赏，或者参加什么展览，得由省里主要领导批准。当年这帮意气风发、激情挥毫的书画家们的临场作品，成了当地的精神财富。

三十九　泰山看日出

美国有个"奥斯卡金像奖"，一年一次，把全世界最叫响的影片，最拔尖的演员、导演，请到洛杉矶好莱坞搞庆典、颁大奖。旨在鼓励电影的创作与发展，近一个世纪以来享有盛誉，倍受世界瞩目。

但每年一度的"法国巴黎春季沙龙"，您可能生疏一些。这个沙龙荟萃全球人文，展览世界名画。1982年5月，在欧洲艺术之城巴黎，举办规模盛大的春季沙龙，这是真正意义上的美术名品展览会。应沙龙的主持者昂比尔、多特里韦两位先生的盛情邀请，中国美术家协会挑选了新中国成立三十多年来的一百多幅作品，第一次赴巴黎参展，其中国画50幅、油画50幅、版画40幅。40幅版画中，就有陈天然的《山地冬播》。

陈天然的《山地冬播》被国内外多家艺术刊物刊登，被世界画苑关切。但《山地冬播》的传播，是从湖北萌发的。陈天然在湖北武汉待了十七年，他的人生和字画，点缀了荆楚艺术天地。湖北人在回顾自己书画历史的时候，总是频繁提及陈天然。为什么？为回答这个问题，我们依然采撷湖北一篇广泛扩散的报道——《他们从长江走来：湖北美术的世纪百年》：

> 2018年9月30日，"从长江走来——湖北优秀美术作品展"在中国美术馆开幕。展览选择了用100多位艺术家的国、油、版、雕、水彩领域100余件作品来呈现湖北美术的近100年。在现代与当代美术史册中，湖北美术是令人瞩目的一章，因为它富于历史性地印证着20世纪中国社会变革的风云际会，又在当代艺术发展中敏感地把握社会轨迹。

在提及参展的《山地冬播》时这样说：

陈天然《山地冬播》木版套色 40cm×46cm。《山地冬播》也可以看作湖北版画在现实主义道路上走出的重要一步。湖北现代版画的起步，晚于沿海城市，但起步伊始，即与中华民族存亡之重大事变相连，有着悲壮的色彩。湖北战时版画与延安地区以及长江下游新四军版画相类似，作者均来自革命队伍，创作题材取自革命斗争与生产劳动。这是战时版画的全局性特征。新中国成立，湖北版画开始新篇章，一批南下的版画家先后抵鄂，代表人物陈天然。

1960年，陈天然由于其卓越的版画成就，调任湖北艺术学院版画教研组组长，组建版画专业并招生。这是湖北现代美术教育史上第一个版画专业，学制五年。首届学生有查世铭、戴槐江、张京德、陈元武、关荫沛、贾国中、冯世顺、李国英等。这批新生力量得到系统的美术教育，在读时即频频发表作品。这些出自院校的版画家，逐渐成长为湖北版画创作及版画教育领域的中坚。

陈天然是个谦虚谨慎的人，刚刚结束的哈尔滨、镜泊湖之行，陈雷书记和同行们由衷地给他不少赞扬。虽然他总是默默不语，但大家总是爱和他扎堆挨膀。吸烟喝酒的人，都诚心诚意地让他"沾光"。关于他的《山地冬播》被中国美协选中，将参展"巴黎春季沙龙展览"的喜讯，是从北京传给陈雷书记的。他送别书画家到火车站，在站台上，他拥抱着陈天然，豪情满怀地对大家说："报告弟兄们一个'号外'，天然的《山地冬播》……这是咱书画界的光荣！"

不过，在哈尔滨到北京的特快列车上，陈天然并不高兴。大家看他一路都心事重重的样子，光喝茶不说话。想什么呢？他经常说，名誉是压力。他又在过滤、思考自己在书画界的建树。近一段时间，他又听到别人议论自己的学历。自己不是崇拜黄宾虹和杨可扬吗？但他和黄宾虹的距离有多远，和杨可扬相差有多大呢？年初创作的版画《春蚕》三月份就寄给了《萌芽》，为什么回音只是"不宜刊登"？是水准问题还是政治问题？水准问题可以再提高，政治问题可就严重了。自己什么地方缺乏对党的忠诚呢？政治觉悟在哪里打了折扣？

他一路都在深刻地反省自己，要有则改之无则加勉，择优而从，见贤思齐。逆水行舟不进则退，奋起直追自强不息。做人，和作画不同，要不显山不露水，孤灯只影深夜长卷，要靠高度的自觉来支撑、助攻。想到这里，一种力量和一种思路顿然产生,继续游历名山大川,继续写生,寻找感觉,提升技艺。下一步,要东进登泰山,拓宽视野,千锤百炼,做一个名副其实的艺术家。

1982年新春,陈天然悄然从郑州出发,乘火车到泰安,住进一家旅馆的六楼。凭窗远望泰山,万千景仰和感慨。从童年记事起,关于泰山的印象,一直在向大脑里灌输。现在,泰山脚下望泰山,啊!熟悉而陌生的泰山,果然是拔地冲天,气势磅礴,让人油然而生庄严神圣之感,不愧是"五岳之首""五岳独尊"!

在此之前,陈天然未动先知,内心早就积淀起了泰山文化。他知道,泰山,不是什么纯粹的道家文化或儒家文化,而是自然景观和人文景观相结合的名山文化。泰山突出人文景观,特别以带有宫廷色彩的宗教建筑、道教建筑为主题。泰山与帝王朝祭、文人修道、百姓进香的社会活动紧密联系,并植根于古老的东方崇拜与天人合一、务实重教的民族心理,从而体现出政治、宗教、民俗三者合一的鲜明特色。从先秦时代至明清时代,泰山上留下了99位帝王君主的足迹,还有数不清的文人骚客的诗文刻石。孔子的《邱陵歌》、司马迁的《史记·封禅书》、曹植的《飞龙篇》、李白的《泰山吟》、杜甫的《望岳》等诗文,都成为传世名篇……泰山,各教派荟萃,集儒、释、道于一身,文人墨客竞风流。泰山,从一座自然山,到一座文化山、精神山、民族山,最终成为一座世界上独一无二、无法复制的自然文化山。

如今来登泰山,就是要实地体验、感知以往抽象的书面知识,把抽象变成具象。早就该来了,陈天然想,只是自己"腿短",一直未能涉足,今天终于如愿以偿。翌日清晨,他跟着几个旅友一路,乘旅游中巴车先到中天门,"摆渡"一下,再乘缆车登顶泰山。几个散兵游勇经不起闲言碎语的掺和,眨眼间就走散了,落下陈天然单枪匹马排队挤索道缆车。

空中鸟瞰,只见峰峦竞秀,泉溪争流,山高峡深,壁立万仞,泰山景观雄奇秀美。他顿觉割舍徒步爬山大饱眼福的惋惜,但他旋即想到年龄不饶人,得看生命的油箱里还有多少油,这没有错。

上山缆车,下山徒步,站在十八盘上观泰山美景,也不失为完美的选择。乘缆车登泰山,空中鸟瞰,说不眩晕不害怕那是假话。对陈天然说来,这和他当年在炮火中南下,和土匪端枪对峙是不同的。他身旁坐着个花枝招展的中年女人,开始还一边吃糖糕一边哼小曲,随着缆车的步步升高,还有通过索道节点时的咯噔一震,她的糖糕不吃了,原本喜气洋洋的脸变得煞白,身子发疟疾似的抖动起

来，双腿筛糠，上下牙咯咯响。

早春二月，泰山冷风嗖嗖，寒气逼人，但"花女人"绝不是冷得发抖。恐惧是会传染的，陈天然往下眺望，身体也不禁颤抖了一下，于是抱怨那女人："这有什么可怕的？！"那女人苦笑着反驳道："怎么不可怕？看看你眼睛，俩眼都是害怕！"此时此刻，一股创作灵感，缓解了陈天然的紧张。他想，万丈高空，索道缆车，惊骇滑稽的女人，五十步笑百步，多么生动的画面呀！

索道缆车内静悄悄的。走进缆车之前，陈天然也设想过浪漫的泰山之夜，租件大衣天街上望星空，晨曦中在极顶看日出。但他还是心中胆怯，英雄不提当年勇，毕竟不是黄梅水灾英德剿匪的年龄了。而且，空中又遇瑟瑟发抖的女人，犹豫到后来，他想登顶之后拍几张照片，就顺十八盘下山。

正在他转身之际，身旁出现两个风风火火的河南小伙子。一个说："登泰山不看日出，就等于到开封不上龙亭。"一个说："会当凌绝顶，一览众山小。杜甫的《望岳》诗，就是看泰山日出，壮美、雄浑，不看日出，登泰山干什么？！"两个小伙子，看到陈天然会意地点头，就反问："大叔哪里人？看您恐高啊！不想看喷薄日出了？"另一个补充说："嗨！老先生，别在乎车破牛老，膏膏油，车辊辘照样转！站那儿不动光看日出，得劲哩很，又不是叫你抡铁锤刺杀秦始皇咧。"陈天然光笑不搭腔，稍许，三人热乎起来，随后商定，三人一同斗严寒看日出。

千人万人看日出，感受大同小异，游记文章千篇一律。陈天然也有感而发，在玉皇庙里作诗一首——

泰山观日出

昔登武当、黄山、中岳、观日出未遂，今岱顶如愿，赋诗作记。一九八二年二月十七日。

极顶望，穹朦山呼东方亮。东方亮，淡月疏星，云海苍茫。幽阳喷薄奇万状，神辉漫丽乾坤朗。乾坤朗，春华盖世，天运浩荡。

日上三竿，霞光万道中，陈天然吃了两个卤鸡蛋，一个油卷，喝下一碗白开水，就匆匆顺十八盘下山。人们常说，上山容易下山难，的确如此。当陈天然沿十八盘下山，三步一停，五步一歇，好不容易下到五松亭时，双腿酸软，张口喘

气,不得不坐下来休整。他扭头看到,一对愁眉苦脸的小情侣瘫坐在石阶上,女孩儿哇哇直哭,就跟控诉泰山的严酷无情似的。

十八盘道旁的五松亭,是秦始皇登泰山时遭遇雷雨树下避雨之地,五棵松护驾有功,被封为"五大夫"。现存的两棵松树拳曲古拙、苍劲葱郁,被誉为"秦松挺秀"。一旁有五松亭和乾隆皇帝御制《咏五大夫松》摹刻。陈天然向来以为,乾隆诗作万首烂诗居多,没啥欣赏头,于是掏出自己刚写的新诗小声吟诵。

下山回到旅馆,打开地图一看,陈天然还想到鲁国之都淄博看看。无奈,双腿酸疼,两臂沉甸甸的,就决定不去了。次日赶回郑州,随即上班。到办公室刚坐下,文联办人员就来喊他,说于黑丁主席有事儿叫他去一趟。于黑丁向陈天然通报了两件已经敲定坐实的事儿,第一件,由省文联和省书协筹划的"墨林五家书法展",将在河南省博物馆举行。指定陈天然既是展主又是服务员,叫他眼勤嘴勤腿勤手勤,做好思想准备,当好角色人物。于黑丁交代:"你也别谦虚了,笨人先起身,笨鸟早出林,这是省文联一次重要的全国性活动,不能出乱子哟!"

陈天然问:"还有第二件呢?"于黑丁情绪亢奋起来,问:"天然,你真不知道?大事一件!""黑主席,我真不知道。"于黑丁一笑,说:"你当选为第六届全国人大代表了!按说你得请客,但咱不能带这种头儿。"陈天然抑制住高兴,动手给于黑丁沏了一杯茶,双手端了放在于黑丁面前,什么也没说。于黑丁接着说,"省文化系统选出三名代表,除咱两个,还有一个是你的巩县老乡,常香玉。看她的生平简介,什么南河渡、董庄。你们俩地头搭地头,近得很咧。上次看她的《柳河湾》,她就说请客感谢我去坐镇捧场。这回她可跑不了了,等全国人大开幕的时候,叫她请咱俩到王府井吃烤鸭。"陈天然说:"可中。"

在此之前的1980年,常香玉在河南省第二次文代会上,当选为省文联第二届委员会副主席,成为于黑丁的搭档、巩县老乡陈天然的领导。她还被选为中国戏剧家协会河南分会主席,豫剧舞台上排哪个戏演哪个戏,她说话基本上一锤定音。之后,她又出任河南省文化厅艺术顾问,不再担任省戏曲学校校长。一个大机关三位人大代表,砖连砖成墙,瓦连瓦成房,黄金搭档,交集频多,工作上齐心协力,相处中和谐温馨,三人都带着珍贵的革命友谊。

忆往昔,峥嵘岁月稠。陈天然一路走来百转千回,艺术家必须拿作品说话。曾几何时,别人蔑视他的木讷、小觑他的学历,就等着看他拿出什么作品来。终于到了这一天,他成为中国著名书画家;作品,也成为中国的、世界的。

如今，他被高票选举为全国人大代表。人大代表，是对陈天然党性修养、道德人品的肯定，是对他大智若愚、大巧若拙的赞美。他的政治底色是红色文化人，曾随大军南下接收武汉、参与广东剿匪和土改，但他从来没有以此作为生存和骄傲的资本。陈天然的人生实践活生生地告诉人们，公而忘私恢廓大度忍辱负重委曲求全，温不增华寒不改叶……这些为人处世方略的立身之本，都是历尽千辛万苦打造出来的。陈天然的人生轨迹并不复杂，但很广阔；他的豪言壮语不多，但革命文化战士的优秀品质很纯正；他上乘的书画作品颇多，但他一生低调不张扬；他曾经涉足官场，但他最终成为了一名红色艺术家。

他在战争的隆隆炮声中参加革命，在党的阳光雨露中健康成长。他在人生长河和艺术实践中，确有憋屈郁闷、胸中块垒，但他立场坚定，矢志不移，忠于党，忠于革命。观沧海，走四方，关山重重，不改初衷，即便陷入窘境泥潭，失去不少同路人，依旧遥看远山花开，坚信向阳花木易逢春，满天星斗，一路繁华。一道溪水流淌，云淡风轻，有颜料只管开染坊，烂漫山花，不管是否有人赞美，照样恣意挥洒靓丽的光彩。既仰望星空，又脚踏实地。掬水月在手，弄花香满衣，良辰美景，艺术家不去染指，怎能把大自然的妙舞清歌留在人间。

接着，"墨林五家书法展"在河南博物馆展出。参展的著名书家分别是费新我、魏启后、刘自读、王学仲和陈天然五位大师。五位艺术家，人人书法棱角分明，个个书画风格鲜活。

这次"墨林五家"郑州书展，在改革开放春潮涌动的80年代初，掀起了全国书坛的狂风巨浪。此后，书法热席卷神州大地。凡经历过那个年代的人，都会对妇孺练书法、处处设课堂的现象记忆犹新。甚至，毛笔字的炙热，也烤热了硬笔书法、钢笔字，使后者也创历史地驶向快车道，成为男女老少的新宠。不管您是否认可书法热潮自这次书展始，但至少从效果看，"费魏刘王陈"起到了呼风唤雨、推波助澜的作用。

郑州五人书展之后，第六届全国人民代表大会于1983年6月6日在北京召开。于黑丁、常香玉和陈天然，三人紧挨着坐在一起，别有一番滋味在心头，总是禁不住交头接耳说几句共鸣的话，之后，再把焦点集中在主席台上。和所有的人大代表一样，他们欢欣鼓舞激动不已。况且，主席台上的那位河南人，正代表国务院做政府工作报告。每个人都有老乡情结，似水流年也好，白驹过隙也罢，那段历史的记忆，那种家乡的自豪感，遗音余韵连绵延伸数十年。

四十　出访日本

"1984中日书法交流展览"在日本大阪举行，陈天然作为中方代表团成员，将随团出访。代表团要从首都北京飞往日本大阪。出发前，陈天然和刚刚卸任文联主席的于黑丁小聚。于黑丁在任上的几年里，两人不曾单独喝酒吃饭。陈天然要出访日本，可庆可贺，于黑丁说："我做东，天然，为你饯行。"

两人选了一家外地政府驻郑办事处的小食堂，坐下来海天阔地聊天。于黑丁知道陈天然不喝酒，就要了两瓶法国博若莱佳美葡萄酒、几瓶饮料和几个小菜。因为人"对把"，气氛融洽，陈天然硬是和于黑丁碰着杯喝。服务生上了一壶碧螺春，喝着酒喝着茶，俩人喝得浑身冒汗，说了好多身边的人和事儿。于黑丁话锋一转："我说，天然，你提前一天去北京，不为别的——最近，文化圈内，严格说是书画界，你知道，正为首都机场的壁画争论得沸沸扬扬。"陈天然说："《泼水节——生命的赞歌》，袁运生的作品。一幅壁画，一堆稀奇古怪的故事。书画圈内，向来小道消息比官方指示精彩、比红头文件吸引人。"

"听说邓副主席表态了，首都机场壁画，成了改革开放的晴雨表了。你打听一下，究竟是怎么一回事。登机前，你仔细观察观察，琢磨一下壁画的政治色彩在哪里？我虽然不在其位了，但还是得谋其政啊！当年在'左联'、在延安养成的惯性，不平则鸣，平生之志——不人云亦云，用他们的话说，孤芳自赏。""中国式纷争，画笔惹上扰怨，袁运生的日子是很不好过的。""袁运生什么政治背景？敢在首都机场画裸女！""嗨！青年画家，江苏南通人，中央美术学院油画系毕业，七九年在中央工艺美术学院任教，同年创作壁画《泼水节——生命的赞歌》，1980年在中央美院壁画系任教，去年为波士顿塔夫茨大学创作壁画《红＋蓝＋黄＝白？——关于两个中国神话的故事》，很有才华，也很有胆识。"

对于首都机场壁画这码事儿，人们还是印象挺深的。壁画《泼水节——生命

的赞歌》，画的是傣族人过泼水节的画面。壁画分两部分，正面展现的是傣家人担水、泼水活动及优美的舞蹈，较小的侧面描绘的是裸体洗澡和男女的卿卿我我。

北京国际机场出现裸体沐浴的画面，也是艺术界沉寂多年之后的一颗氢弹，即刻引来四面八方的人群围观。一石激起千层浪，壁画成为当年最火爆的话题。中央分管机场建设的领导不得不采取措施，扯块布遮住画面，等邓副主席看看再说。邓副主席也不敢怠慢，拉上王震同志，亲自到机场观看壁画。看罢，从政治的惊涛骇浪中走出来的邓副主席说："我看没什么问题。"一幅裸体油画的命运，需要党的副主席表态，哪个敢说这不是大事儿！

实质上，对这个事儿能够说上话的党政领导，也都是唱戏的打人，高高举起，轻轻放下，板子并未打到谁身上。然而，由北京国际机场裸画引起的漫天雷火，戛然变为万里江山的一统肃静。虽然事情似乎并未结束，但所有的人都进入了安全区。邓副主席片言九鼎，一锤定音，壁画安然无恙，艺术嘛，裸女们继续洗澡。不过大家都知道，画作者袁运生压力山大啊。当时，聪明人都建议他"给人体穿件衣服"，他摇摇头，吝啬得很，不穿，艺术家是执拗的。但在这之后，搞折中主义的人，还是悄悄在壁画前砌了一道墙，直到多年后才拆掉。

首都机场壁画，留下了一堆一堆的画外话。壁画的辐射和冲击力远远超出了艺术的范畴，成为改革开放的刻度表，艺术家们感到了深切的阵痛，文化先锋人物纷纷到首都机场"打卡测温"。沐浴的傣族姑娘继续被"扒开"窥视。即便还有邓副主席"这画艺术表现很正常"一句话做掩体，壁画还是未能原封不动岿然自若。不久，三个裸女的身前"被穿上"一层薄纱。翌年，又增加了一层纱帘。意思再明白不过了，不希望人们看得太清楚。

关于《泼水节——生命的赞歌》，陈天然品着茶，对于黑丁说："毕竟，用剪刀和纱布去拿捏画作，不是个好办法。你想呗，袁运生是一个学油画的人，深谙西画的造型能力，他说，那是'用线条织就的诗'，对线条艺术似走火入魔。我看过有关资料，袁运生说：直到我去了西双版纳，看到那里的植物世界，竟是用线条织就的诗，于是入迷般地画了大约数十幅以严谨的线条组织的画，这是从未有过的经验，也算满足了我长时间来对线条的迷恋。袁运生说的线条，何尝不是我的迷恋和追求呢！在湖北艺术学院的时候，我就下决心，一定得攻下国画，因为我深刻意识到线条的美轮美奂。"

于黑丁问："这个袁运生，后来情况怎么样了？"陈天然说："历经风波，去

国远游。上次郑州'五人书画展'时，我结识了北京年轻书画家小周。小伙子灵通得很，说袁运生是风口浪尖上成就的画家，前途不可限量。现在想想，春风乍起，袁运生就敢于突破禁区，也逾越了中国人铁板一块的传统观念。他对人体艺术的开拓表达了他对生命的敬畏和礼赞，难能可贵。应该说，这个尝试是非常成功的。艺术家，咬定青山不放松，管它东西南北风。"

于黑丁感叹道："是啊！郑州，河南，为什么不出袁运生呢？出个袁运生，咱也把'泼水节'立在紫荆山、碧沙岗。裸画不值得大惊小怪，每个肌体都埋伏着共知的秘密，让造型美感表现内在的灵魂。天马行空，奇思妙想，生活是生活，已经发生的生活，为什么不能用艺术表现一番呢？"陈天然说："恐怕不中，中原文化生态，塑造不出袁运生。中原的文化土壤，立不起来泼水节、罗马柱。"于黑丁举杯和陈天然碰了一下，仰脖子干了，说："哈哈！这我相信。就说你天然，你即便成了国画油画大家，你也走不出巩县、河南。郑州立起泼水节、罗马柱，把洛河描绘成顿河，要到猴年马月了。天然，你敢画裸女吗？见个女性都不敢抬头，你的艺术实践的另一面，也太俗了点，是吧？你也别指望突破什么思想禁锢了。"

十天后，陈天然到了北京。他先联系了年轻书画家小周，两人从前门坐大巴游览车到十三陵参观。陈天然不忘于黑丁的嘱托，在和小周交流了解"泼水节"壁画的同时，想到十三陵再看一下那个让杨慎深感伴君如伴虎的嘉靖皇帝的陵寝，看有什么地面遗物或图示说明，也好访日回来后，再和自己人生的贵人于黑丁交流。

飞往日本大阪的飞机，起飞时间为上午11点。为了欣赏壁画《泼水节——生命的赞歌》，青年画家小周提前两个半小时送陈天然去首都机场。两个人从画家的角度，琢磨眼前震荡政坛的壁画。用"神来之笔""行云流水"去赞美，都太苍白无力了。画家的突破，已经远远不只在视野、设色、技法等范围。他们感觉画家的思路横扫千军，击退传统锁链势如破竹。他们仿佛听到了画家的旁白：什么条条框框，怎么循规蹈矩，洗大澡还能穿礼服下水？

在首都机场的两个多小时里，陈天然综合了小周的见闻感想，记录在笔记本上。流利的文字一页页翻过——一位国家美协领导三番五次提出撤掉"泼水节"，但美协主席江丰持鲜明的反对态度，在其他人的随声附和下，"泼水节"还是"泼水节"。江丰老爷子是延安走出来的版画家，也是陈天然崇拜并熟识的内行权威领导。可惜，在保住"泼水节"不久，老人就与世长辞，这是中国书画界的一大损失。

为了平息矛盾，缓解风波，有人在裸女的身前蒙上了一层薄薄的纱衣。尽管画家愤然拒绝，但还是有人学雷锋做好事。围观的人们透过纱衣看到女孩儿裸体，此地无银，欲盖弥彰，平添一层神秘诡谲的色彩。好奇的人们不停地掀开纱衣一窥新奇。场面热闹纷乱，不得已，学雷锋者用木板将敏感部分封死了。

小周说，中国的壁画创作受到很大影响。袁运生也抱怨，连一个普通小干部都可以干预艺术家的创作走向。鹰飞蓝天，狐走夜路，各有各的道。动手者都有理由，没办法，只好创作些无关痛痒的作品。艺术创作平庸流俗，壁画后继乏力，很快为"市场"所招安。因为怕担责任，再没有人敢叫袁运生做壁画，他于是万念俱灰。

1982年，袁运生应邀访美，带着强烈的失望心情离开了中国。在他出国后，壁画前立起一堵三合板做的假墙。机场壁画就像一面镜子，折射着文化的尴尬处境，一些标榜改革开放的人，蜕变为叶公好龙式的人物，令人啼笑皆非。

到大阪的飞机因故晚点，直到夜晚9点多钟，才降落在大阪国际机场。折腾了一天，大脑一直在高速运转的陈天然，深感身心疲惫。所以，一住下，就冲冲澡睡了。隔一天，他随代表团一起到了大阪国立美术馆，参加书展开幕式去了。

我们一直没搞清楚，天然老先生这次都有哪些作品参展。多方查询，详情知之不多，只是从牛翎女士那里了解到一些。还有，她说老先生身在异国他乡，还心挂着老领导于黑丁，急于把大阪见闻传导给黑老。

陈天然参加完大阪交流美展的一切活动，一路春风回到郑州，第一件事先见于黑丁，把北京、大阪一路的见闻和感受，说给老领导。没带啥礼物，只有一册修竹清风扬的书法和绘画混合作品。修竹清风扬是日本著名汉学家、诗人、书画家。画册中的"题美人钓鱼图"书法，诗意曼妙，质朴古雅。陈天然飞机上展开看，火车上还展开看。他以为，艺术无国界，送给黑老一本这样的画册，非常合适。于黑丁手捧画册，爱不释手，高兴地说："天然，比法国佳美博若莱主贵得多，我一下子捞回来了。"二人大笑。

陈天然告诉于黑丁，他对大阪的社会和文化感受，跟郑州差不多，人热情豪爽，大口大腔，不像东京，人们彬彬有礼，举止文雅。比方说大阪人购物排队，松松垮垮，懒懒散散，跟咱西大街排队买带鱼一样。街上大声喧哗的人太多，有时像吵架一样，电车上也不安静。乘客举止很像郑州人，一丝不苟说家庭琐事的样子。大阪人不像东京人矜持沉默，看上去个性爽朗、神态乐观，就跟郑州人喝

完胡辣汤撕吃着油条赶公交车一样。大阪充满了活力，像个百姓城市。

陈天然说，在大阪也吃到了河南的水煎荷包蛋，幸运。怎么？河南人捷足先登到大阪了？不是。那天，他漫无目的地转了几条街，心里有想法，偌大的大阪，既然能看到"沙县小吃""许昌饸饹"的招牌，为啥没有"荥阳鸡蛋煎饼""巩县绿豆丸子汤"呢？啊！终于看到了"中国河南三不沾"。"河南三不沾"是啥玩意儿？看看去，嗨！这不就是郑州"鸡蛋煎饼"的变种吗？

一个留着中分头的小伙子，边叮叮当当地翻煎，边用夹生的河南普通话吆喝："哎啦——都来吃都来看，三不沾三不沾，吃了上盘要下盘。三不沾，叨着不沾筷子、端着不沾盘子、到嘴里不沾牙齿。"奇怪了，三不沾小吃餐馆前，竟然排起长队。于黑丁笑着问陈天然："你不是也想吃？排队了吗？"陈天然说："排了，不排队买不到，吃不成。什么三不沾？就是用淀粉、白糖和鸡蛋打成稀糊，摊到加油的鏊子上翻炒，你说，和郑州卖的鸡蛋煎饼区别有多大？从中国飞到日本，吃了一盘郑州的鸡蛋煎饼，抓虱子烧棉袄——不值得呀！"

两人喝净了两瓶法国佳美博若莱，当然于黑丁扛了大头，比上次不多不少。边喝茶边说话，陈天然告诉于黑丁，他一路都在构思版画《安居乐业》，设计画面已经成型。于黑丁说："我猜，还是离不开黄土地、柏沟岭、山峦窑洞柿子林。"陈天然说："是，穷家难舍，故土难离，我根在那片黄土地，版画基础也扎在那里。我几乎所有的书画作品，都有黄土高原的元素。"

版画《安居乐业》很快完成创作，据说他在其中融入了日本元素，并参加了1984年全国美术展览。这一年，陈天然58岁，从事版画艺术40年整。同时，《安居乐业》也是他一生中最后一幅版画。

四十一　画神莅临郑州

阳春三月，绿城郑州，林苑春归，金水河畔，垂柳华萼初萌。绿叶还未来得及浓妆重抹，樱花、海棠、紫荆花引领百花，率先绽放了。1986年3月，在郑州市的繁华地段北二七路，河南省书画院宣告成立。书画家陈天然以花甲之年出任院长。

河南省书画院是集书法、国画、油画、版画于一身的综合性艺术管理机构，也是河南省唯一一所省级专业美术创作研究单位。九层办公大楼内，设办公室、创研室、宣联部、发展部、编辑部、翰苑艺术公司等，另设和书画业务配套的画家工作室、展览馆、画廊、装裱室、资料室、画库、培训大厅、美术用品商场、接待室等，是河南省书画展览、交流、讲学、研讨、收藏、销售中心和集散地。

河南省书画院是河南书画家的最高艺术殿堂，从这里弘扬出去的文化瑰宝，都融合了中原大地的基因和色调。弘扬中原文化优良传统，开拓时代艺术新风，面向社会生活，尊重艺术个性，出人才，出作品，再创中原文化的辉煌，是书画院的建院宗旨。强调"学术性""创造性"，是办院的业务方针，发现和培养新生力量，是开展工作的重点。

首任院长陈天然，以其书法、版画、国画而享誉省内外，其版画更是享誉海内外，代表作有《山地冬播》《套耙》《收工》……更有他版画的沧海桑田之后，引擎发轫的国画《云雾苍山》《风雨无忧》《洛河渡口》等等。当然，等闲识得东风面，万紫千红总是春。中原艺术大厦还有其他栋梁做支撑，有其他华彩乐段在润色放歌。常务副院长李自强，营造出水墨花鸟小气候。第二接力棒张海，翰墨华夏魁首，享誉书坛上下。曹新林的油画《粉笔生涯》轰动河南，成为全国教育园地的赞歌。副院长王宏剑的《冬之祭》，获"全国美展"最高奖，其《阳关三叠》获"全国美展"金奖。

陈天然在书画院首任院长的任上，有一件令人津津乐道的"精品杰作"——

策划召唤张海,将其从安阳小城拔擢到省会郑州,后者继而登高望远,宏图大展。关于伯乐发现千里马,我们这里所引用的内容,就来自张海先生的好友赵刚的文章《伯乐举英堪大贤——陈天然先生往事点滴》(《中国艺术报》2018年4月16日)。来看看陈天然当初是怎样延揽人才的——

  受命参与筹备成立河南省书法家协会工作伊始,陈天然便在心中拨起"小九九",一方面瞪大眼睛密切关注安阳参会代表报送情况,另一方面积极做好"应急准备"工作。陈天然在工作会议上果断建议:当务之急必须借调一名得力人才帮助工作,而这个人才非安阳张海莫属!

  当从安阳代表名册中未见到张海的名字(后来得知张海因父亲青年时期集体参加过国民党的"历史问题"而在市级政审中卡壳),立即向省文代会筹备组强烈建议:"无论创作成绩,还是工作水平,张海都是河南书界当之无愧的后起之秀。于省文代会期间成立省书协,如果缺少像他这样年轻有为的中坚力量的参与,是不应该的!"

  诚然,如此大费周章地为一名基层书法工作者出席河南省文代会和参加省书法家代表大会而发声,办事风格和其治学为艺一样有板有眼,点滴之间蕴含着丰富智慧的陈天然是经过深思熟虑的——那就是希望能够把一个城市的书法工作开展得红红火火的张海,为河南省书协这个大家庭发光发热、尽智尽慧。"书画双佳壮中原,伯乐举英堪大贤"。

  陈天然以事业发展为出发点,积极荐贤、锲而不舍的精神,使省文代会筹备组深受感动,研究决定原则上同意特批张海为代表,由筹备组成员朱可(后任省文联党组成员、副主席,分管省书协工作)代表筹备组专程赴安阳协商此事。

  陈天然生性耿直,说话从来不拐弯抹角,加之会前未进行充分"吹风""通气",因此有人明知故问:"借调是什么意思?为什么非张海莫属?"陈天然掷地有声道:"借调就是为了正式调入。之所以非安阳张海莫属,是因为这个人各方面都中……这样德才兼备的后起之秀就应该到书协来,因为书协工作需要他!"……当不善言辞的陈天然一口气连珠炮似的道出"非安阳张海莫属"的种种理由时,在座者皆心悦诚服。谢瑞阶当场拍板定音:"按天然的意见办!"

远在西安的赵刚先生如此熟悉河南书画界,熟悉张海先生,我们坚信所言都是实情,这和我们的耳闻目睹也基本吻合。笔者能记住张海这个名字,是在河南省博物馆的一次书展上,时间大约20世纪90年代初的样子,在那儿看到一幅小楷作品,骨力遒劲,气概凛然,一下子被迷住了,半天没有动身。第一次欣赏张海的字,便对这个名字铭记在心。

社会对张海先生的书法有争议,笔者以为,这充其量是个"学术争论",挺正常。看看他铺天盖地的作品,上品居多。争论并无损于他书法大家的称号,更不会冲淡陈天然发现千里马的远见卓识。这个河南文艺界的"人才故事",含金量高,就像武则天的金简收藏在河南博物院,成为镇馆之宝一样,文化圈内心知肚明。

关于陈天然老先生的文化故事很多,但我们永远记住了他人生迈出的第一大步:参加革命,加入《新洛阳报》。这件大事,令老先生自己一生感奋不已,引以为荣。诸位还记得吧,懵懂年华的陈天然,徒步从巩县赶到洛阳《新洛阳报》,找到社长江思源,恳求他指明北上延安的路,干什么呢?要找他的偶像——版画家古元。

古元,在延安锻打成才的红色艺术家,不但画艺炉火纯青,而且是坚强的革命战士。他从延安鲁艺出发,走进新中国的首都北京,历任中央美术学院教授、院长,中国美术家协会副主席,中国版画家协会主席。

从高空俯瞰大地,中国的版图上有一座山和一条河,曾滋养过徐悲鸿所说的"中国艺术中一卓绝之天才"。这山旧称香山,这河乃延河,这位艺术天才,就是中央美术学院第三任院长、人民艺术家古元先生。

古元先生,在中央美术学院首任院长徐悲鸿心目中是何等分量呢?重庆时期,在一次全国美术作品展会之前,徐悲鸿对他的学生说:"一定注意第二展厅,一个叫古元的几幅作品,尤其是《锄草》,堪称中国现代美术最成功的作品之一。有功夫,天才呀!""古元,延安方面送来的作品,看后让人振奋哪!狂喜!一个伟大的艺术家,古元!"

古元在徐悲鸿的心目中分量如此,那么他对国民党统治集团,又产生了怎样的政治刺痛呢?看看时任国民党宣传部部长张道藩,因《新民报》刊登徐悲鸿先生的一篇革命文章,是怎样训斥总编的吧——"你们《新民报》为什么登徐悲鸿这篇文章?他竟然说,古元是中国艺术界的卓绝天才,是中国版画界诞生的巨星……全国木刻展,同意中共方面的作品参展……不等于要把他们捧上天!按照徐悲鸿的说法,延安方面的作品,是全国首屈一指独占鳌头的了。总编大人,这里是重庆,是党国的陪都,不是延安……他们的文化军队攻上门来了,我们不放一枪一弹,俯首称臣……"

徐悲鸿曾问爱妻廖静文:"其实呀,我最想见的,可是没有见到的,你知道是谁吗?"廖静文斩钉截铁地回答:"古元!"徐悲鸿:"哈哈哈……"廖静文:"延安的木刻家,对不对?"徐悲鸿:"对对对……"

眼下,就是这样一位伟大的艺术家、多年以来被陈天然顶礼膜拜的古元先生,竟然利用莅临河南走访中原艺林的机会,大驾光临。突然到来的幸福,令陈天然不知所措。

曾几何时,陈天然老先生千百次地想:古元老师,您住延安的窑洞,我住巩县的窑洞,从中原凝望北斗,在黄河岸边聆听您的福音。我知道您的童年在南粤度过,香山县唐家湾镇那洲村,人杰地灵,不比我们巩县差。民国政府第一任内阁总理唐绍仪、清华大学第一任校长唐国安等一大批历史名人,都诞生在您那里。您那里的村舍、山峦、溪流、海湾、渔帆、海岛,都是您寄托理想借景抒情的载体,您绘出一幅幅诗歌般优美的图画。您说:"我对山川风物很喜爱,尤其喜欢带有劳动人民乡土气息的景色。我常常带着画具到生活中去观察思考,寻找自然界和生活的美,通过风景画表达我内心的情意。"您的话语,道出我高原山区农家孩子的心声。

陈天然奉若神灵的古元,版画艺术的泰山北斗,如今真的来到面前,陈天然的真实感觉,有如喜从天降。

几十年盼星星盼月亮,盼着何时面禀古元老师,移樽就教。如今师表楷模就在眼前,过去是听说他,现在是听他说。导师落座,门生胆怯上桌坐偏凳,因为谦卑恭逊,竟然把自己弄得结结巴巴语无伦次。

两人三言两语就谈到书画。陈天然兴奋之情难以言表,他拿出刚完成的图画《万顷碧》和《寒凝大地》,请古元指点。古元说:"我经常向同行们说,艺术上应该各行其道,不急功近利。我不要求别人走我的道路,别人也无权要求我跟着权威亦步亦趋。外国有句话:'天使能够飞翔是因为把自己看得很轻。'当然,我们也有传统文化,翰墨风骨,心虚竹有低头叶,寒梅没有仰头花。"

这次会面后不久,陈天然收到古元的北京来信:"我于4月19日离开南阳回

北京,当火车在巩县奔驰的时候,我从车窗看到巩县的山河景色,即时联系到你的许多木刻作品和水墨画,感到你的作品有充沛的感情,真切地反映了生活的气息,十分可贵,祝愿你取得更大成就。"

古元给陈天然加油鼓劲,但也特别指出,学习别人,不是亦步亦趋,一定要有自己独立创新的东西。古元随信还寄来他的名作《烧地契》,陈天然又是几天的高兴。他知道,古元的版画《烧地契》在中国版画界享有崇高的位置。不少人说,古元真正的成名作,就是他的这幅《烧地契》。甚至还有评论说,《烧地契》简直就是最牛的黑白电影画面。

欣赏着古元的《烧地契》,感觉到他充沛的、挥洒自如的个人情感色彩。陈天然耳畔宛如响起了从解放区翻山越岭传到江城和岭南的民歌:"晴天霹雳一声响,布棚下面创辉煌。打土豪,烧地契,喜笑颜开分田地。共产党使咱翻了身,咱要报答共产党的恩。去支前,去参战,人人争到打蒋第一线。"陈天然记忆犹新,当年的全国土地会议后,这首民歌迅速在湖北和广东流传,形象地反映了农民分到土地的喜悦。

那几天,他好像重蹈荆楚、肃敌南粤,禁不住打捞沉甸甸的历史记忆。近水识鱼性,近山识鸟音;欲知山中事,须问打柴人。觉得战友真好,友谊神圣,翰墨丹青里淘金,有导师提携点拨,真是人生快事,写字画画,是这辈子最好的选择。浩浩荡荡的幸福感,推拥着他徒步上下班,沿着金水河溜达散步,和书画院的后起之秀切磋画艺。

四十二　画龙点睛"亚细亚"

天有不测风云，人有旦夕祸福。一天，陈天然高高兴兴下班回家吃午饭，发现爱妻乔娥躺在床上没有动身，好生奇怪，乔娥说她身体不舒服，连做饭的力气都没有了。不做饭没事，随便弄点吃的，凑合一下算了。但是，待第二天到医院一看，大夫说，她长期劳累，高血压心血管的身体病灶不容乐观。过了几天，乔娥一病不起，就去住院。谁能料到，乔娥这一住院，竟再也没有回来。治疗过程很复杂，时间过得很仓促。十个多月后，乔娥撒手人寰，走了。

陈天然由"加官晋爵"后的欢愉，一下子坠入福尽人亡的悲苦之中。在他看来，夫妻组合好比鸟之双翼、车之双轮，二缺一是不能飞翔运转的。长时间的家庭空缺，厨房里黑灯瞎火，冷锅凉灶，书画家似乎就要崩溃了。即便他又被选为第七届全国人大代表，也丝毫不能冲淡他的哀痛。

沧海桑田，物是人非。在之后的 1988 年 3 月下旬，他随于黑丁、常香玉等人组成的河南省人大代表团，再次同车厢进京共商国是时，已经缺少了上一次全国人代会同车北上的欢欣鼓舞。

这一年，陈天然 62 岁。沉浸在悲痛之中的人，有的会喝酒消愁，有的会抽烟解闷。陈天然一辈子不吸烟不喝酒，高兴时痛苦时都会通过写字画画平复舒展自己。版画他没有再画，他在人生的低潮中，画了一幅国画《出于幽谷》，并很快在《美术》杂志上刊登。这幅国画，引起著名美术评论家马克的关注，他专门著文评介陈天然的字画，题目叫《痴情乡土的歌手——浅谈陈天然的山水画》。

马克，河南新野人。陈天然不仅仅看在老乡的份上结交了这个好朋友，两人秉性贴近，趣味相投。马克尤其擅长版画和撰写美术评论。他解放前夕考入杭州国立艺专，20 世纪 50 年代初毕业于中央美术学院绘画系，历任中国美术家协会《美术》月刊编辑、人民日报社文艺部主任编辑、中国美术家协会理事、中国美术

家协会版画艺委会副主任、中国版画家协会副主席。

那篇文章概括推介道:"在美术界,像陈天然这样痴情乡土的画家并不很多。他从50年代就在版画作品中,表现自己家乡的风土人情和自然景观。60年代他又在山水画创作里反复不断地咏唱着乡情乡恋的同一主题歌。这歌声既质朴又深沉,既古老又现代,听来往往令人心动。大家知道,陈天然是著名的版画家和书法家,其实他又是位有特色的山水画家和诗人。如从总体上考察,他的艺术实践活动是融诗、书、画于一炉的……"

成绩和信赖只是鼓励安慰了陈天然,并没有抚平他的悲伤,没把他从深切的怀念中缓解出来。要知道,几十年来,因为爱妻乔娥的贤惠勤劳、温和聪慧,陈天然倾心七彩远离厨房,十指不沾阳春水,坐享其成喝羹汤。他似乎从不染指家中油盐酱醋衣食冷暖,这一切全由乔娥打理包办。乔娥走了,陈天然形单影只,褐衣蔬食,日子过得就像不通气的暖气包,山寒水冷,凉风飕飕。空窗期内,在亲朋好友的撺掇下,有人牵线搭桥,给他介绍了一个老伴儿,名字叫章珉。

据说章珉的确敏捷犀利,冰雪聪明,书法功夫了得,模仿陈天然的字可以乱真,盖上老先生的印章,在墨海的边缘浅滩售价不菲。也许,都市丽人,她不该把这种奇葩书法的激情和浪漫,散发在家庭的温柔乡里。结果,两人的婚姻留下不少猜想。双方队员跑步入场,是否有点匆忙呢?尽管两人在对方的生活里走进走出,但起笔之后似乎都不怎么来电,以至色块颜色的调试欠和谐,龃龉多,弥合难,彼此的陌生感日渐凸显。思想感情的干仗,日渐把裂痕蜕变成距离感。无论如何,他想象的和发妻乔娥那种互敬互爱深爱无声的感情,怎么也找不回来了。没多久,两人婚姻的交通线,频频亮起了红灯,没有峰回路转。也许,陈老先生吃的是顿情感快餐,始终不惬意,不得已按下撤离键。

陈老先生闷闷不乐,难得开心。一天下午,他提前从书画院出来,顺着二七路徒步往南走,散散心。慢慢悠悠来到二七广场,走近热闹非凡的"亚细亚"商场前。"亚细亚",以广告的狂轰滥炸开路,以万人空巷的势头开张。顾客如潮水,一天内货架商品几乎被扫空。暴风骤雨般的开业势头,令黄金商圈的几家大型国营商场不寒而栗。陈天然站在二七塔下,看着"亚细亚"沉思良久。

关注"亚细亚"的主要原因在于,夜幕初垂下的楼体上,被璀璨彩灯烘托的"亚细亚"三个金光闪闪的行书大字,是他陈老先生在众目期待之下,用饱蘸浓墨的提斗抓笔书写的,水乳交融,相得益彰。在作为商战主战场的"亚细亚",产生

了画龙点睛的效果。

陈老先生在书写"亚细亚"牌匾的时候,已经感触到这艘商海航船的非凡动力,和其掌舵人气吞山河的英雄气魄。显然,"亚细亚"比它的北邻、同是自己题写牌匾的"天然"商厦,要高一头大一膀。陈天然比较过,若是把相邻的两座商厦比作动物,一只是老虎,虎视眈眈,满嘴獠牙,一只是家猫,虎皮羊质,气势低落。

直到二七塔的《东方红》音乐再起,钟声响过晚八点,陈天然才下意识地抚摸肚子,想到还没有吃晚饭。于是,他转过身子,迈步往回走。不知是二七广场的亮度太高闪了眼,还是路边的低矮栏杆太不明显,陈天然一步没有迈过去,"扑通"一声绊倒了。他挣扎着站起身来,缓缓拽起裤腿,看到两个膝盖都在淌血。一会儿围拢了不少人询问、安慰。有人拨开人群,边喊"陈老师",边把陈天然的一条胳膊搭在自己肩膀上,并缓缓转身,回答热情的关照者:"陈老师,省书画院院长,那不——'亚细亚'三个字,就是陈院长写的。"

三个月后,一个隆冬的夜晚,陈天然因病住进河南医学院。病床大夫张华约闺蜜牛翎,下班后要一块到二七路做头发,然后去逛亚细亚。牛翎从值班室一直找到病房,在病号陈天然的病床前,碰上陈天然正和前来探视的好友谈论"亚细亚"。"星期天到哪里去?亚细亚,买不买看看热闹呗。""中啊!天安门国旗班的女仪仗队都请来了,升国旗,奏国歌,迎宾小姐,歌舞表演,把'华联''百货楼'的老总鼻子都气歪了。""噢!陈院长前几个月的晚上,是不是在二七广场那儿绊倒过?""人生处处皆是缘,有缘无处不相逢。"……

在病房,正想着去逛亚细亚的几个女人,巧遇为亚细亚题写牌匾的书画家,七言八语,问这问那。即便是冷眼看世界的牛翎,也禁不住多看了几眼陈天然,春风满面地加入热闹的对话。既在佛会下,就是有缘人,陈天然记住了牛翎。

那次陈天然住院一个半月,牛翎数次到病房找张华大夫,和病号陈天然由生人变熟人,由聊友变朋友。陈天然了解到牛翎正单身,而牛翎所知晓的陈天然,和二婚妻房,正处在分居互凉断梗飘萍状态。

更凑巧的是,这时躺在病床上的陈天然,正在和章珉闹离婚,而他的全权代理律师,就是牛翎所在律师事务所的刘主任。所以,关于陈天然老先生的离婚案,律师事务所的人,包括律师牛翎,都清楚案件的来龙去脉和前因后果,只是在医学院的病房里,牛翎和陈天然逐渐合并了同类项。

事情的发展似乎完全是天意,陈老先生的二婚,小葱调豆腐一清二白,来得急,走得快,没怎么张结,二人就岔路上分手,各奔前程了。而冥冥之中,弄得他和牛翎,成了豆腐板上下象棋——"无路可走",只有并行。

岔路口相遇,双方都有意相互支撑共同取暖。性格内向、沉默寡言的陈天然老先生,面对温文尔雅、秀外慧中的律师牛翎,并没有太长的等待、过渡,就酝酿创作了一幅最美的作品。在一个春意盎然的日子,他邀牛翎一起登上荥阳飞龙顶。说是游玩,有什么好玩的?没龙也没凤,只有一对衣食男女寄情山水,心存物外,意在风中。

悠悠岁月,生活在细节里。陈老先生时常感叹:有牛翎在,享受变得很简单,几片药,半杯水,一碗丸子汤,系系鞋带,弹弹领口,捏掉胸前的饭粒,把口袋里的碎物纸屑掏出来……爱上品质,永远拒绝廉价,可靠承载重托,艺术频道,二人世界,真爱啊。

律师牛翎也是个苦命人,老家在焦作修武县,还不满五岁时,母亲就撇下她走了。小孩儿没娘说来话长,父亲再婚,认下后娘。后娘善良,愿意带着前窝的孩子,跟丈夫一块过日子。牛翎的父亲在医学院当大夫,一家人和睦相处,从没有因为牛翎生过气。而且,继母把聪明伶俐的牛翎送到当时最好的学校上学,应时接送,吃穿无忧。风里来雨里去,牛翎不但顺利读完小学、初中、师范,还如愿参加工作。大凡继母,都有许多闲言碎语,但牛翎遇到了好后娘。直至今日,还经常听到牛翎说"俺妈俺妈""俺妈对我可亲",她毫不含糊地把继母当成了亲生母亲。

在电话中,牛翎女士说起她的继母:"俺家就在离亚细亚不远的地方,我就在亚细亚东边郑州三中上学。"从"亚细亚"又说到陈老先生为亚细亚商场题写的"亚细亚"牌匾,和它旁边的原天然商厦的"天然"牌匾。

老太太说,陈老师在晚年,也常提起题字这件事,说"一荣俱荣一损俱损",因为不少"亚细亚"连锁商场的牌匾,都有"陈天然"的名字落款。笔者不记得屹立在二七广场的"亚细亚"有无落款,想核实一下,就到原"亚细亚"商场楼下看究竟。结果,大楼外围的所有广告牌、包括"亚细亚"题字,全都拆没了。

随后打听了情况才知道,"亚细亚"倒闭之后,楼层全部出租。20年来,温汤罐里煮甲鱼——不死不活。突然有一天,来了个资本大亨,依旧看中"亚细亚"的商业价值,签下合同后,重新开发装修"亚细亚"。而且,老地标新生,将化身"亚细亚·卓悦城",并继续使用陈天然老先生的题字。

四十三　霸王城、贞节坊、三苏坟

1991年初冬，65岁的陈天然老先生，超期在岗之后光荣离休。像他这样的人，忙忙碌碌快马加鞭可以，你叫他东游西逛无所事事，那不中，他得有活儿干。干什么呢？万变不离其宗，写字画画作诗文。已经入冬的天气了，他要到情有所钟的辉县去写生。冬天，由于岁数、身体条件等原因，书画院副院长李自强放心不下，挑了一群画院实习生，陪同老先生一同前往，以便照顾他的衣食住行。

一场严寒风雪正在加班加点赶来，在辉县九莲山迎接他们。太行山南麓，九座山相恋相依，形如莲花。九莲台、大峡谷、红岩绝壁、天壶瀑布等美景自古就有，但不叫九莲山。来的文人骚客穿凿附会多了，山林就有仙了，水里也有龙了，山峰也有叫得响的美名了。人们争先恐后涉足九莲山，但天然老先生他们不该在立冬之后来。他们头天晚上住下，还未等到旭日东升，便听到狂风怒号。

早晨推开门一看，山上山下漫天飞雪，天地间混沌一片。一群鲜衣怒马小青年，把李副院长的嘱托置之脑后，拥着天然老先生走进暴风雪，躲在红岩下的山窝里写生。一地狂风，一山大雪，磅礴峥嵘的九莲山，犹如天地间一道硕大无比的风雪画屏。写生大观园，浪漫奇境，师生们观瞻得惊心动魄。

等到风小了雪霁了，整个南太行变成了冰山雪窖，人的胳膊腿都冻得僵硬。画架放在雪地上，一会儿就结一层冰凌，宣纸脆化，一抹就烂。陈天然说，离开温和的环境是不能创造艺术的，巴尔扎克深夜写小说，也得一杯杯咖啡支撑，咱都撤吧。即便是一干艺术生力军，也只得收拾家伙打道回府。待到春暖花开时，再做出门写生安排吧。

阳春三月，大地恢复了一片生机。陈天然从郑州出发，依然沿黄河西游，单枪匹马孤军作战。单打独奏的原因，是希望自己离休后，不成为别人的累赘。

他西行的清单上，写着霸王城、飞龙顶、孤柏咀、氾水口、石板沟、裴峪村、

偃师蔡庄、刘秀坟、王铎故居和韩愈陵园等。这些景点其实陈天然以往也到过，也画过速写，可总觉得匆忙仓促，还留下什么缺憾或不解似的，瞻前顾后，意犹未尽。如今，离休了，自由身，饭局少了，电话少了，无牵无挂，无所顾忌，他想再沿着黄河走走看看。

这次西行，他从郑州黄河的南裹头起步，一步步向西丈量。走走看看，停停站站。时过中午，到了霸王城遗址。人们所说的霸王城，位于荥阳东北约17公里的广武山上，汉王城和霸王城两城遥遥相望，北濒黄河，周遭沟壑纵横，地形险要，这就是秦汉之际刘邦与项羽对垒的东西广武城。

光从自然风貌说，刘邦和项羽的鸿沟，是没啥好看的。不像嵩山、伊洛河，山清水秀，本身就有饱满的诗情画意。鸿沟有什么呢？一条干涸的土山沟，今人无非是搭乘时光的列车，到历史时空里穿越，空发感慨而已。陈天然坐在鸿沟边上，想象着两岸曾经的英雄对峙。历史的风云早已散去，楚汉风景早已无影无踪，后人只能以联想为画笔，以文史为画板，勾勒虚无缥缈的长卷。

老先生从南裹头出发的时候，在大坝的饮食地摊上买了一条炸鱼、一塑料袋绿豆丸子。现在，他就坐在鸿沟沿上，啃一口炸鱼，吃一个绿豆丸子，送一口凉白开，环顾几眼洋溢着当代气息的霸王城和汉王城，想象着两个村子里的农民，怎样利用刘邦项羽两千年后的余热，迎送南来北往的游客。

陈老先生想，历史故事的确很美妙。楚河汉界，两军对垒。刘邦在沟西筑城，称汉王城。项羽在沟东筑城，称霸王城。冷兵器热对峙，铜矛铜戈对垒经年。项羽要挟刘邦投降，便将刘邦老爹置于高高的案板上，威胁刘邦说，你若不投降，就烹杀老东西。而刘邦耍起无赖，说你老项真要烹杀太公，请分给老刘一杯肉汤喝。项羽是大英雄，下三烂耍不成，要与刘邦单个较量，斗武艺。刘邦哪里是项羽的对手？断然回绝。他隔着鸿沟冷嘲热讽挑逗项羽，项羽大怒，张弓搭箭，射中刘邦。后来交战双方议和签约，以鸿沟为界，中分天下。

汉霸二王城自古就是兵家必争之地。历史翻过一页又一页，从古至今，研究军事地理乃至易学而光顾此地的人源源不断。韩愈、李白等诗文大家前来凭吊，都留下著名诗篇。家喻户晓的"楚河汉界"象棋，从棋盘结构、棋子颜色到博弈格局，都从楚汉相争中获得了灵感。

吃过炸鱼和绿豆丸子，饮下了半瓶凉白开，看罢霸王城，越过鸿沟再看汉王城。陈天然发现，两千年后的两座战争堡垒，城墙虽有崩塌，但仍依稀可见"这"

就是城墙。当年的刘邦和项羽，一个将帅无种生，决胜千里；一个男儿自当强，杀身成仁，三十年河东三十年河西。世事盛衰兴替，变化无常，长使英雄泪满襟。

常有历史名人来到广武二城凭吊，怀古赋诗。当年阮籍登广武山，观看汉楚古战场，感叹道："时无英雄，使竖子成名！"似乎对刘邦耍心眼得天下并不心悦诚服。而诗仙李白是拥刘派，有诗为证："伊昔临广武，连兵决雌雄……战争有古迹，壁垒颓层穹。猛虎啸洞壑，饥鹰鸣秋空……抚掌黄河曲，嗤嗤阮嗣宗。"苏东坡诗曰："古今共一轨，后世徒辛酸。聊兴广武叹，不待雍门弹。"今人说：两千年，依刘说项，几多怀古。天与汉，不从楚。阮籍、李白、苏东坡，古来成败难描摹。他们所处的时代不同，见仁见智，各有千秋，刘、项二人吃分有高低，彭祖遇寿星——各有千秋，不足为怪。

当陈天然离开霸王城，要涉过鸿沟去汉王城的时候，霸王城的大喇叭响了。他回首看，见不远处的一棵硕大的棠棣树上，有一组四个方向的大喇叭，扩散出震耳欲聋的声音，听口气，不是村长就是支书。"我给大家说个事儿，今天下午在乡里开了一天会，主要是春耕。深翻土地，麦苗返青。牛啊驴啊都拴住，山羊绵羊都圈住。再见放羊放牛的，先没收缰绳，取消牛羊补贴。鸿沟里，不能再有羊群牛群！霸王城村外，要干干净净……晚上开队长会，正副队长、小队会计都参加。都参加就是一个不少，无故不到的扣发宅基证……"

陈天然越过鸿沟，走近汉王城。汉王城村也有大喇叭正在广播，播送侯宝林和郭全宝的相声《戏剧与方言》，赞扬河南方言的言简意赅。

陈天然忽地想起，画友们曾谈起拜谒郏县"三苏坟"时，放羊放牛的老头们就躺在纪念亭里睡觉，羊啊牛啊，拉了一地的粪便。后来他去"三苏坟"，没有看到牛羊，感觉还不错，回来后还写了一首诗。

谒郏县苏东坡墓

1993年4月8日

幼读大江东，今来吊词宗。至人重高节，无曲不文星。赤胆独超天，行吟虎豹丛。忍垢逐荒外，养浩诗狱中。昭后世万言，千载金石声。群柏搂莹域，嵩岳翔神鹰。

陈天然在刘邦坚守的汉王城住了一夜,第二天继续沿黄河往西走。夜幕降临时,他到了巩县黄河岸边的石板沟。巩县的村名,带"沟""峪""岭"的居多,石板沟也是个村。这里山水环绕,环境优美,民风古朴,村民勤劳善良,还有陈天然熟悉的麦田、玉米地、花生坡。上次他路过这里没有停留,因而也留下遗憾。有朋友告诉他,石板沟有两座贞节牌坊,大凡看过的人都说建筑精美,会产生满盈盈的沉思。

这两座为旌表女性贞节而立的清代节孝牌坊,一座为"孟氏节孝坊",另一座为"康氏节孝坊"。一两座牌坊建筑精致,线条流畅,保存完好。

孟氏节孝坊位于石板沟村口,建于清道光三十年,坐北朝南,为三间三楼四柱式青石坊。石坊正面嵌有"圣旨"石匾,匾正面顶枋上雕刻有八仙图案,枋下栏板上刻书"苦节坚贞"四字,左侧落款为"大清道光三十年仲秋建"。陈天然过目不忘那幅楹联,"植纲常自是生前心志苦,崇祀典应知没后姓字香"。有愤青评价此联拟得阴险毒辣,教唆女子"回报总在付出之后",丧夫女子要铭记"三纲五常",苦熬心志,寡居在漫长岁月里。为啥要熬寡呢?因为死后会享受祭奠,美名远扬。

距离孟氏节孝坊百把米远,还有一座建于清光绪十年的康氏节孝坊。坐东面西,夹杆石下部雕刻石鼓图案,上部雕刻四对狮子。牌坊正面斗拱中间镶嵌"圣旨"石匾,枋上刻花纹图案,栏板正书"伦德处锡"四个大字,下边枋上精雕细刻二十四孝图案,枋下栏板正书"旌表监生白锡瑞继室康氏节孝坊"。枋下栏板还镌刻有五百多字的建坊序和坊表,详细记录了节妇康氏一生的事迹。

两座石坊结构严谨,造型古朴,设计完美,图案雕刻生动细腻,形象传神。在陈天然看来,两座石坊具有现代木雕之风韵,和独特的艺术价值,对研究巩义乃至我国封建帝制时代的历史文化,提供了确凿生动的实物参照。

陈天然以往考察过不少牌坊类的文物遗存,记载了不少文采飞扬的楹联。据他了解,就在河洛文化浸润过的大地上,曾经存有上千座贞节牌坊。每一座背后都有一桩凄苦的故事,都有一个苦熬岁月的烈女节妇,而且,都附有一副劝节而伪善的楹联。

说到节孝牌坊楹联,陈天然对新安县的一副牌坊楹联印象颇深:"守节花甲少三载,孝行古稀多五春。"上联是说节妇守寡57年,下联是说她活了75岁。一个如花似玉的少妇,从18岁熬到75岁,日子没有一点热气儿,埋葬了再婚念头,

还得千辛万苦养家糊口,长年累月与"熬"字为伴,长夜孤灯,熬干了多少心血啊。什么仁义道德,分明是摧残人性。

陈天然知道,他下边要去的裴峪村,还有座魏氏贞节牌坊。那在巩县现存石坊中,是很有范儿的。庑殿顶,仿木斗拱,中间镶竖匾,刻"圣旨""壸仪闺范"等字样,石坊与栏板上雕刻着游龙和"白蛇传"故事。石坊北面镌刻"恩荣",栏板上镌刻"纶音宠锡"。下石坊和栏板上,精雕细琢着麒麟、鹤衔草、龙降甘露、大舜耕田等花纹图形。在石坊基座上,还雕刻着武士、狮子等图案。

魏氏贞节牌坊上有一副楹联,"千秋雅范标彤管,一代芳徽并柏舟"。当年陈天然在康百万庄园搞教育展览的时候,就琢磨过楹联的思想艺术性,以及题跋者的书法功底。魏氏石坊彰显着节妇魏氏的高尚品格,垂范后世仿若徽章,柏舟可载流芳。其中"标彤管""并柏舟"常在女丧挽联中出现,是古体楹联固定的对仗用词。"柏舟"出自《诗经·柏舟》,诗用柏木做的舟作载体,叙述一位女子坚贞守卫爱情的故事。直到现在,还可在一些匾额上看到"矢志柏舟"题字。这次游历黄河,陈天然依然准备再绕到魏氏贞节牌坊看看,拍几张照片,带回去审视思考,让自己融入河洛文化中去,并积累国画创作素材。

陈天然在康氏节孝坊待了两个小时,正当他拍完照片准备离开的时候,一个模样奇怪的年轻人走到眼前。他高高的个儿,瘦瘦的脸,戴一副黑色宽边眼镜,穿一件黄灰色风衣,背着双手,颐指气使地说:"你!我注意到你在这儿待了不短的时间了,有什么鸿业远图吗?"陈天然既没仰面看他,也没应声。那年轻人眉头一皱,觉得受到冷落,有失体面,提高了分贝说:"哎!问你哪!站到这贞节牌坊根儿,想整啥大事儿咧?"

陈天然抚扶脖子上挎的相机,看了一眼那人。刚才他没有理会那人,可能是真的没听见。他正聚精会神琢磨石坊上的图案。还有,他近来听力确有减退,有时别人跟他说话,他总是不合拍不同步,所答非所问。他觉得这个年轻人问了一句什么话,就溢出几丝笑意,说:"我是搞绘画的,想尝试着把中国古老的节孝文化汁水,揉搓到汹涌澎湃的当代文化气息中。我这次出来,就是专门参观考察黄河一带石坊艺术的。"

年轻人打量着陈天然,见老头一顶前进帽子下,一张黑黝黝的脸庞,苍白胡茬围拢着厚厚的干裂嘴唇,棉短大衣没有系扣子,露出里面褪色的灰毛衣,也瞧不出他有什么艺术气质。他狐疑地对陈天然翻翻眼皮:"你,画家?是吗?"他无

意中瞄了一眼支在陈老先生胸前的画板，画板上就是规整的魏氏贞节牌坊速写。年轻人即刻谦卑下来，轻轻摆摆头，以内行的口气说："寺庙、牌坊一类，阴森晦暗，戾气太重。画家嘛！还是多表现阳光灿烂、昂扬向上的东西好。"

陈天然问道："您是哪一行的高人？"年轻人一笑，说："高人谈不上，北边的砖机厂，我是机械技术员，基层工程师，看看图纸，搞点儿设计，读点儿书，写几行小诗。"

陈天然说："噢！您幸福。读书学习，品茶写诗，青翠欲滴的青春年华，我哎！刚才您说什么？寺庙、牌坊阴森戾气？这是哪儿的话呀！去过杭州吗？在岳飞墓上过香吗？岳飞墓前，秦桧等人的忏悔跪像石雕，五百多年了。人们瞻仰岳飞墓，感受到的是扑面而来的英雄气概，是揭示卑劣的精美雕刻艺术，是璀璨的历史文化。就像这魏氏牌坊，是悠久的文化现象。您想啊，谁走到这儿不得驻足欣赏一番？哪儿来的阴森戾气？新中国的艺术家，崇尚艺术，拒绝鬼神。"

年轻人无话可说，捋一把潇洒的长发，向上推推他宽大的黑框眼镜，笑了。陈天然得知，此人名叫钱爵，机械专科毕业，砖机厂效益不好，放了长假，得闲了常出来溜达。按他的话说，锻炼身骨，陶冶情操，向往有文化情调的生活。陈天然听得出来，他不满现状，又无高枝可攀，小事儿不愿做，大事儿做不来，碰到谁，还老想聊些文化范畴的话题。今天，技术员碰到书画家，哪里还敢翘尾巴。陈天然的一番谈吐，使他早早就收敛起初的傲慢和偏见，示弱防守。

钱爵是个刺头，开始确实想以秀才气势，镇镇眼前的"摄影家"。当他知道站在面前的竟是大名鼎鼎的巩县人陈天然，就像原来的差班生遇到老校长，竟不由分说地向书画大家合掌作揖，为自己的无礼表示道歉，一连说了几句"有眼不识泰山"，接着说，"真是个美丽的意外，井中之蛙终究是没见过大气象。老师见谅！您还要到哪里参观考察？我给您带路。我不吹嘘，巩县的庙宇、牌坊，包括荥阳、偃师，还有河对面的孟县，我基本上转遍了，没有不熟悉的。"

陈天然说："谢谢！看你激情饱满，求知欲还是挺强的。人生之路漫长，你最大的财富是年轻，这是你的资本，我羡慕。领袖说，活到老学到老，在学海里，我记住了几句调侃而深奥的话——读万卷书不如行万里路，行万里路不如阅人无数，阅人无数不如名师指路，名师指路不如贵人相助，贵人相助不如自己去悟。"钱爵忙不迭地点头称是，说："陈老师您再慢慢说一遍，我用笔记录一下。另外，我恳求您，就这个内容，您给我书写幅斗方小品可以吗？"陈天然说："中嘛！不

过,斗方小品太小,最少得四尺条幅。地址给我,写完了给你寄去。"

钱爵说:"陈老师,您有理由谅解我的,我原本是个清贫园丁,之后又设法调入企业。我粉笔生涯多年,杭州我还真没去过,要不怎么说井底之蛙呢!"

陈天然说:"噢!遗憾。既是知识分子,不能人云亦云。咱还说杭州西湖吧,断桥,你没去过也会听说过吧?白蛇和许仙的爱情故事就发生在那里。问题是,明知道是断桥,大水泱泱,'阴魂不散'是吧?但春夏秋冬游人如织。艺术家到了西湖,没有不上断桥怀古咏今的。听说有个演白蛇的戏曲演员,在断桥上走场找感觉,因角色太投入,身体旋转幅度太大,还真的人仰马翻,失足掉到水里了。人们马上联想到水鬼是许仙,但我怎么都不会相信是许仙把她拉下水的。"

两人越聊越投机,钱爵说:"陈老师,您见多识广,后生惭愧。您在石板沟住一夜吧,明天我带您到黄河对岸的温县。他们那里的招贤乡安乐寨村杨家庙,供奉着个杨四将军。几年来,我实地考察过不少庙宇牌坊,知道咱河南巩义出过不少名人,包括您陈老师,知名的书画大师啊!今天邂逅您,缘分哪!当下,可是有人撺掇我搞字画收藏,我心里也有些动,正不知从哪儿下手咧,正好碰上您,您说巧不巧。说实话陈老师,专门找您,还找不着呢!"

陈天然应允道:"好吧,明天咱俩一同过温县去,考察一下那个杨家庙,那儿有没有文字资料?"钱爵说:"有,我前年去的,打印的宣传小册子,内容也挺详尽的,还附有《杨氏家谱》。朱元璋时,杨氏家族从山西洪洞县,迁至河南怀庆府济源县槐树庄,开枝散叶,生齿繁衍。一支支因水患迁徙移居到温县杨家庄、孟县柳湾村、巩县黑石关等处。温县杨家庄的第四代杨四,被朝廷敕封为杨四将军,俗称'杨四爷'。那里还有清朝同治年间温县知县撰写的碑文:古今嘉举,有为之前者,以彰厥美;宜有为之后者……"

陈天然高兴不已,说:"等咱从温县回来,我再完成对你的承诺:读万卷书不如行万里路,行万里路不如阅人无数……"

四十四　央视聚焦柏沟岭

1994年11月，由中国美术家协会版画艺委会、河南美术出版社联合召开的《陈天然书画集》首发式，和陈天然艺术研讨会，在北京人民大会堂举行。全国书画界的各路巨擘高手，纷纷莅临打卡点赞喝彩。中央电视台和《人民日报》等主流媒体，也都在黄金时段和版面，声情并茂地宣传报道。

时任中国艺术研究院学术委员会副主任、美术研究所所长、《美术观察》杂志社社长兼主编邓福星，为陈天然撰写了专论泥土画意故乡诗情——读＜陈天然书画集＞，《人民日报》辟出专版位置予以全文刊登。

陈天然一边受表彰，一边卷不释手充电不止，学习开拓，快马加鞭未下鞍。那些年里，他读了宗白华的《美学散步》，还接连读了邓福星写的诸篇美评文章，品味概念艺术，丰饶美术细胞，不但记住了大师的名字，而且也记下他们的经典论段。"美术"是从哪儿来的呢？陈天然记住了邓福星说的——"美术"这个名词是20世纪初从西方传入中国的。当时，担任民国政府教育总长、北京大学校长的蔡元培，在讲话和文章中就频频使用"美术"这个词。不过，他所谓的"美术"除了包括"建筑、雕刻、图画"以外，还包括诗和音乐，其涵义近似于今天我们所说的"艺术"。

邓福星是个文艺多面手，主要从事美术史论研究、美术评论和书画创作。现在，这个学问家和实践大家，为陈天然写的《泥土画意故乡诗情》，就刊登在《人民日报》上。陈天然可不仅仅是兴奋和激动，他从人民大会堂走出来，托人把中央电视台的有关视频，和那期《人民日报》的专版搜集好，带回郑州，一直珍藏着。既是珍贵的纪念，也是激励和鞭策。这两年里，中国版画家协会还颁给他"鲁迅版画奖"，他还出版了《陈天然诗稿》，又荣获日本国际版画研究会金奖。

现在是交通和传媒技术空前发达的时代，世界变小了，距离变近了。新闻的

辐射震撼，像原子弹冲击波，迅疾传导给山南水北小小寰球。中国文化艺术界，终于酿成了一次有"天然"编号的书画台风，电视纪录片《守望故园——艺术家陈天然》于1996年开机。中央电视台摄制组，包括著名电视编导策划人王鲁湘、著名播音艺术家方明、著名音乐家徐沛东等人，大队人马一路开到巩义柏沟岭。镜头所及，尽是赞美和颂扬。红色艺术家陈天然，功业卓著，光前裕后。

这次央视大部队，兵锋直指巩义柏沟岭，要拍书画大家陈天然。带队的，就是影视文化圈的"少林棍僧"王鲁湘。在陈天然看来，这么强大的采访摄制阵容，是他第一次见到。况且，摄制组在穷乡僻壤的柏沟岭安营扎寨，开天辟地头一回啊。此次制作节目的内容、规模、角度、技巧和历史意义，也不同于以往任何一次。

王鲁湘的大队人马，给一向低调的陈天然带来了庄重的仪式感。他心海翻腾，忐忑不已，唯恐哪个环节出差池。别看他书画创作时笔精墨妙万千气象，但该他滔滔不绝酣畅表达的时候，却表情僵硬常常哑火。他理了头发，刮净胡子，穿上夹克，蹬上了北京布鞋。不过，捯饬也好，不动声色也罢，在高光之时，他必然要经历窘迫。他总难摆脱乡土韵味老农神态，敦厚诚挚的憨笑，整天挂在他的脸上。

《守望故园——艺术家陈天然》推出第一个镜头：浮烟日照下的柏沟岭沟壑。播音艺术家方明浑厚铿锵地介绍："这是豫西黄河千沟万壑旮旯中一条普普通通的沟壑，在沟壑尽头的黄土岭上，悬挂着一个不大的村子。据说从郑州往洛阳一路过来，数到这里则是第一百道沟，所以就有了'柏沟岭'这个村名，只是不知什么时候，百十千万的'百'改成了松柏树的'柏'，于是一个土气十足的地名也就染上了一点诗情画意。"

画面切换：地坑窑顶，陈天然回窑洞。

方明解说：

南依嵩岳，北靠黄河，巍哉高原，隐哉幽壑。家门儿是柏沟岭村地势较高的一处台地，台地中央沉有一个很大的地坑窑，又称天井院。60年前，陈天然跟着他的父兄，用锹头挖出了这个冬暖夏凉的家。陈天然在这个天井院里既耕且读，娶妻生子，生活到22岁。

这画面，这定位，历史的风云，现实的气息，一下子把人心抓住了。就像一部气势磅礴的交响曲，追灯下的报幕员铿锵陈词，炸场硬曲排山倒海般响起，影像各表，美乐迭起。有管乐的独奏，也有弦乐的烘托。《守望故园——艺术家陈天然》的分镜头依次排开，黄土高原的千沟万壑、古老的窑洞宅院、山涧陡坡的柿树林、木讷憨笑的陈天然……

镜头急转，方明点出：

就是在这一孔窑洞里，陈天然在劳动之余开始临摹《芥子园画传》，跟着古人模山范水，寄趣篆刻和书法，一心想做一个陶渊明式的隐士。然而，那个时候的河南，天灾人祸、水旱蝗汤，陈天然的父兄被抓丁，土地被掠夺，物价飞涨，民不聊生，《芥子园画传》的闲情逸致与陈天然苦闷的心境越来越难以适合。就在这个时候，他在报刊上看到了进步艺术家的木刻作品，黑暗与光明的强烈对比道出人间辛酸，陈天然神魂为之一震，才知道在他醉心的书法、篆刻和"芥子园"之外，还有如此撼人心魄的黑白艺术，于是他便试着向上海中华全国木刻协会写信求教。

镜头：陈天然在书房书架上寻找《抗战八年木刻选集》和《北方木刻》，以及陈天然最早发表的木刻作品。

方明解说：

在李桦、郑野夫、杨可扬诸位先生热心的函授指导下，深居黄土沟壑的陈天然苦心笃学，在窑洞的煤油灯下，常常用功到黎明。从1946年底，陈天然开始在开封、郑州的报纸上发表自己创作的木刻作品。这些早期的木刻作品虽然显得稚嫩，但那颗关心民生疾苦的艺术家的良心却跃动在每一道深深的刀痕里。解放区木刻艺术的影响也明显可见。

在《抗战八年木刻选集》中，陈天然知道了在遥远的北方、黄土高原的腹地，也是在窑洞里，有一所叫"鲁艺"的学校，聚集着一群他景仰的艺术家，是学习木刻的圣地，古元就在那里。他萌生一种难以遏制的强烈欲望：去鲁艺找古元学木刻！

方明这里赞美的北方窑洞,就是革命圣地延安,"鲁艺"学校,就是培养革命文艺大军的著名大学"延安鲁艺"。陈天然经常说,是古元把他引上版画艺术的,是古元木刻开启了他的艺术灵感之门。王鲁湘也如此肯定:"是古元木刻指引他走上反映生活之路,是古元平凡与伟大并臻的艺术与人格,让他领悟到了人生和艺术的真谛。"

方明解说:

半个世纪过去了,这两本书跟着陈天然辗转流离、浪迹天涯,已被翻阅得残损破旧。陈天然的许多家当和书籍都散失了,这两本书却珍藏至今,因为是它们指引陈天然从一个浮名乡里的小秀才,成长为一个真正的人民艺术家。

方明提到的《抗战八年木刻选集》和《北方木刻》作者古元,还有当年从遥远的上海为素未谋面的青年陈天然筹寄雕刻工具的版画大师杨可扬,从延安时期便是中国画坛的领袖人物。陈天然和两位老师的亲密关系,从解放前一直绵延到两位老先生与世长辞。

2005年4月11日,杨可扬老师从上海来信,热情洋溢地谈到陈天然的作品:"在我的印象里,真有一鸣惊人之感。"2007年,陈天然去上海看病,得知老师正在上海第六人民医院住院,于是不顾眼疾前去探望。不久,杨老病逝,陈天然悲痛至极,却因眼疾住院不能前去悼念,他深情书写了"德音硕响,万世垂范"八个大字,让夫人牛翎邮寄过去。这个书法后来被收录在上海人美版《百年可扬文集》里。

继续推放专题艺术片《守望故园——艺术家陈天然》——

镜头:黄鹤楼,长江东去。住在黄鹤楼的陈大然渐渐害起了思乡病。在一篇谈创作的文章里,陈天然回忆起当时的心境:"故乡飘已远,往意浩无边……乡书何处达,归雁洛阳边。"王鲁湘翻阅老先生回忆当年武汉生活的文章,映入眼帘的,句句璀璨,字字珠玑。

方明解说:

武昌黄鹤楼,也是誉满古今的名胜之地,昔人乐于在这里啸傲咏怀,留下许多千古绝唱。1950年代初,我有幸数载厕身于此,工作余暇,依楼极目

纵观大江东去，心猿意马就飞回可爱的家乡。忆想在豫西巩县黄河南岸的高原上，站在家门口，遥瞰横带北国的黄河，放眼巍巍太行，每当这种时候，常感心融江河，视通万里，觉宇宙之无穷。无论在八达岭长城、武当山的金顶、大别山的天台、南岳衡山的社中融峰，还是伫立于嘉陵江畔或南海之滨，凡足以使我豁然心胸、游目骋怀之处，无不情随景生，眷恋故乡的醇厚可亲。越是登临壮丽奇特的地方，越容易联想到土气十足的故乡。

　　陈天然说自己是一个很健忘的人，总是丢三落四，找不着东西。而那些乡土生活的琐事，尤其是童年的记忆，却像刻印在脑子里，盘根错节，千丝万缕，扯不断头。有时半夜醒来，坐在床上一直想到东方发白。

　　他在武汉工作，画了很多江南农村的速写，在准备刻成版画时，改来改去，兴至笔随，最后往往还是回龙望祖，变成了故乡黄土高原的景色，掂起画笔就想到故乡，随手一画，还是故乡。就是在这样啃噬人心的乡愁驱动下，陈天然创作出了第一批忆写故乡的作品。

镜头：陈天然的版画《抢险》。
方明解说：

　　版画《抢险》是陈天然艺术生涯中第一幅真正重要的作品。千钧一发与万众一心，浓缩在并不很大的画幅中。他怀着对自然灾害的巨大威力和人类奋勇保卫家园的勇气的双重敬畏，刻下了这幅惊心动魄的作品。这是他第一次也是惟一的一次表现人与自然的冲突。

电视画面里人民美术出版社编审李平凡接受采访：

　　我清楚记得40多年前的1957年，我有幸应邀参加了全国第三届版画展评工作。在应征的1700多幅作品中，陈天然的四幅版画《牛群》《套耙》《休息》和《赶船》备受赞赏，全部入选。评委会认为，陈天然的作品具有鲜明的中国民族风格，洋溢着中原大地浓郁的乡土气息，处处渗透着他对家乡的热爱。奠定了陈天然版画家地位的这四幅作品，已成为新中国20世纪50年代版画创作的代表作。

方明解说：

《套耙》是一幅精雕细刻的上乘之作，意在歌颂土地、歌颂劳动。这是一个秋高气爽的艳阳天，在洒满阳光的土地上，一位农家的孩子小小年纪，正使出吃奶的力气拉住那头健壮的耕牛，因为他的父兄正在理绳套耙。地畔枫叶如丹，飞鸟归林。多么动人的劳动生活，多么天然的田园风景！

《赶船》里是一个春寒料峭的阴霾天气。一条土路印着深深的车辙，推拉着独轮车和骑着小毛驴的农民，驮满了货物，急急忙忙向河边的船码头赶去。林立的桅杆含蓄地点出了画题。苍老的树干正抽出新的枝条，告诉人们寒冬已经过去，大地正在复苏，这幅黄土地上的风情画，让人联想起北宋张择端《清明上河图》开卷的部分。

《牛群》这幅恬静到极致的抒情小品出现在展览会上时，引起了观众心灵真正的骚动。天高云淡，正午时分，五头耕牛闲卧在草地上。有意压低的地平线衬出了牛群悠闲的身影，托起一片高爽的晴空。多么大胆的构图：五分之四的画面让给了蓝天白云！"雨淋墙头月相生，无画处皆成妙境"，那只放在树旁的粪筐和牛鞭，让人联想到画外的牧人。任何可能打破这片宁静的因素都被排除掉了，画家让观众聆听一曲天籁："很深的声音是听不见的。但只要你在听，你就是音乐。"艾略特的诗可以解释我们何以被《牛群》的恬静深深打动，因为欣赏《牛群》让我们每一个人都是音乐。

《休息》里是一个夏收时节的晌午，赤日炎炎。劳动一晌的人和牛都休息了，眼前是一处静谧的场院，麦秸垛、石磙，还有凉棚下的牛群，一切都是那么安详、宁静，可我们分明感受到了刚刚结束的热火朝天的劳动场面和即将来临的喧腾欢闹！

四十五　吃水不忘挖井人

———

陈天然的口碑载道，当然是家乡柏沟岭的自豪和骄傲。拍摄专题片的日子，就是柏沟岭的盛大节日。陈天然虎啸生风，柏沟岭声名远播。上电视登了报，全国人民都知道，柏沟岭人，也紧跟着央视的叙事节奏走，不管在乡间的马车上，还是在奔驰的列车上，都会油然自报：俺是巩义柏沟岭哩。但最初，柏沟岭人对木讷少言的陈天然的印象，的确是闷声写写画画。在有远见卓识的人心目中，也无非是大器晚成，将来到底啥样，谁知道？随着他荣光的与时俱进，不少人刮目相看：陈天然了不得啦！

有件令柏沟岭人铭记不忘的事儿，是20世纪60年代陈天然的一幅版画。当时，陈天然在武汉了解到河南大旱，小麦播种都是问题，他忧心如焚，便根据自己早年老家驴驮人挑、运水抗旱的记忆，连夜创作了版画《抗旱保种》，并在《人民日报》发表，随即《美术》等多家报刊也予以转载。之后，日本的《未来》杂志以此画为由头，评价黄河的历史地位、利害得失和黄土高原人民饱受旱灾摧残的根源和估量，使新中国艺术界受到触动而思考。消息在河南巩县传开，小人物挑动国家大神经所引起的震动，令柏沟岭人意识到，当年从村里走出去的陈天然，已经成了知名画家，而且还惦记着家乡柏沟岭。

村民对陈天然的印象和信赖，一直在延续和升华。直到央视和党报排山倒海地宣传陈天然，柏沟岭人才意识到，天然已经变成河南的、中国的了。重新平衡定位陈天然，在原有的砝码上，需要大大增加重量了。

改革开放的社会，即便是黄土高原的小山村，人们也看到了陈天然的社会资源和客观能量。于是，1995年5月，柏沟岭的村长专程去郑州找到陈天然，不说三不说四，就说生命之源——水，柏沟岭的老百姓，仍然被吃水问题所困。村长说到伤心处，陈天然先是沉默无语，接着便潸然泪下。

父老乡亲世世代代缺水吃，水，是柏沟岭的穷根、苦根。对此，陈天然刻骨铭心。不管在波涛汹涌的长江畔，还是烟波浩渺的黄河岸，他都苦思冥想过，水，为什么不去滋润柏沟岭呢？柏沟岭的水井为什么打不出泉水呢？

关于吃水的悲剧，在陈天然幼小的记忆中，就接二连三地发生。即便在茂盛的柿林和收获季节，在缺水的旱魔面前，柏沟岭人都显得笨拙无力。陈天然想到，在养育自己的黄土地上，800口人散居在漫山的沟沟坎坎上，这里十年九旱；人们离乡背井，妻离子散，甚至渴死人都见怪不怪了。李旺老人就是活例子，那年大旱，他夜里渴得不行，到滴水岩喝水，但是因为干旱断水了，滴水岩无水可滴，老人生生渴死在那里。还有李家，未成年的李海彦、李成春兄弟俩，下山到五里沟去挑水，因坡陡路滑，兄弟俩坠入沟底，一死一残。前些年，陈天然还听说邻居姜孬开拖拉机去外村拉水，连车带人滑到山涧里去了，人被活活压死。村长说，柏沟岭有人至今一辈子还没洗过澡，不知道城里有澡堂。有的人家，老少几十年如一日，洗脸一盆水，洗过脸再洗衣服，洗了衣服再端给牲口喝。全村人年均收入不到300元，每年光是出村买水的花费，就得两万多元。

对于柏沟岭打井的宏愿，陈天然也并非现在才操心。十年前，当时的村支书李慧彩就和陈天然说过这个事儿。多年来，柏构岭村几乎年年有人在打井，可是打一口不出水，打两口照样不出水，以至于柏沟岭的废井眼，就像邙山的文物盗洞那么多，却不见一滴水渗出来。不过，那时的人，包括陈天然在内，的确是心有余而力不足。很多事情，说不清道不明，大家也明白，但最要紧的还是罗锅上树——钱（前）缺。于是，打深水井的事儿一搁又是十几年。

村支书李慧彩把一份《巩义市沙鱼沟乡柏沟岭村吃水困难的情况报告》（沙鱼沟乡，河洛镇此前的老名称）留给了乡贤陈天然。陈老先生认真读过，老泪纵横。之后，他经常在好友圈里提及此事。好友建议他，应先找地质专家勘察水源。所以，陈老先生数次拜访了地质专家石钦周。

石钦周是郑州一家水利勘探公司的总工程师，他听了陈天然的心愿后，被一腔热血所感染，两人一商量，随即带着他的工程队，开到柏沟岭勘察，不放过任何一处地质理论上可能有水源的地方。陈天然打井是外行，但他为打井操碎了心。他把书报、网络上搜集到的打井找水谚语，一丝不苟地写在纸上，递给石总，诸如"簸箕地，水源地""两山夹一沟，沟岩有水流""两沟相交，泉水滔滔""山嘴对山嘴，嘴下有好水""两山夹孤山，常常水不干""两沟夹一嘴，下面有泉

水""大山低嘴下，打井挖泉水量大""凸山对凹山，好水在凹间""湾对湾，水不干""两山相接头，下有泉水流"……

柏沟岭的支书几个人，还和陈天然一起，在郑州找了几个水利专家做估算，打井需要40万元，加上配套费用总共需要60万元。陈天然对支书说："等我想想办法。命不要，也得叫咱柏沟岭的人喝上泉水。"支书一行人回柏沟岭去了，给陈天然老先生留下无数个不眠之夜。

如今，柏沟岭村长来到家里，又说打井吃水的事，想想，村长找他想办法，等于是将家里的事情拿来和他商量。本来就是自己该操心的，有啥理由推辞呢！可是，他一介穷书画家，有什么办法给村里打一眼井呢？即便拿出自己所有的积蓄，也只是杯水车薪。

钱！上哪里搞钱？就先从自身挖潜吧。但要知道，陈天然是什么秉性的人啊，他崇尚风平浪静相安无事的生活，入林不动草，入水不动波，甚至在很多时候，宁可在抱残守缺中等待，也不去标新立异带风向。捐资打井，对他来说，可不仅仅是金钱问题，他必须首先完成对自己的超越。毫无疑问，这是件要兴师动众的事情。

前些年，在他身心遭遇困扰，需要倾诉和通融关系时，连武汉时期的老上级，之后的省委书记、邮电部部长，他都不愿去套近乎拉旧情，如今怎么能为柏沟岭的一口井，去舍弃面子爬人家的楼梯呢？他在苦思冥想之后，在极短的时间内，还是果敢做出了决定：开堂卖字。动机不纯也好，心眼坏也罢，谁想说啥说去吧。他想：柏沟岭生养了我，我在都市里过着精致的日子，却把褴褛撂在故乡的山沟里，问心有愧啊，柏沟岭的深水井打定了。

他一改数十年不卖字画、拒绝酬劳的铁规严律，开始收润格费了——卖字。近些年来，因为书画早日完工而声名远播的陈老先生，书法艺术也更上层楼，全国各地到郑州向他求字的人越来越多。在这种景况下，不少人力劝老先生：不能白劳动，写字收费天经地义。可老先生从不为金钱所动。不过现在，他不得不改改自己的规矩。

他在自家会客室里，贴上了两行醒目大字：为故乡打井救难，润格费敬备薄酬。看他那气势，绝不同于以往不急不躁不卑不亢的做派，一下子摩拳擦掌要收钱的样子，赴汤蹈火，在所不惜，就像他版画《套耙》中的领头牛，拽不住，拉不回来。

在上世纪八九十年代，陈天然的书法声望盖过了他绘画的名声。太多的人，首肯书法大家陈天然。一叶障目，疏淡了他绚烂的绘画建树。熙熙攘攘的求书者络绎不绝，一度曾使他因不能创作绘画而苦恼。他作诗道："欲躲逼贡无计寻，猛听敲门顿失神。笔头正叙归山意，惊弓吓掉思乡魂。"但这次书法义卖，很大程度上缓解了老先生的思想压力。他觉得，书法和绘画相比较，书法是"短平快"，情绪酝酿好，一幅作品一蹴而就，可保障量产，多产多卖多挣钱。

为保障深水井早日完工，村干部们就在陈天然家里"立等可取"热钱，油锅里捞钱也不怕烫手，反正钱一到手就往汽车站赶。夹着钱袋子，越过马路，挤上公交，急如星火，像吃罢麻辣烫去赶场。在汽车站，他们五十块钱往售票口一塞，像打牌出大猫一样萌，删繁就简地大喊："俩站街！"

求字的人都很精明，装傻的人也不少。他们对陈老先生的润格费提示故意视而不见，揣着明白装糊涂。陈老先生既然对村干部许下承诺，也是君子一言驷马难追。他指挥若定地向求字者暗示：准备好了吗？再指指旁边贴着的润格费。童叟无欺，买卖公平。对于那些"进店不点菜"一毛不拔的人，陈老先生会摊牌似的拱手强谢客，说："请您腾开位置，前客让后客。"

写字卖字，从阳春三月到盛夏三伏，写了一幅又一幅，迎来一个又一个。索字要得急，写者价格坚挺，繁荣的买卖小市场，只为柏沟岭那口深水井。春天里，老先生的书写还挺惬意快乐，但到了夏季的闷热天气，那就很受罪了。简陋的家里没有空调，还常常断电。但断电不能断写，他秉烛夜战，挥汗如雨。渴了，他自己倒水，吃饭，全靠儿子、姑娘送。

铺开的作业流水线，人便其行，货畅其流。老先生来者不拒，有求必应。而且，一口痛快价，一手交钱，一手拿货，亲戚朋友，也不迁就。卖字收钱，宁可直中取，不向曲中求。

天太热了，脱衣服只剩短裤头，书画室内外都弥漫着钞票和汗水的味道。一个正县职务的人诙谐道："老先生赤膊上阵呀！"老先生微笑："猪在猪圈里捂不白，羊在山坡上晒不黑，写字画画照样得下身份，不能粗制滥造。不怕慢就怕站，不能半天干活，半天挠痒，西装革履衣帽整齐，一辈子也弄不成啥景。现在，我是打井队的前敌财政委员，负责搂钱。"他回答记者采访时说："这期间，最难的是钱这个东西，钱让我做了大难。我先后两次拍卖书法作品，从春到夏，天天都在写字。最热的季节，白天、黑夜我都在写，穿着裤头，光着膀子，大汗淋漓地

写，喘气不歇气，往往写到深夜12点。那一段时间，我是天天盼人找上门来要我写字。我把卖画册的钱也拿出来了，有一位日本朋友买走了我的一幅版画，钱也派上了用场。"

陈天然调动全身心的书画智慧，去融通动员打井的关系和力量。不少亲朋好友连番劝说陈老先生，甚至一些领导都出面，说老先生一生清白，不沾铜臭，不能晚年被污泥浊水迸溅到身上。化缘打井，听着不是很磊落。

但是，心地纯厚且爱护羽毛的陈天然，坚信心灵大公、目的无私，天天都有种既劳累又陶然的感觉，对柏沟岭人悲欢苦乐的牵挂，占据了他的心胸。在焦麦炸豆的关键时刻，他甚至用一句民间格言鼓励自己：借不到米落布袋，求不到官落秀才。就像他以宽厚的襟怀泼墨字画一样，把柏沟岭的这口井，弄得惊天动地。

曾经采访过陈天然的省政府办公厅信息联络处副处长李毓梅女士，在《陈天然打井》一文中写道："为了这眼井，陈天然两次拍卖自己的书法精品，一连几个月沉迷于书法创作之中，把所得的报酬分分厘厘投到这眼井的建设。在资金无以为继打井即将中断时，把单位为其转存的半年工资毫不犹豫地捧给了登门告急的乡亲们。"

而陈天然当年个人的生活又是怎样的一番情景啊！李毓梅女士在文中写道："我怎么也想不到，这位以木刻、绘画、书法早已闻名海内外的艺术家会用一个苹果来招待我！……我无法将他的寒碜和他对乡亲们的慷慨画上等号……饭摆到了桌上，只见是一个馒头，半碗炒南瓜，一碗稀饭。而陈天然是这样说的：'苦乐年华，干件有意义的事儿，不能啃着鸡腿，又嫌鸡子不肥。'"

好人好事，是具有感染力的。时年74岁的郑永昌，河南大学历史系毕业，却成了搞河南曲艺的专家，能写能唱，出了很多曲艺专著，并享有很高的名望。他的行当和陈天然，根本不是一路拳脚。但他知道了陈天然的心愿和苦衷后，立即行动起来，积极加入打井筹备队伍，并动员身边所有的关系和资源。为柏沟岭村的这口井，鞍前马后都是他的身影。

朱可，陈天然的同事和朋友，时任河南省文联副主席。从纸面上说，文联副主席和巩县柏沟岭打井，也是井水不犯河水，风马牛不相及的。可人家朱可老先生，没有钱但有热情有关系资源，领着陈天然，敲罢这个门，再敲那个门，没有钱得有话，没有办法得指个路道。井打在柏沟岭，数据支撑在郑州，打井的路条别人掌握着，他们的目的，就是把路条要到自己手里。他们硬是见关节就捅，逢

山开路遇水架桥，一百多个人献计献策，出钱出智慧，坚信办法总比困难多。最终，一盘没有太大希望的棋局，具备了"天时地利人和"。

在筹划打井的过程中，他们找省委宣传部的老领导宋玉玺帮忙，又给省委副书记宋照肃写了一封长信，反映柏沟岭严重缺水和筹资打井的重重困难。宋书记将信件批到省水利厅，水利厅拨付专项打井资金10万元。之后，郑州市政府又拨了5万元。就这样，这位年逾七旬的老人，靠着写写写，吃窝头就咸菜，熬过了一二百个日日夜夜，还把单位预支给他的6个月工资也捐了。他甚至不惜将珍藏的一幅木刻孤版，高价卖给日本友人，先后筹资24万元，连同以往的卖字所得，凑足了60万元，一股脑地捐给了柏沟岭。砸钱找水，就不信柏沟岭打不出来水。

开始打井，郑州地质工程勘察院国家级专家、高级工程师石钦周，带人选定村南制高点为打井方位。一阵鞭炮炸响之后，宣战般的打井作业开始了。在以往渴死人的地方，井架高竖，机器轰鸣，村民们奔走相告，信心百倍，非把地下龙王牵出来不可。但龙王和缚龙队打起了游击战，一支颇有经验的打井队，竟然几易井眼不见出水。

并不是所有的土地下边都有泉，也并不是打井队打一眼就成一眼。在柏沟岭基岩层上打井，很多水利专家都给这里判过"死刑"。基岩，粗浅地理解，就是地下数百米厚坚硬无比的石头，想探明是否有水，必须先钻透这样的石头。水利专家把井位定在压扭性断层上方，开钻。当井打到100米和160米时，突然出现漏水，这需要到远处买水下灌补充。每吨水5.5元，一小时需要20吨。你算吧，得烧多少钱？

这档子时候，每打给陈天然的一个电话，都是"催命符""断肠刀"，都能使他彻夜不眠抱着心口做大难。最先叫陈天然六神无主的，是当井打到85米时出了麻烦，拨通他的电话时，已是午夜12点。他二话不说，穿上衣服出门，一连敲了几家的门，和水利勘察院院长、文联副主席一行人，半夜驱车赶往柏沟岭，现场会诊化解棘手问题。

时任河南省文联副主席的朱可感叹道："天然的精神太令人感动了。他常说，人哪，干什么总得有点精神。天然干什么，就一定干到底。这个人在艺术上有成就，根本原因就是他既认真又无私。天然为打井的事儿把整个身心都扑上去了。"

（引自李毓梅《陈天然打井》）

打井确实是个技术活，科学来不得意气用事。在困难重重的时候，石钦周跑

到山东滕州，请来了专打攻坚井的打井队，重新定位开打，终于打井成功。井打成功后，最后还欠打井队的钱，人家也不要了。善良诚恳感动人，一方有难八方支援。

成功了！历时一年两个月，基岩终于穿透，泉水叮咚作响。井深342米，净水位厚度178米，每小时可出80吨清泉水。水质优良，含多种有益矿物质。含锶量超过国家标准的两三倍，拿到了国土资源部的矿泉水合格证书。井水的品质，河南仅有三门峡一处可与之媲美。据专家们说，世界上最好的矿泉水产在德国，而柏沟岭这口井水的微量元素锶，还高于德国矿泉水。在中国，只有崂山矿泉水可以和柏沟岭矿泉水有得一比。

陈天然愁眉舒展，激动万分地说："打井那阵子，我总是睡不着，需要吃安眠药才能入睡。井打成后开罢庆功会的那天夜里，我早早就睡下，一直睡了十多个小时，这是二十多年来少有的事。"

一口井，结束了柏沟岭村为水所困的历史，祖祖辈辈的泉水梦，终于破茧成蝶。亮晶晶的小米稀饭熬出来，洗涤得一尘不染的花衣服在窑洞前搭起来。家家年节的餐桌上，酒是酒茶是茶，再也不喝那黄泥水了。

有了水就有了灵气，灵气呼唤着人们的创造性，创造性迅速改变着人们的精神面貌。温暖人的故事如雨后春笋，作家诗人纷至沓来，梆子豫韵响彻柿树林，常香玉来唱了，毛爱莲来唱了，省里市里的剧团都表了态：只要天然老先生说一声，我们背着锣鼓家伙就出发。吃柏沟岭的柿饼，喝柏沟岭的玉米糁糊，就是享受！深水井，成为柏沟岭犄角旮旯情感组诗的外一首。矿泉水，附着它善良慈悲的特性，不仅浇灌着千余亩的丘陵耕地，还滋润着村民的日往月来。

1997年冬，柏沟岭村召开深水井竣工庆功会，陈天然带着老伴牛翎，端起大家为他斟满酒的杯子，激动地哭了，乡亲们也都个个流泪不止。滴水之恩，涌泉相报，为纪念这个历史性事件，柏沟岭村党支部和村民委员会，立起了一通"饮水思源碑"，碑文特请时年已85岁的著名水利专家徐福龄撰写："人畜饮清水，田亩得灌溉。饮水思源，全村七百多村民深感陈天然、石钦周之义，共产党和人民政府之德，特立碑以记之。"

中国从来不缺艺术家，缺的是既才华横溢又和大众同舟共济的艺术家。像陈天然这样，一手端枪随大军南下的战士，一手握笔为革命作画的清白艺人，几十年如一日，不是绝无仅有，也是寥若晨星了。

一位德高望重的艺术家，用他千辛万苦的劳动所得，资助养育自己的家乡打了口深水井，彻底解决了老百姓的千年困苦，他没有夸夸其谈空喊口号，翰墨飘香，丹青溢彩，真乃劳苦功高。

为了弘扬陈天然卓越的艺术成就和鲜明的个性，反映他献身艺术、不懈追求的生动曲折的奋斗经历，以及他热爱人民、倾资扶贫的高尚道德风范，河南省委外宣办组织拍摄了电视专题片《陈天然》，由省长题写片名，特邀国家一级导演顾琴芳出任编导。专题片的成功拍摄和播放，和他的书画艺术饮誉国内外一样，在艺术世界产生极大影响。国内外一些著名书画家，纷纷致函陈天然，表示赞赏和祝贺。

陈天然流过兴奋的眼泪之后，欣然挥笔，赋诗一首。

凿 井

故乡位塬上，累世旱魃为虐，

民生凋敝，今以书画集资凿井百丈，

  致富有望，宿愿得偿。

  柏沟岭村，历代祖根。

  十年九旱，乡里寒心。

  古稀苦度，磨砚铸金。

  凿井千尺，泉发五音。

  富庶在望，梦想成真。

  谷应山呼，其命维新。

四十六　天然山庄

一

柏沟岭的深水井打成功了，全村的饮用供水和农田灌溉系统，也都逐步完善起来，陈天然报答养育之恩的夙愿完美实现了，此生还有什么没有实现的目标吗？

这时的陈天然，已经是闻名遐迩的书画大家，集众多荣誉于一身。他先后任中国美术家协会常务理事、中国书法家协会常务理事、中国版画家协会常务理事、河南省美术家协会副主席、河南省书法家协会副主席、河南省书画院首任院长、河南省美术家协会名誉主席等职；曾荣获中国版画家协会颁发的"鲁迅版画奖"、日本国际版画研究会金奖，还当选了第六届、第七届全国人民代表大会代表。

循着常人的预期，老先生应该在新婚老伴牛翎的陪伴下，享受安康，颐养天年。但是，他英雄暮年，壮心不已，抚摸着自己一把坚硬的老骨头，向夫人牛翎规划展示"红石古堡"。他告诉牛翎，他要在生育自己的古宅上，建造一座"艺术宫殿"——天然山庄，牛翎坚决支持。

那一天，他偕新婚夫人牛翎从郑州的温馨爱巢，来到柏沟岭老宅。一轮血红的太阳缓缓西沉，金色的阳光洒满窑洞天井院。院内外柿树枝丫上，散挂着还未收获的红柿子，个个像燃烧的火团一般。两人一直面对面坐在院子里，老年夫妻贴心润肺的话语，如河洛之水，汹涌流畅。

陈老先生向牛翎推出天然山庄的"蓝图"，却没有继续"描绘"下去，而是如作诗比兴一般，蓦然提起国画大师齐白石。说齐白石，并不说他的传奇和画技，而是刻刀剜竖条——直来直去，说："白石老先生由木匠成画匠，83岁还生了孩子，85岁还要续弦，92岁仍喜欢漂亮美眉，95岁还吵闹着再结婚！"

牛翎哈哈大笑，说："老头子，什么意思？还有什么想法？你日薄西山，我也是霜气横秋了！哎！都成晚霞中的燕子了——就别多想展翅高飞的事儿了。"陈老先生说："朝霞不出门，晚霞行千里。年龄大了，也不能倚老卖老。白石老人耄耋

不言老，雄心壮志映晚霞，要说壮心不已，几人能比白石老人？"夫人牛翎说："中啊！按你以前说的，盖两层小楼，圈一个小院，前院种菜，后院栽花，你就挽起胡子喝蜜蜜吧！"少顷，陈天然说："那我得有多庸俗啊！我的意思，把这进院子推倒，就在这个院落上，建一座城堡式山庄——黄土高原上的文化宫殿，不打烊的书画展览馆，千秋万代，艺术长青。"

　　陈天然有生以来踏遍青山，涉足河湖，速写描绘过千山万水。晚年的脚步怎么迈，翰墨丹青的人生归宿在哪里，其实，他早有盘算，勾画出了多张蓝图。柏沟岭深水井的打成，更敦促他加快了实施的脚步。在虚拟的一张张建设蓝图中，他对"石头城"情有独钟。

　　石头城遗存和青山绿水中现存的石头城，陈老先生见多了。那一年他到桂林去，有幸游历阳朔葡萄镇的石头城小冲崴村。小山村建于高山峻岭之间，用大块青石垒砌。虽历陈年旧岁洗礼，仍是城堡一座。古城门灌木丛生，芳草萋萋，浓重的历史沧桑感扑面而来。据在场的老人说，这座荒山野岭之巅的石头城，大约建于明末清初，主要功能是为靖江王府屯军械和粮食。其位置险要，一夫当关万夫莫开。地势高，通风好，军械十年不锈，粮食百年不霉。当然，见仁见智，据说其他功能还有不少，当代人讲不清楚。可陈天然却明白无误地看到，这座石头城，除了它数百年岿然不动的牢固外，如今，它和古城门、古城墙，都成了宝贵的文化艺术遗产。刚刚打通的狭窄通道，已经贯通了外面的旅游大世界，吸引着慕名而来的远方游客。这不就是文化艺术的感召力吗？

　　逛了阳朔石头城小冲崴村，陈天然返程时心中极不平静。他联想到许多石头城，中国的，世界的，军事的，艺术的。帕米尔高原石头城，是中国城堡文化史上著名的石头城，是公元初期塔吉克先民建立的"谒盘陀国"的都城。如今虽然无法见识当年的雄壮，但仍可见到一节节城墙、炮台和民宅的遗迹。傍晚，古城遗址在变幻莫测的光影下，尤显苍凉悲壮。画册上的沙特石头城，城内分布着众多形态各异的玫瑰色小山，沙特先民因山制宜开凿出宫殿、庙宇和墓穴等，至今完美保存，依旧散发着中东古老建筑的艺术气息。

　　他从阳朔返回郑州，隔了几天又到辉县写生。揣着对阳朔石头城小冲崴村的回味和思考，他再次考察并写生了那座太行山中的石楼群。石楼群，也是一座小山庄。只是建筑风格和装饰艺术，和阳朔石头城差异较大。石楼群四面环山，山上植被浓密，地形隐秘，只有一条山路可以出入村庄。人们纷纷说，在战乱年代，

这儿不见刀光剑影。当年,即便狡诈的日本鬼子,都不敢妄自进村。不知从哪里飞过来一枚炮弹,撞到厚实的石墙上,竟然成为哑弹,至今还留有撞击的痕迹。

石楼群的承重墙壁和一道道石院墙,都是就地取材,用太行山石头垒砌而成。历经沧桑,巍然屹立。绵长悠久的岁月打磨,把这些石头古堡式建筑,雕琢装扮成艺术价值十分突出的古建筑。石楼群既有北方建筑的宏伟,也有南方建筑的温婉。这漫山的石头,以往好多都运到黄河岸边做水坝去了,长年累月淹没在滔滔黄河中。而砌到石楼上,却世代释放着金子般的审美价值。

陈天然就是要把柏沟岭和艺术城堡"捆绑"起来,让这里不但有令人心动的风貌,还有文化墨水的浸泡,让下一代的柏沟岭人,完全融入璀璨夺目生机盎然的河洛文化的肥田沃土之中,而不是单纯地深耕细作,赶集上店。

实际上,陈天然已经在实地酝酿,要在柏沟岭的私宅上,打造一座集艺术与养老于一体的石头城——天然山庄。一开始,对于建一座多功能别墅,他并不是没有考虑过。朱墙绿瓦,明窗亮门,苍翠掩映,秋柿似火,条石铺就的甬道,挺拔洒脱的慈竹……回廊连着书房、画室,暗梯通往会客室和厨房。一座别墅,一个老伴,把储蓄的素材反刍出来,把加工消化的艺术生产线运转起来……这不知要比大都市的金牌小区好上多少倍。不中,他心里一直不踏实不平衡。因为,这样咕嘟着时代气息的土壤,准得破坏艺术的陈化和升华。那样的话,一百个陈天然接力追赶黄宾虹,也是枉费心机。

这一天,一对夕阳夫妇,沉浸在深秋的余晖里,直到夜幕低垂。回窑洞,上灯,夫人牛翎打火做饭。白萝卜的细丝儿,中午已备好,绿豆面掺进去,下调料调好,从郑州带来的调和花生油倒进锅里,炸绿豆丸子吃。陈老先生坐在液化灶的旁边,一边吃热的,一边等着牛翎再烧丸子汤。老先生的饮食习惯真的难以撼动,吃绿豆丸子喝丸子酸汤,是他一生的酷爱。坐在炉灶边,就着热锅吃丸子,他对牛翎说:"这是最大的生活享受。在太行山中,我曾有过居家式的享受。不过,那是在陈书章家,吃陈大娘炸的丸子。今天,是老伴在伺候我,高兴!"

牛翎说:"高兴就好,你不是说情绪好了工作效率就高吗?那就赶快动手建你的石头城堡吧!"陈天然说着话,又捏一个丸子填到嘴里,兴奋起来说话口吃,加上咀嚼节奏快,只能断断续续地说:"所谓石头城堡,实际、实际就是一座艺术馆——当当当然,艺术馆最最最终要成为社会财富。我要以书画为载体,把柏沟岭人老实忠厚天资聪慧的基基因因,把对生活的期盼展展望望,融入作品中,贮

存在艺术馆。我要把石头城堡作为平台和讲坛,把村民的人生抱负、文化理想和创造兴趣调动起来,不能光会养猪,还得会养天鹅。把柏沟岭建设成文化村、观光村和人才大熔炉。劝诫年轻人,把良种撒在柏沟岭,在柏沟岭拔节孕穗。告诉柏沟岭的乡亲父老,不能小富即安,等山梁沟壑变成了金谷银山,再蹲门口晒太阳。打井是搞物质文明建设,修石头城堡是搞精神文明建设。柏沟岭人不能只会挖沟砌石头,柏沟岭人要做精神富翁。"

老两口回到郑州,陈老先生马不停蹄,找了一家房建设计公司,把自己建设石头山庄的思想理念,向设计公司和盘托出。设计公司梳理过轻重缓急,对陈老先生打保票说:我们其他工作先停下,设计您的山庄。陈天然问工程师:"到底什么建筑物寿命最长?"工程师说:"石头!"陈老先生又点点头说:"就建石头城!"

老两口原先说要到紫荆山转一转的,也不转了,马上坐长途班车往巩义赶。一路上,陈老先生说话很多,节奏快得又结结巴巴的。千言万语,实际上还是一个意思——建设山庄。他刚坐下,就自言自语道:"难忘太行山中的石头城,原名盗宝河,外景粗糙些,里边可藏着皇帝的官银。"牛翎说:"你就建你的石头城吧,你监工,我是后勤部长、材料部长。"陈老先生说:"打井和建美术馆,这对柏沟岭都有帮助。建美术馆的目的,就是把我一生创作的东西,全都放回老家,跟农民生活在一起。他们从山庄的门前经过,随时可以到展厅观看。我的书画作品虽然多次参加国内和国际展览,并为多国收藏,但一生从未举办过个人画展。我说过,如果办个展,就在我出生的村子办。"

第二天,设计公司就派出人员赶到柏沟岭,比当初的打井队还快。没过几天,山庄的设计图纸就出来了。陈老先生看不懂图纸,只获得一个建筑物框架印象:全石头结构城堡式建筑,不算楼顶瞭望台,是三层十四孔窑洞式展室和住室。基本使用面积1400多平方米,传统红木格子门窗,坑院中央屹立一座风屏石,楼层内设国画、版画、速写、书法等九个展厅。他想象中的效果图,就是石头城堡、红色石墙、橙色门窗,古朴厚重,庄严肃穆。他仿佛看到,熙来攘往,皆为翰墨丹青学子,书声琅琅,原是柏沟岭弟子在诵读。

经过筛选的施工队很快进场,来来往往运送石料水泥的小拖拉机,让柏沟岭热闹得像个集镇。必须严格按照图纸施工,所以,陈天然老先生就坐在对面的土堆上,指点着建筑大军的炮位和运输线,一会儿站起来,一会儿坐下去,唯恐在

哪个环节上出现纰漏。牛翎负责后勤，不但承担粮油蔬菜采购工作，还负责建筑材料的质量验收，余光盯着茶水的沸点，站到那儿，水不开不让喝。

山庄的迎面大门，因为要承载半尺厚的双门扇，所以石墙设计厚度四米多，因而施工有一定的难度。几度砌了拆，拆了再砌。老先生的要求是，墙面砌得必须有艺术感。这个艺术感，工匠们是不好把握的，只能根据东家和工程师的现场调度，反复修改图纸。所以，拆来拆去，拆得工人没脾气。有工人开玩笑说，权当磨洋工挣钱咧，拆拆扒扒，弄几个花花，又不是白干，叫咋拆咋拆，叫咋改就咋改吧。

天然山庄的建设，由于各种原因，建建停停，停停建建。中间还有资金跟不上的问题，有钱了就干点，没钱了就停下来。"非典"时期，一停就是一年，年把时间没动过一块石头。有人说，天然山庄的建设，一下子用了两年多的时间。陈天然老先生说，不对，实际上前前后后盖了十年。十年里，挑选建材，比照图纸，协调上下，避矛躲盾，风霜雨雪，哪一年不是360天？十年3600多天啊。陈老先生还得学习、作画，《词源》不离手，画笔常青墨。老两口建山庄，不知有多少次，老先生心疼地对老伴牛翎说："多亏有你，多亏有你！没有你，这个山庄成不了，好多男人也没有你的心胸大。"这个十年"马拉松"工程，几乎耗干了老两口的能量。

从山庄能够避风挡雨那天起，老两口就进驻这个半拉子工程里。盛夏一身臭汗蚊叮虫咬，隆冬狂风怒号被窝冰凉。夏夜的繁星下，两人经常睡在山庄庭院里。有时两人挺浪漫挺风趣地聊起"黄帝在河洛修坛沉璧，受龙图龟书"，聊"河洛文化""齐鲁文化"以及"燕赵文化"的异同……在惬意的困顿中，一起进入梦乡。

有时，碰上暴风雨从山上袭来，老两口得赶紧一骨碌拱起身子，争分夺秒地往屋里抱被子拉席子。老头的一双凉皮鞋，堵在了花坛下的排水口。一院子雨水排不及，山庄成了海景房。天亮了，夫人牛翎醒来后笑着揶揄老先生："噢！一打雷，你跑得比狗撵得快，身体还中，你的凉皮鞋咧？"陈老先生不好意思，笑笑说："反正该穿新鞋了，再给我做双布鞋呗。"牛翎说："起来吧！刷牙洗脸，我去做饭。"老先生说："吃啥饭咧？"牛翎回答说："绿豆丸子，昨天炸的再给你过过油，烧点儿稀甜汤，中吧？"老先生说："中啊！但不能把我过油。"牛翎说："你身上剔剔也没几斤肉了，过你的油弄啥咧！"陈老先生笑答："过丸子的油！

过丸子的油！"

在建设天然山庄的日日夜夜里，苦撑苦熬没说的，但并非一咬牙一跺脚，啥问题都能迎刃而解了。遇到"焦麦炸豆"的当口，有夫人牛翎支撑一把，做老先生的后勤保障，事后琢磨起来，显得非同小可。一位知名书画家在一篇文章中说：

在老头儿的背后，有一个甘心为之默默付出的老太太，她就是陈夫人牛翎。她的付出全在幕后悄悄地进行，无怨无悔、安安静静。老太太曾经在微博里写过这么一段话——"老伴长我20岁，天天写写画画还在工作，真是了不起。他常对我说，要想他好我必须先好（指身体健康），这话对我来讲是经典。我一定努力把身体锻炼得棒棒的，把先生照顾好。我的生命属于陈天然，属于陈天然艺术。"

还记得2006年的早春二月，老头儿回柏沟岭写生。当时的山庄刚刚施工完毕，现场还没有清理，窑洞里里外外都是垃圾，并且缺水少电，吃饭只能靠烧煤球，睡觉就在用杂木铺成的板子上。上个厕所，都要跑到山庄外的麦田里。就是这样的条件，老两口在山庄住了一个多月。

出去写生时，60多岁的老太太扛板凳、背画夹、提画箱、带水瓶，全身披挂兼保安。遇到险处，还是她先探路，看好了地形，才放下竹凳，请老头儿安坐。这一坐下的风情，这一坐下的成就，就是一幅妙不可言、问世无价的艺术珍品。

是的，老头儿是个纯粹的艺术圣徒，纯粹到不会跟人争辩，纯粹到被人欺负只会一再退让，永远都是一副慈眉善目、和颜悦色的面容。看似悠闲的田园生活中，也时常会有阴风苦雨毫无防备地袭来……但是，一切的不祥和都被老头儿淡然地关到了山庄之外，他心里反而开出洁白的莲花来。

日出日落间，入住天然山庄已经五个年头了。老头儿老太太携手来往，背进来的是宣纸，背出去的是艺术。很多老友来访，看到两位老人的生活和作品后，无不惊叹：你们是躲在山沟里创造奇迹啊！"中国国学人才网"在山庄举办的第四期国学班结束后，北大教授张洪泉先生感慨地说："人生只有为善修德，才能辉煌富贵。富而不贵，枉然一生。"诚然，惟一贵字难得。

时光屏切换至2009年，历时十载，天然山庄终于建成。在豫西黄土高原上的

柏沟岭村，一座红石山，浑然大气地镶嵌在柏沟岭的山峁上。陈老先生围着山庄，牵着老伴的手，转了一圈又一圈。有时贴近看，有时闪在远处瞧。甚至，有几次他跃跃欲试，想爬上门口那棵300多年树龄的老柿树上，居高临下俯视他的杰作，俯视在浅山沟壑的褶皱中泛起的暗红色彩，和结构山庄空间的横竖线条。只是因为夫人牛翎的阻拦，才避免了这种树懒或考拉般的体验。

其实，他早就观察得细致入微、面面俱到了。十年来，红砂岩石头在阳光雨露的侵蚀下，仿佛结出一层月白的微霜，跟墙上悬挂的柿饼一样，那层白霜，着实是一种美丽和诱惑。在老两口的视觉里，这层若有若无的白霜，也像秋后刚切开的红薯干，红嫩的断面上，渗着湿津津的甜液。像昨天风干的胡萝卜条，透过坚实的薄皮，透出水红的玉质。红砂石厚实的美丽，释放出无限的撩拨气息。陈老先生和夫人牛翎，真的双双把脸贴了上去，全身心地体验着他们的艺术成果——天然山庄。

山庄的那几溜外窗，按照原来的设计，只能叫假窗。因为从外观看，整座山庄拒绝了铝合金铝塑金什么的，自然也看不见蓝玻绿玻、猩红窗帘这类豪华装饰。每个发券的窗户，也被厚重的红砂岩堵得严严实实。陈老先生清楚，这个看似笨拙的一笔，恰是他深谋远虑的一招高棋，外刚内秀，有效保护了山庄内展厅的字画。

在陈老先生看来，书画家盖起一座艺术塔，和大款捐赠一个花园大广场，给人们的感受是截然不同的。陈老先生眼前空旷浩渺，又觉得雄伟庄严，握笔题字——"天然山庄"。落笔轻车熟路，风格收放从容。

山庄内共有11间展室，第二层为老先生的工作室和老两口的起居室。三层上边是露台，陈老先生常携夫人牛翎站在这里远望洛河和黄河。也许，下一代文人墨客的集结号的吹响，多年后作品的成色检验，都会在这里进行。谁知道接班人有什么新气象呢？有没有过江的猛龙呢？思想精神不缺钙的花豹，敢不敢挑战狮虎兽？从这儿走出去的年轻人，是展现艺术高度呢，还是释放政治的明亮？

现实中，左邻右舍的人才却不容乐观：杜甫诗圣家，一千多年了，后代还未出一个大诗人；戏剧艺术家常香玉，据说她的娘家人都不太乐意再唱戏。陈老先生快乐之余，确实忧心忡忡。他打过工的康百万庄园，在福布斯全球财富排行榜上，再也不见影子。他非常熟悉的刘镇华、刘茂恩家族，自二人充任陕豫皖的首脑之后，几代人都不见官场……

四十七　书画典藏

我们知道，一部集中国古典于大成的《永乐大典》，其目录占60卷，全书11000多册，展示了中国古代科学文化的光辉成就。《永乐大典》开本宏大，史诗般磅礴，具有皇家的威仪和气魄。

当代中国，大型美术文献系列影像记录工程《岁月丹青》，"六十位""六十年"——"六十集"历史纪录片，是记载着共和国60位美术家60年来的长卷锦幅。《岁月丹青》，就是新中国文化典籍的美术巨卷。该纪录片不吝纳用上中下三部合集的篇幅，推介书画大家陈天然。

60位艺术家的遴选原则是，年龄在70岁以上，在艺术上有着突出的建树和贡献，作品在共和国的社会发展中产生过重大影响。经过多次会议的认真研究、反复论证，最终确定拍摄名单。这是共和国第一次全面收集老艺术家艺术资料、整理老艺术家艺术经验、总结共和国美术成就的大型美术文献抢救性工程。

大型美术专题纪录片《岁月丹青》的陈天然部分，推出的画面厚重庄严，故事情节诙谐生动，一些内容掰开揉碎地阐释注解了陈天然的审美取向和书画品格。专题片特邀著名学术主持人尚辉画龙点睛。尚辉的文字评释，更是提纲挈领文采飞扬，让人顿觉七彩世界璀璨生辉。

尚辉，美术学博士，先后就读于南京大学中文系、南京艺术学院美术系、南京师范大学美术系、中国艺术研究院研究生院，现任中国美术家协会《美术》杂志社社长兼主编。美术界的舞台上有什么重要"演出"，都以能有尚辉驾驭把握为荣。

尚辉认为："陈天然是新中国版画史上富有代表性的画家。他以抒情诗般的画面所描绘的上世纪五六十年代的农村生活，不仅真实地反映了新中国农村发生的历史巨变，而且在版画艺术的审美品格上，完成了从批判现实的黑白木刻到赞美大众生活的套色版画的审美转向。陈天然的艺术成就，既来自他在童年和少年时

代受到的中国传统书画的熏陶,也来自他的乡土经历。这一方面,让他努力将中国画的笔墨和意境,创造性地运用到现代版画的创作上;另一方面,则是他在版画创作的同时,以极大的气力从事中国书画的创作,从而在中国书画界形成了他的雄浑、凝重、拙朴、豪放的笔墨个性。"

还记得前两年带央视采访大部队开往柏沟岭的那个王鲁湘吗?对,是王鲁湘,这个被人们铭记的影视媒体"少林棍僧",他在《岁月丹青》中怎么说的呢?——"陈天然先生(20世纪)50年代的版画,一出现在中国画坛,就引起了高度的关注。为什么呢?大家看到了一个我们生活中间的美,我们生活中间的诗情画意,尤其是我们普普通通的劳动生活间的诗情画意。"

《岁月丹青》努力打捞书画家生活在柏沟岭的陈年旧事。我们明白,要捕捉到山野少年的苦寒、流浪青年的挣扎和拼搏壮年的跋涉,只能依赖文字拾遗补缺,或侥幸触碰到当年和陈天然擦肩而过的古稀老人。有个柏沟岭的老农,碰到了摄制组的"枪口"上。老农看上去也实在不年轻了,但要比陈天然年少得多。

老农民不谈书画,一张口就说陈天然为村里打了一口井,书画山突然冒出一股泉水。但是,这个和书画主题风马牛不相及的镜头,影片在剪辑的时候,还是被保留下来。面对镜头,农民激动地说:"我得给您说说,老陈同志,是我的长兄,给柏沟岭办了很多好事。第一个,我们的柏沟岭啊,长年缺水。我们跑十几里地去担水,陈天然同志不辞劳苦,雇河南省水利厅的专家们,过来打了个井,我们柏沟岭这盼水之苦解决了,我们感谢老陈同志。"

美术界大腕纷纷慷慨陈词,轮到了张啸东。张啸东,书画圈子里的九鼎大吕,荣宝斋出版社出版的《守望故园——陈天然艺术研究文集》主编。他说:"他(陈天然)一生只画一个地方,就是他那个巴掌大的家。"这话猛一听有些尖酸刻薄的味道,但他其实是一个非常有个性的美评家,他对一个非常有个性的书画家非常有个性的定位和褒扬,让太多的人一下子记住了他和陈天然的名字。

张啸东接着说:"他那个叫柏沟岭的故乡,他生活在那儿十几年,然后一直在外面工作。可是,他一生都在画这个地方……(陈天然的画)那种构图的颜色,只有那个伟大的时代,只有处在那个时代的那种有激情的人,才能创作出来。他是田园的,但也是那个时代的。他的田园是非常独特的。"

陈天然独特的田园,就那巴掌大的地方,陈老先生怎么说呢?他对书画家、收藏家王顺喜说:"是啊,别看我们这巴掌大的黄土窝,我画几辈子也画不完,画

不够啊。"

当然，乐意捧场、倾心赞扬的还大有人在。可摄制组只吝啬地筛选出两个河南书画家做简短点评。一个叫王威，擅长版画、中国画。1958年毕业于浙江美术学院版画系，历任《河南大众报》《河南画报》《奔流》杂志美术编辑，郑州艺术学院、河南大学美术系教授、系主任、硕士生导师。现任河南美协名誉主席、河南省书画院顾问、河南省文史馆馆员。曾获鲁迅版画奖。作品有《二七风暴》《春暖出耕早》《听涛》《胸中自有雄兵百万》等。多幅作品被中国美术馆收藏，出版有《王威素描集》。他评价陈天然说："他创作的构思，他思想的内涵，都来源于生活，你看不出有什么装腔作势的东西。一看就很真实很朴实。他创作的情感、创作的冲动以及他的表现力，都来自他对家乡这种深厚的感情。"

另一位评价陈天然的叫丁中一，中国著名画家，河南籍上海人。1960年毕业于原浙江美术学院，现为河南大学艺术学院教授兼硕士生导师、中国美术家协会会员、河南美协副主席、省文联委员、省文史馆馆员。他说："（陈天然）画画用笔和书法的用笔，基本上是一样的，按咱们的说法就是，中锋用笔比较多。这样的圆厚笔力比较雄健，感觉到很有力量。"

著名作家、茅奖获得者李佩甫，在《大山的秋天》里这样写道："站在他的画前，我看到了一个'厚'字。那是人之'厚'、心之'厚'、生活底蕴之'厚'，而涌于笔端的大'厚'之力，就像是'大象无形'，就像是'大音希声'，那'钝'力看似拙笨，而实在是厚得无边无际，'厚'出了博大和宽阔的胸襟！这里是无算中的适然，无智中的宁静，是摊开了的'大活'。在这里，墨色是心性的一种展现；那木刻上的刀痕也是心血凝聚后的飞扬，敦厚中透着诗的韵律，透着变化中的智慧，透着'大活'中的机巧，透着层林尽染，透着'一叶知秋'的老辣。"

说到陈老先生的书法，作家李佩甫谦虚道："至于老先生的字，我更是外行了，不敢多说什么。只有一种'墨海'的感觉。那是一种酣畅吗？那是一种淋漓吗？那是一种泼和书的写意吗？或是一种画与诗的结合吗？这里边既有'拙'，有'厚'，还有'笨'，三个字叠加在一起，又是什么呢？也许，'飞扬'正是三个字相加后的结果，'灵动'也正是三个字相加后的展现。古人说，大器须钝力。在先生的字里，是不是显示着这样一种钝力呢？"

陈天然老先生最初以画开路，以画做支撑。不管当初在开封的《河南民报》，还是后来在武汉的各美术媒体，他的饭碗差不多都由他的刻刀托着护着。此外，

他还精于书法。影片《岁月丹青》也涉及这一点,尚辉说:"陈天然的书法作品,逐渐被人们熟知。他的笔画雄浑、厚重、苍劲,积极向上,给人不畏困难抗争命运、奋然前行的力量。他曾偶然间买到了一本手掌大小的古代考生的手抄本,将其放大数倍,长时间地反复研究里面的字体结构。"

陈天然接着这个话题说:"这是第三次第四次放大,一次一次放大,这是最后一次放成这么大。这是从这里面的字体找的字的结构,这是我用毛笔临摹的。临了以后,又复印,夹到本子里。像这种本子啊,我买了有一百本,一百本都用完了……"十年磨一剑,书法家的颜筋柳骨铁画银钩,哪个没有经历信笔涂鸦龟头鼠尾呢!

尚辉:"十年'文革'中苦练书法功夫,并且开创了一种苍劲有力的书体,号称枯藤体。他的这种书法灵感来源,竟然就是他家门口遍布黄土坡上的柿子树。"陈天然老先生接上去说:"我这庄子,就在这柿子树窝里头,有次下雪,晴了以后的雪还没消融,蓝天、白地、黑柿子树,黑柿子树叶子一落,树杈都是黑的。我一看这跟颜真卿的字一样,非常豪放、粗壮、浑厚。"

尚辉还说:"乡土是艺术创作永恒的母体,不论城市如何发展,也不论物质文明的程度有多高,乡土都意味着人与自然的生存关系。作为20世纪一位出色的乡土画家,陈天然的乡土情怀,不仅表现在他通过画笔发掘了现代田园生活诗意,而且见证了这个时代的乡村社会的精神变迁。他的这种乡土情怀,还表现在对于纯朴、宁静、浑厚、苍茫等艺术的追求上……"

陈老先生已经把这段评语,早早摘录在他出版的画集之中了。这是尚辉对陈老先生及其作品最精辟最经典的概括,真言实锤,百读不厌。

尚辉:"'文革'之后,陈天然再次创作版画,直到上个世纪80年代中期。这期间,他的作品有一些微妙的变化,不再着力于对景物和人物进行现实的描绘,而是转向了对精神归宿的思考;某种程度上说,是一种对精神回归的渴望。"

在《岁月丹青·陈天然》播放之前几天,湖北的朋友老转——就是当年到武当山找陈天然做思想工作的组织委员、河南杞县老乡,来郑州造访。老转是他的绰号,可能与他说话办事过于滑溜、眼睛眨得快、屁股转得快有关,回黄转绿,转弯抹角,政治性格温和,从不跟谁龇牙咧嘴。为此,周遭同事给他冠名"老转"。陈天然也随行就市,喊他老转。其实,陈天然对这人印象还是挺不错的,不坑人不害人,不说瞎话捣鬼,只会把在别人看来严肃认真的事情,经他嫁接派对

再说出来，变得稀松平常，家常便饭。他会和人群差异化打交道，灵活多变，但也绝不是两面三刀，总能赢得"满堂彩"。他对可能惹祸烫手的事儿，真能守口如瓶，沤烂到肚子里都不说，本事啊。所以，他当了几十年的组织委员，没提拔也没贬谪。陈天然坚信，在他那里，沉淀着许多诡秘但可以理解的东西，毕竟是党的组织委员嘛，陈老先生信赖他。

　　这个老转，陈天然在郑州已经接待过两次了，事后感觉还是挺愉快的。这次又来了，人没到电话先到："哎！老陈！我到泰安、商丘出差，拐到老家杞县待了两天，给你带了点老家的好东西。"陈天然问："啥好东西？"老转说："先不跟你说，你一见准会大吃一惊。"待陈天然把老转接到家里，老转急不可待地从滑轮背包里掏东西。陈天然问："茶砖？"老转答："茶砖？茶砖有啥主贵的！杞县的红薯、萝卜。"

　　陈天然和夫人牛翎大笑，笑着坐在沙发上。陈老先生问："老转，你知不知道我老家是哪儿的？"老转认真地说："你是巩义人嘛，我还能忘喽？"陈老先生说："我们那儿的红薯萝卜，是比你们杞县少，还是没有你们那儿的红薯萝卜好吃？看你那神秘劲儿，我还当是黄宾虹的字画呢！"

　　老转很不服气，反犟说："老陈，事儿不说不明，理儿不理不清，你知道这包红薯萝卜的出身历史、价值行情吗？实验田的产品，全县总共200亩。一块地对一块天，肥水不流外人田，所以红薯长得好，口感好，含糖量均在15%以上。秋天出，科技土窖里贮存，吃到收麦不许坏。直供省委机关小食堂，省长喝小米粥，必然就杞县炒萝卜丝。中国独一无二，河南绝无仅有，乡里书记乡长想吃，得县上批准。真的，你是书画界大拿，我也受党教育这么多年，哪敢拿鸡毛当令箭，在老朋友面前夸大其词小题大做啊！"

　　陈天然极少和谁哈哈开玩笑，面对老朋友老转，禁不住笑得捂嘴搓耳朵，说："好了老转，你这个组织委员，听着跟广告公司的老板样。咱今天吃饭，就把你的红薯萝卜当金条银豆吃，不上菜，不吃馍，光喝汤。不过，姜子牙卖面——可叫你折本了。"老转说："哪里！我也是借花献佛顺水人情，人家送我，我再送你，都是心意。至于不上菜光喝汤，中！清汤利水，瘦成干鬼，减肥呗。"

　　老转在郑州待了三天，白天他去办事，晚上和陈老先生及夫人牛翎共进晚餐。老转带的红薯萝卜，虽不像他描述的那样神，但确实挺对陈老先生老两口的口味。说不上菜不吃馍光喝汤，那是玩笑话。陈老先生领老转转了几条街，专找有巩义风

味的小饭店。夹津口橡子凉粉、虎家烩面、邵鲜饺子、伊洛鲤鱼、旱岭红薯糕、仓西萝卜丝等，吃得老转直点头。陈老先生买了单，还不忘问老转："服气不服气？巩义小吃咋样？"老转转得快，忙点头说："服气，服气，巩义人高！实在是高！"

不过，老转又一转，说："巩义小吃，好吃是好吃，但问它哪个不是佐料拿出来的？吃杞县的红薯萝卜，跟吃武汉的仙豆糕样，老味道。"陈天然笑笑说："你这家伙！巩县小吃，居然没你老家的红薯萝卜好吃！死鸭子嘴硬，到底还是没把你拧过来，真会撒泼打滚呀你。"

老转咧着嘴，笑得很有内容，兴致勃勃地说："老陈，我理解你的意思，谁不说俺家乡好？但你别光从别人罐子里摸糖吃。你不也爱看历史剧吗？有人想当太监，有人想做面首，商可致富，读可荣光，向往和追求不同嘛！你可能没去过杞县，你看看俺老家的瓦房大院，比你老家的窑洞宅院差多少吗？十里不同音，百里不同俗，你那儿老说'笑掉牙'，俺那儿说'笑掉耳朵'。你油盐不进，也叫人家清水下挂面？一点佐料都没有，生活有什么味道？"陈天然张着嘴笑，说："双重标准，你常有理。"

老转仍在继续发挥："曹操诸葛亮，风格不一样嘛！艺术家更要宽宏大量，海天包容，别啥都浓墨重彩，站高拔尖。你不是想说巩义戏巩义人吗？我就先给你说说杞县戏杞县人，杞县不但人唱戏还戏唱人。看过《萧何月下追韩信》吧，怎么唱的？'我主爷起义在芒砀，拔剑斩蛇天下扬，也是我主洪福广，一路上得遇陆贾郦生与张良……'"

戏词中的这个郦生就是杞国人郦食其，"王者以民为天，而民以食为天"，这话谁说的？郦食其，杞县人。他投奔刘邦时已年逾六十岁，老转的意思是杞县人老当益壮。他和张良、陆贾、陈平都是兴汉谋士，郦食其更是一代辩士，领风骚于汉初，老转夸富一般说："知道吗？俺杞县哩！"陈天然摇摇头认输了，说："你真不愧高阳酒徒的邻居，张口就来，长篇大论，说得刘邦没脾气——回郭镇的瓦盆，一套一套的。老转，我服了，手高藏在细节里，你逮只蛤蟆攥出四两尿，我缠不过你。不过我最后提醒你，你得知道你老家的牛都怎么死的，还要把牛尾巴放个地方，省得有人回头抓你的破绽。哎呀！我要是杞县县长，就派你当驻郑办事处主任，凹着腰为杞县办事儿。我真想问，你到郑州干啥来了？好了，咱说正经事儿……"

总之，组织委员老转，还有杞县的红薯萝卜，杞县的戏和演员等杞县元素，

没头没脑兜头耷来，没有为陈天然的亢奋情绪加分。虽是俩人在开玩笑说闲话，但陈老先生确实有意向人展示家乡的地肥粮丰，没想到老转以其人之道还治其人之身，倒把他家乡描绘得天花乱坠，磨推鬼，神种地，高粱做出豆腐皮，葫芦南瓜熬糖稀。老先生做了最大的智慧动员，竟然降不了老转的温，击不退他的步步为营，这家伙真会较真。

面对远方来郑的朋友，轻松愉快的话说了不少，说不住老转。陈天然黝黑的脸膛泛起几丝红晕，显然几分勉强地干笑认输，不说了。然后他真诚地挽留老转再停一天，他想和他一同观看央视八套的《岁月丹青·纵情河洛功造化——陈天然》。根据预告，这集会在当晚播出。

陈天然和老转目不转睛地看完这集专题片《岁月丹青》，已经是夜里十点多钟了。陈老先生偕老伴牛翎，陪老转下楼吃夜宵。在距离老转住宿的旅馆不远处，有一家专卖巩义绿豆丸子汤和芝麻烧饼的，也是陈天然经常光顾的"百年老店"。那种撩人的麻辣酸香味儿，老远就叫人食欲大振。老转吃着说着，直夸味儿正。陈老先生问他："老转，说良心话，你们杞县有这地道的小吃吗？"老转犹豫了一下说："有！"陈老先生先是一愣神，又嗔怪道："你不愧蔡文姬的老乡，为救老公，舌战曹操。"

他们吃过夜宵，在文化路体育馆那儿告别，忽然听到悲切缠绵的豫剧唱段。老转："呀！唱这么好听！"陈天然："附近有好几个戏曲茶座，哎！对了老转，你杞县的戏比我们巩义怎么样？河南最大的梆子角儿，可是我们那儿的。"老转可真像老邻居杜甫赞美的——"一时今夕会，万里故乡情"。说到老家，虱子都是双眼皮。别看喝了陈天然买单的丸子汤，吃了人家掏钱买的芝麻烧饼，就是一根筋死认家乡好，他干咳着说："你难道真不知道？杞县是豫剧之乡。知道菊坛魁首豫剧皇后陈素真吗？从我们杞县走出来的！"

陈天然拍着老转的肩膀，几分感慨几分幽怨，说："老转哪，我算是服气了。"老转说："你服气啥？"陈天然说："服气你了！鸡不下蛋下手掏，我想着自己的乡愁够浓了，怎么就会碰到你这个更化不开的？就这样吧，你也别坚持你杞具的红薯萝卜怎么好吃了，也别说你杞县的戏唱得咋好了。你在郑州再待两天吧，一是我联系一下省豫剧团的人，咱一起去享受戏曲茶座，二是我叫人去弄几张《岁月丹青》影碟，托你送给湖北的伙计们，好吗？"老转抿嘴笑笑，稍顿几刻说："你，江山依旧，禀性难移，慢着饮酒，笨些做人，高！实在是高！"

四十八　瞻仰宋陵

陈天然老先生和夫人牛翎，因为拍摄《岁月丹青》，以及接受采访出席座谈等活动，可是忙活了一阵子。忙活之后，生活节奏进入了另一种状态。离休了，山庄盖好了，个人应酬少多了，也没必要拿捏自己了。回老家，住山庄。他和夫人牛翎收拾分拣了不少东西，从都市的鸟笼子，飞回他的柏沟岭天然山庄。

老早，老两口就酝酿了另一个宏伟计划，遍游巩义的著名景点。在陈老先生看来，本乡本土的五千年文明，的确是东南西北领略盘点不少了，但从熟稔和写生的角度看，依然是浮光掠影，远谈不上通达谙练了然于心。比如河洛文化的源泉、人文初祖伏羲画太极和演化八卦之地，"中原洞穴之乡"浮戏山雪花洞，鲁庄的苏秦墓和嵇含墓，北魏石窟寺，杜甫诞生和归葬地，皇家陵墓群宋陵，康百万庄园，孝义兵工厂等等，要串联在一起，偕老伴牛翎，再次认认真真走一趟。

第一站到宋陵，先重点参谒宋仁宗的永昭陵。历史的变迁幅度太大，昔日的永昭陵，如今已经成为巩义城区开放性公园，距天然山庄有十来里地。从天然山庄到永昭陵，出村可以搭乘"小奔马"，十来块钱打个来回，既方便又快捷。

老伴牛翎，一大早就把中午的干粮准备停当。一只大肚子保温饭桶，下边装热腾腾的玉米糁稀粥，上层是一盘掌了小磨油的芥菜丝，烙了两张葱油饼，裹了几层保鲜袋子。出发了，夫人牛翎提着干粮，背着画夹。作为"自由人"游历，这是老两口的头一次单独行动。年龄不饶人，他蓬勃的生命之花，已披星戴月地绽放近一个世纪，年老体迈如约而至。

眼前的老两口出行，已不见老先生筹资打井时那"赤膊上阵"挥汗如雨的画风，明显心有余而力不足的样子。在经历了人生的万水千山之后，似乎并没有气定神闲地过渡，金色年华消融殆尽。好像麦熟一场风似的，一夜麦穗全黄。夕阳西下，日月迟暮，出发的勇士，归来的老朽。沧桑岁月，不但在老人脸上留下痕

迹，还在他松弛的皮肤上，挂出诸多沟壑。好山好水似乎都在摆手：再见！再见！此刻出行，只得夫人披挂绶带，陈爷少了诸多精气神，多了几许秋凉沧桑。运动要加速，而自己给不上力，无奈地开始认输掉链子了。

好比一幅失衡的版画，要么着墨过浓，要么留白太多，艺术家年龄苍老，驾驭艺术伴有手颤。如果说，不完美的作品过去偶有发生，那么，老先生的现实人生画卷，再也打捞不出青枝绿叶，拍岸的潮水终于退潮了，属于他的时代不知不觉中走远了。正像老邻居杜甫的诗句，"寒花开已尽，菊蕊独盈枝"。他在老年队伍里排队叫号，难以"正步走""甩膀子"，当需要肩扛手提的时候，他只能摇头摊手，说："老了呀！沙发没有弹簧了。残山剩水，辛苦牛翎了。"

出门不远，他们打上一台小奔马，嘟嘟嘟一直拉到永昭陵的南门。下车活动几下，进朱雀门，一边走，陈老先生一边为夫人牛翎做讲解。他们之所以先到永昭陵，也是应了夫人的兴致才过来的。永昭陵，是宋陵"七帝八陵"中第五座皇陵，不算太上皇赵宏殷，葬着第四代皇帝仁宗赵祯。

前些年，陈天然和夫人牛翎住在郑州文化路，两人常常一起看晚场豫剧。那段时间，老两口兴致勃勃地看豫剧连台戏《狸猫换太子》。一连几个晚上，看得热血沸腾浮想联翩，戏曲艺术的感染力，令两个老人为太子的命运牵肠挂肚，以至于回家后还在议论，有时争鸣到拂晓。老太太赞不绝口，说这戏太好了，唱腔好故事也好。陈老先生告诉牛翎，《狸猫换太子》这出戏，故事情节无疑是编的，但戏中的主人公太子，确实指大宋王朝皇帝仁宗赵祯。陈老先生说："咱回巩县不是路过宋陵吗？这个风云皇帝赵祯，就葬在永昭陵。"牛翎说："我们要去看看。"陈老先生说："剃头留胡子——一句话，看看去。"

被看作民俗演义的《狸猫换太子》，虽然民间都知道这是个演绎的历史故事，但社会大众还是希望这些赞扬真善美的故事，真真切切地发生过。陈老先生告诉夫人牛翎，宋仁宗赵祯，8岁立为皇太子，13岁继位登基。他在位的几十年，国泰民安，文臣武将荟萃，科学文化发达，达到宋王朝的鼎盛。仁宗53岁病死在开封，灵柩从开封夜以继日地运到巩县，修建了永昭陵。

江山风雨如磐，朝堂上下腥风血雨。一双老人，永昭陵前话沧桑，不废江河万古流。书画家、诗人陈天然，倾阅尽人间春色参透世态炎凉之功力，生动活泼地为师范学历的老伴牛翎，阐释文学脚本《狸猫换太子》。

陈天然老先生说，宋真宗赵恒的刘妃和李妃同时怀孕。李妃打头炮，生了儿

子。诡计多端的刘妃，将李妃生的儿子调包成一只剥皮的狸猫，并污蔑李妃生下了妖孽。真宗龙颜大怒，将李妃打入冷宫，以驱邪镇妖。而刘妃晚生的儿子被立为太子，母以子贵，刘妃因珠宫生宝而被册封为皇后。想不到刘妃所生皇子短命夭折，而李妃所生的儿子，在历经过山车般的坎坷之后，被真宗立为太子，最终登上皇位，这就是宋仁宗。中国古典文学传奇，结局总是大团圆，不拿住奸臣不煞戏。《狸猫换太子》也是如此，在开封府包青天的斡旋下，仁宗赵祯了解到事实真相，果断从冷宫接出李妃，李妃真正集荣华富贵于一身。而已升为皇太后的刘妃，则畏罪自缢身亡。

陈天然老先生说，《狸猫换太子》的故事，不但故事情节曲折离奇跌宕起伏，而且迎合了民间大众的审美情趣。你看，这些故事，首先是从不起眼的小人物开始的。宋真宗和妃嫔们曾经生过五个儿子，都未成人。真宗忧心如焚，眼看着弹尽粮绝，而万里江山后继无人，焦躁中野合了刘妃侍女李氏。李氏怀孕了，生下龙子，成为李妃。

陈天然老先生从大宋璀璨的文化，剖析大宋清明的政治。北宋是个伟大的王朝，都说北宋无将，南宋无相，但确有几个好皇帝，宋陵长眠的真宗赵恒，仁宗赵祯，在位时都能励精图治，锐意进取，王朝也算达到了鼎盛。但也发生过许多怪诞不经的故事，出现过太多的事典趣谈。"书中自有黄金屋，书中自有颜如玉"，妇孺皆知吧？这话就是宋真宗留下的。有了大宋王朝，才有了巩县大宋文化。

陈天然告诉牛翎："我书写的《寒窑赋》，作者吕蒙正和侄子吕夷简，叔侄爷俩两任宰相，先后辅佐真宗仁宗爷俩。太子太师吕蒙正教出了赵恒，侄子吕夷简置身仁宗朝权倾朝野。可惜，吕家叔侄两代忠臣，谢世后都没葬在巩县。"

牛翎问："吕蒙，不是三国英雄吗？"陈老先生笑道："哪儿是哪儿呀？那是吴下阿蒙，'士别三日当刮目相看'，杀害走麦城的关羽，就是那个吕蒙。你狼腿拉到狗腿上了。咱说的是《寒窑赋》的作者，宋真宗时代的宰相吕蒙正。"

牛翎说："一门忠贞，爷俩风流，他们死后都葬在哪里？"陈天然说："吕蒙正葬在如今尉氏县朱曲乡小寨村，吕夷简墓地就在新郑郭店镇，我当年就在那儿劳动锻炼。"牛翎问："这个宋真宗赵恒的陵墓在哪儿？"陈天然说："不远，就是永定陵，在蔡庄东北岭上，咱这几天去看看。永定陵葬有三位皇后，刘皇后、杨淑妃、李宸妃，都在那儿。"

陈天然和牛翎心清气爽，在宋陵公园里散步式地游走。走着说着，说着走着，就差不多响午了。阳光明晃晃地耀眼,远处弥漫着像薄雾流动一样的蜃气,一阵阵夏风带着一股股燥热,烘烤得游园的人们脸上汗津津的,纷纷躲在树荫下乘凉。初夏时节,早晚温差还是不小的。陈天然和牛翎老两口,也来到一棵浓荫密实的槐树下小憩。陈老先生说肚子饿了,叫开午饭,于是他就往地上一坐,等着。牛翎从包里掏出一块干净的破布,叫老先生垫着,然后撩撩旗袍,弯腰打开保温饭桶,配一份饭菜递给陈老先生先吃。

有个卖茶叶蛋的小姑娘,穿着学生裙子,一阵风似的走过来,冲着正吃饭的陈老先生说:"茶叶蛋!五香茶叶蛋!"不由分说,一片草纸包起两个茶鸡蛋,递给陈老先生。牛翎问了价钱,付了钱。小姑娘留下一个微笑,撒下一个祝福:"爷爷奶奶慢吃,心情愉快!"陈老先生高兴,对牛翎说:"怎么样?老家人,真聪明!"

两人吃完,牛翎收拾完叉子盒子,立起身来,并对老先生说:"站一会儿吧,刚吃过饭,坐那儿不舒服。沐浴阳光,享受夏风,初夏郊游,谁说退休离休了多愁善感?你山庄里创作书画,自然美景中陶冶情操,有个亦步亦趋的我陪伴你,这就是理想的离退模式。"陈老先生笑笑说:"感谢生活,感谢命运,当然也感谢你。"牛翎说:"知足者常乐,这么大年纪了,健健康康,高高兴兴,多幸福啊。你拿着国务院的终身特殊津贴,做着你的精神富翁,追寻着你的人生桃花源,消费着咱的落日嘉年华,叫好多老年人望尘莫及啊。"

陈老先生说,《狸猫换太子》告诉人们,"害人之心不可有,防人之心不可无"。这句金玉良言,妇孺皆知,变成普通百姓压箱底的话,像御寒衣干粮袋一样,塞给出门谋事的亲人。《狸猫换太子》的艺术感染力,春风化雨般教化滋润着民风民俗。无规矩不成方圆,守底线,知敬畏。哪像现在有些人,唯利是图,为富不仁,算计别人,脸不变色心不跳。

陈老先生扭头看看老伴牛翎,只见她饱含内容的双眼淌着泪水,沉默不语。老先生问:"怎么了?你难受什么?"牛翎轻声说:"我想起了自己的童年,那个太行山下的小村子,妈妈撇下不满五岁的我走了。好在命运对我不薄,送给我一个善良敦厚的继母,把我带到郑州,读书学习参加工作,教我为人处世相夫教子……但总的来说,我依旧命运多舛,想想,和你之前,我两次婚姻两次不幸,男人的生命比女人更脆弱。"

陈老先生推己及人,怜惜地说:"好了,你的苦日子总算过完了,你不是多次说跟着我很幸福吗?"牛翎说:"是啊!心里话。我离娘太早,婚姻不幸,一想起

来就禁不住掉泪。所以，也对你产生了依恋感，怕你离我距离远了。"陈老先生说："我们在一起15年了吧？还说什么距离远近！我又不是赵恒，刘后李妃宫女一大片。就咱俩，相依为命，风雨同舟，直到送我远行。"

恰在这时，蔚蓝的天空掠过一群乌鸦，雷雨时的乌云一般，曼妙地飞翔，椋鸟一样协作得高效有序，大合唱似的叫着，从南面的嵩山方向飞来，飞向北面的黄河边。牛翎下意识地低头捂住眼睛，禁不住"呸"了一声说："这么多乌鸦，霉气！"陈天然笑笑说："嗨！别少见多怪。芥末调凉菜，各人有心爱。南宋高宗第一次登殿，听到头上乌鸦呱呱叫，吓得心惊肉跳。末代皇帝溥仪喜欢乌鸦，听到乌鸦哇哇叫，反暗自高兴，以为是吉祥瑞祺。在乌鸦的世界里，要是白脖子老鸹，那肯定意味着不祥之兆。白，又叫孝白。"

牛翎不置可否，停了一会儿才说："我不知想过多少次了，我明白自己的角色。我是你陈天然的老伴儿，我会扮演好这个角色的。黄昏的婚姻马车，一对风烛残年人，身后卷起一团尘埃，记录着幸福的千滋百味。"陈老先生又笑了，说："老牛把老年的挣扎弄得诗情画意，不愧师范生。"牛翎似乎也破涕为笑，说："不是诗情，也没画意。此时此刻，我想用一个师范生的全部艺术细胞，以浓缩的文学语言，抒发一下自己的真情实感。公鸡休战，母鸡扛枪，我有些逞能是吧？反正，你是我的唯一，你要是艺术馆，我就是保洁员；你要是博物馆，我就是青铜部主任；你要是把自己看作一把老骨头，我就是你药箱里的钙片；你的诗和风景都在柏沟岭，我不离开天然山庄，把咱人生的斑斓岁月，都摁在这里吧。"

老两口哈哈大笑，笑走了隐隐的忧虑，笑出了夕阳的灿烂。毒辣辣的日头，把树荫周围晒得热烘烘的。风好像也不刮了，永昭陵土丘的那边，盛夏正在迫近。牛翎跑到远处的烟摊上，买回两瓶矿泉水，喝罢，坐下再聊。

这时，早先卖茶叶蛋的小姑娘，又一朵云似的飘过来，一手提茶壶，一手端杯盘，嘴里甜美地吆喝着："毛尖雨前茶，毛尖雨前茶咪！清茶淡话，兴旺发达，来两杯吗？"陈老先生笑了，说："小姑娘，你年龄小心眼大啊，你这叫霸王敬酒——不喝也得喝。知道吗？我们刚刚喝过矿泉水。"小姑娘不卑不亢地微笑点头，一个微笑，闪步走人。陈老先生忙打着手势说："留步留步小姑娘，我们想喝毛尖雨前茶！"小姑娘将茶水倒入陈老先生的空水瓶，轻盈走开。陈老先生对牛翎说："喝吧，挣钱不挣钱，水喝得劲，我怕伤了小姑娘的自尊心。"

牛翎问陈老先生："开封离巩县这么老远，赵家王朝怎么就把皇陵建在这儿

呢?"陈老先生说:"真实的历史,连历史学家、考古学家都难弄出个水落石出。历史也和文学作品相仿,总是粘着一层演绎的色彩。《史记》全真吗?《资治通鉴》全真吗?《永乐大典》呢?……大宋开国皇帝赵匡胤,出生于洛阳夹马营。他西巡洛阳返京途中,龙车走到巩县,就是咱脚下这块土地,抽出一支雕翎箭,张弓射向远处。他告诉身边人,今日箭落之处,就是我百年之后长眠之地。同时,把在洛阳挖出的那个童年玩具石马,埋在箭落处,以做标记,并为自己的陵墓命名永昌陵。巩县,风水宝地呀!也是咱俩最终的归宿。"

牛翎感叹道:"霞光万道,只是夕阳啊!"陈老先生稍顿,回应道:"老牛明知夕阳短,不用扬鞭自奋蹄。我一直在想,谁都知道巩义文化底蕴丰厚,文物古迹旮旮旯旯都是。不是都在提倡号召文化兴省文化兴市吗?为什么文化旅游热表面上热热闹闹,实际上,有些地方一直冷冷清清。我准备找找巩义的市长书记,谈谈自己的想法,把老家的文化旅游搞起来。"牛翎问:"嗨!你还有啥妙招?咱都一把骨头了,颐养天年吧!"

不说便罢,一说便是宏图大展。老先生思路敏捷,论证激昂,似乎忘记了自己的年龄。话说郑州、巩义,文化底蕴丰厚,也决定了旅游资源很多,和新郑一样,一锹下去,尽是祖宗名人。可是,除了黄河、邙山、少林寺少数景点之外,其他黄金游点并不见车水马龙。就拿闻名天下的这个宋陵来说,规模全国最大——大宋文化上承十国,下启元明,东京梦华,万国之都,历史人文滴沥着宋文化的汁水,而文化载体宋陵,实际上常年"被冷落",占着黄金地盘,只有黄铜的贡献。中国都知道隋唐大运河吧?两岸青山,一河故事,但现实中从洛阳到巩义的伊洛河,却没有白帆和游客。

招引旅游的宣传告示,也算铺天盖地了。但只听敲梆不见卖油,只听楼梯响不见人上来,旅游一直处于不冷不热的状态。老先生坚持认为,对当地政府来说,文化和经济挂钩,和宋陵紧密关联的"狸猫换太子"的民间故事,其高度、深度——就是说,宋陵的旅游品位,还远远没有发掘出来。眼下全国皇陵"热"得发烫,唯有巩人"困皇陵"。若是把宋仁宗的永昭陵挖掘开发,一定可以四两拨千斤,奏响河南旅游大舞台的巩义交响曲。陵内文物早已空空如也,但地宫依然完好。成功的捷径在于借鉴,把"狸猫换太子"以及其他璀璨的大宋文化经典就地演绎,把河南豫剧院的演员精英调到现场,上演连本剧《狸猫换太子》。轮番上演,春秋不断。让历史和现实同频共振,情感寓意相互穿越,宋陵,石破天

惊浴火重生也未可知。即便挖掘开发落空，其本身的"曝光"，加上新闻媒体的"长枪短炮"主动介入轰击，也必然会产生轰动效应，不信游客他不来。

陈老先生还笑着对牛翎说："我要对巩义的政府说，在我们巩义，要是有一条双向可跑大巴的旅游专线，把全市境内的经典景点串联起来，宋陵、杜甫故园、香玉故居、洛口、康百万……把这些旅游珍珠一条线串起来，到时候，我坐大巴车上，给南来北往的游客做导游，随车做讲解员。跑不了大巴，咱俩就买台小面包，做个零碎导游员，哪儿需要就往哪儿跑，不会有人嫌弃我们影响市容吧？我们天然山庄，也必然会融入这个旅游系统中，可以为游人提供热茶、快餐，做巩义、河洛镇的文化窗口。"

牛翎冲老先生笑笑，说："年龄不饶人，恐怕是心有余力不足了。算了吧，巩义能人多得是。"陈老先生说："我是翘首以待恨铁不成钢。咱人老了，油箱里快没油了，想踩油门上高速不太现实了，只能动动嘴儿出出点子了。旅游景点的开发，不能循规蹈矩比猫画虎。宋陵，在一般人看来，只是皇家坟地，皇帝一驾崩，大宋朝堂擂天倒地哭声一片，最后拉到巩县一埋了事。"牛翎问："你正说旅游咧，怎么给我上起文史课来了？"

陈老先生不改话题，仍旧说："史学家、文学家、地方政府，要高屋建瓴看皇陵。数代皇帝，满朝文武，皇后妾妃，龙子龙孙，死后都御撵灵车，齐刷刷拉到巩县祖坟埋掉，这只是一种现象。宋陵，是流动的朝廷，大宋的藏经馆、档案袋和故事壳。人们一说起大宋王朝，首先想起东京汴梁城，没错，开封历来卧虎藏龙。其实，因黄河水患所致，开封城摞城房压房，所以，开封宋文化在地下，巩义宋文化在地上。从很大程度上讲，发掘宋文化，讲大宋故事，捯饬旅游资源，创旅游市场，办旅游'超市'，条件得天独厚。

"讲好了大宋故事，就等于开发了宋陵的旅游资源。你想想，大宋王朝300年，大宋文化涵盖的故事，车载斗量，恒河沙数。比如，一日三餐，每天吃三顿饭就是从宋朝开始的，宋之前一天只吃两顿。不以言获罪，文人治国，文武百官即便犯了滔天大罪，最多是流放到蛮荒之地，这些，也只有宋朝才能够实行。游牧民族入侵，放他过来，没啥了不起的，把北方的狼教化成南方的羊，还是只有宋文化做得到。这些文化历史精粹，年轻的导游讲不出来。毛主席诗里的'秦皇汉武''唐宗宋祖'，宋祖赵匡胤，不就长眠在我们脚下吗？巩义搞宋文化旅游，用不着借谁的东风，蹭谁的热度。"

四十九　杜甫故园行

陈天然老奶奶的娘家，是诗圣杜甫的嫡系后裔，地道的书香门第。表舅爷杜青山，是杜甫的第41代孙。也许血缘和学问都有关系，他做过民国河南省主席刘茂恩的家庭教师。在他教授孩子们《古文观止》和唐诗宋词的时候，下面洗耳恭听的学童，就包括陈天然。

杜甫家族在巩县，繁衍生息也好，天恩祖德也罢，自打杜甫的曾祖父走马上任巩县县令，就等于把饱满的种子撒到了肥田沃土里。爷爷杜审言，杜家的巩县官二代，身世显赫，人脉发达，才华出众，文章诗词那是杠杠的，被誉为唐代"近体诗"的奠基人。还有功德圆满、彪炳史册的唐宰相杜佑，连带那个荒唐一生的狂傲大诗人杜牧——《阿房宫赋》，六王毕，四海一，什么清明雨纷纷，欲断魂，什么枫林晚，二月花……全是杜牧捣鼓出来的，通通为巩县杜氏黄金家族的枝枝杈杈。杜家老宅坐落在文海诗山上，他家精耕细作的土地上的一草一木，春夏秋冬全带着唐诗风韵。割草孩儿放牛娃儿从那里走过，都会用铁铲或鞭杆，敏捷有节奏地敲击着粗壮的柿树，快板书般吟诵五言七律，"砰砰砰砰砰，月是故乡明"，"啪啪啪啪啪啪啪，白云生处有人家"……少年口中的唐诗，如时光老唱片，在欢快的山坡上余音绕梁。

这个家族的达官文豪，当然都是巩县脾性巩县人，都和巩县窑洞宅院有着千丝万缕的联系。杜家的读书基因和诗歌密码，深深沉淀在巩县的山河沟壑之间和叮咚泉水之中。杜甫家族的紫气东来祥云西去，也成了巩县人崇拜的图腾。就学识修身而言，陈天然有幸在懵懂的童年，就近水楼台，获得诗圣后人的再传教诲。

在漫长的人生岁月里，陈天然常常回忆起表舅爷杜青山那正襟危坐、不苟言笑的神态，觉得有些过度过分，浪费表情，也常想起表舅爷说起他们杜氏家族的根基时，那种抑制不住的亢奋和自豪。驼背的表舅爷努力直直腰，把教科书合上、

放下，鼻子都激动得晃动，说："先祖杜甫自幼勤奋，好学上进，七岁能诗，'七龄思即壮，开口咏凤凰'，有志于'致君尧舜上，再使风俗淳'。少年杜甫，天真活泼多动顽皮，'忆年十五心尚孩，健如黄犊走复来。庭前八月梨枣熟，一日上树能千回'。"

杜青山是洛口一带的香饽饽，各村大户殷实人家都竞相聘他做先生。后来，他在洛口教私塾，因为亲戚关系，对他着迷的陈天然，又跑过去蹭大课。这样的走读日子，持续了半年之久。半年6个月，在当今的小学里，无非是春播夏收的两个季节，但对勤奋好学的陈天然来说，却是学识的包囊。河洛一带的山岭皱褶，都成为他不安分大出息的智慧分支。他跟着表舅爷杜青山，吟诵了杜甫的《三吏》《三别》，受到《芥子园画谱》启迪，临摹了沟边山坡的柿树、石榴树。

陈天然也非常感谢表舅爷杜青山，教书育人，学以致用，他多次把孩子们带到河洛汇流处，说："大家看到了吧，洛河在这里和黄河握手，清浊二水激荡交融，形成太极奇观，世代流传的'龙马负图出于河，神龟背书出于洛'，和人族伏羲'继天而王，受河图而画八卦'的动人故事，都发生在我们这里。

"咱们这个河洛交汇的'洛汭'区域，是炎黄子孙最早繁衍生息的地方，也是远古帝王修坛沉璧、禅让祭天之所，孕育了灿烂的古代文明，所形成的河洛文化被称为华夏文明之源。这里也是洛河的出口，这就是洛口村的历史渊源，洛口的文化底蕴。这里吸引着历代的文人墨客、勋臣名将怀古凭吊，赋诗作词，留下了大量的赋作和诗篇。当下，尽管时局动荡，但文化的号召力黏着力，是无限的。你们都看到了，北平、上海、开封等大城市的文史和美术学子，来我们这里访古探幽的，星星过月一般多。

"那边还有座河洛大王庙，我也会带你们去看看的。这座大王庙，就在神北村的神都山下，是唐代建筑物。每年的祭奠活动，祭祀的人群黑压压一片，老百姓表达出强烈的愿望，希望河洛大王保佑他们行船顺风，耕作平安。说白了，这都是河洛文化。

"洛口，洛河的出口。因为洛河和黄河的流速、泥土的含量差异大，所以，在碰撞交融的时候，呈现出这么两种截然不同的黑白两色和两大漩涡，像不像'太极图'？据史书记载，我们中华民族的人文始祖伏羲来到洛口，在这里演绎太极，神力无限、造化无穷，太极图成为民族文化的经典符号。伏羲有神圣之德，团结统一了华夏各个部落，定都陈地，封禅泰山。伏羲取蟒蛇之身，鳄鱼之头，雄鹿

之角,猛虎之眼,红鲤之鳞,巨蜥之腿,苍鹰之爪,白鲨之尾,鲸之长须,创立了中华民族的图腾龙,并推理出了著名的'八卦图'。我们中华民族被称为'中华龙',这就是河洛文化。"

表舅爷杜青山继续讲伏羲的故事,说几千年前,伏羲就站在这个两河交汇的地方,夜观天象,推理出了著名的"八卦图"。我们村西那道崀岭上,就是人们传说中的伏羲台遗址。据历史典籍记载,黄帝、伏羲、尧、舜、禹等始祖,均在洛口"修坛沉璧",祭天祭川。晋人王嘉《拾遗记》卷一记录:"伏羲为上古,观文于天,察理于地……是以图书著其迹,河洛表其文。"清乾隆十年《巩县志》载,隋文帝开皇二年,曾在此敕建"羲圣祠"。元代曹铎又在祠侧建"河洛书院"。战争风雨,黄河变迁,使得我们洛口一带的文化瑰宝,太多太多都湮没在历史长河之中了。但美丽的传说,数千年的文史记载,都是一座座丰碑,彪炳着河洛文化的博大精深,旷古烁今。

童年陈天然了解诗圣杜甫,陶醉唐诗,基本都是表舅爷启蒙面授的结果。而且,第一次拜谒杜甫故居,也是表舅爷带他们一群同学去的。那是个秋天的早晨,他们一群孩子一起,跟着表舅爷从洛口出发,步行二十里地到达杜甫故居,瞻仰学习,提高学养。

如今,陈天然已经从翩翩少年到皓首苍颜,他再次到杜甫故居拜谒,手里拄着拐棍,身边老伴陪伴。柏沟岭还是柏沟岭,沟壑还是那些沟壑,但是水土依旧物是人非。老先生虽然满脸笑盈盈的,但他自己也好生纳闷,为什么就想起诸多伤感的诗句来?"世间无限丹青手,一片伤心画不成""白头搔更短,浑欲不胜簪"……

他和夫人牛翎从永昭陵一回来,就说要去杜甫故居看看,并说看了杜甫故居,再去看杜甫陵园,说杜甫陵园有个碑林长廊,还得学习别人的长处。牛翎说:"这些地方,你去得够频繁了。好,去就去,我陪你去。"反正也没啥可准备的,说走就走,拐棍、画夹、保温饭桶,无非这些东西。出门,路上截台"小奔马",开拔。

可是,头天晚上,天气闷热,陈天然老先生热得满脸淌汗。这么热的天出去游走?他都有些动摇了。外罩早脱了,只剩布衫单裤。还不行,最后就剩裤头。关键还不仅仅是天气热,衣服穿得多,陈老先生浑身瘙痒。身上瘙痒,是他比较顽固的皮肤病了。在郑州的时候就有,每当这个时候,他让老伴给抹清凉油,抹

止痒药膏等。开始挺见效，一抹就不痒了。再往后，抹清凉油抹药膏就不管用了。牛翎会想办法，烧一盆热水，用毛巾蘸着直接擦老头的身体。这方法非常见效，这样处置一次，最少能撑四五天不再发作。

现在，老先生的老毛病又犯了，痒得他浑身抓挠。牛翎还是要使用老办法，用热水毛巾直接擦身。但天然山庄和郑州家里相比，不方便的是烧水。用煤气灶烧水，有时用蜂窝煤炉，水又是深水井的凉水，把水烧热能用，用时比较长。好在牛翎在关照老先生方面，不急不躁，很有耐心。

等待，牛翎总结成是生活的秘籍。她说，家庭的多少摩擦，多少争吵，大都在一刹那发生，在战事一触即发时刻，只要忍一忍等待一下，就会多云转晴。牛翎说："和老先生一起生活了20年，不曾怄过气吵过嘴，更没有为开支花钱闹过别扭。"

皮肤不痒了，又冲了热水澡，陈老先生身心愉快，和牛翎一起坐在沙发上，他深情地望着老伴，良久，才说话："牛翎，能这样照顾我的，只有你了，谢谢你。哎！楼上上不来水，还不断停电，真给你增加不少麻烦。估计水电安装有问题，得叫他们排查一下。"牛翎说："凑合吧，别找他们催他们了，显得咱人老事多。"老先生说："细想起来，柏沟岭的人也聪明也笨拙。就说吃水，缺水吃的时候，去洛河里灌水，也比跑一二十里地找井水强啊，还非要凿井取水，一根筋哪。看看江南人，一条小河，上面洗衣淘菜，下面取水沏茶，小桥流水浅斟低唱，一方水土一方人家，多么美妙的天伦之乐乡土幸福图啊！看看柏沟岭，任凭清清伊洛河千年流淌，人畜非得饮用井水泉水不中，一根筋。哎！习惯害死人。"

这时，山庄的大门门铃响了，牛翎赶忙下楼去开门，是镇上派的人嘘寒问暖来了。说实话，县乡两级政府对回乡养老的陈老先生夫妇，能够做到的照顾都努力做到了。特别在刚开始的几年中，总是三天两头来人，关怀备至，使这位全国人大代表、诗书画艺术家，心里暖融融的，感到离休真好，家乡真好。牛翎告诉老先生，明天上午去杜甫故里，不用挤"奔马车"了，河洛镇会来辆小面包车，提供一天的服务。陈老先生说："麻烦他们了，以后，对谁都不要透露咱的动向、行踪。"

第二天上午，河洛镇政府派出的小面包车，老早就停在了天然山庄大门口。老两口带起"装备"上了车，不一会儿就到了杜甫故里。车上，陈老先生大声给牛翎批讲诗圣杜甫。杜甫，字子美，其曾祖杜依艺任巩县县令时，举家从长安迁

移到巩县。

杜甫生于巩县南瑶湾村的一孔窑洞里。窑洞宅院背靠笔架山,前临界泗河,杜甫生在这里,并在这里度过少年时代。尽管他在故乡的时间不长,但是他一生都怀念着家乡,给我们留下了著名的怀乡诗句:"露从今夜白,月是故乡明""秋风楚竹冷,夜雪巩梅春"。言为心声,近乡情怯,这不就是诗人无比眷恋家乡最好的写照吗?

来到杜甫故里,陈老先生感叹颇多。80年前,一个少年亦步亦趋地跟在老师杜青山后头,瞻仰诗圣故居,强记杜诗,想来着实有趣。如今,耄耋之年携夫人重温当年情景,别有一番滋味在心头。"南村群童欺我老无力,忍能对面为盗贼,公然抱茅入竹去。唇焦口燥呼不得,归来倚杖自叹息。"他默吟着杜甫《茅屋为秋风所破歌》,凝视着诞生杜甫的窑洞宅院,心潮起伏,百感交集。

记忆中,那时的杜甫故居宅院里,石板上放着一只香炉,表舅爷虔诚地点上一炷香,然后恭敬地跪下身子磕头作揖。老师跪得实在,站起困难,那次,老师也许磕头后起身猛了,站起半腰时,还未来得及作揖,一个趔趄倒了下去。老师穿着布鞋的一只脚,向后使劲儿蹬住了陈天然的胸口,在他眼前拓片似的弹蹬了好几下。那只脚的鞋底上麦粒一样密实的针脚,在陈天然的少年记忆里贮存了80年。就是从那次老师磕头差点摔倒起,陈天然每次缅怀杜甫吟诵杜诗时,还总是联想到老师讲的关于杜家另一个磕头作揖的故事:杜甫的爷爷杜审言,恃才傲物,狂放不羁。杜审言说:"论文章,屈原、宋玉都得给我当下属;论书法,王羲之都得给我磕头作揖。"像杜审言那样不畏权贵的大唐诗人还有其孙子杜甫的诗友李白,不仅斗酒诗百篇,还敢命高力士为自己脱靴,杨贵妃为自己研墨。而杜审言,则是杜氏家族头上长角、身上长刺、性格特征鲜明的小官吏、大诗人。

这位醉酒后口出狂言的诗人,其实内心柔软得跟煮熟的红薯、萝卜一样。他哪里敢小瞧屈原、王羲之?他资质级别差得远咧!有人说他,在鸟语花香的江南早春中,在浮萍光影流转的长江边,在朋友吟诵《早春游望》时,同样黯然神伤,热泪横流,根本就不是硬汉。他想念他的家乡,想念院落门口的红柿了。

陈天然想,这些人,一生都不会向人低头,但却会把故乡放在心头最暖的地方珍存。巩县人都是这样。文人轶事,早晚想起来,早晚令人一阵好笑,一阵心疼。陈天然幼稚的童年,沾了大人不少的威严庄敬。陈天然的感觉是,每去杜甫故园一次,自己就像长大了一岁。

杜甫故里坐东向西，院落依旧。小青瓦门楼，黑漆大门。院内有东西向临街房三间，系硬山式建筑，砂石墙基坯墙灰瓦。门上悬挂匾额，系郭沫若题写的"杜甫故里纪念馆"。进院后走进陈列室，能看到现代著名画家蒋兆和所绘的杜甫肖像，还有历代各种杜诗版本，研究杜甫的论文集数百册，还有画家创作的"三吏""三别"诗意画，杜甫世系表、行迹图、遗迹照片等。北侧有一窑洞，门额上书"杜甫诞生窑"。窑洞深二十米，宽两米多，高约三米，前边保留着明代砖券，后面是1955年的仿古重建。院内西墙上嵌碑一通，正面有楷书"唐杜工部讳甫位"，该碑是1963年由杜甫祠迁到这里的。门外墙上嵌着一通石碑，系雍正年间洛阳知府张汉所立，上书"诗圣故里"。

陈天然不迷信，也从不做祈祷，他一直为自己是革命战士而自豪，但他仍然交代夫人牛翎，准备好上好的香火，要上给诗圣杜甫。自打80年前老师杜青山带他拜谒杜甫故居之后，他不知又来拜谒了多少次。给杜甫上香，并作揖叩拜，每次都不能少。这次也同样，线香准备好之后，他怕没地方烧，就让牛翎提前用一只小瓦盆，装了一盆沙子带着。现在，就摆在宅院当中，把线香插上，用火柴先点燃了一绺黄纸，再用火焰点燃线香。陈天然拉住牛翎，一起向诗圣鞠躬施礼。

拜谒杜甫故园结束，走出宅院，在故园村旁的大路口，见有一座砖砌碑楼，歇山顶，檐下为砖雕花草、斗拱。陈老先生和夫人牛翎，又仔细观瞻起来。牌楼内立石碑一通，正面楷书"唐工部杜甫故里"。碑楼北侧嵌青石碑碣一块，题曰："唐工部杜文贞公碑记"，系清同治年间，杜甫第34、35代裔孙立。陈天然老先生数度试图找到其老师杜青山的名字，一直没看到，因为老师是杜甫的第41代孙，没赶上祖宗立碑。

小面包车司机，已经跟在陈天然夫妇身后，问还要到哪里去。陈老先生说："离12点不远了，咱是不是赶到康店去？在那里吃午饭，之后去参观杜甫陵园？"司机说："中啊，您老人家想吃点啥？镇领导安排我负全责。"陈天然笑着说："不叫领导安排，我虽然离休了，吃喝没有问题。"司机说："老人家，您只说想吃啥就中了。"陈天然说："哈哈，啥都中。"司机说："陈老师，啥都中？不是吧？全镇干部都知道您最爱吃啥。"陈天然笑道："噢！不会吧？"司机说："好，上咱镇上吧，镇政府隔壁有一家小汤锅，绿豆丸子酸汤，焦热千层火烧。那味道，叫您老两口吃这一顿想下一顿。"陈天然微笑说："那咱喝去吧。"

……

据历史记载，杜甫晚年客居荆楚，唐代宗大历五年春，杜甫出蜀入湘，不幸病逝于湘江船中，临终前希望魂归故里。43年后，杜甫孙子杜嗣业将其灵柩运回巩县，葬在今巩义市康店村的邙山岭上。冢前立有石碑两通，一通是清康熙十九年河南道参政杜漺所立的"巩县杜少陵先生墓碑记"，另一通是清乾隆四十四年，巩县知事陈龙章立，正中楷书"唐杜少陵先生之墓"。

在杜甫陵园入口处，陈天然一眼看到高大挺拔的杜甫塑像，一股暖流涌往心头。因为他知道，这尊杜甫塑像，是在著名雕塑家刘开渠和木刻家刘岘指导下塑造完成的。刘开渠，雕塑艺术大师，曾任中国美术家协会副主席，代表作品《解放全中国》《胜利渡过长江》《支援前线》和《欢迎解放军》等。陈天然和刘开渠，在全国美术圈子里，抬头不见低头见，算不上朋友，也是挺熟识的。

和刘岘，关系就有些不一般了。当年，湖北艺术学院成立时，学院向北京要个版画教研室主任，国家教育部首先推荐的人选，就是刘岘。

刘岘是河南兰考人，延安鲁艺走出来的教授艺术家。1940年任陕甘宁边区文协美术工作委员会主任，解放后历任人民文学出版社美术编审，中国美术馆研究部主任。以这种资历出任湖北艺术学院版画系教研室主任，棉大衣改小夹袄——用不完的材料。不过，阴差阳错，刘岘离不开北京，上不了任，但新成立的湖北艺术学院求贤若渴，要配版画系教研室主任，已是当务之急，再加上教授们的反作用力，在这种情形下，院领导恳请湖北省委出面协调，遴选改调陈天然火线充任版画系第一任教研室主任。

陈天然一开始无所适从，只得谦虚地说："真是蜀中无大将，廖化任先锋啊。"连连推辞，后来之所以勉强就任，跟刘岘不能到任有直接关系。多年后，陈天然和刘岘在北京碰面，两人都有一种难以形容的感慨，紧握着双手。陈天然说："您改变了我人生的走向！"刘岘说："您使我在京固若金汤！"

缘分毕竟不浅，望着诗圣杜甫的塑像，陈天然想着"二刘"这两个人，觉得好多事情有时也是偶然发生的。一个人，一句话，一件事，足以改变一个人的命运。杜甫可以成为天下诗圣，却因一个李林甫而终生不第，憋憋屈屈一辈子，创作出数千首脍炙人口的诗歌，却像小妮子唱老旦一样——日子就没活色过。而自己随大军南下大武汉，比较而言，就是美术编辑的料，怎么会和版画系教研室主任就错不开了。最后的结局，却又因老乡刘岘不能上位，而自己阴差阳错地补了这个缺。之后数十年，自己的千头万绪纷然杂陈，都和这次的偶然错位有关。

杜甫陵园碑林，立于碑林之首的"诗圣碑林"四个大字，尤为引人注目。陈天然了解到，作品不仅为启功先生书丹，而且他还出资镌刻，充分反映了这位当代书法大家对伟大诗人杜甫的衷心敬佩，和无私解囊之豪情。碑林长120米，已放置碑刻百余通。书法作品大多为古今名人或书法家书写的杜甫诗篇。难能可贵的是，竟然还有毛泽东主席书写的"安得广厦千万间，大庇天下寒士俱欢颜"等杜诗多首，大大地为"诗圣碑林"增色增光。

到了最后，陈天然夫妇才肃立在杜甫墓前瞻仰。陵墓坐北朝南，东西并排三个土冢，西为杜甫墓，向东依次为长子宗文、次子宗武之墓。墓冢高约10米，1980年，在陵园遍植冬青和柏树，冬夏苍翠。冢前有石碑两通，高约二米。前碑楷书"唐杜少陵先生之墓"，后碑"杜少陵墓"。陈天然翻阅过《载敬堂集·江南靖士诗稿·谒杜甫陵园》，上边说："北邙埋骨众，名但子堪垂。甘受一椽漏，愿除千户悲。敬身摧伪宦，伤世泻真辞。陵柏今苍茂，诗王继有谁？"

全国的杜甫墓有八处之多，陈天然唯信此处为真冢。接下来，老两口焚香，磕头祭拜。这回跪下了，陈天然在前，牛翎在后，早晨一同起舞，午后齐拜诗圣。但无论如何，陈老先生想，不能重蹈80年前老师的覆辙，一个趔趄蹬住身后的夫人。

五十　书画诗印全才

央视纪录片《岁月丹青》的主持人说:"陈天然是版画家、书法家、国画家,他甚至还是个诗人。无论何种艺术形式,陈天然的艺术创作始终没有离开一个简单而又厚重的主题——家乡。""他甚至还是个诗人",对于这个定位,我们或许多少感到有些不得要领。最初的疑惑是,被摄制了央视专题片的陈天然,书画家是名副其实的,说他是诗人,或许有些勉强。

直到笔者拿到《陈天然诗稿》这部墨田札记,浏览了陈老先生的诗篇辞章,特别是读了于黑丁先生和王绶青先生为本书分别写的《序》之后,才深信不疑。陈天然在他璀璨的书画山上,还点缀着一串串诗歌的珠玑。他画意诗情的笔触,或萌芽出土嫩柳迎风,或山花烂漫硕果荟萃。然而,享誉国内外的书画成就,遮挡了他诗歌的温润光芒。很多人了然陈老先生的书画印,却不知他还是众香国里诗沉香。

登新修黄鹤楼

五十年代初,与湖北省美术室诸同道聚首黄鹤楼,后建长江大桥拆除古楼遗迹,不胜惋惜。今登新修黄鹤楼,抚今追昔,感慨记之。

我家世饮黄河水,壮游远楼黄鹤楼。
禅意润身尘外趣,卧听惊涛万里流。
楚天繁星恋湖泊,江汉苍茫烟雨多。
孔明灯前渺故园,琼楼排空雾漠漠。
拔岸峭石蠹烟霭,顺天应时聚群才。

乘兴遣画阳春颂，临窗怀古瞩琴台。
万里江波任萍踪，武当大别攀奇峰。
怡然自得无声诗，黄鹤楼上万物生。
四海归心宏图远，无须征战凭天堑。
岭南塞北飞虹霓，瞠目古迹一朝敛。
江山巨变昊空奇，肝胆知音各鹏异。
物换星移悲白头，百感交集当年忆。
今日重修黄鹤楼，冰化雪消心底愁。
登高四望醉太平，白云为我信天游。

散步随记　1985　陈天然

这是《陈天然诗稿》中的一首诗，记录着诗人大江南北的生命脚步，描述着他革命一生的旷达豪迈，翰墨丹心书铁魂，诗作浸透着他柔和深沉的浓厚乡情，抒发了他秉烛之明的豪情壮志。

在延安被毛泽东主席戏谑不黑的于黑丁，在为《陈天然诗稿》写的序中写道：

> 陈天然同志是建国以来努力学习和继承我国优秀文化传统的五四革命精神的一位很有写作成就的中外闻名的书画、木刻、诗歌人民艺术家。他的创作实践，在我国艺术发展史上占有辉煌的一页。在漫长的战斗生活中，他始终如一地热爱祖国，热爱社会主义，和时代同步，和人民同心。人民的命运，便是艺术家自己的命运。他长期深入实际，坚持与人民群众和时代结合，走为人民服务的道路。这位革命现实主义艺术家，用朴实、严谨、洗练、含蓄的文笔，形成自己独特的艺术风格和艺术特色，真实地反映不同历史时期，不同生活领域的人物思想、理想和愿望。他的作品充溢着浓郁的生活气息，流露了民俗乡情，生动地表现了中原大地农民的顽强性格和纯朴气质，对社会主义新人新事寄予深厚的思想感情。他的文采情调，冷峭地展示他坚毅的性格，灵魂深处，有着刚强的信念……我为他的《诗稿》的出版，表示亲切的敬意。

另一位作序的王绶青，是一级作家、著名诗人，时任河南作协副主席、《莽原》杂志主编。他在序里洋洋洒洒，对《诗稿》钟爱有加。

  天然先生是著名的美术家、书法家，在海内外享有很高的声誉，被国外誉为"中国北方农村生活的歌手"。他的画，源于生活，高于生活，艺术地再现了豫西黄土高原独特的山态水色，春姿秋容，充满着浓郁鲜活的乡土气息。印象最深的是那奔流不息的黄河、苍劲勃发的柿树、古朴恬静的窑洞和在这片土地上辛勤耕作的父老乡亲。读了令人思乡情切，心向往之。他家在豫西的邙山畔，黄河边，对家乡怀着浓厚的感情，长期把家乡当做生活基地和创作基地；他信奉"生活是创作的源泉"这条真理，在艺术风格上执着追求中国作风，中国气派，这在他的诗篇中表露得极其充分：如"陡壁盘根古树，高耸我家门前。少小农闲无事，日逐梢上留恋。口吮甘柿蜜汁，目击黄河千帆……"（《忆旧》）；如"久怀乡归意，听涛黄河边。拾级云壑上，刮目看家山……"（《家山行》）

  而后，天然先生相继任河南省美术家协会名誉主席，河南省书画院院长等职，行政工作无疑影响了他的绘画创作。但他又挥舞起另一支笔——书法之笔，像魔术师的魔棒一样，笔走龙蛇，满纸烟云，行草是他的拿手好戏。观其字，似老藤攀树，老而不枯，润而不肥，苍处如铁，嫩处如金，聚散有致，字字飞神凝气，风骨轩昂使人饱尝美的享受；论其道，取法于古，而不拘泥于古；用之于今，而又脱俗于今；熔古铸今，独树一帜，既展现出他浓厚的传统功底，又充盈着鲜明的时代特征，赫然蔚为大观。他以超人的才华和艺术成就，迅速地登上了中国书坛的最高殿堂——荣任中国书法家协会常务理事，蜚声海内外。

  一部诗歌集，两个大家写了《序》，在中国文坛上荡起不小的波动。在酝酿作序的过程中，两人都不约而同地写了陈天然的刚正不阿、坦然自若，"不为五斗米折腰"，正如王绶青的序言中所说："中国自古就有这个优秀的文化传统。苏轼、文徵明、唐寅、徐渭、郑板桥、黄宾虹、齐白石、张大千、刘海粟……皆诗、书、画三绝。陈天然先生亦然。"

  我们知道，陈天然翰墨生涯，一生崇拜黄宾虹，倾心黄宾虹的"四绝"：金石、书法、绘画和诗歌。黄宾虹说过，一个画家如果书法造诣不高，画不出惊世

骇俗的作品。字好，是另一种颜值。陈天然也经常说，书画同源，画家画幅好画，总不能央求别人来题跋吧。他说到明书画家董其昌，开始因字写得不养眼，科举考试拖了后腿，之后发奋练字，临摹的就是颜真卿的《多宝塔》。

在《陈天然书法》的序言中，陈天然介绍说："我学书法，醉翁之意不在酒，在乎山水之间也。"在《陈天然国画》的跋文中，他也说："书法，是国画用线出神入化的众妙之门。书法不济，怯于落笔，画多拘谨之态。"

他还经常说，自己之所以从版画起步，是因为物竞天择适者生存，他骨子里沉醉的还是中国画。加上书法的深厚功底，他的国画线条自然游刃有余。天然山庄陈列的作品，大多是国画。所以说，他的绘画和书法，相得益彰，珠联璧合。他在谈到入住山庄的感受时说："我本来就不喜欢喧嚣！还有老伴陪着，读书、写字、绘画，每天都有不少人来山庄参观，我的生活挺充实挺惬意。"

上世纪50年代在画坛挣扎的陈天然，一经接触到黄宾虹的作品和画论，就下定决心，一定打造自己的书法金字塔。无所事事的"文革"时期，为他猛攻书法提供了良好的空间。在一丝不苟地临摹王、颜等人的基础上，独创出他的"枯藤体"，横扫书坛，而且，一发不可收拾，墨迹渗透到黄河上下、大江两岸。不是每个书法家都叫陈天然，不是每幅泼墨大写都能换钱打井的。

黄宾虹说过，"我的书法胜于绘画""书法即画法"。话中蕴含了他的"用功之法"陈天然认真拜读过王鲁湘的研究专著《冰上鸿飞——黄宾虹艺术论》，山高水长，谁能识得模糊趣？黄宾虹。陈天然读《画论》，读《黄宾虹书信集》，知道刚近不惑之年的黄宾虹，行书已经形成自己的风格。黄宾虹说，"师古人，师造化，师古人不如师造化"。为了融化神圣黄宾虹，陈天然不惜旁征博引别人的心得，"师今人，师古人，师造化，然后他拿庄生化蝴蝶作比喻，说'师今人'，就好像是做'虫'的那个段落，'师古人'，就是变成'蛹'那个段落，师造化就是'飞了'，也就是'化了'！"

陈天然对黄宾虹了然于胸，他知道，黄在青少年时期，帖学就非常刻苦用心，每天抄书临池不止，狠攻草书，功力突飞猛进。陈天然一生酷爱黄宾虹书法，在他九十高龄时，还从《黄宾虹书信集》里，精挑细选出三千多字装册品味，越看越觉得大师心藏风云世莫知，大师在长途跋涉时，常常孤身行夜路。为画好国画，陈天然以黄宾虹为榜样，终身修炼书法。

生命不息，探索不止。2017年，91岁高龄的陈天然，看到央视一档关于学习的节目,著名主持人白岩松说他读得最好的一本书是《新华字典》,他是当作研究世界的大书读的。陈天然大受启发,觉得获益匪浅。于是,他便把上世纪70年代购买的《辞源》带在身边。

在离休的日子里,他和夫人牛翎一起,总是先逛书店,之后找个安静的地方,放下《新华字典》,戴上老花镜,后来是翻《词源》,手持放大镜,开始温习功课,通读《词源》。犯困了,就和牛翎聊一阵。在老先生看来,《辞源》包罗万象,句句珠玑,事事经典,直感老来方悔读书迟。

老先生在绘画、学习的过程中,不时诗兴大发,不断有精妙诗作上手。翻阅《陈天然诗稿》,有不少散金碎银熠熠闪光。有的是他的题画诗,有的是他题写给别人的册页。当然,很多诗作都是他有感而发。纵观他诗集的画风、气魄,都离黄河长江黄土高原巩县柏沟岭不远。不信,请你认真读读他的诗作——

柏沟岭

嵩岳南山寿,黄河北咆哮;
近观伏羲台,易卦来古邈。
寒舍柏沟岭,岭高村子小;
地位在中枢,当空独娇娆。
悬崖陡壁多,土厚石头少;
长坡刻青史,梯田绕沟垴。
峡谷瞰无底,万壑飞众鸟;
窑洞层垒上,人烟入八表。
民风诚可贵,耕读传家宝;
正气凌霄汉,日月一肩挑。
微躯生有幸,春晖报春草;
沃原养身心,农作炼我巧。
诗兴常自溢,画意凭腹稿;
乡情飘五洲,知音皆倾倒。
袖里乾坤大,江山助思考;
静悟得真趣,更觉故园好。

其实，不仅仅是两位大家之序激起了涟漪，陈天然几幅书法不久也引起了风波。新书《陈天然诗稿》传递到省委某部，部长帅案上也放了一本。据说那位部长大学是统计专业，又是从基层一步步提拔上来的，和书画没有交集，但他知道河南有个叫陈天然的书法家，郑州的大街小巷挂满他写的榜书招牌。猛地看到陈天然出版的诗集，也觉得很新鲜很养眼。同时，还有于黑丁、王绶青两位知名作家作序，所以，部长对这个书画诗人又增加了一层兴趣。

忽然有一天，部长带着几个基层故交，一行人慕名来到陈天然家里拜访，目的是索要墨宝，请老先生成幅题字。不料正赶上陈天然为柏沟岭筹资打井，老先生从容不迫，新订单来了，高兴。他一根筋惦着柏沟岭打井，急着用钱，恨不能一分钱掰成两半花。所以，老先生也向部长指了指墙上贴的润格表，部长心领神会，慷慨地说："有！有！带着呢！"

陈天然依照部长一行的要求，一共写了两幅条屏、四幅册页，并落款署名，盖印。部长问总共多少钱，陈天然就没半点犹豫，轻描淡写地向他展开五指："既然部长大驾光临，您就看着办吧。"部长朝陈天然微笑着点点头，但来人显然准备不足，几个人凑了凑，现金加一张卡，5万整，放在老先生的书画台上。

但是，事情并未了结，部长一行回到省委办公室，喝茶闲聊，部长郑重其事地对故交好友们说："从今以后，谁也别再托我找陈天然写字，并请转告你们的亲朋好友，今后也别再托我请书法家写字。他们好多人都敬酒不吃吃罚酒。"

这件事的真情实景是怎样的，陈老先生有没有被穿小鞋，我们不得而知，但我们获悉部长胸中的块垒一直没有消融。一次，我们跟随两个新闻记者到安阳溜达，住在安阳宾馆，要采访的《谷文昌》剧组里的演员郭凯敏，也住在那里。我们共进晚餐，省委的一个工作人员，不知怎么说到他们部长求陈天然写字收钱的事儿。他的意思是，"艺术是为政治服务的。当然，我们部长也说，付给艺术家应有的报酬是天经地义的，请书法家陈天然写字，要价太高。"

我们忽地想起李白的《梦游天姥吟留别》，"安能摧眉折腰事权贵，使我不得开心颜！"同时，也想起陈天然老邻居杜甫对好朋友李白的点赞，"笔落惊风雨，诗成泣鬼神！"各有各的气度和风格。杜甫不降格逢迎，和李白脾胃相投，这是巩县人的脾气。

当然，性格使然，陈天然面对颐指气使，总是表现得无动于衷。不理会，没反应，更不是针尖对麦芒，图一时气顺反弹一击。他从巩县柏沟岭走出来，四个兜的中山装，红薯小米吃得香，碉堡式沉默，任你打任你炸，默默无语不害怕。你当你的官，我收我的打井钱。艺术家，拿作品做盾，也拿作品做矛。虽是书画大师，"船坚炮利"，但他从不挑战别人，近百年磨一剑，霜刃未曾试。很多时候很多挤压，都任其自然，等待柳暗花明。

所以，陈天然在为人处世上，一生没有敌人。从来没有体味过枕戈待旦、扬眉剑出鞘那样的锋芒。他只会利用命运提供的羊肠小道，多时是康庄大道，全力奔跑。沧桑轮回，听惯了旧秩序的碎裂声，也熟悉新光景的号角声。温和的性格，知道自己对外没有棱角，但立足社会，他乐观向上，绝不"小富即安"不求进取。个人的生活状态，没有大鱼大肉，有了小米粥绿豆丸子，就想呼喊命运万岁。请再品味品味陈天然的诗歌《独立斗室写家山》，你就明白他的幸福指数了。

独立斗室写家山

面对黄土背朝天，早年务农愁吃穿。
乾坤大定当破涕，多难中原自久安。
万顷沃野养诗心，故留余地壁上观。
得寸进尺投真情，独立斗室写家山。

相应的，陈老先生在功成名就誉满寰中之时，并没有火炉旁打盹，躺在功劳簿上喝丸子汤。他要快马扬鞭再接再厉，并暗暗告诫自己《悬崖勒马》。

悬崖勒马

拙书匾额泛城乡，忧心如焚满头霜。
古今皆贵少而精，举措失控多秕糠。
怕作文坛窃誉人，闭门婉谢急就章。
但愿幸免后世讥，马近悬崖早收缰。

时光到了2016年，河南电视台制作了专题访谈节目——《探访天然山庄》。主持人开篇推出两句经典导语："大美中国，闪现华夏，一座神奇的天然山庄，一对隐居庄内的神秘老人。"镜头由远及近，展示黄土高原的长沟短壑，红褐色岩石

砌成的天然山庄。墙基为大块鹅卵石铺垫，大门西侧伫立着一块狮身人面像的巨石。建筑框架依然包含着黄土高原窑洞天井院的遗风，也透着西域古城堡的气息。气势恢宏的大门上方，横亘着一整块长方形大石，镌刻着陈天然字体"天然山庄"四个大字。实心厚重的门扇中心，吊挂着虎头锁环。

我们感觉，媒体的视野独到宽广，新闻刀笔吏扫描了古堡般的艺术宫殿，镜头精准贴切。看罢电视片《探访天然山庄》，我们再仰视山庄风貌，即刻感触到一种民族的博大精深，并伴有异域风情的点缀。整个柏沟岭荣光，一个人的灿烂，浓缩在天然山庄里。迎面走来陈天然老先生和夫人牛翎女士，他们握手寒暄。之后，主持人开门见山直奔主题："陈老是我国闻名遐迩的版画家、国画家和枯藤体书法创始人。陈老虽是九十高龄的耄耋老人，但他精神矍铄，身体十分硬朗……"

跟着镜头变换位置，柏沟岭的窑洞庭院，依稀可见的周边村落，山峦沟壑柿林葱茏，南面看见灰褐色的嵩山剪影，北面是遥遥相望的黄河远景。俯瞰环伺，山岭逶迤，沟壑纵横，红情绿意，整个柏沟岭的漫天美景，分明是美文段落，歌韵诗行，历史黄卷的标点符号。山山岭岭坑坑洼洼，生机勃勃画中行板。

陈天然老先生，以诗书画比照家山，一支笔经营故园河山。此时此刻，环境和情感的契合，老人的诗人情怀油然而生，诗兴大发，吟诵起王之涣的诗篇《登鹳雀楼》："白日依山尽，黄河入海流。欲穷千里目，更上一层楼。"

主持人："一阵嘈杂声传过来，闯进了一群不速之客。这群人有老有少，但他们都是陈老的学生或粉丝。一见面，这个送上作品让先生指点，那个递上书法请先生作评，好不热闹。看来，虽然老人闭门静休，但生活充实而不寂寞。在这个深宅大院，牛翎是陈天然先生唯一的灵魂伴侣和生活依赖者。老伴既是先生最忠实的粉丝和伴侣，又是最称职的生活秘书和业务助理。陈老的生活起居，全靠她来照顾。山庄的里里外外，全靠她来打理。每天除了工作，老两口形影不离。老伴陪着陈老不是在山庄里散步，就是在山庄外踏青赏景。陈老想到外面写生，老伴会早早地为他准备好笔墨和画板，相互拉着手来到峡谷或是黄河边。陈老专心画画，老伴静静地陪伴左右，好一幅人间美景啊！真是最美不过夕阳红。"

电视画面在主持人这流水般抒情的解说中，一幕一幕画页似的翻过去，激荡着我们心潮起伏。我们为老人珍惜夕阳的彤红，留恋一路走来的静好岁月，深感欣慰舒心。是的，我们从稍有一些摆拍痕迹的镜头里，着实清晰地看到，陈天然老人步履出现蹒跚。早些时候他还能背画板或提马扎，如今都自然地由老伴牛翎

来负担。这既是重新分工,也是陈老先生的无奈。

好在牛翎老太不辞劳苦,生活之中有愁困,不叫一点挂脸上,她朴实无华的语言,佐证着夕阳红中两位老人相亲相爱的生动画面。她说:"我家老爷子,88岁开始学电脑,学了两年多,会修图像,会上微博,会看国际新闻。他是个非常实在的人,一生不追求名誉,心中只有艺术。跟着他,是我一辈子的幸福。"

电视上的牛翎女士,也到了古稀之年,白发苍苍,行动显露迟缓。一个老人照应另一个老人,蕴含着的辛苦和缺憾不难想象。令人高兴的是,两位老人都性情达观,寄情家乡山水,一个老马嘶风,一个抱瓮灌园,在宽阔的山庄里,尽情放开联想的翅膀,相互取暖,比翼双飞。牛翎诗意地感叹:"大风可以刮倒柏沟岭的电线杆,但吹不走山庄一对深爱的老蝴蝶,日子不光是诗情画卷,还有苟且的柴米油盐,旧衣服破袜。"笔者一声感叹:夕阳无限好,只是近黄昏。

主持人高屋建瓴的结束语,仿佛也是一首诗:"现今哪,很多人把陈天然称作当代隐士,事实上陈先生原本出生在那里,现在又回到那里,也是叶落归根。在山庄的门前呢,有先生亲自撰写的一副对联——'常乐得天独厚,善良浩然正气',横批'万象为师',这也许就是陈天然和天然山庄的内涵所在。"

看完电视专题片《探访天然山庄》,再翻阅《陈天然诗稿》,感到对陈老先生又丰富了不少了解。汇集自己的耳闻目睹,深感陈老先生画之妙手丹青、书之笔走龙蛇、诗之近东篱陶公。他终生不逐名利,使人联想起王维和他的诗歌《竹里馆》:"独坐幽篁里,弹琴复长啸。深林人不知,明月来相照。"

最后,附上一首陈天然先生早年写的诗歌,和读者分享吧。

访欧阳修故里颍州西湖书院遗址

水旱蝗汤虎口度,余生每吟秋声赋。
秋声百态结愁绪,愁眼契识欧阳修。
探幽索隐走颍湄,长堤走访欧阳裔。
颍西古湖变良田,唐宋台榭化淤泥。

五十一　生命的红灯

> 碧玉妆成一树高，
> 万条垂下绿丝绦。
> 不知细叶谁裁出，
> 二月春风似剪刀。

　　如此清新潇洒、脍炙人口的诗句，出自哪家巨擘高手？这不是清淡风流、四明狂客贺知章的《咏柳》吗？没错，贺诗就像一首童谣，抑扬顿挫，朗朗上口。创作这首诗的时候，86岁的诗翁贺知章，已经告老还乡，和功成名就、86岁的陈天然拍摄《岁月丹青》时同庚同岁。耄耋之年，笔下春风，陈老先生吟诵着"少小离家老大回，乡音无改鬓毛衰"，饱含叶落知秋的人生况味，走近镜头。

　　墨翁陈天然，墨海弄潮80年，没搞过个人作品展览，92岁才开启这项工作。2017年12月19日，"岁月如歌·河南省老艺术家美术作品展——陈天然国画作品展"在河南省文联六楼开幕。冬天里，人们忘却了天寒地冻，参观者络绎不绝。

　　国画展的开幕式上，92岁高龄的陈天然身穿赭石色棉大衣，头戴一顶黑色老人帽子，在夫人牛翎的陪同下，手持拐杖，和亲朋好友打招呼。因陈老先生年事已高，展会安排他坐着致答谢词。陈老先生说："本次展览得到了河南省文联、河南省美协及亲朋好友的大力支持与帮助，向大家表示感谢。我不爱搞展览，因为我的作品小，作品不好，作品不多……"

　　陈老的作品，多次参加过国内外美术作品展览，而此次是他个人的首次国画展览。人们非常关心老人的身体状况，九十拐弯的年龄，还亲到现场，寒暄应酬，太难为老人家了。不过看他身板还算可以，精气神十足，即席发言遣词造句，丁是丁卯是卯，不累赘不繁琐，思路清晰。从老先生暮色苍茫中的言谈举止，再仰

视品味他沧海桑田的万花筒，不禁感叹岁月的大海汪洋，日子的江湖浩荡。

这次展览，展出了陈老先生从上世纪60年代初以来所创作的100幅国画作品，时空跨度长达半个多世纪。人们从他笔墨雄浑气象万千的作品中，读出他人生的朴实无华和孜孜追求，悉达到他艺术的泥土芳香和艺术功底的炉火旺盛。本次画展由省文联和省美协主办，省书画院协办。

关于画展，一位知名记者询问陈天然老先生："柏沟岭不过是个弹丸之地，你写生几十年，画了几十年，就画不完吗？"面对记者的提问，陈老先生一下子飞越大洋扯到西方："法国艺术家弗朗索瓦·米勒说过，'我生来只知道土地，所以我将我在土地上劳动的所见所感，都忠实地表达出来。'……书画对我来说意味着生命，故乡诗情、泥土画意是我毕生潜心探索的永恒主题。"

在《拾穗者》之前，大多数描绘农民的油画，都是供给贵族们赏玩消遣的，对作品主人公充满了讽刺意味。直到现实主义画家米勒出现，才让农民在油画上有了一席之地。记者的采访报道这样说："就像米勒讲的那样，用毕生来画故土的河南老艺术家陈天然也是这么做的，在淡出人们视线、隐居多年后，陈天然在河南省文联举办了他人生当中的第一次个展。消息一出，业界沸腾。"

陈天然的创作涵盖了版画、国画、速写、书法、印刻等诸多门类，他的每一件作品都是内心世界流淌的乡情墨韵。90多岁首次举办个展，观众与其说是欣赏老先生的经典无声诗，不如说是翻阅他人生画卷的散帧册页。黄河长江，山峦平川，百年风雨，奇光异彩。他在黄土高原骑牛放歌，在万里神州策马奔腾。他绽放思想的繁花，是森林的老参、旷野的金谷。他是具有农民底色的红色艺术家。

当有人赞誉陈天然是中国的米勒时，他摇头说："不敢当，这有点张冠李戴，我是河南巩义黄土高原上的陈天然。米勒现象给我最深刻的启示，是强烈的归属感。把熟柿子晒成柿饼，把红高粱嬗变成美酒，是个艰辛而美妙的过程。树高千尺不忘本，我深信，离开山峦沟壑山村农民黄土地，我将一无所成。"

河南省美协主席刘杰发言说："河南美术的繁荣与老一辈艺术家的努力分不开。陈天然先生是德高望重的著名书画家，更是一位优秀的领导者和伯乐。他在担任省美协、省书画院领导期间，为河南美术界选拔了一大批优秀的书画家到专业岗位，这些艺术家后来都取得了丰硕的艺术成果，为提升河南美术在全国的影响力做出了重大贡献。在此，我代表河南省美术家协会衷心感谢陈天然。这次展览是让更多人去关注、了解这位老艺术家，同时也希望更多的年轻画家向他

学习。"

这不完全是官话或客套，在这个隆重庄严的布局里，美协主席的讲话令人似乎也感觉到一些其它的延伸意境。毕竟，陈老先生是诗书画印全才，他还是省书画院的首任院长。诗歌的华章乐句，书法的"枯藤书风"，绘画的浓郁乡情，印章的金石镌刻和木雕的着刀成趣，面面俱到，出类拔萃。眼看着老人在彤红的霞光中缓缓下沉，我们不应该抢救些什么、关怀些什么吗？

为了参加这次国画个展，陈天然老先生和夫人牛翎，在思想和行动上都做了充分的准备，提前多天就掸衣擦鞋，理发备药。老两口提前从天然山庄到达郑州，缘于老先生早有心衰的病灶，他按夫人牛翎的意见，预先住进省直机关第二人民医院。一是做做体检，二是方便他到省文联参加画展活动。

这个时候，笔者怀着对陈老先生无比崇敬的心情，重新赘述一遍老人的辉煌历程：陈天然，1926年生，河南省巩义市柏沟岭人。曾任中国美术家协会常务理事、中国书法家协会常务理事、中国版画家协会常务理事、河南省美术家协会副主席、河南省书法家协会副主席、河南省书画院首任院长、河南省美术家协会名誉主席等职。出版有《陈天然书画集》《陈天然速写集》《陈天然诗稿》《当代美术家·中原画风——版画卷陈天然》等著作。作品曾入选《中国新兴版画五十年选》《中国新文艺大系·美术集》《中国新文艺大系·书法集》《中国现代美术全集》《新中国美术50年》《新中国美术60年》和《20世纪中国美术》等等。曾荣获中国版画家协会颁发的"鲁迅版画奖"、日本国际版画研究会金奖。担任第六届、第七届全国人民代表大会代表。

老翁，隆冬，心衰，画展，发言接待，频繁应酬，这些对老人健康不利的元素诱发了感冒，感冒促使天然老先生心衰加剧，血压升高。大夫护士都过来了，紧张慌乱的情形可想而知。挨过了一夜，待天亮，牛翎女士马上和郑大一附院联系，几经周折，陈老先生转院至郑大一附院郑东院区的重症监护室，即ICU。

龙行天下，山高水长，摸爬滚打，甲衰鳞伤。天然老先生病情急转直下，牵动了一大家子老老少少的心。老伴、儿子和孙辈们，悉数赶到医院。在ICU门口，大家心急火燎，随时听从医护人员的召唤。能为老先生做点什么呢？人人焦急地渴盼着。大家满心祈祷，希望老先生支撑住，像往常住院那样，能安然走出病房，回家调养。

这样的煎熬对夫人牛翎来说，已经不是第一次了。关于天然老先生的健康状

况和养病服药，牛翎女士已经积累了很多经验。她有个笔记本，记录着老先生日常生活中的注意事项。

自1998年以来，有关陈老先生的健康事宜，一直由郑大一附院干二病房贾玲教授负责。多年以来，依照贾教授的安排，陈老先生坚持每年春秋两次住院，全面体检，发现问题，及时拿出治疗方案，包括做鼻窦炎手术、做胆切除手术、安装心脏起搏器、做右眼白内障手术等。

由此看来，陈天然老先生的身体状况，并非给人的印象那样结实，身上需要"打补丁"的地方，也不只是一两处。心灵和身体的鸡汤，他一样都不能少。在四处辗转寻医问药的过程中，老伴牛翎起到了至关重要的作用。2008年4月28日上午，老先生在河医大住院，是安装心脏起搏器之后，第一次出现心衰症候，临床表现为心慌和间隔昏迷。当时的主治大夫误诊为输液过敏，真是令人后怕，这是一次毫无觉察的心衰。牛翎女士一说起这件事，就禁不住说话颤抖，双手哆嗦。

同年12月，陈天然又感到身体不舒服，夫人牛翎即刻给郑大一附院著名专家王淑梅教授打电话，教授一听情况，马上安排陈老先生住院，即刻组织医护人员抢救。牛翎女士还未明白什么情况的时候，医护人员就像打仗一样地急迫，把陈天然老先生推进了心脏起搏器检查室。片刻工夫，几个科室的权威专家也赶到了病房，用最快的速度有条不紊地为陈老先生连接上各种抢救仪器。之后，老两口被告知，陈老先生原来安装的心脏起搏器不工作了，不得不换新的起博器。死神开了个天大的玩笑，吓得牛翎浑身痉挛。老两口摆脱了多次危机，他们再次回归油盐酱醋的日子。

病情不好预料，说不定哪天又来阵风雨。一天下午四点来钟，天然老先生血压突然升高，心率加快，呼吸急促，呕吐不止，嘴唇发紫，情况非常危急。王淑梅教授和陈庆华主任亲自坐镇抢救，五点钟以后病情才缓解，七点钟过了状况稳定下来。王淑梅教授对牛翎说："左心室急性衰竭，和演员古月的病一样。"

就像大修一台汽车一样，换机油换零件，打腻子补擦伤。陈老先生的身体经过了老牛破车式的敲敲打打，夫人牛翎也像个老修理了，她自己拟定报活清单，自己拿扳手上钳子，自己掂着探灯梳理电路。

2009年11月，牛翎带着先生在眼科做了左眼白内障摘除手术，这时，右眼的白内障也刚摘除不久。2010年2月，又在口腔科拔牙。"多余"的牙拔掉，几个月后再补缺少的。电话、联系、接洽、住院……后来，老两口带着苦恼的笑，一起

走进医院大食堂,吃着大锅饭,苦中寻乐,笑谈人生。

生死场上走一遭,人又拐回来了。"最美不过夕阳红,温馨又从容,夕阳是晚开的花,夕阳是陈年的酒,夕阳是迟到的爱,夕阳是未了的情,多少情爱,化作一片夕阳红。"

在牛翎女士的笔记本上,记录着陈老先生每天的用药详情。

一个古稀之年的老太太,关照一个耄耋之岁的老爷爷,不辞劳苦,任劳任怨,腿脚是那样勤快,心思是那样细密。陈老先生深情地对牛翎说:"你的角色非常重要,你的胸怀比有些男人还宽广。我的很多事还得靠你来办。"

耄耋之年需要古来稀,夫人牛翎尽职尽责。光是吃药,就得有个缜密的清单。老先生为诗书画印而生,他的智慧都用在翰墨艺术上了。在别人看来,吃药这类简单的事情还成什么问题?不中,要是没有牛翎,老先生会把药吃得颠三倒四。他一次要吃多种药,老先生记住了白药,记不住红药,记住了小瓶子,记不住药盒子,非得老伴分好递到他手里不行。牛翎记性也不好,所以,她拆开一个纸盒子,制作成蜂窝状的小格子,就像中药铺的草药柜,把不同的药分开搁置,存放在冰箱里,容易认、方便取,并在盒子上贴着警示条:陈天然救命药。

吃药是这样,吃饭更得花样翻新。牛翎女士说:"八宝粥通常是八样原料,老头平常吃的主食,不下十八样,大多是杂粮。薏米、黑米、黄小米、红小米、豇豆、绿豆、小豆、黑豆……小米饭里放柿饼丁、秋葵片,烙馍里掺马齿苋、红薯叶,吃窝窝头就蒜调萝卜缨……"

牛翎女士回忆说:"2017年以来,特别是下半年,老先生时常有一搭没一搭地对我说,人都爱讲能话,说去世后会到天堂。天堂恁好,咋没有一个人愿意去?他还经常用心疼的口气对我说,他有些相信命运了。老先生话中有话,我怎么就没明白过来呢!

"老先生年初的犯病,给了他一种警觉。年事已高,有些事应该心中有数了。这年二月份,农历初八晚上九点时分,老先生的生命又一次亮起红灯。当时他正在看电视,突然间对我说:'我胸闷,喘不上气,和2008年的感觉一样。'

"我吓得惊慌失措,因为过了春节要安排他住院,节前打扫卫生,几乎把已过期的药全部扔了,抽屉里没有常年存放的硝酸甘油。我迅速把先生搀扶到床上平躺着,找到十粒速效救心丸放了他舌下。接着,转身拨通王淑梅教授的电话,她答应马上安排床位。这边,我立马联系村医问药,听到'没有',我正准备向巩

义市中心医院求助，请求派救护车，话筒刚从座机上拿起，蓦地想起小儿子的好友小丁，他从九华山老道士那儿弄来的一种救命药，还在冰箱里存放着。"

夫人牛翎让他吃了救命药，十分钟左右，躺在床上的先生身体恢复了正常。她拖着疲惫的身体，少气无力地坐在床前的小凳子上，温暖的两手紧握着陈老先生的大手，两眼紧盯着他脸上的"柏沟岭皱褶"，心脏突突直跳。

寂静的山庄之夜，弥漫着一种深情大爱坚如磐石的情感氛围。过了一会儿，陈老先生慢慢睁开双眼，夫人牛翎分明看到他眼神里闪烁着惊诧而又恐惧的泪光。虽然他嘴角上挂着些许微笑，但整个人依然透出混沌的悲凉。好像身不由己，他满脸的汗珠在灯光下闪闪发亮，目不转睛地盯着老伴牛翎，蠕动着嘴唇想说什么。

牛翎用热毛巾轻轻地擦拭他的面颊，亲吻着他的鼻梁骨说："不许说话，等我再去烧盆热水，给你擦擦身子换上干净衣服。你可要听话，再感冒了咋办？你知道，心脏病最怕感冒。犯了病，我再心疼你也替不了你受罪呀。"

这个时候，陈老先生的头脑挺清醒，像老小孩一般听从牛翎的安排，叫坐那儿就坐那儿，叫躺那儿就躺那儿。不过，牛翎看得出来，老头瘫软无力，嘴唇干燥，想多说些话，但底气不足。牛翎给他倒了一杯茶水晾那儿，又准备了吸管。老先生滋润了嗓子，声音沙哑地说："我感觉和上次犯病完全一样，哎呀！多亏你还存放着这些药，真管用，才十来分钟就好了。"

牛翎哭了，亮晶晶的泪珠从她有些塌陷的眼窝，淌到她一直颤动的嘴角，也品不出是咸味还是甜味了。两位老人的心灵深处，都觉得晚来的真爱经历了一场严峻考验。冬夜里气温很低，牛翎女士触摸一下电暖片，只觉得温温的，达不到取暖的温度。牛翎走到门外，给煤炉加了一块蜂窝煤，用烟筒拨了拨火，然后把炉子提到室内来。不一会儿，屋内就暖融融的了。

料峭寒冬，天凝地闭，但山峦涧沟中的天然山庄内，此刻却温暖如春，情意融融。陈老先生在老伴牛翎的关照下，吃药后精神恢复得非常快，又痛痛快快地如厕小解一次。回来往床头一坐，竟然不想躺下去了。一声清脆的鸡鸣从近处传过来，雄鸡报晓了。

诗人陈天然，联想到深沟陡壑的黄土塬上，被窑洞庭院围绕的山庄里，一双七老八十的老夫妻，共同分担和享受长夜中的惊悸和温馨，亲情潮水般涌来。睦融的岁月，跳跃的时光，情志生文趣，相依两行诗。意境来了，先生鱼水情深地凝望着老夫人，却似云淡风轻地吟道："地生连理枝，水出并头莲。"

牛翎噙着眼泪笑了，说："诗兴来了？"陈老先生轻声说："有你在我身边，比什么都好。大城市有啥好？携一人白首，择一庄终老，我就要你牛翎，咱回到柏沟岭，远离喧嚣，住咱的山庄，喝你做的绿豆丸子汤……上次，要不是你及时叫来王淑梅、陈庆华，我早没命了。今天，要不是你有心放着药，我又没命了。你牛翎，朴实善良，简而不凡，冬天一盆火，夏天一把扇，我命好啊！"

人间烟火味，最抚凡人心，风轻日暖，药到春回，快乐的情绪来得挺快，老头有惊无险，不一会儿就清粥小菜，又会背诵诗歌了。牛翎也顿时感到脚步轻盈，双手麻利，愉快地发问："地生连理枝，水出并头莲。这是谁写的诗？"陈老先生几分自豪地说："王实甫呗！《西厢记》。"牛翎问："《西厢记》和《红楼梦》哪个早哪个晚？"陈老先生说："你不是读过《红楼梦》吗？早就着丸子汤吃了吧！三月桃花开，宝黛红楼共读西厢，忘了？"牛翎高兴，一把抱住老头，给了他一个完完整整的吻，说："明天我给你理发！"

凌晨时分，天然老先生困了，叫夫人牛翎关灯，说睡一会儿吧。她起身把顶灯和床头灯都灭了，见半个月亮正挂在南窗上，映出卧室内一片灰暗的亮色。老先生凝视着似有若无的天花板，低声吟诵道："吹灯窗更明，月照一天雪。静谧山庄，披星戴月。"夜色中，牛翎轻声询问："谁的诗？"老先生喘口气说："大清乾嘉时期的诗人、散文家、美食家，袁枚，享年82岁，算是高寿了……名人的诗句，加山庄主人的真实感受。"

牛翎女士后来回忆说："这个天然山庄之夜，悲喜交集，永远烙在我的记忆里。我真心实意地亲近他，他也发自内心地还我一个劫后余生的笑容。我紧靠着他坐下，把他搂在怀里。他惜我如玉，我珍他如金，虽失而复得但惊魂难定。我嘴贴着他的耳朵说：'你坚持不去医院，好吧，明天看情况再说。今夜里我就这样抱着你，你想跑也跑不了。'我瞎给他哼哼小曲儿，不一会儿，老头就睡熟了。

"我隔窗看见整院子的晨曦，东方破晓，一地橙黄的忧伤。被风卷在一起的干枯柿叶，堆在墙角。还看到几只老母鸡在院里灯下站着，我一惊，昨晚的鸡笼忘关门了，要么就是忘开了。它们听到人的动静，小声咯咯几声，仿佛在问：今天的鸡蛋下到哪儿？

"一座山岭中的'古城堡'，两个饱经风雨人，虽历经折腾，但诗意满满。我平常也间断性地写日记，今天，写下300多字的人生感怀，再添上个文艺标题'黎明祈福图'。"

牛翎女士不止一次说过："记得有人说，人70岁以前健康靠自己，70岁以后靠家属。仔细想想，真是如此。为了健康、长寿、幸福，竭尽全力地付出图的就是问心无愧！做老头的老伴，心安理得。"

……

郑大一附院郑东院区重症监护室，又被称为深切治疗部。陈天然老先生一直处在抢救状态中。老人躺在宽大的病床上，大脑有时迷茫，有时清醒。病床前，大夫护士没日没夜地守护治疗着。老人病床的前后左右，摆满了监护仪、呼吸机、除颤仪、输液泵、脑电图机、气管插管和微量注射器等急救器材。为方便大夫护士的救治，尊重病人的隐私，在病床的四周，还有一道活动的布挡。

第三天上午，陈老先生清醒的时候，大夫安排家属探视。按照院方规定，每天每次的探视仅限一人进去。尽管守候在ICU门外的亲属很多，但只有老伴牛翎获准探视。也许，陈老先生意识到自己这次病重，可能会有个三长两短，他开口对老伴说的话，并不想涉及病情。他拉着牛翎的手，吃力地说："告诉柏沟岭的年轻人，别外出打工了，不能好高骛远，这山望着那山高……作难不说，要热爱家乡，报养育之情……有土地，有吃水井，加上青年一代有知识，还愁柏沟岭变不成鱼米之乡、文化之乡……"

第二次探视，是老头进ICU的第四天。牛翎见老头身上插满了管子或馈线，比昨天还多，眼泪刷的一下淌下来，泣不成声。陈老先生微微摇摇头，要她不要这样。牛翎坐在床头，脸贴着他的大手，听他少气无力地说道："山庄不是我们的私有财产，最终会捐献给国家，变为社会财富。要把山庄搞成艺术博物馆，把我的字画都放进去……平时搞展览，接待到山庄参观的人，潜移默化地影响柏沟岭的年轻人，把字画变成精神财富，变成中原的文化明珠，进而转化为物质财富，柏沟岭不能再穷了……"

牛翎突然像意识到了什么可怕的结果，毕竟，老先生年逾九十大寿，顽瘴痼疾经年，不会打几天点滴就药到病除的。刹那的联想，激起她心海的一阵惊涛狂澜，她抓紧陈老先生的双手。这时她看到，先生迷蒙松弛的眼睛里，也有一汪泪水。不过，老先生振了振精神，提了提劲儿，说："你不要离开山庄……你的工资够你花了。身体好……比什么都好。我这个书画家，是党和国家培养的，咱和国家啥都不能计较……"

五十二　星辰陨落

———

陈天然老先生躺在ICU，和病魔纠缠了六天六夜。家里亲人们，也伴着廊道里灯光的明灭，提心吊胆煎熬了七十多个时辰。这一切，值班大夫们看在眼里，疼在心上。这一天，也许是陈老先生病情稍有好转，大夫们就建议家人留下陪护的，其他人暂回家休息。

大家力劝七十多岁的牛翎女士回去休息，留下年轻力壮的亲人，轮流在候诊大厅守着。牛翎女士回到儿子家休息，虽是人困马乏，但她怎么都难以入睡。儿子家在中原路和京广路街口附近，繁华都市不夜城，强烈的灯光映照得满屋子敞亮。来往于东西南北隆隆作响的火车，搅得人天旋地转。牛翎辗转反侧，头昏脑胀，凝视着静静的天花板，眼涩睡不着。

即便在这种情境中，她一再平衡自己的心理，以她一个律师的心态和缜密，面对眼前发生的事变，面对病入膏肓的老伴陈天然。她悄悄地披衣起床，倒了一杯白开水，靠着床头，一边喝水，一边想着老先生可能发生的各种情形。白天，尽管大夫们有时也传达出一种乐观的希冀，但牛翎心中始终阴沉沉的。她深知老先生的沉疴痼疾，她咀嚼着人们常说的回光返照。毕竟，一个跨世纪的老人，不指望他跋山涉水了，生命之歌的停摆键、休止符，可能随时会启动。也许，前些年数次出现的逢凶化吉化险为夷，从今以后不会再有了。毕竟，人的寿命是有规律可循的。她焦虑不安，一种无形的诀别感，针刺一般地咬噬着她。

子夜时分，小区突然停电。牛翎凭窗扫视，只见附近几栋家属楼黑灯瞎火，而稍远些的楼房，依旧还闪着灯光，并非大面积停电。她在房间的抽屉里，扒拉出一捆蜡烛，慢慢从厨房找到一只打火机，点燃蜡烛，粘栽在罐头瓶上，重新靠上床头，静静地消耗这个漫长黑夜。

她记得，陈老先生在朋友的册页上，曾题写过元稹的《夜坐》诗："萤火乱飞

秋已近，星辰早没夜初长。"朋友走后，牛翎对老头说："夜凉如水，弄得生活没有热气儿一样。你的题字叫人打不起精神。"陈老先生说："我会写龙马精神祥云升腾啊，我就没有感觉到他有过这种昂扬、亢奋。总见他一幅怨天尤人孤芳自赏的样子。有一次，我试着给他题了'大漠孤烟直，长河落日圆'，他摇头笑笑说：'陈老师，您揠苗助长啊，我哪来那么高的境界？'性格决定命运，他出身高知家庭，但人生感受冷漠。我自身的能量，对他充其量只是润喉片。"

如今，在这黑夜和凌晨节点里，牛翎品味着当初陈老先生给那后生题写册页的情景，眼前泛起茕茕孑立形影相吊的悲凉气氛。一汪泪水夺眶而出，再也抑制不住的啜泣，在儿子家的卧室里山响。模糊的影光里，她仿佛看到先生的画作《万古常新》，蓦然想起和先生第一次登上荥阳飞龙顶、第一次明确两人实质性关系的游历。飞龙顶是二人的爱情廊桥，见证了夕阳的眉目传情，留下了呢喃细语的超低分贝。从那儿开启的五彩斑斓的情感画卷，便一幕幕展开。夕阳下的一双伴鹿，徜徉在红黄蓝的三原色里，直到创作出赤橙黄绿青蓝紫的色彩王国。

大家相聚，几个人都问牛翎女士："牛老师，当初您和老先生的热恋，朴实点说，可谓落霞夕照、云山烟雨，留下了不少彩色记忆吧。我们的问题是，是谁纵的第一把火？在爱情的马车上，是谁在召唤谁：快快！快上车！过这个村儿就没这个店儿了，可别怪别人捷足先登了，路人都得躲开点。啊？"

牛翎女士笑而不言，对我们调侃的话没有正面回应。据我们了解，中年时的牛翎女士，身材匀称，独具风韵，名冠机关，是医学院出名的"四季衣架"，会穿，穿啥啥好看，回头率居高不下，是医学院一道靓丽的风景线。虽然岁月匆匆红颜暗老，但作为"符号"，请坚信，牛娘闪出，风韵犹在。她留给大她20岁的天然老先生久已生疏的顾盼，依旧使人怦然心动不可小觑。生活有不成文的铁律，两座山永远走不到一块，一对男女的脚下之路，总在向幽远处延伸，说不定他们会在哪次浪漫的回首中相遇相识。

牛翎女士，也不是揣着小手捂住幸福的人。我们猛地提问她的罗曼蒂克，老太太也一脸羞涩，很不好意思，面颊绯红，快活地理理她并不凌乱的白发，下意识地捂了几次嘴，有些英雄不提当年勇的味道，拐了个小弯说："陈天然家的柏沟岭，每到秋天就会有漫山遍野的萤火虫，好多事都有外人看不透的规律——每只萤火虫都有自己的闪光密码。我们反正不是漫地烤火一边热，没有浪漫，没有奔放，没有奋不顾身，相信真诚和善良总会和爱相遇，美好的愿望加等待，也是观

察了好几拨红绿灯才牵手的。但提前祝福我们的人却有不少,有位知名书法家早早就送了一幅字:愿作鸳鸯被,长覆有情人。"

牛翎女士话锋一转:"陈老师是艺术家,我是被唐伯虎点的蚊香——他既然闻香下马,我就该把他照顾得妥妥帖帖。日子充满油烟味,女人嘛,他的发妻乔娥为母则刚,我是先生婚姻的补丁,为妻则柔,告诫自己不能疯张。月亮的柔和,只是彰显太阳的灿烂。我们认识不久就黏黏糊糊起来,但绝不腻腻歪歪。谈情说爱也少不了风花雪月,但过日子可是柴米油盐。我得给陈老师当好保姆,做好吃的。他好吃啥,我就做啥,不会做的学着做。绿豆丸子、氽丸子汤、小米稀饭、葱花油饼,他爱吃甜食,我就做糖包。家常便饭,我都会做。老头不爱上饭店吃饭,也不追求山珍海味。在窑洞院子里,土灶大锅,随缘度日。开始的时候,老头烧火我做饭,安居乐业,过烟火日子。家庭的温馨幸福,都是从锅碗瓢勺开始的。老头不讲究吃穿,好伺候。实际上,老头过日子真是个土老帽。他说,以前没吃过元宵,第一次跟爷爷赶会吃,是囫囵吞下去的,烫得喉咙几天都是疼的。他说,根本就不知道汤圆里面还包有东西。"

说着哈哈笑起来,牛翎老师夺过大家的直截了当,之后两眼泪水,默默无语,弄得我们有些尴尬。该不该窥视人家的隐私港湾?合不合适点击老夫人的情网渔歌?烛光晚餐?你真的不懂他们的玫瑰和巧克力,夕阳落山时,虽然一片炽烈地火红,但依然温润、羞赧,像揉进婆婆的山影一般,留下美丽,裹紧细软。

牛翎女士读廖静文,她记住了主人公的一句话——我不仅爱徐悲鸿,也是他的崇拜者。"同样的道理,我爱老先生。"牛翎女士说,她和陈老先生很有缘分。两人的第一次"相遇",没有火花,但时间一长,有了心跳,俗话不俗:有情人终成眷属。

事实上,这个时候的艺术家,也的确需要一名比较纯粹的后勤部长,来打点他的衣食住行,调理油盐酱醋茶。坚实的恋情,是从琐碎的生活开始的。牛翎女士进一步注释,日子就是生火做饭,一桶桶地倒厨余垃圾。不久,两人情感就像小米粥一样黏稠,水乳交融,成为一双神仙眷侣,朋友们都能感觉到两人关系的那种优良质感。

攀登荥阳飞龙顶之前,陈老先生给牛翎打了个电话,老人的学养和底蕴,把和女律师的接触和亲昵,点画成一道情感流畅的上山索道。艺术家并没有大马金刀地说喜欢牛翎,而是用诗化比兴的方法,先绕出来诗人贾岛的《题李凝幽居》:

"鸟宿池边树，僧敲月下门……"蝶恋花，笼罩在蓝天白云之下。

陈老先生接着说："牛翎，鸟宿池边树，僧敲月下门，你知道，这是文学史上著名的'推敲'故事，我不赞成韩愈主张的'敲'，而赞赏朱光潜点赞的'推'。事实上，你牛翎的情感之门窗，已经朝我闪开，没有什么神秘的。所以，诗人推门便入就是了，我不用月下再梆梆敲门。后天是个好日子，我正式邀请你攀登荥阳飞龙顶。"牛翎说："好，跟你去。关于去飞龙顶，你至少说过五遍了。不去的话，辜负了你的一片好意。"

飞龙顶是我国道教名刹，位于荥阳北部，北濒黄河，南望嵩岳，东临汉霸二王城，西连牛口峪、虎牢关。有次陈天然老先生拜谒二王城，就去过这个飞龙顶。文献记载，飞龙顶始建于明，兴盛于清，本来古建筑群落雄伟壮观，峰岭竞秀，环境幽雅，遭遇到那个横扫一切的岁月，原先的建筑格局，早已不复存在了。陈老先生数次来到这里，主要是聆听美丽的传说，勾画遥远的想象。

祖师大顶，飞龙金顶，是飞龙顶最重要的建筑群，一天门、二天门、琉璃影壁、乐楼、三大殿、寿极阁、清虚府等建筑，也像他对于熟悉的、伟人毛泽东诗词中概括的黄鹤楼那样，"黄鹤知何去？剩有游人处。把酒酹滔滔，心潮逐浪高。"

两人即便带着浪漫的气息登上飞龙顶，但还是平淡了一段，就像丸子汤没放盐，出勤不出效，不知谁在端架子磨洋工。不过，既然都打心里说看中了对方，接下来就没有再浪掷几个日出日落，在又吃过两次黄河南裹头船上的农家乐、游历了新郑欧阳修陵园之后，两人都亮出底牌：同意。发酵期一过，老先生丸子汤里有了盐还有味精，越喝越有味。风韵犹存的牛翎，如同吃了秤砣铁了心，书画家和律师，终于烩成一锅老汤。她说，男女初相识，往往会被对方的冷漠踩下刹车，这很正常。生命是多情的，冰是睡着的水。不过，关羽单刀赴会，装醉不谈荆州，男人开始的时候，爱声东击西。

牛翎跟天然老先生登飞龙顶，一共有过两次。我想，老人的黄昏恋不好琢磨，为了反映真实，尽可能原汁原味，恕我大段地引用牛翎女士回忆纪念陈老先生的文字——

春暖花开踏青季，如约，我准时出现在陈老师家门口。我扎着马尾辫，戴着雪白的棒球帽。身着白色的运动套装，脚上是白色的运动鞋。一目了然地凸显了中年女性的干练和英姿飒爽。白色的上装外，又穿了一件绿色真丝

中长风衣,尽显女人的娇柔妩媚。双肩背包内装得满满当当的,全是外出郊游的零碎用品。当然,女人的责任、担当、缜密,尽在不言中。总之,飞龙顶之旅由我全权负责。

登上飞龙顶的一刻,只看到远处的山峰若隐若现。我仰望瓦蓝的天空,张开双臂,一阵阵微风吹拂着开怀的绿丝绸风衣,我尽情地感受着大自然美妙的神奇和壮丽。山脚下黄河滚滚,险峻山势自河边陡起,让人胆战心惊。手捂心口,再看是万山丛错,群峰峥嵘。

啊,河洛大地,美丽的乡村,江山如此多娇!陈老师痴情地、全身心地、忘我地不停拍照。一个上午,他一口气拍摄了五卷胶卷。我紧紧地伴随其左右,唯恐有啥闪失,闹出什么安全问题。

休息时候,从陈老师的一眼凝眸中,我感受到了他的惊喜,他对我赞不绝口,我感觉到了他的心满意足。他的嘴角微微向上一扬,发自内心地高兴。我相信,那是他会心愉快的一笑。

进餐时,我从背包中掏出了湿巾、苏式黑面包片、芝麻烧饼、牛肉、酸奶、煮熟的山药和苹果。陈老师眉开眼笑地说:"你这么会生活,我建议你的名字改成'飞牛'。"

"为啥?"我头一歪,直着脖子,冲着慈眉善目的陈老师说:"'牛翎'是我爸起的。""'牛翎'和'飞牛'是一个意思,只是'飞牛'更好。"我问:"咋好?"他说:"你知道这里为什么叫'飞龙顶'吗?"我说:"不知道。"他说:"给你讲,相传大禹治水之前,这里群龙无首,成年洪水泛滥。为了救民于苦难,大禹带领百姓疏通河道,百川归大河。群龙失去了栖身之地,从这里腾飞,分别去了东海和南海,所以这里叫'飞龙顶'。翎,是鸟的羽毛。牛一辈子在土地上劳作,是不会飞的。你爸给你起名'翎',对你寄予厚望,让你飞起来,寓意有个好的前程。这里是'飞龙顶',今天你来到了这个龙腾飞的地方,你说说看,再大的鸟儿有没有龙大?庞然大物的牛,多大的鸟儿能让它飞?你只有借势,借助这里龙腾飞的力量飞起来。'飞牛'其实就是'飞龙',有啥不好?"

陈老师的解释,让我听得津津有味,一愣一愣的,他的幽默风趣让我大笑起来,把飞龙顶的鸟儿全惊跑了。

明·陈子龙诗《竭禹陵》:"万古终河洛,其咨永不忘。"先生为了纪念

我们第一次的爱情之旅,于1998年创作了中国画《万古常新》。他说:"这幅作品是爱的礼赞!"我也有感而发,对他说:"我读外国小说,记不得是哪个主人公说的:晚年的爱,好比老房子失火,比新房子烧得还彻底。"先生说:"因为这时不燃烧,就没有机会了。爱情的齿轮一旦启动,男女都难以招架。"

今天欣赏这幅国画《万古常新》,别有一番滋味在心头。它重新打开我记忆的闸门,陈年老酒般的幸福、快乐、甜美,依旧默默坚守在我的心灵里,温暖如初,美丽如春。

飞龙顶,是两位老人的定情之旅。

……

那一天,大夫沉重地告诉牛翎,先生回不去了。噩耗传来,我们非常景仰的艺术大师陈天然先生,在他最后的人生驿站ICU,在他和死神博弈了六天六夜之后,驾鹤西去了。他在ICU的第五天,出现过一次病情的过山车,先是昏迷,之后转危为安。他挣扎着,手指数次无力但十分坚定地指着门口,护士问他是想见家人吗,他把虚弱的手指蜷了回去。大夫急忙安排老伴牛翎过去,在迈入ICU的一刹那,牛翎清晰无误地听到陈老先生拼命地呐喊:"柏沟岭!柏沟岭……"

当牛翎站在老先生面前的时候,他双眼紧闭,眉宇鼓起青筋,干涩的嘴唇微微抖动,他分明听出老伴牛翎的声音,向外动了动插着针管的手。重病中的老先生,这个举动,是对夫人牛翎最神圣,也是最后的礼节了。她紧紧握住先生的一双大手,看到他脸上青筋暴起。牛翎悲情汹涌,泪如雨下。知夫莫若妻,在悲怆的氛围中,她强忍盈眶的泪水,双手分别抚慰着老先生的胸口和手指说:"我听到了,柏沟岭!柏沟岭是养育你的地方,天然山庄是你的艺术圣殿。咱俩都回去,听你的,树高千丈叶落归根,我等着你,咱一起回柏沟岭……"

陈天然老先生驾鹤西去,眨眼间一双老夫妻阴阳两隔。俩老人恩恩爱爱,相濡以沫,老先生直到弥留之际,还在拼命抬动他沉重的手,流着泪朝夫人牛翎晃动。最终,老先生没有在他亲手设计的大然山庄寿终正寝,但我们坚信他已魂归故里。

正像他对夫人牛翎说过的:人来到这个世界上,谁也别想活着回去。他偌大的山庄,足以放下他的文房四宝,布展他的飘香翰墨溢彩丹青。楼上楼下廊道阶梯,仍由老伴擦拭打扫。他酷爱吃的黄瓜、辣椒和豆角,牛翎依然在山庄外的田

地里，继续精心施肥浇灌，果实累累地收获，年年不断。老人须臾不可离开的油盐酱醋粗粮杂面，牛翎依然存放在他设计的橱柜内……

虽然，天然山庄少了欢声笑语，但压寨夫人老而弥坚，陈天然老先生，您九泉之下再创艺术世界吧。老伴牛翎说：柏沟岭是她下一个出发点，那边风景独好，老头，等着我！

……

2018年1月7日上午9时，在郑州市殡仪馆，举行了陈天然老先生遗体告别仪式。山河呜咽，哀乐低回。陈天然老先生面容安详，躺卧在鲜花翠柏丛中。前去吊唁的人们依次走进礼堂，向艺术家遗体鞠躬告别，并向他的亲人们握手致意。老妇人牛翎白发苍苍，缟素悲哀，她心灵的大山倒下了。她明白，从此以后，蹒跚在郑州街头也好，出没在柏沟岭的沟沟坎坎也罢，老婆婆将是形单影只踽踽独行。遵照老先生的嘱托，不离开柏沟岭，坚守他的艺术阵地，也许，这将成为牛翎女士唯一的精神支撑。

开追悼会那天，风雪交加，天寒地冻，一台台车辆的雨刷，刮着融化的雪水，涌泪般向两面流淌。这样的天气，使得参加追悼会的人们，都用最凝练的语言堕泪作别。牛翎女士也删繁就简，把一腔泪水积淀在肚子里，风雪中几经辗转赶回天然山庄。

她最不能碰的事情，就是十几天之前，和老头从山庄双双出发，而带回来的，只剩追思感念缅怀和悲凉的畅想。在雪花飘荡的山庄大门前，她手里攥着冰凉的钥匙，两眼淌着温热的泪水，刀割般地想起陈老先生雪天吟诗的情景——"雪是穿着洁白的婚纱，如新娘模样的春天使者……"

任凭冷风嗖嗖地刮着，纷纷扬扬的雪花往她脖颈里钻着。泪水，一路把牛翎带到天然山庄。山川沟壑白雪皑皑，柏沟岭怎么一派肃杀景象？她两腿灌铅似的沉重，身心俱疲，唇亡齿寒，双眼放空地凝望着一片迷茫的远山，阵阵风雪，摇晃着近处赤裸裸的柿树枯枝。她连开锁推门的力气都没有了，她参加完追悼会回天然山庄的勇气和刚强，好像只能撑到大门口。要不是孩子们替她打开大门，拥她上楼进屋，真不知道她还会站到什么时候。

屈指算来，她和陈老先生从这里离开到达郑州，仅半月有余。出去一双，回归一人，今天撇下老头，风雪天里独自回来，一路挖心般悲痛。她那种悲痛，犹如清晨携老头赶海去，风潮把她驱赶到家里，却把老头孤零零拖在沙滩上。从风烛残年到油尽灯枯，过渡得如此之快，犹如晴天霹雳，让人实在难以接受。

几天的恸哭，嗓子已经沙哑了，想喝几口热水，水龙头的渗水却已经结成冰凌，那盆备用的净水，也结结实实地冻成冰块了。整个卧室如冰窖一样，和之前老头健在时的情形，形成鲜明的对比。她打开电暖气片，欠身坐在床上，靠住床头，拉过来被子盖住身子，随即，便沉入孤苦伶仃的愁城中了。悲痛中，她回忆起那些和先生度过的诗画之夜，在他为她所吟的诗行中，有唐代李益的"从此无心爱良夜，任他明月下西楼"，也有鲍家四弦的"西楼今夜三更月，还照离人泣断弦"……

寒夜笼罩着山谷，山村没有什么动静，全村的狗就像约好一样，统一停止了往日那虚张声势的狂吠，群山静谧，柿林无语，绵延的沟壑，除了偶然从远处传来几声尖利而恐怖的猫头鹰的叫声，茫茫寂寥中的天然山庄，沉浸在凄惶哀婉里，柏沟岭整夜都悄无声息。

时间在昏昏沉沉中穿梭，黏糊糊的夜色中，不知是因为寒冷，还是因为情绪的牵动，牛翎身体一直打颤，嘴唇不住地哆嗦，牙齿不时嗑得咯咯响。沉重的回忆，推放着她和陈老先生春风化雨的20年，咀嚼品味着同甘共苦的点点滴滴。20年，甘醇甜蜜，轻偎低傍，相知相惜的守候，浓郁沉醉的温馨，都值得她细嚼慢咽千般玩味。同时，刚刚开始的寡居日子，又使她莫名地恐惧。风中草笼中鸟，人生如梦不是梦，劫波纷扰，人生如水不是水，须吞咽悲苦。她觉得巍峨宽阔的山庄，一片黑洞洞的虚无缥缈，虽然两眼酸涩，但睡意全无，还是想哭。

精神台柱突然倾倒，牛翎一夜之间人瘦衣宽，憔悴不堪。是啊，老先生走了，给她留下太大的追思空间，任她凄凉孤独的思维，在过去和未来，在亲朋或疏友间纵横跳跃。牛翎浸泡在痛苦的现实里，却总回味着曾有的甘甜，在旧感的海洋里刻舟求剑。她并不相信老头远行，好像在等待他独自回来，仿佛又听到他每到冬天都要说的那句话："农村的夏天不会比城里热，但农村的冬天要比城里冷得多。"

她甚至从陈老先生联想起养育自己的继母，也不奇怪，她和陈老先生20年的瓷婚中，继母郜氏也是她和天然老先生重要的话题。老先生说："牛翎，别人说起后爹后娘，都是万恶的旧社会，可你总在背后夸后娘好。我读出了你的善良。"

据牛翎女士说："关于继母的故事，在和天然老先生一起生活的20年里，不知给他讲过多少次了。我絮絮叨叨地说，他不厌其烦地听。老头说：'郜老太真是个好后娘，你真是个好继女。'"

以下引自牛翎的叙述——

别人都不相信,我嘴里妈长妈短的这个女人,其实是我继母。每到清明节或十月一,我就禁不住心里酸楚,泪流满面,我的生身母亲在我五岁多时就病故了。1950年,这位继母与父亲完婚的第三天,便随父亲到郑州上卫校了。小时候,听大人讲,妈19岁与爸结婚,唯一的条件,就是要我爸带她到郑州上学。19岁的年龄,在今天还是个孩子,可那年头就是老姑娘了,她好像对填房做后妈无话可说。

1952年夏天,我妈卫校毕业参加了工作。1953年春节,把不到7岁的我从原籍修武带到了郑州。妈妈始终都在向我灌输知识就是力量的道理,强调上学读书多么重要。我在省会郑州,从小学读到师范,受到良好的教育,当了一名小学教师。后阴差阳错,被调到高校从事编辑和法律工作。现在细想起来,要不是我妈有远见,把我从农村带出来,今天的我就是地道的乡下老太太,还不是在家喂鸡喂猪下地种菜!

妈一生济世救人,在医院工作。最初是在郑州二七路公费医疗门诊部,地址就是现在的郑州市政协。那是我妈曾经工作过的地方,也曾有过我童年的家。60年代初公费医疗门诊部解散了,我妈调到了东大街郑州第一人民医院,老人一辈子在医疗单位工作,我也在妈妈的熏陶下,生活中养成了许多卫生好习惯,经常受到陈老先生的夸奖。

60年代的郑州和其他地方一样,物资匮乏,布票奇缺。过年了,妈妈总是把全家的布票用到我一个人身上。我妈卖血买布,搭夜为我做棉猴大衣。弟弟妹妹们,都是拾我的旧衣服穿。当我稍懂事的时候,有次哭着对妈说:"妈,我不要新衣服,给弟弟妹妹做吧。"我妈说:"他们还小,你是大姑娘了,是咱家的门面。只要你努力学习,妈就一直给你做新衣服穿。"

整个学生时代,我的穿戴可以说是全校最靓丽的。和陈天然谈情说爱时,我的几个闺蜜,都和他碰过面。同是艺术家的老同学王留民,曾对天然说:"俺老同学牛翎,就是个衣服架子,穿啥都好看。"

依稀可以勾勒中年牛翎的形象,阳光、知性、时髦、率真,上得厅堂,下得厨房。她和陈老先生情感画面的共同底色,是柔和敦厚,因而对话流畅,黏合性

强，不为琐事红脸斗气。幸福和谐的日子，锅碗瓢勺进行曲，牛翎更有能力，从油盐酱醋茶中，提炼出诗情画意的节奏来，这就是她最大的魅力所在。

没见过牛翎女士年轻时的靓丽，也无从知道她和天然老先生是怎样卿卿我我的。但我坚信，良辰美景中的陈老先生，面对裙钗惊鸿，也是男人的情趣，窈窕淑女君子好逑。不知是老先生出于对牛翎的好感，还是感念那位对人关怀备至的继母，他竟然对牛翎说：好继母！如有机会了，咱一起为老人祭奠。而且，老先生信守承诺，做得非常到位。

继母对牛翎有恩德，牛翎对继母感恩戴德。继母去世后，牛翎和父亲与继母生养的几个子女，和风细雨般处理了后事。继母火化后，他们在上海普陀山墓园，选了一块长眠的风水宝地。而后，大家又一起，在牛翎原籍修武，为父亲、生母和继母的合葬墓立了一块丰碑，镌刻上父母的英名，以做永久的怀念。

2005年清明节，陈天然携牛翎游历云台山，特意绕到牛翎父母的墓碑前，上供祭拜，鞠躬行礼。2007年，牛翎陪伴陈老先生到上海看病，在探望老师杨可扬之前，先特意到普陀山墓园母亲墓前作揖叩头。

旅行，是紧张的，但又是幸福的，人在痛苦的时候，总是势不可挡地翻腾陈旧的幸福。陈老先生的追悼会后，躺在天然山庄冷被窝里的牛翎，想起那年和老先生的云台山和上海之行，想起那些历历在目的细枝末节。那种幸福的味道，依然如同和老先生一起喝小米红枣粥一样甜美、惬意。但当初有多少福美，后来就有多少痛苦。想起和老先生携手游历，也想起老先生说过的话：你强势的时候，高看你的亲密朋友特别多；你弱小的时候，轻蔑你的普通人特别多。

这时，她好像听到有人擂敲大门。她犹豫了片刻，谁会来呢？开不开大门呢？管他呢，此时此刻，谁也不能把自己从苦海里拉出来。她被子一蒙头恸哭起来，洪水决堤，撕心裂肺……

五十三　烙在心灵的音容笑貌

事情回到原点，在陈天然老先生逝世八个月之后，笔者和郑州的几个文友，开车到了巩义柏沟岭拜谒天然山庄，见到牛翎女士。正像本书第一章"引子"写的那样，我们和牛翎女士进行了广泛的交流，参观学习了正在展出的陈老先生的书画作品，了解到陈老先生风驰电掣而又光辉灿烂的人生，不禁唏嘘感叹，顶礼膜拜。

其间，笔者也把自己的情况向牛翎女士简单介绍了一下。而牛翎女士在这之前，也看过我的长篇小说。况且，我还挺不谦虚地告诉她，您看过的内容，都曾在《大河报》连载。牛翎女士热爱读书学习，文字功夫也十分了得，她对拙作给予了不低的评价。末了，希望我写写陈天然老先生。我当时未置可否，反正没敢答应下来。

回到郑州，我和牛翎女士相互通过几次电话，就写作《陈天然传》事宜交换了不少意见。说实话，我缺乏对陈老先生的全面了解，也怀疑自己的写作能力，觉得对这位跨世纪红色艺术家不好把握，所以，一直没有向牛翎女士明确表态。

到了2018年12月初，牛翎女士从巩义到郑州，住进郑州第二人民医院保养身体。我和文友一起去看她，感觉她依旧心事重重，还未从痛苦中摆脱出来。她对我说："老先生还有些其他资料，我随后寄给你，你给我个地址就中了。"这，就是我写《陈天然传》的最初酝酿。

隔了一段时间，我们在医院再见到牛翎女士，明显感觉到她形影憔悴，有时默默垂泪。她说，一下子瘦了20多斤，没有食欲，腿脚麻冷。不过，她并没有全线崩溃，精神坍塌下来。我看到她搜集了好多陈老先生的资料，报纸杂志上的豆腐块文章，微博微信随转的信息，道听途说的撷英拾萃等，装满了几个文件袋。

随后她突然发给我一篇长长的微文《陈天然发妻——乔娥》。该文根据她的触角所知，从一个继室的特殊角度，追怀赞颂了乔娥的厚道善良、勤俭持家等优秀品质，读来特感真实亲切。同时，这也充分印证了牛翎女士的宽宏胸襟和助人为乐的良好品德。牛翎对乔娥优秀品质的描述，大都来自先前陈老先生的感受和肯定。所以，这也令人想象到，忠诚厚道的天然老先生，对原配夫人是多么一往情深。

知名记者盛大林感叹道：一般来说，后任的妻子都是讳谈前妻的。此中道理，不难理解。而我每次去天然山庄，牛翎女士都会跟我说起陈老的发妻乔娥，说她聪颖，说她贤惠……前不久，牛翎给我发来一篇她写的文章，竟然是怀念乔娥的！桩桩件件充溢着真情，字字句句散发着挚爱，从中不仅可以读出"前妻"的贤淑，而且可以读出"现妻"的胸怀。

文章里说：

乔娥出身耕读之家，人长得俊俏有模有样，没有上过一天学，却是剪纸刺绣能手。她见什么剪什么，农家院的牛羊鸡鸭，天上飞的喜鹊小鸟，地上跑的小兔松鼠，水里的鱼虾，还有花花草草，只要她一动剪子就活灵活现，妙趣横生。她把剪好的作品贴在门后，关上门一遍遍欣赏，不满意的地方反复修改。有人来，打开房门，客人走后她接着揣摩，直到满意。不是一家人，不进一家门。书画家找了个民间艺人做内当家，"门当户对"啊！

乔娥在鞋帽枕头上的刺绣功夫更是一绝，人见人爱人夸，大姑娘小媳妇，都向她学习在枕头上绣并蒂莲和不老松。乔娥里里外外都是一把好手。全家上上下下，一年四季的吃喝穿戴，全靠她一人料理。她一人照顾着陈家祖孙四代，彻底解决了陈天然的后顾之忧。

先生经常说，我一辈子只穿过一双皮鞋，去日本访问时规定必须穿皮鞋。其他时候，都穿乔娥给我做的手工布鞋。乔娥治家有方，宽厚待人，有口皆碑。她还是柏沟岭纺织缝纫高手，东邻西舍找她帮忙做缝缝连连的活，她再忙都不会拒绝人家。先生只要一提起乔娥，就很温暖很满足很自豪，都会对乔娥表示出深沉的缅怀。

牛翎女士对乔娥的悼念和赞叹，还是出于对陈老先生的怀念和追思。老先生一生与人为善，慈悲为怀，雷锋出差一千里，好事做了一火车。但他心是菩提树，

身为明镜台,从不追求回报,不计较个人得失,展现出为人处世的高风亮节、君子胸怀。

陈老先生仙逝,夫人牛翎和至亲骨肉远离了"家有一老如有一宝",深感切肤之痛。吃水不忘挖井人的柏沟岭人,人欲养而亲不在。求贤若渴爱人好士的巩义政府,深感损失无可比拟。故乡,不知还得多少年再出一个诗书画印"四绝"的饱学之士。

2018年国庆节,"从长江走来——湖北优秀美术作品展"在中国美术馆开幕。展览选择了用一百多位艺术家的国画、油画、版画、雕刻、水彩领域一百余件作品来呈现湖北美术的近一百年。其中,河南人陈天然参展的版画《山地冬播》,格外受人瞩目。展会的官方导语这样写道:"陈天然的《山地冬播》,也可以看做是湖北版画在现实主义道路上走出的重要一步。"

在强调了陈天然的艺术地位之后,展览又做延伸介绍:"1960年,陈天然由于其卓越的版画成就,调任湖北艺术学院版画教研组组长,组建版画专业并招生。这是湖北现代美术教育史上第一个版画专业,学制五年。首届学生有查世铭、戴槐江、张京德、陈元武、关荫沛、贾国中、冯世顺、李国英等。这批新生力量得到系统的美术教育,在读时即频频发表作品,这些出自院校的版画家,逐渐成长为湖北版画创作及版画教育领域里的中坚。"

毫无疑问,风霜岁月造就沧桑人才,当年随大军南下武汉的陈天然,九头鸟羽翼渐丰,三千里扶摇直上。这位年轻的版画家,竟然影响了湖北画界版图,改写了一个文化大省的版画发展,在丹青梁园里笔歌墨舞的天赋异禀,却又孤云野鹤似有若无。

非常遗憾,陈天然这个带动风向的艺术标杆人物,来到同是文化底蕴丰厚的郑州,竟然几度"沉"不下去,"浮"不上来,接受没完没了的纷纷扰扰,甚至遭到挤兑,到省博物馆"通读碑帖",到巩县黑石关"安家置业",到新郑郭店"劳动锻炼"。这类经历多了,心理也就平衡了,挤兑就挤兑吧,我不吭声就完了。

早已驰名湖北的陈天然,能够名动长江南北,而在文明摇篮的中原河南,他却不能享受敞开怀抱,"天然红"却一时红不了大河上下。1966年,陈天然离鄂归豫,回返故里,他筚路蓝缕的功业为后来湖北版画的更大发展奠定了基础。

星光闪耀的河南人陈天然,也并非墙内开花墙外香。老先生战斗的青春,经历了湖北及广东这两大炮火阵地的洗礼,又经历了春风化雨中的非凡创造——这棵开花结果的大树,是拖着果实累累的枝条,从滚滚长江岸边,移植到滔滔黄河之滨的。文化大省湖北,长江汉水的波峰浪谷,汹涌澎湃过多少英雄豪杰。泰山不拒细壤,江河不择细流,山明水秀的当儿,荆楚人更是怀念当初两峰之间的潺潺流水。陈天然奉献给荆楚和南粤17年的黄金岁月,把奖状和果盘子都留在那里,湖北老乡仍在原地鼓掌。

送人玫瑰手留余香,陈天然是湖北艺坛的"火枪手",掬水月在手,弄花香满衣,人走茶不凉,吹灯不拔蜡,涛声依旧。当年在鄂黑马,奔腾到豫未褪色。但出征的号角和凯旋的锣鼓,还在水城劲鸣喧闹。人生的旅途中,他在江轮上坐的是头等舱,而且动力澎湃,洒下缕缕彩色的片段。声名鹊起之后,陈天然待遇未减,江城艺术圈的人,当初有鼓擂鼓无鼓呐喊。如今,不息的喝彩和掌声,多年后还在三镇激荡。离鄂赴豫,湖北"围观群众"没有散,好像联欢的宴席上还有他的酒杯。而河南熙熙攘攘的观众,却还没有进场就位,好像等待民族文化大屏幕上的来将通名。

对于陈天然来说,从武汉到郑州,很大程度上讲,是重上起跑线,重听发令枪。好在他经过的桥,比一般人走过的路还多,啥人没见过?啥事儿没经历过?老战士,老美编,沧海迎日多,老树饱经霜。管他呢,谁想咋弄咋弄,自己只管干到没电为止。

陈天然初调郑州,界内不少人,知道他是带着绩效报到的,不乐意他把湖北成熟的果实做老本吃。老先生成竹在胸,泰然自若,心想,书画圈子不搞政治派别,不搞贵近鄙远,书画家最终还是得把书法写好把画画好。他有版画的倚阑初绽,有黄鹤楼积淀的艺术功底。关于他的"枯藤"体,褒奖也好,质疑也罢,毕竟戳到了地方,戳得鄂豫好评如潮。看今日郑州之大街小巷,到处是陈氏榜书。即便在之后的滚滚商潮中,书法家泛滥成灾的时候,商家还是要请出陈天然赐字,"天然""亚细亚""郑州体育馆"等书法丰碑,永远矗立在中原人的心田里。

《深圳大学学报(人文社会科学版)》有篇评述文章《陈天然版画艺术论析》,里面谈道——

> 作为我国版画创作史上的代表性画家,陈天然的艺术具有不可替代性。单就版画创作而言,他虽然算不上高产画家,但却是一位个性独具的创见型画家。评估艺术家的贡献,不仅要看他创作了多少作品,更要看他为艺术史

增添了多少新的东西。何况他在书法领域的造诣及国画创作中的成就更丰满了其整体形象……如果按题材分类,陈天然当属痴情乡土的现实主义画家。这样说并非仅因为他长期沿用乡土写实的手法,更因其作品中流露的与所生存的社会环境同呼吸共命运的时代感。他版画创作的历时性转换适应着不同历史时期人民的精神需求,感应着现实社会生活变革的脉搏,并记录着他对家乡一往情深的心灵轨迹。陈天然的创作生涯始于40年代末,而其才华的显露与影响的产生则是50年代后期。20世纪50年代,随着中国新民主主义革命的结束和社会主义革命与建设的开始,版画作为"武器"的社会功能已消解,从而担负起新的历史使命……

陈天然在酝酿调回河南的过程中,也是经历了思想上的矛盾和斗争。首先是想家,夫妻恩爱,播过红豆愿,哪能不相思。武汉的日子很平和,很多彩,但一个男人偏安一隅,承平日久,最终的感情,都会坐实到家庭。

当陈天然独自一人在黄鹤楼旧址踟蹰,在江滩上徘徊,当滂沱的思乡之情犹如大江奔涌的时候,他总是禁不住吟诵崔颢的《黄鹤楼》:"日暮乡关何处是,烟波江上使人愁。"他满脑子都是巩县柏沟岭,眼前总是翻腾着洛水黄河。江山易改,本性难移。老邻居杜甫曰:"感时花溅泪,恨别鸟惊心。"思乡最要紧的时刻,什么名誉地位,什么福利待遇,统统抵不过他的窑洞天井院。怪不得翁山水这家伙,老婆只是生了一对双胞胎,就高喊:"妙手丹青,国画版画,都见鬼去吧!"家是凤凰台,妻是瑶琴曲,男子汉大丈夫,最柔软的一节衷肠,就这些。

调离湖北,这是他再三考虑后做出的决定。从真切的感受讲,他是在博得成就后放下奖杯离场的。宾饯日月,露往霜来,陈天然一生都把江城武汉当做自己的第二故乡。山河故交,书信往来,和湖北的文友画朋,如亲戚般走动频繁。艺术切磋在这个庞大的翰墨群一直没有冷却过。

后来,老友宿少奎在蜕变为文化掮客之后,还以陈天然做敲门砖,钻到湖北的书画大世界,弄过不少"大事"。有一份令陈天然喟叹不已的《洛阳日报》,最初就是宿少奎辗转从湖北朋友那里拿来的。这期报纸刊登了一篇文章,讲述洛阳刚解放时的创刊故事,里面提到革命青年陈天然:"筹备这份报纸,只用了3天时间。1948年4月5日,洛阳再获解放,城内的硝烟刚刚退去,各项事业百废待

兴。为了宣传党的政策和解放战争形势,解除群众顾虑,争取人心向我,打击国民党的残余势力,恢复和发展生产以支援前线,当天,中共洛阳市工作委员会决定创办自己的报纸,并从陈谢兵团调来钱抵千、艾柏、赵慎应三位同志参与筹备工作……初出版时,印刷厂的排版工人用的是一堆老五号铅字模,必须一个一个地拣字排版,由于铅字模残缺不全,又专门配了一名刻字工人,一旦发现铅字模缺字,得马上手工刻一个木字模补充上去。遇到需要插图或使用美术标题字,则由美术编辑陈天然用木头刻制。"

文章里还提到这样一件事:"1949年3月底,《新洛阳报》(《洛阳日报》前身)记者许金台到后海资村(今孟津朝阳)采访,遭遇反动暴乱,他持枪与暴徒战斗,献出了自己28岁的年轻生命。许金台以身殉职后,新华社总社致电吊唁,并播发了报道,号召各地新闻工作者学习他忠于职守的精神。4月3日,《新洛阳报》全社职工为许金台举行追悼会,会上宣布许金台被确认为烈士,报社党支部根据许金台遗愿,报请上级党组织批准,追认其为中共党员。"

这位为革命献出年轻生命的新闻战士,被陈天然铭记终生。他在回忆当年参加革命,接受媒体采访的时候,多次深情地缅怀这位牺牲的革命战士。直到晚年,他在天然山庄接受《洛阳日报》采访时,仍然念念不忘这位曾经的同事和战友。

陈老先生的一位入门弟子、湖北著名书画家点评老先生的人生莽原——从红小鬼到红色书画家的光辉历程时说:"在民族危难之际,陈天然光着脚义无反顾地参加革命,解放后陈老从来没有把他光辉的革命经历当做资本来渲染宣传。他的家国情怀、民族担当,他对家乡的挚爱,他的为人处世、艺术修为,都让我钦佩。在这浮躁的社会里,陈天然待在哪里,哪里就没有张扬、浮躁气氛。陈天然精神感染了我,改造了我,也让我曾发誓不求名不求利,永远追随陈天然,永远保护陈天然,永远深爱陈天然,直至我停止呼吸。"

早在武汉时期,陈天然的版画创作已经达到了一个高峰。他的作品《牛群》《套耙》《山地冬播》等,多次入选全国美展并获奖,引起了中国画坛的极大反响,也一举奠定了他在版画界的历史地位。他的这些作品,饱含着浓郁的乡土气息,而且构图新颖、手段娴熟。不少美术评论家指出,陈天然的作品,不但有东方田园诗般的情趣,也有法国米勒那纯朴亲切的农民艺术语言。他的一生有化不开的乡愁,画不完的故乡风情。他淡泊名利,只恋黄土,他是中国的米勒。

土生土长,山村农民,酷似的人生背景,丰富了陈天然对米勒的联想。他太

多的潜意识，反应在积年的作品里。邙山畔的黄河岸边，天然山庄的艺术城堡里，陈列着他毕生创作的艺术精华。陈天然先生终生离不开乡土，他的版画作品早在上世纪50年代就名震世界画坛。同时他的书法气势，势如冰雪群狼激情狂野，从而在书法艺术的喧嚣中，开宗立派，独具一格。

陈天然在版画和书法界大放异彩的时候，念念不忘的还有国画创作。他的版画、书法、印刻、国画在艺术的殿堂里四蒂齐放。巩县黄土地，是他的宣纸和画布。

陈天然经常跋涉黄河两岸，寻觅高原幽情，致力诗、书、画、印创作。多次参加全国美术展览，出展日本、美国、新加坡、韩国、马来西亚和巴黎春季沙龙，作品入选《中国新兴版画五十年选集》《中国新文艺大系·美术集》《中国新文艺大系·书法集》《中国现代美术全集》《新中国美术50年》《20世纪中国美术》，以及日本、法国及东南亚各国出版的书画集。为表彰他对发展中国文化艺术事业做出的卓越贡献，中华人民共和国国务院特决定，从1992年起，陈天然终身享受政府特殊津贴。这既是物质奖励也是政治荣誉，更是对老先生艺术成果的充分肯定。

一位河南的老干部在上世纪90年代到联合国总部参观考察，一幅熟悉的版画令他眼前一亮，那是中国艺术家陈天然的代表作《山地冬播》。万里迢迢，冥冥之中，道法自然，天然的艺术风格，使人领略到中国农村所特有的自然风貌，紧紧契合着他朴实、淳厚、木讷的形象，想起他真挚而不太流利的谈吐中闪烁着的智慧光芒。

他是世界知名艺术家，但绝不夸夸其谈，也没有蓄长须摆谱"仙风道骨"。与朋友谈书画创作，张嘴合嘴都是"柏沟岭"。他说："我一生中所画的就是这两条沟，一小片土地。"

人们评价陈天然是一个美术家，也是田园诗人，更像一个始终不渝地歌颂故乡的农民歌手。他的艺术作品，风格自然清新，朴厚流畅，沉稳里有种童心未泯的纯净。《清溪》《牛群》《套耙》《晚凉》《山地冬播》等等，都是他的代表作，被国内外多家美术馆、博物馆收藏，为他带来了不同凡响的国际声誉。

功成名就的陈老先生苦尽甘来，尽管他的书画作品频频登上世界大雅之堂，但他风范依旧，依然朴实醇厚，儒雅内敛，镇定自若，宠辱不惊。新世纪初，一驻郑部队到山庄请陈老先生写字，配合部队的联谊活动，许偌每天6万元的报酬。

当时这是天价，陈天然却连犹豫一下都没有，便坚决拒绝了。

也是那几天，巩义一位书法家，带一个新密煤老板找到陈天然，要将数页自题诗写成30幅书法作品，自己要建碑林。陈天然粗看来人展示的诗歌，感觉都像顺口溜，没有多少文学汁水。以这般诗歌刻碑传世，岂不贻误子孙？所以，陈老先生并没多想，摆摆手，给多少钱都不干。隔了一周时间，那位煤老板又来了，带着几分霸气的语气说："省里有名的书法家都写了，就差你一个人的字儿了。你要多少钱？给个数！"陈天然脸一拉，掷地有声地说："多少钱都不写！"

煤老板走后，夫人牛翎仰天大笑，说："有钱能使鬼推磨，看来多少钱都不能叫你扶磨棍呀！"老先生说："不能叫他滥竽充数，我也不降格以求！算了，相安无事，谁也不欠谁的。丑话说前头，先丑后不丑；宁可做不成，不能落骂名。这是做人做事的起码要求。"

就在这个短暂的历史时期，社会团体就像扎堆似的蜂拥上门，请陈天然老先生题写名号或指定内容，设好"温柔陷阱"请君入瓮。郑州某大企业委托陈天然的好友老冯，多次登门诚邀老先生出席他们的迎春商业笔会。陈老先生知道了迎合附会的内容之后，断然拒绝。老冯说："陈老师，我都答应人家了，您必须去。您要多少钱都行，我负责给您。"

陈老先生一点都不拖泥带水，说："请你理解，我从不参加这类活动。谈钱没用，这和钱没关系，今后咱也别掺和这些事儿。"硬是毫不含糊地拒绝，连配合一下走个场都没有。老冯左右为难，听到陈天然这么冷冰冰的话，伤心落泪，再次相求："咱们几十年老朋友，一点面子也不给？"陈天然沉默不语。老冯摇着头离开，边走边说："真是个老犟筋！"

……

在最痛苦的时刻，牛翎女士总在连篇累牍地回忆和老先生最琐碎的事情。游尘掩虚座，孤帐覆空床。生活往往就是这样，最琐碎的反而是最幸福的。伤痛，越是抚慰，越是痛苦。其实，老先生最后庄严隆重的画展时期，是他生命正处在仙逝前的一周。精英荟萃名家云集，他在离世前没有露出什么端倪。鲜花映美酒，欢声伴笑言。老先生掏出一枚色泽华美、质地温润的图章石料，交给夫人牛翎，说："见小魏了给他，字写好了，叫他自己刻吧。"牛翎根本没有想到，片刻温情，刹那永恒。展会结束，陈老先生只是又延长了一段到医院ICU的路，此一去就再

也没有回来。

时间迫在眉睫,情节紧锣密鼓,陈天然老先生的"国画作品展"人之多,情之深,老翁陈酒,后生可畏,简直就是生者身后的告别预演。在老先生的生命历程中,有时电闪雷鸣,有时惠风和畅。他在翰墨丹青世界驰骋,笔走龙蛇,满纸风云,自成"枯藤"书风。挥毫独运,弘扬国粹,海纳百川。他为人师表,传承经典。老人听到了红尘滚滚中的人们对自己冰清玉洁的概括,以及敬畏的嘱托,还有泽被奖掖后人的希冀……

陈天然老先生流芳千古。

跋　欣喜与祝贺

王仕尧[*]

> 岁月远去，但多少年后，我们都不忘怀这条不起眼的乡间公路。它虽普通简陋，尘土飞扬，却搭建在国家的公铁交通网上，连着四海通往五洲。同学们"修身齐家治国平天下"的家国情怀，都没有绕过这条蜿蜒在绿野中的狭窄公路。从同学蜕变为旅长师长、书记市长的人，当初都是穿着撅肚棉袄叠腰裤子，顺这条蚰蜒路径出发的。

这是《陈天然传》作者、我的老同学廷贤关于一篇乡愁的文章中所描述的情景。这里所说的老同学，是60年代初一块读初中的那帮人。都十几岁的孩子，年幼无知，天真烂漫，不开窍。不过，我们却知道啥叫穷，知道吃不饱穿不暖是个啥滋味。我们寄宿学校，都穷得有脚没袜子，喝菜汤没筷子，把饭厅前的柳树枝都捋光了。真叫吃饭少粮，睡觉尿床，用柳条搅菜汤……

条件艰苦，我们却不忘努力读书学习。穷，但并不缺少朝气。天不亮，我和廷贤几个人，就相互拍拍起床，踏着冰霜，迎着狗吠，到镇上一个老同家的厨房里，围坐在一起。一盏煤油灯，映着几张影绰的脸膛。寒冷的黎明，我们口吐霜气，搓手跺脚，挑灯晨读。白居易的《卖炭翁》，保尔·柯察金的那段精彩的"论人生"，就是在这样的环境中倒背如流的。类似这些情境，在廷贤的《老同学部落》里，都有真实的记录。

因为穷，好相处，我们建立起来的感情也是真挚的、持久的。因大势所趋，我们都提前离开学校，出去拉车（拉架子车干活）、打小工（搬砖提泥），好一点

---

[*] 王仕尧，原河南省水利厅厅长、河南省委纪委常务副书记。

儿的是当兵或当工人。当初我们离开家的时候，正像廷贤所写的那样，"都是穿着撅肚棉袄叠腰裤子，顺这条蚰蜒路径出发的"。

什么是撅肚棉袄叠腰裤子？粗布棉袄布扣子，穿在身上不平滑不舒展，鼓鼓囊囊；祖宗辈的老棉裤，远没有现在的裤子时髦，裤鼻可穿皮带，裤腰的直径差不多贴着肚子设计；那时的老棉裤，穿在身上时，要把大裤腰的累赘部分，像擀面条时把面片叠在一起那样，再用束腰带扎紧，好好的肚子弄得疙疙瘩瘩的，农村男孩儿就没有身条儿了。

廷贤对我说过，他当年参加工作到平顶山，也是从这儿出发的，提着汗气呛人的旧衣裳，扛着母亲嫁到他们李家时娘家陪送的破被褥。

但命运对我们不薄，多年之后，我从焦作调到郑州，由于初来乍到，人生地不熟，也怕招致不必要的误会，所以，当年穷得冒烟的廷贤，就开着他自己的车，接送我进出省委招待所或参加一些社会活动。就是说，山不转水转，几十年过去了，今非昔比，我的人生有了天壤之别，廷贤也早已鸟枪换炮了。

白发渔樵，秋月春风，一壶浊酒喝到今。我们老同学的关系，始终青山绿水，蓝天白云。我在任上时，管过老同学买卖废铁的小托被卡，疏通过老同学推销老鼠药中的关系渠道，和老同学同寝一床"收获"过虱子虮子……在老同学中，我是高看廷贤一眼的。我在修武主政时，那天他去找我玩，我不敢怠慢，放下所有的工作，和他昏天黑地胡侃海吹，直到深夜。第二天吃早饭，我又早早赶到餐厅陪他，并根据他的特殊要求，安排小伙房为他准备小米稀饭花卷馍，上了两盘滴着小磨油的洋姜丝儿。

后来我有病住院，他在我病床前陪坐。我说想吃小时候爱吃的生花生，就是那种潮潮的秕秕的，生花生太饱了不好吃。说者无意听者有心，第二天，廷贤就和我的另一个老同学，提了满满一兜潮潮的秕秕的生花生到了病房。我打着吊针，吃着生花生，回忆品味着童年的贫穷滋味，深感老同学真好，源远流长的友谊真好。曾经的贫穷，是装点友谊大厦的骨骼。

廷贤好整大事，不甘寂寞拒绝平庸，因此也人生坎坷，有过辉煌，也有过低谷。我知道，有些事往往是他们这些人搞成功的。没有想到，他在退休之后，竟然写作发表了中篇小说，出版了几部长篇小说，作品还在省报连载，其中《老同学部落》还被买断影视改编权。作品产生了不小的影响，他成了名副其实的作家。

他徜徉在樱花大道上，还享受着绽放的海棠，着实叫我有些目瞪口呆。读着

老同学写的书，反刍着当年寒窗苦读的充实经历，那种美妙感觉，就好比吃着粘贴了童年滋味的生花生，稀松平常，但大费周章。

去年，我们几个老朋友聚会，廷贤给我透露关于写《陈天然传》的事，他思想上挺犹豫的。我竭力鼓励他写，因为我知道，陈天然先生，是我国具有世界影响力的著名书画家，是河南的骄傲和文化符号。而且，一座丰碑，鄂豫竟挺，皇榜题名，众口一词，花香国墙内外。

对于书画大师陈天然先生，最初我是在焦作工作时，对到访的几位日本地方政界人士的接待中了解到的。他们中有两个都说崇尚中国文化，正在临摹"你们河南陈天然先生的书法"。话题以此为切入点，向陈天然先生的艺术纵深探求，我逐步了解到他在日本被推崇的不少事情。对他的书法艺术更多一些的了解，还是我调到省会郑州之后的事。相比而言，更为现实的是，各地的三街六市五行八作，抬头便会见到陈天然先生题写的招牌匾额，新闻媒体都在传扬他的声名。崇敬之意，已在我心灵中形成烙印。廷贤要写陈老先生翰墨生涯的动向，一下子撩拨起我这么多年来的一宗敬慕情结，激起强烈的思想共鸣。为一代书画大师树碑立传，走近中外闻名的艺术家，这种历史使命怎敢缺位？写！

更重要的是，陈天然先生是革命的文化战士，党培养出来的红色艺术家。在我国文化大军的队列里，政治素养如此突出的典型文化人，并非比比皆是。纵览文艺界，有不少艺术家'抗日有功''骑墙有过'，政治肤色有斑点。陈天然先生作为人民艺术家，的确不缺斤少两。

一定要写，我还对廷贤说："作家你大胆地往前走，往前走，莫回头。当官都是昙花一现，事了拂衣去，告别功与名。我这个官儿，人们很快就忘怀了，作家可是千秋万代啊。"以此鼓动廷贤按下开篇谋局启动键。

我是真心希望廷贤百尺竿头精彩继续、不断有大作出手的。他现实的生活状态，的确叫我放心不下。他心高气傲，早些年在家里"自以为是一言堂"，至今和妻子还劳燕分飞天各一方。联想到他无人关照，健康状况也不好，还孤军作战，夜以继日地写作，禁不住眼睛发酸。我拨通廷贤女儿的电话，表达我的心愿，希望她爸妈破镜重圆。话还没说几句，我终于憋不住，热泪夺眶而出，啜泣不止。

真实的情感是掩饰不住的，这就是我们的老同学关系。关系好，总会有痛点有柔软部分。廷贤有着鲜明的个性棱角，以往，当一帮同学谈及廷贤在家庭中的"飞扬跋扈"，我都免不了对他声讨一番，廷贤也不计较，一笑了之。今天不同，

我竟然为他哭了，我不得不抹着泪水说："你叫我又恨又爱，我从没这样过，为群里一个人而哭泣。在其他关系圈里，没有你这样能倾诉发泄的对象。《陈天然传》，你写吧，好好写，写成功。你一个人，要关心自己，注意身体。有什么需要帮助的，只管给我打电话。"

他在写作《陈天然传》的过程中，不断把脱稿的章节传给我看，征求我的意见。见仁见智，我也把自己的真实感受和意见，把一些社会的奇闻趣事，作为一种思路告诉他，还建议他细读廖静文写的《徐悲鸿传》，以在写作中参考、比较。总的来说，饱经沧桑的廷贤笔翰如流，早已不是我们寒窗共读时，他四处投稿天天被退稿的情景了。喝酒碰杯时，我也不谦虚地对他说："我眼高手低，对别人的作品是很挑剔的。你写得不错，能吸引人读下去。你知道，过我这一关没那么容易，胡溜八扯的东西我不看，继续写下去吧！"

总而言之，我和廷贤是老同学、老朋友，近六十年来，不管什么风云变幻，人生落差，老同学之间没断电，我和廷贤更是亲密有加。我时常欣慰地回忆起，在我职务不断提升的经历中，始终和老同学们一团亲热，见面先"撂砖头"，再相互"揭老底"。廷贤是主角，我戏谑他是：乌鸦学狗叫，谁也想不到。他总是"吹皱一池春水"，能向大家抖搂些心旌摇动的信息。

比如那年我住院期间，他给我拿去他的长篇处女作《老同学部落》，我大吃一惊。在我们不少老同学都在经营"升官发财"的时候，他却异军突起，写了部长篇小说，不能说这不是一种对平庸岁月的挑战。看来，青少年时期投稿的屡屡失败，也造就了他作家的童子功。工匠精神，水滴石穿。丑陋的石头，终因岁月的鬼斧神工，河水的载歌载舞，而变得翘楚韵致，多姿多彩。

有酒都能醉，挣钱谁都会，老同学们个个玲珑剔透，有啥没吃过没见过？但不分昼夜孤影青灯捣鼓出一部长篇小说来，独门绝活。行动能力这么强，除了廷贤这把金刚钻，似都揽不了这档瓷器活。所以，我不禁欣然鼓掌，大有他吃肉我喝汤的快感。我对廷贤的文学功底和写作能力有了新的认知。于是，我全力支持他趁水和泥趁热打铁，趁还没有江郎才尽，趁还能哼哼动功夫没有散，放下包袱，启动、赶写《陈天然传》。

他说："好，我写，但等书出版时，你从老同学的角度，给我写个《跋》，吹几句，也作个纪念。"我爽快地答应了，"好！等书写成了，我做东替你请客！可别嫌我戴帽晃腿——闲使旷劲妥了。"我以为，写点什么，这不仅是一份担当和义务,也是我的自豪和荣光。老同学在古稀之年,又为一位杰出艺术家出传记,实在是值得庆贺的一件事。买马配鞍锦上添花,幸福和祝贺都如此简单,我高兴我快乐。说了这么一大堆,旨在让我们的铁杆情谊、才情指数,留给后代子孙玩味、学习。

老同学够可以了,在人生的下半场出了几本书,在"伤停补时"的加时赛,又出版一部名人传记。《陈天然传》,从酝酿到出版,只用了短短年把时间。为廷贤的快手快意点赞,祝贺《陈天然传》成功出版!

后 记

————

在我正犹豫写不写《陈天然传》的时候，正好我们在郑州的老同学有次小聚会。我把这个事情向老同学们透露了，他们也是爱好不同，自然有几个知道我的生活走向，不喝酒不抽烟不打麻将不打牌，爱看点、写点东西，就鼓励我写。

老同学王仕尧，是和我关系比较铁的一个。他以数十年官场之凉热，和丰富深刻的人生之感受，竭力撺掇我写《陈天然传》。他说："当官算什么呀！人走茶凉，别看我正县正厅多少年，人们马上就把我忘记了。可是作家，你如果写部好书，是你一辈子的精神支撑，真正的精神富翁。"

我还是心中忐忑，有些患得患失。我把这种犹豫不决，连同试写《泼墨素尺呈天然》的头几章"引子"，"广而告之"微信朋友圈，想找找感觉，征求意见，也感知到不少漠然或热忱。

老报人王继德，我50年的老兄老友，褒奖拙文有一定的文学功底，推进流畅，生动形象，可读性强，鼓励我写下去。

我还非常在乎好朋友陈涌泉的感受，因为他是我十分尊崇的戏剧家，又是中国戏剧家协会分党组书记、国家一级编剧。他对书画家陈天然老先生也比较熟悉，他认为陈老先生有太多闪光的东西可写。他给我以热诚的鼓励："凭老兄的才华，坚信《陈天然传》必定成功。"

才华谈不上，他撂给我一根立木，直接支撑了我一把。他简短而感人的话语，在我心境空茫进退两难的时候，显得尤为珍贵。文学创作，是需要旁人点拨的。要知道，不少人手握诸多点拨资源，但却吝啬得惜言如金，不想浪费电，不肯给彷徨的人点拨一下。

当然，给予我关键支撑的，要数陈天然先生的夫人牛翎女士。我明白，写陈天然老先生的人物传记，没有牛翎女士的首肯和认可，是不现实的。《泼墨素尺呈天然》的内容，前两章发给她之后，她看了非常满意，转发到她的圈子里，还把网友点赞的帖子转给我看。之后，我每写一章，就贴到微博上，再通过微信及时转发给她审阅。对于不能及时转发给她的章节，我都会打电话给她，把主要内容汇报给她。

有了各位的鼓励或认可，我就基本没有停顿地一直写下去。从2018年年底开始，除去生病住院的一个多月之外，一直写到2020年4月完稿，一年多的时间，共计38万多字。全书均以牛翎女士提供的素材为基础，跨时空多角度，刻意采用小说语言和散文风格，记录、描述了陈天然老先生从早年参加革命，耳边子弹呼啸，满眼刀光剑影，到在党的培养教育下，经风雨见世面，逐步成长为一代诗书画印皆绝、艺术成就卓著的红色艺术家。

当然，疾风骤雨中的陈天然，在整个民族都沉默的时候，并不是没有彷徨过、疑惑过，他凝望着媒体报章的披露，发呆：稻谷亩产三千多斤，一个劳改农场更是亩产五万多斤；南瓜亩产二十多万斤，小麦亩产七千多斤；一头老母猪一次生下六十多头小猪仔……新闻，捕风捉影随意夸大，很像流言蜚语。陈天然无数次敲击自己的良心，但也铭记一个革命文化战士的责任和担当，吃的是瓜菜代，干的是牛马活。难能可贵的是，他不生气，不抱怨，心不散、劲不减、腿不懒，在自己的小宇宙里，燃烧出彩虹的形象。

上面所说的"疾风骤雨""民族沉默"，特指祖国所处的60年代初三年自然灾害时期。中原父老乡亲到底有多苦多饿，看时任河南省委第一书记刘建勋的儿子刘立强，是怎样和同学们在饥馑日子里上学读书的——"刘立强还发现班里的好多同学都有浮肿病，一到课间休息，就是少不更事的同学们秀'坑'比赛的时间，大家纷纷把袖子和裤腿挽起来，用小手按自己或对方胳膊或腿肚子，然后看看谁的坑多。刘立强说：'那还是在省会郑州，下面地方的情况就可想而知了。'"（引自网络文章）

刘立强所说的"坑"，是典型的饥饿浮肿病现象，那个时期有太多的人都被这种浮肿折磨过。那时，如每天有几碗糊涂汤喝，有一个馍馍吃，身体也不会浮肿。省委第一书记的儿子尚饿成这个样子，普天下的儿子们，会好到哪里去呢？

即便是在那种饥饿恐怖之下，陈天然都是"农民歌手"，不停地创作着"乡土进行曲"，都仰着一张笑脸，敲响锣声鼓点，做风雨中的报喜鸟，永葆红花绿叶的本色。宁肯几番寒彻骨，永葆梅花扑鼻香，把红色艺术家对新中国的万千感言，

揉入自己雄奇豪放的书画作品。一个可敬可爱平和安分的"憨"老头,一个勤勉躬谦不声不响的艺术家,体谅国家,拥戴领袖,缺吃少穿,矢志不渝。温暖心灵的是什么?是信仰、善良和热望。像小鸟眷恋自己的高巢一样,热爱自己的祖国。花影不离身左右,鸟语只在耳东西。

《陈天然传》脱稿之后,我及时告诉了河南文艺出版社的邵玲老师。邵玲老师是我出版长篇小说《老同学部落》和《商痛》的责任编辑。她仍以出版我前两部书的热情,积极联系出版社,为拙作的出版,耽误了不少事情,耗去了不少时间。一年前,她获悉我要写《陈天然传》,就把这事儿放到心上了。当我告诉她《陈天然传》写完了,她马上联系出版社,安排出版事宜。联想到我前两部书出版时,她为我提供的无私帮助,深感作者若有个热忱的责编给予提携帮助,真好。现在,邵玲老师已退休,不能为拙作的出版继续提供帮助。在此,我只能向她的一腔热忱表示衷心的感谢,祝她身心愉快,吉祥安康。

应特别记在心头的,还有刘志学,我的老乡、诤友,同在文学园地翻耕播种,属狗皮袜子之范畴,永不会被人拐走的"巴铁",现为《中国医药导报》副总编辑。我早年发表中篇小说、出版长篇小说时,自己还笨得不会用电脑打字,他动员一家老少齐上阵,硬是把我乱得一塌糊涂的手稿打印成文稿,再发给我修改装订、递交出版社。我折腾多了,没想到,现在竟然会打字写作,在电脑上修改文字了,十分感谢他为我提供的学习过渡机会。《陈天然传》脱稿后,我还是带着强烈的惯性,把初稿发给了他。干什么?给我修改润色。

38万多字的初稿,通篇文字乱得没头没脑,标点符号常常是"乱点鸳鸯谱"。他一字字一行行修理顺,不厌其烦字斟句酌地插花抹粉。为了方便我看,他还用文档里的"修订"功能,把"我写的他改的"分得一清二楚。凡他增删的地方,都特别"挂红",一目了然。他远在北京,我只回了一句话:"等你来郑州了,管你吃羊肉烩面。"熟不拘礼,恩不言谢,但我还是想谢谢他。愿谢谢一句顶一万句!

志学是文章高手,文笔优美,当了20多年编辑不是白当的。他提纲挈领高度概括,为《陈天然传》写了出版推荐——

　　长篇传记文学《陈天然传》,以38万字的篇幅介绍了当代中国著名书画家、版画家、诗人陈天然先生的生平事迹和艺术成就。这部传记文学作品从

青年时期的陈天然先生因生活所迫离开家乡远赴开封谋生写起,以翔实的资料、宏观的视野、客观的态度、饱满的热情、质朴的文笔,全面、立体、多角度地叙述了陈天然先生自上世纪30年代末至本世纪初波澜壮阔而又敦厚朴实的人生历程。这部著作以传主人生历程中重要事件发生的时间为经,以传主各个历史时期在版画、国画、书法、诗词以及其他艺术领域所取得的显著成就为纬,并将传主的个人命运置于当代中国各个历史时期的政治经济人文等宏大背景中给予客观审视,艺术地再现了陈天然先生如何在92年的生命历程中,饱经沧桑仍固守其对书画艺术的高贵追求的人生故事,并通过介绍传主在爱情、友情、亲情等方面丰富的情感历练,揭示了传主对于生命真谛的感悟和认知。

通过这部传记文学作品的系统介绍,读者能领略到陈天然先生这位新中国版画史上富有代表性的画家,他的艺术之根深深地扎在中原、扎在他的家乡巩义的黄土地上,其艺术成就既来自他在童少年时代受到的中国传统书画的熏陶,也来自他的乡土经历。他创作的构思,他思想的内涵,他的创作的情感,他创作的冲动以及他的表现力,都来自他对桑梓故土的深厚感情。他一方面将中国画的笔墨和意境创造性地运用到现代版画的创作上,另一方面则以极大的热忱和极高的追求从事中国书画的创作,从而在中国书画界形成了他的雄浑、凝重、拙朴、豪放的笔墨个性,更奠定了陈天然先生当代中国标志性书画家、版画家、诗人的艺术地位。

《陈天然传》坚持真实性、思想性、艺术性有机结合,坚持高度统一的文本理念,是我省以当代书画艺术家为传主的大型传记文学创作的拓荒之作。

一并感谢了,在我创作《陈天然传》的过程中,给予鼓励、帮助的牛翎女士、何华聪老师、杜金满老弟、陈涌泉老弟、张国锋老弟、郭兴红女士以及陈炜、宋古龙、靳超等亲朋好友,还有女儿李晓科、我的小外孙女六六——崔瀚之。他们都为我的生活冷暖、身体健康、安心写作、新书出版,尽心尽力了。

陈天然生平大事记

1926 年	4月20日，生于河南省巩义市河洛镇柏沟岭。
1934 年—1941 年	上学，读四书和《诗经》，临《多宝塔碑》。
1942 年—1944 年	在家务农，业余临《芥子园画传》。
1945 年	跟随画家黄胄，任《河南民报》美术编辑。
1946 年—1948 年	在开封祝梁寨农村小学教书，参加中华全国木刻协会函授班学习木刻。
1948 年	任《新洛阳报》美术编辑。
1949 年—1953 年	随大军南下武汉后，任《华中工人报》美术编辑。在中原大学短暂学习后，调去中南军政委员会办公厅政策研究室，任《中南政报》美术编辑。
1950 年	赴广东参加英德剿匪、从化土改运动。
1953 年—1960 年	在湖北省美术工作室和湖北省群众艺术馆供职，创作木刻版画《牛群》《套耙》和《山地冬播》等，出展东欧各国。
1954 年	参加湖北黄梅抗洪抢险工作。
1960 年—1966 年	任湖北艺术学院讲师和版画教研室主任。临摹历代碑帖和中外名画，常回故乡写生。木刻入选法文版《中国现代木刻》，出展日本及阿拉伯联合酋长国，被中国美术馆和阿拉伯联合酋长国博物馆收藏。
1966 年—1977 年	在河南省群众艺术馆和河南省美术展览办公室供职，下放农村劳动四年，通读并选修河南省博物馆库藏碑帖。木刻赴瑞士展览。
1978 年以来	任河南省美术家协会和河南省书法家协会副主席、河南省美

术家协会名誉主席、河南省书画院院长，第六、七届全国人民代表大会代表，五次率团访问日本。

1984 年	出版《陈天然画集》。
1992 年	国务院为表彰其为我国文化艺术事业做出的突出贡献，特决定从 1992 年起发给政府特殊津贴。
1993 年	出版大型精装《陈天然书画集》。
1995 年	开堂卖字，资助柏沟岭打井，解决家乡人吃水问题。
1996 年	出版《陈天然诗稿》。
	获中国版画家协会颁发的"鲁迅版画奖"。
1997 年	获日本国际版画研究会金奖。
2009 年	在柏沟岭兴建天然山庄。
2015 年	大型美术专题纪录片《岁月丹青·陈天然》在中央电视台播出，讲述陈天然的艺术人生。
2017 年	12 月 19 日，首次举办个人画展"陈天然国画作品展"。
2018 年	1 月 5 日，在郑州大学第一附属医院因病逝世。

图书在版编目（CIP）数据

陈天然传 / 李廷贤著 . -- 北京：华夏出版社有限公司，2023.6
ISBN 978-7-5222-0272-3

Ⅰ. ①陈… Ⅱ. ①李… Ⅲ. ①传记文学—中国—当代 Ⅳ. ① I25

中国版本图书馆 CIP 数据核字（2022）第 003434 号

陈天然传

著　　者	李廷贤
策　　划	张国锋　牛建宣
责任编辑	杨小英
责任印制	周　然
美术编辑	殷丽云

出版发行	华夏出版社有限公司	
经　　销	新华书店	
印　　装	三河市万龙印装有限公司	
版　　次	2023 年 6 月北京第 1 版	2023 年 6 月北京第 1 次印刷
开　　本	720×1030　1/16 开	
印　　张	20.75	插　图　8
字　　数	400 千字	
定　　价	89.00 元	

华夏出版社有限公司　网址：www.hxph.com.cn　电话：（010）64663331（转）
　　　　　　　　　　地址：北京市东直门外香河园北里 4 号　邮编：100028
若发现本版图书有印装质量问题，请与我社营销中心联系调换。